ଚିତ୍ରିତ ଚାଦର

ଡକ୍ଟର କୃଷ୍ଣପ୍ରସାଦ ମିଶ୍ର

ବ୍ଲାକ୍ ଇଗଲ୍ ବୁକ୍ସ

ଭୁବନେଶ୍ୱର, ଓଡ଼ିଶା

BLACK EAGLE BOOKS

Dublin, USA

ଚିତ୍ରିତ ଚାଦର / ଡକ୍ଟର କୃଷ୍ଣପ୍ରସାଦ ମିଶ୍ର

ବ୍ଲାକ୍ ଈଗଲ୍ ବୁକ୍ସ : ଭୁବନେଶ୍ୱର, ଓଡ଼ିଶା • ଡବ୍‌ଲିନ୍, ଯୁକ୍ତରାଷ୍ଟ୍ର ଆମେରିକା

BLACK EAGLE BOOKS

USA address:
7464 Wisdom Lane
Dublin, OH 43016

India address:
E/312, Trident Galaxy, Kalinga Nagar,
Bhubaneswar-751003, Odisha, India

E-mail: info@blackeaglebooks.org
Website: www.blackeaglebooks.org

First International Edition Published by
BLACK EAGLE BOOKS, 2022

CHITRITA CHADARA
by **Dr. Krushna Prasad Mishra**

Cover & Interior Design: Ezy's Publication

ISBN- 978-1-64560-085-5 (Paperback)

Printed in the United States of America

କୃଷ୍ଣପ୍ରସାଦ ମିଶ୍ର ତାଙ୍କ ସମକାଳୀନ ଗାଳ୍ପିକମାନଙ୍କଠାରୁ ଭିନ୍ନ ଧରଣର ଗଳ୍ପ ଲେଖିଛନ୍ତି । ସେ ତାଙ୍କ ଗଳ୍ପରେ ସବୁବେଳେ ଭାରତୀୟ ଐତିହ୍ୟ, ସଂସ୍କୃତି ପ୍ରତି ବିଶେଷ ସଚେତନ ମନେ ହୁଅନ୍ତି । ଏପରିକି ତାଙ୍କର ଚରିତ୍ରଗୁଡ଼ିକ ବିଶ୍ୱ ପରିକ୍ରମା କରିଥିଲେ ସୁଦ୍ଧା ଭାରତୀୟ ସଭ୍ୟତା ଓ ମୂଲ୍ୟବୋଧକୁ ଢେର ସମ୍ମାନ ଦିଅନ୍ତି । ସେ ସମସାମୟିକ ବିଶ୍ୱ ଭିତରେ ଘଟୁଥିବା ପରିବର୍ତ୍ତନ ଓ ବିଜ୍ଞାନର ଅଗ୍ରଗତିକୁ ତାଙ୍କର କ୍ଷୁଦ୍ରଗଳ୍ପରେ ଦକ୍ଷତାର ସହ ପ୍ରକାଶ କରିଥିଲେ ସୁଦ୍ଧା । ଏଥିସହିତ ଆମ ପ୍ରାଚୀନ ଦାର୍ଶନିକ ଚିନ୍ତନକୁ ଯଥାସ୍ଥାନରେ ସେ ସଂଯୋଗ କରିପାରନ୍ତି । ଆଧୁନିକ ସଭ୍ୟତାର ଶୀର୍ଷରେ ଥିବା ଆମେରିକାର ଚଳଣି, ଚାକଚକ୍ୟ ଭିତରେ ସେ ଅନେକତ୍ର ଦେଖିଛନ୍ତି ଅସ୍ଥିରତା । ଯାହାଫଳରେ ପାଶ୍ଚାତ୍ୟର ଅସ୍ଥିର ପଦଧ୍ୱନିକୁ ଭାରତୀୟ ପାରମ୍ପରିକ ଆଦର୍ଶ ଓ ଶୁଭଚିନ୍ତା ଭିତରେ ତାଙ୍କର ଗଳ୍ପରେ ସେ କରିଛନ୍ତି ବ୍ୟବସ୍ଥିତ । ପାଶ୍ଚାତ୍ୟ ସହିତ ପ୍ରାଚ୍ୟ ଭାବାଦର୍ଶକୁ ଏକ ନୂଆ ପୃଷ୍ଠଭୂମିରେ ଦେଖିବା ହେଉଛି ତାଙ୍କ ଗଳ୍ପ କାହିଁକି ସାମଗ୍ରିକ ଭାବରେ ତାଙ୍କ ସହିତ୍ୟର ବିଶେଷତ୍ୱ । ଜଣେ ଗଭୀର ଆଧ୍ୟାତ୍ମବାଦୀ ଭାରତୀୟ ଲେଖକ ଭାବେ ସେ ସର୍ବତ୍ର ତାଙ୍କ ରଚନାରେ ଦେଇଛନ୍ତି ଆପଣାର ପରିଚୟ । ଓଡ଼ିଆ ସାହିତ୍ୟରେ ବିଂଶ ଶତକରେ ଡକ୍ଟର କୃଷ୍ଣପ୍ରସାଦ ମିଶ୍ର ତାଙ୍କର ଏ ଯେଉଁ ପରିଚୟ ଦେଇଛନ୍ତି ତାହା ତାଙ୍କୁ ଆମ ସାହିତ୍ୟ ଇତିହାସରେ ଅମର କରି ରଖିବ ।

– ଡ. ବାଉରୀବନ୍ଧୁ କର
ପ୍ରାବନ୍ଧିକ ଓ ସମାଲୋଚକ

ମନୋଜ,

କେଉଁ ଶିଷ୍ଟ ଓ ବିଶିଷ୍ଟ ଲେଖକଙ୍କ ସମକାଳୀନ ହୋଇ ଜଣେ ଜନ୍ମଗ୍ରହଣ କରିବ, ତାହା ବିଧି ନିର୍ଦ୍ଦିଷ୍ଟ ବୋଲି ମୁଁ ମନେକରେ। ସମକାଳୀନ ବିଶିଷ୍ଟ ଗାଳ୍ପିକମାନଙ୍କ ମଧ୍ୟରେ ତୁମେ ସର୍ବୋତ୍ତମ। 'ଚିତ୍ରିତ ଚାଦର' ବାହାରେ ଥିବା ସତ୍ତାକୁ ତୁମେ ଉପଲବ୍ଧି କରିବା ପାଇଁ ପଣ୍ଡିଚେରୀ ଚାଲିଗଲ। ତୁମକୁ ମୁଁ 'ଚିତ୍ରିତ ଚାଦର' ବହିଟି ଉତ୍ସର୍ଗ କରୁଛି।

-କୃଷ୍ଣ

ସୂଚିପତ୍ର

ଚିତ୍ରିତ ଚାଦର

ସେ ମୋର ସବୁଠୁ ପ୍ରିୟ ଛାତ୍ର ଥିଲା । ଉଇଟ୍‌ଗେନ୍‌ଷ୍ଟାଇନ୍‌ଙ୍କ ଦ୍ୱିତୀୟ ପର୍ଯ୍ୟାୟର ଭାଷା ବିଶ୍ଳେଷଣ ପଦ୍ଧତି ଓ ତା'ର ଦର୍ଶନ ବତାଇବାବେଳେ ସେ ହିଁ ଏକମାତ୍ର ଛାତ୍ର ଯେ ଶ୍ରେଣୀରେ ମୌଳିକ ପ୍ରଶ୍ନମାନ ଉଠାଉଥିଲା ଓ କ୍ଲାସ ସରିବା ପରେ ମୋ ପଛେ ପଛେ ରୁମ୍‌କୁ ଆସି ତା'ର ନିଜର ଚିନ୍ତା ଓ ବିଚାର ମୋ ଆଗେ କହୁଥିଲା । ଥରେ ସେ କହିଥିଲା, ଭାଷାର ଗୋଟିଏ ଚାଦର ମୁଁ ଘୋଡ଼େଇ ହେଲାଭଳି ଲାଗୁଛି । ସେ ଚାଦରସାରା ନାନା ଚିତ୍ର, ନାନା ରଙ୍ଗର ନାନା ରୂପ – କେଉଁଠି ସୂର୍ଯ୍ୟ, କେଉଁଠି ଚନ୍ଦ୍ର, କେଉଁଠି ଏ ପୃଥିବୀ, କେଉଁଠି ମୋର ଇଉନିଭରସିଟି, ବାଘ, ଭାଲୁ, କୁକୁର, କେଉଁଠି ମୋର ନିଜର ମାତା, ଭଉଣୀ, ଘର ବାଡ଼ି, ବଗିଚା, କେତେ କ'ଣ । ଏ ପତଳା ଚାଦର ବାହାରେ କ'ଣ ଅଛି ଦେଖିବା ସମ୍ଭବ ପରି ଲାଗୁଥିଲେ ବି ଏତେ ଚିତ୍ର ଯେ, ସେହିଥିରେ ଆଖି ଧ୍ୟାନ ସବୁବେଳେ ଲାଖି ରହୁଛି । ଚାଦର ବାହାରେ ଅଛି ନିଶ୍ଚୟ କିଛି; କିଛି ନ ଥିବାବେଳେ ଆଲୋକ ନିଶ୍ଚୟ ଅଛି; କାରଣ ଆଲୋକ ପଡୁ ନ ଥିଲେ ଚାଦରର ଚିତ୍ରଗୁଡ଼ିକ କିପରି ମୋତେ ଦୃଶ୍ୟ ହୁଅନ୍ତେ ? ଏହି ବିଚିତ୍ର ଚାଦର; କିନ୍ତୁ ମୋର ସମସ୍ତ ସତ୍ତାକୁ ଆବୃତ୍ତ କରି ରଖିଛି କେବେଠୁ କେଜାଣି, ଏହି ଚାଦର ଚିତ୍ର ଦେଖୁ ଦେଖୁ ବୋଧେ ସମସ୍ତଙ୍କର ଜୀବନ ସରିଯାଏ । ଅନେକ ହୁଏତ ଭାବୁଥିବେ ସେମାନେ ବାସ୍ତବତା ଦେଖୁଛନ୍ତି, ଅନୁଭବ କରୁଛନ୍ତି; କିନ୍ତୁ ସେମାନଙ୍କ ଅନୁଭୂତି ନିଜ ନିଜର ଚାଦରଠାରେ ହିଁ ସରିଯାଇଥାଏ ପରା ! ଏପରିକି ବ୍ରହ୍ମାଣ୍ଡ ବୁଲି ଆସିଲେ ମଧ୍ୟ ତାହା ନିଜର ଚାଦରର ଚିତ୍ରିତ ବ୍ରହ୍ମାଣ୍ଡ । ଚାଦର ବାହାରକୁ ଯିବାର ଉପାୟ କ'ଣ ? ସେୟା ମୁଁ ଭାବୁଛି, ଯା'ର ସମାଧାନ ମୁଁ ପାଉନି । ମୃତ୍ୟୁ କ'ଣ ତାହାହେଲେ ଏ ଚାଦର ବାହରକୁ ଯିବାର ଉପାୟ ? ଉଇଟ୍‌ଗେନ୍‌ଷ୍ଟାଇନ୍ ସେୟା କହିବାକୁ ଇଚ୍ଛା କରିଛନ୍ତି କି ଯେତେବେଳେ ସେ କହିଛନ୍ତି Death is not an event of life ନା ଆଉ କିଛି ? ନା ମୃତ୍ୟୁ ମଧ୍ୟ ଚାଦରର ଅନ୍ୟ ଏକ ଚିତ୍ର ?

ବର୍ତ୍ତମାନ ଦୀନବନ୍ଧୁ ମୁଁ ତୁମକୁ ପଚାରୁଛି କିଛି ସମାଧାନ ପାଇଲ ତୁମର ସେହି ପ୍ରଶ୍ନର ? ମୃତ୍ୟୁ ଆଉ ଏକ ଚିତ୍ର ବା ଚିତ୍ରିତ ଚାଦର ବାହାରକୁ ଯିବାର ଏକ ବାଟ ?

ଅନ୍ୟାନ୍ୟ ଅଧ୍ୟାପକମାନେ, କୁଳପତି ଫେରି ଯାଇଥିଲେ। ସନ୍ଧ୍ୟାପୂର୍ବରୁ ତ ଛାତ୍ରଛାତ୍ରୀମାନେ ସେମାନଙ୍କର କର୍ତ୍ତବ୍ୟ ସାରି ଦେଇଥିଲେ। କେତେକଙ୍କର ସନ୍ଧ୍ୟାରେ ସିନେମା ପ୍ରୋଗ୍ରାମ ଥିଲା। ଘରଟି ଭିତରେ ଚଉକିଟିଏରେ ଅଣ୍ଟ ଢଳିପଡ଼ି ଦୀନବନ୍ଧୁର ମା' ବାତ୍ୟା ସରିଯିବା ପରେ ଅଧାଉପୁଡ଼ା ବୃକ୍ଷପରି ଦୀନବନ୍ଧୁ ଆଡ଼କୁ ମୁହଁ କରି ରହିଯାଇଥାଆନ୍ତି। ଖଟଟି ଉପରେ ଦୀନବନ୍ଧୁର ମୃତଦେହକୁ ଧଳା ଚାଦରଟିଏରେ ଆବୃତ୍ତ କରି ରଖା ହୋଇଥାଏ, ଦେହ ଉପରେ ଛାତ୍ରବନ୍ଧୁମାନଙ୍କ ପ୍ରଦତ୍ତ ଅସଂଖ୍ୟ ଫୁଲମାଳ, ଫୁଲପେଣ୍ଡା, ଫୁଲ ପାଖୁଡ଼ା। ମୁଁ ଚେୟାରଟିଏରେ ବସି ଦୀନବନ୍ଧୁଙ୍କର ମା'ଙ୍କୁ ସାନ୍ତ୍ୱନା ଦେଉଥିଲି; କିନ୍ତୁ ଏକମାତ୍ର ପୁଅକୁ ହରାଇଥିବା ଜନନୀକୁ କେଉଁ ଭାଷାରେ କିଏ ସାନ୍ତ୍ୱନା ଦେଇପାରେ ? ଦୀନବନ୍ଧୁର ଅଧ୍ୟାପକଭାବେ ତା' ପରିବାର ସହ ମୋର ପରିଚୟ ଥିଲା, ସେ ଗପର ଖିଅରେ ବାନ୍ଧି ଅନେକ ଥର ମୋତେ ତା' ଘରକୁ ଟାଣି ନେଇଛି, ଅନେକ ଥର ଆମେ ସାଙ୍ଗ ହୋଇ ସିନେମା ଦେଖିଯାଇଛୁ। ଯେଉଁ ଖଟରେ ସେ ଆଜି ନିର୍ଜୀବ ହୋଇ ଶୋଇଛି, କେତେଦିନ ପୂର୍ବେ ସେହି ଖଟରେ ଗୋଡ଼ହାତ ହଲାଇ ସେ କହୁଥିଲା, "ମୋତେ ସାର୍, କଥାସର୍ବସ୍ୱ ହୋଇ ରହିବାକୁ ଭଲ ଲାଗେନି; ମୁଁ ସିନା ଦର୍ଶନ ପଢୁଛି; କିନ୍ତୁ ମୁକ୍ତିର ଉପାୟ କର୍ମରେହିଁ ଅଛି ବୋଲି ମୋତେ ବେଳେବେଳେ ଲାଗେ। ମୁଁ ମୋ ମା'କୁ କୁଣ୍ଢାଇ ପକାଇ ଝାଙ୍କି ଦିଏ, କାହିଁକି ଜାଣନ୍ତି, କଲେଜରୁ ଫେରି ସେହିପରି ତାକୁ ଆଦର କରିବାକୁ ଇଚ୍ଛା ହୁଏ ମୋର। ଆପଣ ଜାଣନ୍ତି ମୁଁ...ପିଲା ହୋଇଥିଲି, ମୋ ବାପା ମରିଗଲେ।" ତା'ପରେ ସେ କିଛି ସମୟ ଚୁପ୍ ହୋଇଗଲା। ମୁଁ ତାର ଶୋକାକୁଳ ମୁହଁକୁ ଚାହିଁ ରହିଥାଏ। "ଏଥର ସାର୍ ମୁଁ କଲେଜ ଇଉନିୟନ୍‌ର ପ୍ରେସିଡେଣ୍ଟ୍ ପାଇଁ ନିର୍ବାଚନ ଲଢୁଛି। କ୍ୟାମ୍ପସ୍ ପାଇଁ ବହୁତ କିଛି କରିବାକୁ ଅଛି। କେହି କିଛି କରୁନାହାନ୍ତି। ସମସ୍ତେ ତ ଚାକିରି ପାଇଁ ଡରି ଡରି ଚଳିଲେ। କୁଳପତି ବି ତାଙ୍କ ଚାକିରି ପାଇଁ ସରକାରଙ୍କ ପାଖରେ ଯୋଡ଼ହସ୍ତ। ଏମିତି ହେଲେ ସାର୍, ଶହେବର୍ଷ ଚାଲିଗଲେ ବି ଏ କ୍ୟାମ୍ପସ୍‌ର କିଛି ଉନ୍ନତି ହେବନି। ଏହାର ରାସ୍ତାଘାଟ, କ୍ୟାଣ୍ଟିନ୍, ଅଫିସ୍, କୋଠାଘର ରୂପରେଖ ସବୁ ସେହିପରି ରହିଯିବ। ଏ କ୍ୟାମ୍ପସ୍‌ର ଯେଉଁଠି ହାତ ଦିଅନ୍ତୁ, ଦେଖିବେ ଅସନ୍ତୋଷର ନିଆଁ ତାକୁ କିପରି ଭସ୍ମ କରି ରଖିଛି। କ୍ୟାମ୍ପସ୍‌ରେ ଥିବାବେଳେ ସବୁବେଳେ ମୁଁ ଏକ ତୀବ୍ର କୁହୁଳିଆ ଗନ୍ଧ ଆଘ୍ରାଣ କରିଛି।"

- କିନ୍ତୁ ହେଲା କ'ଣ ଦୀନବନ୍ଧୁ। ତୁମର ରୂପରେଖ ବଦଳିଗଲା। ଇଉନିଭରସିଟି ଯେମିତି ସେମିତି ରହିଗଲା।

ଶୋକାତୁରା ମାତାଙ୍କୁ କିଛି ନ କହିଲେ ମଧ୍ୟ ମୁଁ ବସି ରହିବାଦ୍ୱାରା ସେ କିଛି ଧୈର୍ଯ୍ୟ ପାଇବେ ବୋଲି ମୋର ବିଶ୍ୱାସ ଥିଲା। ଦୀନବନ୍ଧୁ ମୁଣ୍ଡରେ ମସ୍ତବଡ଼ ବ୍ୟାଣ୍ଡେଜ୍ ଭିଡ଼ା ହୋଇଥାଏ, ମୁଣ୍ଡରେ ଆଘାତ ପାଇ ସେ ମରିଥିଲା।

ପୁଲିସ୍‌ଠୁ ଶବ ଆଣୁ ଆଣୁ ଆଠ ଦଶ ଘଣ୍ଟା ଡେରି ହୋଇଗଲା। ସହରରେ ଶହେ ଚଉରାଳିଶି ଜାରି ହୋଇଥିଲା। ମିଲିଟାରୀ ପୁଲିସ୍ ସବୁଆଡ଼େ ଛାଇ ହୋଇ ଯାଇଥିଲେ। ତଥାପି ଏକାଠି ନ ହେଲେ ବି ଦୀନବନ୍ଧୁର ଛାତ୍ରବନ୍ଧୁମାନେ ଅଲଗା ଅଲଗା ଆସି ତା'ର ଶେଷ ଦର୍ଶନ କରି ଫେରିଯାଇଥିଲେ, ତା' ଶବ ଉପରେ ପାଦ ପାଖରେ ଫୁଲ ପକାଇ ଦେଇ ଯାଇଥିଲେ। ଆସନ୍ତା କାଲି ସକାଳେ ଶବ ଶୋଭାଯାତ୍ରା ପାଇଁ ଜିଲ୍ଲାପାଳଙ୍କଠୁ ଅନୁମତି ଆସିଛି।

ଦୀନବନ୍ଧୁଙ୍କର ମା'ଙ୍କୁ ସାନ୍ତ୍ୱନା ଦେବାପାଇଁ ସେମାନେ ଦୀନବନ୍ଧୁ ବିଷୟରେ ଅନେକ କଥା କହି, ତାର ଅନେକ ଗୁଣ କୀର୍ତ୍ତନ କରି ଯାଇଥିଲେ।

ମା ! ଯଦି ଦୀନବନ୍ଧୁ ମରି ନ ଥାନ୍ତା ଦେଖିଥାନ୍ତେ ସେ ବଡ଼ ହେଲେ କ'ଣ ହୋଇଥାନ୍ତା ! ଆମେମାନେ ଦିନେ ତାକୁ ଏ ଦେଶର ପ୍ରଧାନମନ୍ତ୍ରୀ କରି ଦେଇଥାଆନ୍ତୁ। ପର ଦୁଃଖ ବୁଝିବା ପାଇଁ ତା'ପରି ଆଉଜଣେ କେହି ବାହାରିବେନି। ରିସେସ୍ ପିରିୟଡ୍‌ରେ ସେ କେବେ ଏକା କ୍ୟାଣ୍ଟିନ୍‌କୁ ଖାଇବାକୁ ଯାଏନି। ସାଙ୍ଗରେ ପାଞ୍ଚ ଛଅ ଜଣଙ୍କୁ ନିଶ୍ଚୟ ନେବେ, କାହାକୁ ଭୋକ କରୁଛି, କାହାର ପାଖରେ ପଇସା ନାହିଁ, ସମସ୍ତଙ୍କୁ ପଚାରିବ, ସମସ୍ତଙ୍କୁ ନେଇ ବରା, ସିଙ୍ଗଡ଼ା ଖୁଆଇବ, ଚା' ପିଆଇବ, ତା'ପରେ ଡିପାର୍ଟମେଣ୍ଟ ଫେରିବ। ସେ କେବଳ ସାର୍‌ଙ୍କ ପିରିଅଡ୍‌କୁ ନିୟମିତ ଆଟେଣ୍ଡ କରେ, ଅନ୍ୟବେଳେ ତ ପିଲାଙ୍କ ଦୁଃଖ ସୁଖ ବୁଝିବାପାଇଁ ଡିପାର୍ଟମେଣ୍ଟ ବୁଲୁଥାଏ।

କେତେ ଭଦ୍ର ଥିଲା ସେ। ତା' ପାଟିରୁ କେବେ ଅସଭ୍ୟ ଅଶ୍ଳୀଳ କଥା କେହି ଶୁଣିନାହାନ୍ତି, କି କୁଳପତି, କି ଅଧ୍ୟାପକମାନଙ୍କୁ ଅଯଥା ସମାଲୋଚନା କରିବା କେହି ଶୁଣିନାହାନ୍ତି। ସେଇଥିପାଇଁ ତ ସେ ଆମମାନଙ୍କ ନେତା ଥିଲା। କି ଅଶୁଭ ମୁହୂର୍ତ୍ତରେ କ୍ୟାମ୍ପସ୍‌ର କେତେଜଣ ପୁଅଝିଅ ମିଶି ପିକ୍‌ନିକ୍ ପାଇଁ ଯାଇଥିଲେ ଓ ପିକ୍‌ନିକ୍ ସ୍ପଟ୍‌ରେ କ୍ଲିନର କଣ୍ଡକ୍ଟରଙ୍କ ସହ ସେମାନଙ୍କର ବଚସା ହେଲା କେଜାଣି, ତାହା ଏତେ ଉଗ୍ରଆକାର ଧାରଣ କରିବ ବୋଲି କିଏ ଭାବିଥିଲା; କିନ୍ତୁ ଆନ୍ଦୋଳନ ସାରା ସେ ଘରୋଇ ବସର କ୍ଲିନ୍‌ର କି ଡ୍ରାଇଭରମାନଙ୍କୁ ନିଷ୍ଠୁର କରି ପଦୁଟିଏ କଥା ମଧ୍ୟ କହିନି। ସବୁବେଳେ ସେମାନଙ୍କୁ ଆପଣ ସମ୍ବୋଧନ, ଭଦ୍ର ବ୍ୟବହାର; କିନ୍ତୁ ସମାଧାନ କିଛି ହୋଇପାରିଲାନି, ଶେଷ ପର୍ଯ୍ୟାୟରେ ମୁଖ୍ୟମନ୍ତ୍ରୀଙ୍କ ଯିବା ବାଟ ବନ୍ଦକରି ପିକେଟିଂ କରିବାକୁ ପିଲାଏ ସ୍ଥିର କଲେ। ସେହିଠାରେ ଲାଠିମାଡ଼ ଆରମ୍ଭ ହେଲା। ପିଲାଏ

ଦଉଡ଼ିଗଲେ, ଦୀନବନ୍ଧୁ କିନ୍ତୁ ଦଉଡ଼ି ଚାଲିଗଲାନି। ଲାଠି ମାଡ଼ରେ ଲହୁ ଲୁହାଣ ହୋଇ ହସପିଟାଲକୁ ଆସିବାବେଳେ ବାଟରୁ ପୋଲିସ ତାକୁ ନିଜ କଷ୍ଟୋଡ଼ିକୁ ନେଇଗଲେ ଓ ଶେଷରେ ହାସପାତାଳରେ ତା'ର ମୃତ୍ୟୁ।

- ବସ୍‌ପୋଡ଼ା ପ୍ରସ୍ତାବକୁ ସେ ମୂଳରୁ ବିରୋଧ କରି ଆସିଥିଲା, ବସ୍‌ପୋଡ଼ା ତା' କାମ ନୁହେଁ କି ତା' ନେତୃତ୍ୱରେ ପରିଚାଳିତ ପିଲାଙ୍କ କାର୍ଯ୍ୟ ନୁହେଁ। ବସ୍‌ପୋଡ଼ିବାବେଳକୁ ତ ସେ ହାସପାତାଳରେ ମୂର୍ଛା ହୋଇ ପଡ଼ିଥିଲା। ବସ୍ ଦୁର୍ବୃତ୍ତମାନେ ପୋଡ଼ିଛନ୍ତି, ଯେଉଁମାନେ ବସ୍ କିପରି ପୋଡ଼ାଯାଏ ସେ ବିଷୟରେ ଅଭିଜ୍ଞ। ସେମାନେ କେତେଜଣ ପାଚେରି ଡେଇଁ ଆସି ବସ୍‌ଗୁଡ଼ିକରେ ନିଆଁ ଲଗାଇ ଦେଇ ମାଙ୍କଡ଼ ପରି ପୁଣି ପାଚେରି ଡେଇଁ ଚାଲିଗଲେ। ସେମାନେ କିଏ କିପରି ଆସିଲେ ଆମେ ତାହା ଜାଣିନୁ; କିନ୍ତୁ ସେମାନେ ଆମ ମନକଥା ଜାଣିନେବା ପରି ବସ୍‌ଗୁଡ଼ିକରେ ଅଗ୍ନିସଂଯୋଗ କରିଦେଇ ଆମ କାମ କଲାପରି କାର୍ଯ୍ୟକରି ଚାଲିଗଲେ। ଆମେ ଖୁସି ହେଲୁ, କାରଣ ଆମ ନେତା ହାସପାତାଳରେ ମୂର୍ଚ୍ଛିତ ହୋଇ ପଡ଼ିଥିଲା। ମନରେ ସେତକ ରାଗଥିବାରୁ ବସ୍‌କୁ ହାଇଜ୍ୟାକିଂ କରି କ୍ୟାମ୍ପସ୍ ଭିତରୁ ଆଣିଥିବାରୁ ଆମେ ସେହି ଦୋଷରେ ଦୋଷୀ; କିନ୍ତୁ ଲକ୍ଷ ଲକ୍ଷ ଟଙ୍କାର ସେହି ବସ୍‌ଗୁଡ଼ିକୁ ଆମେ ପୋଡ଼ି ନାହୁଁ।

ଦୀନବନ୍ଧୁ ସଙ୍ଗରେ ତା'ର ଦକ୍ଷିଣହସ୍ତ ପରି ବୁଲୁଥିବା ଆଉ ଜଣେ ଛାତ୍ର କହିଥିଲା, ଦୀନାଠୁ ଧୀର ଶାନ୍ତ ପିଲା ଆଉ ମିଳିବେନି ମାଉସୀ। ଝିଅପିଲାଙ୍କୁ ଏହି ଆନ୍ଦୋଳନକୁ ଟାଣିବାକୁ ତା'ର ଜମାରୁ ଇଚ୍ଛା ନ ଥିଲା। ସେମାନଙ୍କ ଇଜ୍ଜତ୍ ମାନସମ୍ମାନକୁ ଜଗିବା ସେମାନଙ୍କ ଭାଇମାନଙ୍କର, ପୁଅ ପିଲାଙ୍କର ବୋଲି ତା'ର ଯୁକ୍ତି ଥିଲା। ପୋଲିସ ଥରେ ଗୋଡ଼ାଇଲେ ଝିଅପିଲା ଦଉଡ଼ି ପାରିବେନି, ଶାଢ଼ୀ ଯୋଗୁଁ ଛନ୍ଦି ହୋଇପଡ଼ିବେ। ଆଉ ଥରେ ପୋଲିସ ହାତରେ ପଡ଼ିଲେ ଯୌନ ବୁଭୁକ୍ଷୁ ପୁରୁଷ ସିପାହୀ ସେମାନଙ୍କ ପ୍ରତି କ'ଣ ବ୍ୟବହାର କରିବେ, ତାର କ'ଣ ଠିକଣା ଅଛି। ଆମ ଦେଶରେ ତ ସ୍ତ୍ରୀ ଲୋକଙ୍କୁ ଛୁଇଁଦେଲେ ସେମାନଙ୍କୁ ନିଆଁରେ ପଶି ସତୀତ୍ୱର ପରୀକ୍ଷା ଦେବାକୁ ହୁଏ; କିନ୍ତୁ ଆଜିକାଲିକା ଝିଅ ପିଲାଙ୍କୁ ଆପଣ କମ୍ ଭାବିବେନି ମାଉସୀ। ଗଣ୍ଡଗୋଳ କରି ନେତା ହେବାକୁ ସେମାନେ ଭାରି ହମ ହମ। ଦୀନାକୁ ସେଇମାନେ ଉସ୍‌କାଇଲେ ଷ୍ଟ୍ରାଇକ୍ ଫ୍ରାଇକ୍ କରି କିଛି ବଡ଼ଧରଣର ଗଣ୍ଡଗୋଳ ଆରମ୍ଭ କରିଦେବାକୁ, ନ ହେଲେ ନିର୍ବାଚନରେ ବିପୁଳ ସଂଖ୍ୟାଗରିଷ୍ଠତା ସେ ହାସଲ କରିବ କିପରି ? କ୍ୟାମ୍ପସ୍ ନିର୍ବାଚନରେ ସଭାପତି ପଦ ପାଇବାକୁ ଇଚ୍ଛା ଥିବା ଛାତ୍ରକୁ ଗଣ୍ଡଗୋଳ କରିବାକୁ ହେବ, କଣ୍ଠାରେ ଲୁଗା ପକାଇ ହେଉ ପଛେ କର୍ତ୍ତୃପକ୍ଷଙ୍କ ସହ

କଳହ କରି ନିଜକୁ ନେତା ବୋଲି ପ୍ରମାଣ କରିବାକୁ ହେବ, ତାହାହେଲେ ଯାଇ ସିନା ବିଜୟ ବରଣମାଳା ତା' ବେକରେ ଲମ୍ବିବ।

ଆପଣ ମାଉସୀ ଦେଖିଥାନ୍ତେ ସେ ଦୃଶ୍ୟ। ବସ୍ ଉପରେ ଦୀନା ବସି ସ୍ଲୋଗାନ ଦେଉଥିବାବେଳେ ସେମାନେ ବସ୍ ଉପରେ ତା' ଚାରିକଡ଼େ ବସି କିପରି ସ୍ଲୋଗାନ୍‌ମାନ ଦେଉଥିଲେ। ବସ୍ ଉପରେ, ବସ୍ ଛାତ ଉପରେ ସେମାନେ ବସି ବାଜା ବଜାଇ ଛାତ୍ରମାନଙ୍କୁ ସେମାନଙ୍କ ଆନ୍ଦୋଳନରେ ଯୋଗଦେବା ପାଇଁ ଆହ୍ୱାନ କରୁଥିଲେ। ସେତେବେଳେ କି ଅମିତାଭ ବଚନ, ଦଶଟା ଅମିତାଭ ବଚନଠୁ ଦୀନା ସୁନ୍ଦର ଦିଶୁଥିଲା।

ସେହି ଯେଉଁ ପତଳୀ ହୋଇ ନେଳି ଶାଢ଼ୀପିନ୍ଧି ଝିଅଟିଏ ଆସି ଦୀନବନ୍ଧୁ ଗୋଡ଼ ପାଖରେ ବସି କାନ୍ଦି କାନ୍ଦି ଲୋଟି ପଡୁଥିଲା, ସେହି ତ ସମସ୍ତ ଗୋପଲୀଳାର ରାଧା। ହାତର ସୁନା କାଚ ବାହାର କରି ଦୀନାକୁ ଦେଇ ସେ ଥଟ୍ଟା କରି ଛାତ୍ରମାନଙ୍କ ମିଟିଂରେ କହିଥିଲା - ଆମମାନଙ୍କ ପ୍ରେଷ୍ଟିଜ୍ କଥା ଦୀନବନ୍ଧୁ - କ୍ୟାମ୍ପସସ୍‌ର ଝିଅପିଲାଙ୍କ ପ୍ରେଷ୍ଟିଜ୍। ଆପଣମାନେ ଯଦି ନାରୀଜାତିର ଏତକ ସମ୍ମାନ ରଖିବାପାଇଁ ସଂଗ୍ରାମ କରିବାକୁ ପଛଘୁଞ୍ଚା ଦିଅନ୍ତି, ତାହାହେଲେ ଠିକ୍ ଅଛି, ଏତକ ସୁନାକାଚ ପିନ୍ଧି ଲେଡ଼ିଜ୍ ହଷ୍ଟେଲ୍‌ରେ କିଛିଦିନ ସୁନା ପିଲାହୋଇ ରହିଯାଆନ୍ତୁ। ଆମେ ଆମର ବ୍ୟବସ୍ଥା କରିବୁ। ସେହି ପତଳୀ ପ୍ରିୟମ୍ବଦାର କଥାରେ ଅଡ଼ିଟୋରିଅମ୍ ଭାଙ୍ଗି ପଡ଼ିଥିଲା ପିଲାଙ୍କ ପାଟିରେ, ସେମାନେ ପ୍ରାଇଭେଟ୍ ବସ୍‌ଗଡ଼ିକର କଣ୍ଡକ୍ଟର କ୍ଲିନରମାନଙ୍କ ବିରୋଧରେ ସଂଗ୍ରାମପାଇଁ ପ୍ରତିଜ୍ଞାବଦ୍ଧ ହୋଇ ଯାଇଥିଲେ ସେଦିନ।

ଆଉଜଣେ ପିଲା ଆଉ ଗୋଟିଏ କଥା କହିଲେ - ଏହି ସବୁକଥା ଘଟୁଥିବାବେଳେ କ୍ୟାଣ୍ଟିନ୍‌ରେ ଦିନେ ବାବାଜୀଟିଏକୁ ନେଇ ଭୀଷଣ ପାଟିତୁଣ୍ଡ ଆରମ୍ଭ ହୋଇଯାଇଥିଲା। ସେ ଏକ ରୋମାଞ୍ଚକର କାହାଣୀ। ବାବାଜୀ ଯାହା ଜଟା ଛିଡ଼ାଇ ଦୀନବନ୍ଧୁ ଉପରକୁ ଫୋପାଡ଼ି ଦେଇ ଚାଲିଗଲା। ଆମ୍ଭେମାନେ ଦିନେ ଦି' ପହରେ କ୍ୟାଣ୍ଟିନ୍‌ରେ ବସି ଚା' ପିଉଥିଲୁ। କୁଆଡୁ ଜଣେ ବାବାଜୀ ଆସି ପହଞ୍ଚିଲା। ଆମ ପାଖରେ ଠିଆ ହୋଇ ସବୁଆଡ଼କୁ ଚାହିଁ ମାଳିକା ଗାଇବାକୁ ଲାଗିଲା। ଜଣେ କିଏ ତାର ଢଙ୍ଗଢାଙ୍ଗ ଦେଖି ସହି ନ ପାରି ଚିଡ଼ିଲାପରି କହିଲା - ଏତେ ଗୀତ କାହିଁକି ? ଏଥର କଥାରେ କୁହ। ବାବାଜୀ ସ୍ୱରକୁ ବିକୃତ କରି କହିଲା - ଆହେ କଥାରେ କହିଲେ ସମ୍ଭାଳି ପାରିବନି ମ। ଛାତି ଦୁଲୁକି ଯିବ; ଅଣଆଶ ବହିବ।

ପୁରୀ ପିଲା ଜଣେ କେହି ପୁଣି ତାକୁ ଚିଡ଼ାଇ ଦେଲା - "ହୁସିଆର ମାହର୍ଜେ। ମାଳିକା କ'ଣ କହୁଛି ଗଦ୍ୟରେ କହିବା ହେଉ।" ହାତହଲାଇ ବାବାଜୀ କହିଲା - "ମେଘ ବର୍ଷା ନ କରି ଖଣ୍ଡ ଖଣ୍ଡେ ହୋଇ ଉଡ଼ିଯିବା କେହି ଦେଖିଥିଲ ? ଦେଖୁଛ

ମେଘ ଉଠଉଛି; କିନ୍ତୁ ବର୍ଷା ନ ହୋଇ ମେଘ ଚାଲିଯାଉଛି। ଏଥିରୁ କ'ଣ ବୁଝିଲ? କେତେ ଅଘଟଣ କଥା ଘଟିବ, ପୃଥ୍ୱୀ ଦୁଲୁକିବ, ବାରହାତ ଖଣ୍ଡା ବୁଲିଯିବ, ସେଥିରେ ଚଉଦପଣ କଟିଯିବେ ବାପ, ଦୁଇପଣହିଁ ରହିବେ। ସେଥକୁ ଆଜିଠୁ ସାବଧାନ ପୁଅ। ଏହି କ୍ୟାମ୍ପସ୍‌ରେ ଦେଖିବ, କେତେ ଉତ୍ପାତ ଆସୁଛି, ଆଗକୁ ଆଗକୁ। ପିଲାଏ ଏଠାକୁ ପାଠ ପଢ଼ିବାକୁ ଆସୁଛନ୍ତି, ପାଠ ନ ପଢ଼ି କହୁଛନ୍ତି ପରୀକ୍ଷା ଘୁଞ୍ଚାଅ। ପରୀକ୍ଷାରେ କପି କରୁଛନ୍ତି, କପି ଧରିଲେ ମାଷ୍ଟ୍ରଙ୍କୁ ହେଉଛି ମାଡ଼। କେଉଁ ନ୍ୟାୟ କଥାରେ ପିଲେ ଏ କେଉଁ ନ୍ୟାୟ କଥା। ପୃଥ୍ୱୀ ଏହାକୁ ସହିବ? ତୁମେ କ୍ୟାଣ୍ଟିନ୍‌ରେ ଖାଇବ, ଖାଇସାରି ପଇସା ନ ଦେଇ ଚାଲିଯିବ। ପଇସା ମାଗିଲେ ଷ୍ଟ୍ରାଇକ୍। ନ ହେଲେ କ୍ୟାଣ୍ଟିନ୍ ଲୁଟି।"

ବାବାଜୀ କଥାରେ ଅତିଷ୍ଠ ହୋଇଯାଇ ପିଲାଏ ପାଟିତୁଣ୍ଡ କରି ତାକୁ "ମାତାଜୀ ପାଖକୁ ଯାଅ, ଆଜି ବାବାଜୀଙ୍କର ଚିଲମ ବେଶି ପଡ଼ିଯାଇଛି, କେଉଁ ମାଳିକା ପଢ଼ିଛୁବେ?" କହି ତଡ଼ିଦେଲେ। ସେହି ସମୟରେ ବାବାଜୀ ଗରମ ହୋଇଯାଇ ଜଟାରୁ ଖଣ୍ଡେ ଛିଣ୍ଡାଇ ଫୋପାଡ଼ି ଦେଲା, ସମସ୍ତଙ୍କ ଉପରକୁ। ତାହା ଶୂନ୍ୟରୁ ଝିଟିପିଟି ଖସିବା ପରି ଦୀନବନ୍ଧୁର ସିଙ୍ଗଡ଼ା ପ୍ଲେଟରେ ଥପ୍ କରି ପଡ଼ିଲା। ଦୀନବନ୍ଧୁ ସେହି ଜଟାକୁ ଚାହିଁଦେଇ ବିଷଣ୍ଣ ହୋଇଗଲା। ସେଦିନ ସାରା ଅନ୍ୟମନସ୍କ ରହିଲା ସେ।

ସମସ୍ତେ ଦୀନବନ୍ଧୁର ଗୁଣକୀର୍ତ୍ତନ କରି ତା' ମା'କୁ ସାନ୍ତ୍ୱନା ଦେଇ ଚାଲିଯିବା ପରେ ସେ ମୋ ଆଡ଼କୁ ହଠାତ୍ ଅସହାୟ ହୋଇ ଚାହିଁ ଦେଇଥିଲେ। ମୁଁ ଘରକୁ ନ ଫେରି ସେଦିନ ରାତିରେ ସେଇଠି ରହିଯିବି ବୋଲି ସେତିକିବେଳେ ସ୍ଥିର କଲି। ମୁଁ ଦୀନବନ୍ଧୁ ମା'ଙ୍କୁ ବୁଝାଇଥିଲି, ଥରେ ଦୀନବନ୍ଧୁକୁ ମୋ ରୁମ୍‌ରେ ବୁଝାଇଥିବା ପରି।

ଆଧୁନିକ ସମାଜରେ ଯେତେ ପରିବର୍ତ୍ତନ ହେଉଛି, ତା'ର ମୂଳରେ ସବୁଠି ଛାତ୍ର ନେତୃତ୍ୱ ରହିଛି, ଭବିଷ୍ୟତରେ ରହିବ ମଧ୍ୟ। କେବେ ସେମାନେ ଶିକ୍ଷା ଲାଭପାଇଁ ସମାଜଠୁ ବିଚ୍ଛିନ୍ନ ହୋଇ ଗୁରୁକୁଳରେ ରହୁଥିଲେ; କିନ୍ତୁ ତା' ଅତୀତର କଥା। ସେମାନେ ସେପରି ଶିକ୍ଷା ଆଉ ପାଇବା ସମ୍ଭବ ନୁହେଁ କି ଉଚିତ ମଧ୍ୟ ନୁହେଁ। ସେମାନେ ସଂସାରରେ ରହି ଖବରକାଗଜ ପଢ଼ି ସମାଜର ଦୁଃଖ ଦୁର୍ଦ୍ଦଶା ଘରେ ରହି ଜାଣିବେ, ଘରର ଅଶାନ୍ତି ଦ୍ୱନ୍ଦ୍ୱ ଜାଣି ଆଉ ନିରପେକ୍ଷ ହୋଇ ରହିପାରିବେ କିପରି? ସେମାନେ ରାଜନୀତିରେ ଭାଗ ନେବେ - ନେବାକୁ ବାଧ୍ୟ ହେବେ। ଆଦର୍ଶ ସମାଜ ପାଇଁ ସେମାନେ ଲଢ଼ିବେ - ଲଢ଼ିବାକୁ ବାଧ୍ୟ ହେବେ; କାରଣ ଅବକ୍ଷୟ ସମାଜ ସେମାନଙ୍କୁ ସକଳ ଦୁଃଖଶୋକ ଦେଉଛି ଯେ। ସେମାନେ ଜାଣନ୍ତି ସେମାନଙ୍କ ଅଭାବ, ଦୁଃଖ, ନିରାଶା ଓ ଅଶାନ୍ତି ପଛରେ ଏହି ସମାଜ ଗଠନହିଁ କାରଣ। ସେମାନେ ସ୍ୱାଧୀନତାପାଇଁ ଲଢ଼ନ୍ତି। ଏ ପ୍ରକାର ସ୍ୱାଧୀନତା ଆସିଗଲେ, ଅନ୍ୟାନ୍ୟ ଆନୁଷଙ୍ଗିକ ଶ୍ରେୟପାଇଁ ମଧ୍ୟ ଲଢ଼ିଥାନ୍ତି।"

ମୁଁ ଦୀନବନ୍ଧୁକୁ କେବଳ ଗ୍ରନ୍ଥକୀଟ ନ ହୋଇ ପବ୍ଲିକ ଲାଇଫ୍ ସହ ଜଡ଼ିତ ହେବାକୁ ପ୍ରୋତ୍ସାହନ ଦେବାପରି ତା'ର ମା'ଙ୍କୁ ମଧ୍ୟ ସେହିପରି କହି ଚାଲିଥିଲି, ଯେତେବେଳେ ତାଙ୍କର ଘୁଙ୍ଗୁଡ଼ିହିଁ ମୋତେ ମୋର ଅଧ୍ୟାପନା ଦାୟିତ୍ୱରୁ ଅବସର ଦେଇଥିଲା। ତା'ପରେ ମୁଁ ବାରଣ୍ଡାକୁ ଉଠିଯାଇ ଆର୍ମ ଚେୟାରଟା ଉପରେ ଶୋଇବାର ଚେଷ୍ଟା କଲି। ସେ ଜାଗାରୁ ଶବର ମୁହଁ ପାଖଟା ପରିଷ୍କାର ଦିଶୁଥାଏ।

ସେହି ମୁହଁଟାକୁ କୋଳରେ ଚାପିଧରି ଦୀନବନ୍ଧୁର ବିଧବା ମା' କିଛି ସମୟ ତଳେ ବାହୁନି ଥିଲେ, "ବାବୁରେ, ମୋତେ ପରା ତୀର୍ଥ କରିଯିବାକୁ କହିଥିଲୁ। ଉଠ୍ ବାବୁ, ତୀର୍ଥ କରିଯିବା। ବାବୁରେ ମୋତେ ପରା ସୁଖରେ ଅୟସରେ ରଖିବୁ ବୋଲି କହିଥିଲୁ। ଭଉଣୀମାନଙ୍କୁ ଭଲ ଘରେ ବିଭା କରାଇବାକୁ ପରା କହିଥିଲୁ। ଉଠ୍ ତା' ହେଲେ ଶୋଇରହିଲୁ ଯେ, ଧନ ମୋର ଉଠ୍, ସେମାନଙ୍କ ବିଭାଘର ସମୟ ହୋଇଗଲା ଯେ। ତୋ ହାତରେ ପରା ମୋତେ ସମର୍ପି ଦେଇ ତୋ ବାବା ଚାଲିଯାଇଥିଲେ। ତୁ ପୁଣି କେମିତି ମୋତେ ଠକି ଦେଇ ଚାଲିଯାଉଛୁ। ଉଠ୍ ମୋ ଧନ, ମୋତେ ଡରାନା। ତୋ ଭଉଣୀ ଦି'ଟାକୁ ଗେଲ କରିପକା ତ, ସେମାନଙ୍କୁ ଟିକିଏ ବୁଲାଇ ଆଣ ତ, ସେମାନେ ଭାଇନା ଭାଇନା କହି କେତେ କାନ୍ଦିଲେଣି ଦେଖିଲୁ, ଏତେ ଗେଲବସର କ'ଣ ଏଇଥିପାଇଁ କରିଥିଲୁ ସେମାନଙ୍କୁ। ଦୀନା ମୋର, ବାବୁ, ଉଠିପଡ଼ ଏଥର।"

ମୁଁ ସହି ନ ପାରି ରୁମାଲରେ ଆଖି ପୋଛି ପୋଛି ବାରଣ୍ଡାରୁ ଚାଲିଯାଇଥିଲି। ରୁମ୍‌ରେ ରୁଣ୍ଡ ହୋଇଥିବା ଛାତ୍ରମାନେ ଭୋ ଭୋ କାନ୍ଦୁଥିଲେ। ରାତି କେତୁଟା ବାଜିଥିବ କେଜାଣି ଥପ୍ କରି ଶବ୍ଦରେ ମୋର ନିଦଟା ଭାଙ୍ଗିଗଲା। ମୁଁ ଡରିଯାଇ ଶେଯରେ ବସିପଡ଼ିଲି। ଶୋଇବା ଘରେ ଲାଇଟ୍‌ଟା ଜଳୁଥାଏ। ଖଟ ପାଖରେ ଗୋଟାଏ ଖୁବ୍ ମୋଟା ଶହେ ଟଙ୍କିଆ ନୋଟ୍ ବିଡ଼ା ପଡ଼ିଥାଏ।

ମୁଁ ନୋଟ୍ ବିଡ଼ାକୁ ଚାହିଁ ଆଶ୍ଚର୍ଯ୍ୟ ହୋଇଯାଇ ଦୀନବନ୍ଧୁର ମା'ଙ୍କ ମୁହଁକୁ ଚାହିଁଲି, ଦୀନାର ଧଳା କନାରେ ଆବୃତ ଶରୀରଟାକୁ ଚାହିଁଲି। ଫୁଲଗୁଡ଼ାକ ଉପରେ ସେତେବେଳେ ଗୋଟାଏ ବଡ଼ ମାଛି ଉଡୁଥାଏ।

ମୋର ଜୋର୍‌ରେ ନିଶ୍ୱାସ ପ୍ରଶ୍ୱାସ ଯିବାକୁ ଆରମ୍ଭ ହେଲା। କିଏ ଯେପରି ଦୀନବନ୍ଧୁର ସ୍ୱରରେ କହୁଥିଲା, "ସାର୍। କ'ଣ କରାଯାଏ ଏ ଚିତ୍ରିତ ଚାଦରଟିରେ ଏ କଥାର ମଧ୍ୟ ଚିତ୍ର ଅଛି। ଆଗରୁ ଛାପା ହୋଇଯାଇଛି ସାର୍। ମୁଁ କ'ଣ କରିବି। ଏ ଚାଦର ବାହାରକୁ ଚାଲିଗଲେହିଁ ରକ୍ଷା ସାର୍।"

■

ଅବଦୁଲ୍ଲା ମୋର କକେଇ

ଦିନେ ଦୁଇଦିନର ଛୁଟି କଟାଇବା ପାଇଁ ଏଇଭିତରେ ପ୍ରସିଦ୍ଧ ହୋଇଯାଇଥିବା ଆମର ଗାଁକୁ ମୁଁ ଆସି ପହଞ୍ଚି ଲୁଗା ବଦଳାଇ ବାରଣ୍ଡାରେ ବସିଥିଲି, ସେମେଷ୍ଟର ଖାତାଗୁଡ଼ାକ କଥା ମନେପଡ଼ିଗଲା ଓ ସେଗୁଡ଼ିକୁ ଘରେ ଚାବି ପକାଇ ରଖାଯିବା ଉଚିତ ଭାବି ମୁଁ ଭିତର ଘରକୁ ଯିବାକୁ ଉଦ୍ୟତ ହେଉଥିବାବେଳେ ଗାଁ ମୁଣ୍ଡରେ ଚାରିଜଣ ଲୋକ ଦେଖାଦେଲେ ଓ ସେମାନେ ଆମରି ଘର ଠିକଣା ପଚାରି ପଚାରି ଆସୁଛନ୍ତି ବୋଲି ଡୁମା ପେଟଟାକୁ ଆଗକୁ ବାହାର କରି ଦଉଡ଼ି ଦଉଡ଼ି ପୂରା ଲଙ୍ଗଳା ପିଲାଟାଏ ଧଇଁସଇଁ ହୋଇ ମୋତେ ଖବର ଦେଇଦେଲା। ମୁଁ ଗାଁ ମୁଣ୍ଡକୁ ଚାହିଁଦେଇ ଗୃହ ଆଭ୍ୟନ୍ତରକୁ ଯିବା ପରିବର୍ତ୍ତେ ଦାଣ୍ଡ ପିଣ୍ଡାରେ ସେମାନଙ୍କୁ ଅପେକ୍ଷା କଲି ଓ ସେମେଷ୍ଟର ଖାତାର ଗନ୍ଧରେ କେତେଦୂରରୁ ଶାଗୁଣାମାନେ ଆସିପାରନ୍ତି ଭାବି ଆଶ୍ଚର୍ଯ୍ୟାନ୍ୱିତ ହେଉଥିବାବେଳେ ସେମାନେ ପହଞ୍ଚିଗଲେ ଓ ମୋର ସତର୍କ ଦୃଷ୍ଟିକୁ ସାଧାରଣ ଓ କୋମଳ କରି ପକାଇବା ଚେଷ୍ଟାରେ ଗନ୍ଧବାରି ଆସିଥିବା କଥା ସ୍ୱୀକାର କରିଗଲେ; କିନ୍ତୁ ପରୀକ୍ଷା ଖାତାର ଗନ୍ଧ ନୁହେଁ ବୋଲି ସେମାନେ ମୋତେ ଆଶ୍ୱାସନା ଦେଲେ। ସେମାନଙ୍କ ହାତରେ ଥିବା ପିଲାଙ୍କ ପାଇଁ ଉଦ୍ଦିଷ୍ଟ 'ଚନ୍ଦାମାମା' ପତ୍ରିକା ମୋର ଦୃଷ୍ଟି ଆକର୍ଷଣ କଲା, ଯେପରି ସେମାନଙ୍କ ବଳିଷ୍ଠ ଶରୀର, ସୁପରଫାଇନ୍ ଧୋତି, ସିଲକ୍ ପଞ୍ଜାବୀ ମୋର ନ ହେଲେ ବି ସେ ଲଙ୍ଗୁଳୀ ପିଲାଟାର ଆଖି ଦୁଇଟାକୁ ଡିମା ଡିମା କରି ତାକୁ ଦ୍ରୁତଗାମୀ ସମ୍ବାଦ ବାହକରେ ପରିଣତ କରି ଦେଇଗଲା। ବଳିଷ୍ଠ ଶରୀର ସହ 'ଚନ୍ଦାମାମା' ପଢ଼ିବାର ଅଭ୍ୟାସକୁ ମିଶାଇ ମୁଁ କୌଣସି ସିଦ୍ଧାନ୍ତକୁ ଆସିବାକୁ ଇଚ୍ଛା କରୁ ନ ଥିଲି।

ପରିଚୟ ଆଦାନ ପ୍ରଦାନ ପରେ ସେମାନଙ୍କର ମହତ୍ ଉଦ୍ଦେଶ୍ୟ ସମ୍ବନ୍ଧରେ ମୁଁ ଅବଗତ ହୋଇଗଲି। ମୁଁ ସାଂସ୍କୃତିକ କାର୍ଯ୍ୟରେ ଆଉ ଯୋଗ ଦେଉ ନ ଥିବାରୁ

ସେମାନେ ମୋତେ ମୃଦୁ ଭର୍ତ୍ସନା ପରେ ଧର୍ମାନ୍ତରୀକରଣ ନେଇ ଆମ ଗାଁର ସହସା ପ୍ରସିଦ୍ଧି ନେଇ ମୋଠୁ ସବିଶେଷଭାବେ ଜାଣିବାକୁ ଇଚ୍ଛାକଲେ। ନିଜ ପରିବାରର ଜଣେ ସଦସ୍ୟ ଧର୍ମାନ୍ତରୀକରଣରେ ସମ୍ପୃକ୍ତ ହୋଇପଡ଼ିଥିବାରୁ ସେମାନଙ୍କୁ ଘଟଣା ନେଇ କଥାଗୁଡ଼ିକ କେତେ କହିବି ଓ କେତେଦୂର ଆବୃତ କରି ରଖିବାର ଦ୍ୱିଧା ବହୁଦିନ ପରେ ପ୍ରେମିକ ସ୍ୱାମୀର ସାନ୍ନିଧ ପାଉଥିବା ବଧୂପରି ମୋର ସୃଷ୍ଟି ହୋଇଯାଇଥିଲା। ମୋତେ ଉତ୍ସାହିତ କରି ଚାଲିଥିଲେ, ଆଶ୍ୱସ୍ତ କରି ଚାଲିଥିଲେ, କଳାପାହାଡ଼ ପୁଣି ବ୍ରାହ୍ମଣ ନ ହୋଇ ପାରିବାର, ସମସ୍ତ କାଶ୍ମୀରରୁ ମୁସଲମାନ ପ୍ରତିନିଧି ଦଳ କାଶୀରୁ ବ୍ୟର୍ଥ ମନୋରଥ ହୋଇ ଫେରିଯିବାର ସମୟ ଆଉକିଛି କି ଗଣେଶ୍ୱରବାବୁ ବୋଲି ସେମାନେ ମୋତେ ପ୍ରଶ୍ନ ପଚାରି ଅନେକ ପ୍ରତିଶ୍ରୁତି ଦେଇ ଚାଲିଥିଲେ।

ସେହି ସମୟରେ ଗାଁ ମୁଣ୍ଡରୁ ଘଡ଼ଘଡ଼ିଆ ସ୍ୱରରେ ଶୁଣାଗଲା- "ଏ ଗଣି। ଗଣିଆ। ପିଣ୍ଡାରେ ବସିଛୁଟି କିରେ?" ଅବଦୁଲ୍ଲା କକେଇଙ୍କ ସ୍ୱର ଶୁଣି ମୁଁ ଓ ଆଗନ୍ତୁକ ଭଦ୍ର ବ୍ୟକ୍ତିମାନେ ଗାଁ ମୁଣ୍ଡକୁ ଚାହିଁଲୁ। ତାଙ୍କରି କଥାଇ ତ ପଡ଼ିଥିଲା। ଖାଲି ଦେହଟାରେ ଚେକ୍ କରା ଲୁଙ୍ଗୀଟିଏ ପିନ୍ଧି କଦଳୀ ପତ୍ରରେ ମାଂସ ପୁଡ଼ାଟିଏ ଧରି କକେଇ ଡଗ ଡଗ ହୋଇ ଆମମାନଙ୍କ ଆଡ଼କୁ ଚାଲି ଆସିଥିଲେ, ତାଙ୍କ ପଛେ ପଛେ ମାଂସ ବାସନାରେ ଆକୃଷ୍ଟ ହୋଇ ଚାରି ପାଞ୍ଚୋଟି ନାନା ରଙ୍ଗର, ନାନା ବୟସ ଓ ସ୍ୱାସ୍ଥ୍ୟର ଗ୍ରାମୀଣ ଶ୍ୱାନ କେତୋଟି। ତାଙ୍କର ବଳିଷ୍ଠ ଶରୀର ଓ ଆତ୍ମବିଶ୍ୱାସପୂର୍ଣ୍ଣ କଥାବାର୍ତ୍ତା ଦେଖି ମହମ୍ମଦ ଘୋରୀଙ୍କୁ ଦେଖିଦେବା ପରି ଆଗନ୍ତୁକ ଭଦ୍ରବ୍ୟକ୍ତିମାନେ ସଂତ୍ରସ୍ତ ହୋଇ ଉଠିଥିଲେ।

କକେଇ କିନ୍ତୁ ଏପରି ନ ଥିଲେ, ତାଙ୍କର ଚାଲିଚଳଣି, ବେଶଭୂଷା ଏପରି ନ ଥିଲା। ସେ ମୋର ଲେଖାଯୋଖା କକେଇ, ମୋଠୁ ବୟସରେ ମାତ୍ର ନଅ ଦଶ ବର୍ଷ ବଡ଼ ହେବେ। ଏତକ ବୟସର ପାର୍ଥକ୍ୟ କିନ୍ତୁ ଆମ ଦୁହିଁଙ୍କ ମଧ୍ୟରେ କକେଇ ପୁତୁରାର ସମ୍ପର୍କକୁ ପୂଜ୍ୟ ପୂଜାର ସମ୍ପର୍କରେ ଆବଦ୍ଧ ନ ରଖି ସମ୍ପର୍କକୁ ଭାରି ନିବିଡ଼ ଓ ଅନ୍ତରଙ୍ଗ କରି ପକାଇଥିଲା, ଯାହା ଫଳରେ କକେଇ ମୋତେ ସବୁକଥା ଖୋଲି କହୁଥିଲେ ଓ ତାଙ୍କ ସ୍ତ୍ରୀ ମୋର ଖୁଡ଼ୀ ହେଲେ ମଧ୍ୟ ମୋତେ ଥଟ୍ଟା ପରିହାସ କରିବାକୁ ପଶ୍ଚାତ୍‌ପଦ ହେଉ ନ ଥିଲେ। ଅଜ୍ଞାତ ଓ ଅସ୍ପଷ୍ଟଭାବେ ମୁଁ ତାଙ୍କ ସାନଭାଇର ଭୂମିକା ଗ୍ରହଣ କରି ନେଉଥିଲି, ବେଳେବେଳେ ଯଦିଓ ସେ ବାପାମାଆଙ୍କର ଏକମାତ୍ର ସନ୍ତାନ ଥିଲେ। ପିଲାଦିନୁ ବାପା ମା' ଛେଉଣ୍ଡ ହୋଇଯାଇ କକେଇ ମୋ ନନା ବୋଉଙ୍କ ରକ୍ଷଣା ବେକ୍ଷଣ ଓ ଶାସନ ଭିତରକୁ ଆସି ଯାଇଥିଲେ, ଯାହାକିଛି ନ ଥିଲା ବୋଲି କୁହାଯାଇପାରେ। ଗାଈମାନଙ୍କ ପ୍ରତି ଏକ ବିଶେଷ ଆକର୍ଷଣ ହେତୁ ପିଲାଦିନୁ ସ୍କୁଲକୁ ଯାଇ ପଢ଼ିବା ପରିବର୍ତ୍ତେ ଗାଈଗୋଠ ସହ ତୋଟା କି ବିଲମାନଙ୍କୁ ଯିବା ତାଙ୍କର

ଅଭ୍ୟାସରେ ପଡ଼ିଯାଇଥିଲା । ତାଙ୍କର ସବୁଠୁ ବଡ଼ ଦୁର୍ବଳତା ଥିଲା ଷଣ୍ଢ । ଯେକୌଣସି ଷଣ୍ଢ ଦେଖିଲେ ସେ ସେହି ଷଣ୍ଢ ପଛେ ପଛେ ନିଶ୍ଚୟ କିଛି ବାଟ ଚାଲି ଚାଲି ଯାଉଥିଲେ । ଗାଁର ଷଣ୍ଢ ତ ତାଙ୍କର ଅତିପ୍ରିୟ ଓ ପୂଜ୍ୟ ଥିଲା । ସାହି ଭିତରକୁ ଷଣ୍ଢ ଆସିଲେ, ଘରେ ଯାହା ଥିବ ତାକୁ ଆଣି ଖାଇବାକୁ ଦବା ତାଙ୍କର ଏକମାତ୍ର ଉଲ୍ଲେଖଯୋଗ୍ୟ ପୁଣ୍ୟକାର୍ଯ୍ୟ ହୋଇଯାଇଥିଲା, ଯାହା ଗାଁ ଲୋକଙ୍କ ପାଖରେ ତାଙ୍କୁ ସଞ୍ଚିତ ଅଦୃଷ୍ଟ କରି ବହୁ ଅପକର୍ମର ଫଳାଫଳରୁ ରକ୍ଷା କରୁଥିଲା । ଷଣ୍ଢ ପ୍ରତି ଅନୁରାଗ କଥା ଥରେ ପିଲାବେଳେ ସେ ମୋତେ ବୁଝାଇ ଦେଇଥିଲେ – ଷଣ୍ଢ ଅତ୍ୟନ୍ତ ଆଦର୍ଶ ପଶୁ । କାରଣ ସବୁକଥାରେ ସେ ନିର୍ଲିପ୍ତ ଓ ବିରକ୍ତ । ତାର ନିଜର ଗୁହାଳ ନାହିଁ, ସେ ଦାଣ୍ଡରେ ଶୋଇବ, ଖରା କାକର ଖାଇ ବାହାରେ ପଡ଼ିଥିବ, କିଏ ଦେଲେ ଖାଇବ ନଚେତ୍ ଉପାସ । ପରାଧୀନତା ତା' ଜାତକରେ ନାହିଁ, ଅନ୍ୟମାନଙ୍କ ସୃଷ୍ଟ ଆଇନ୍ କାନୁନ୍ ସେ କେବେହେଲେ ମାନେ ନାହିଁ; କିନ୍ତୁ ପ୍ରଚଣ୍ଡତାର ସାମାଜିକ ଦାୟିତ୍ୱବୋଧ, ଗୋଠ ଛାଡ଼ି ସେ କୁଆଡ଼େ ଯାଏ ନାହିଁ, ଗୋଠରେ ଯେକୌଣସି ଗାଈର ପ୍ରୟୋଜନବେଳେ ସେ ସବୁ କାମ ଛାଡ଼ି ଗାଈ ପଛରେ ଆସି ଛିଡ଼ା ହୋଇଯାଏ । କକେଇଙ୍କ ଆଦର୍ଶ ସେତେବେଳେ ବଡ଼ ଉତ୍ସାହଜନକ ପରି ମୋତେ ଜଣାପଡ଼ିଥିଲେ ମଧ୍ୟ ତାହାର ଅନେକ ଗୂଢ଼ାର୍ଥ ବୟସ ହେବାରୁ ମୁଁ ବୁଝିଗଲି ଓ ତାଙ୍କଠୁ ନିଜକୁ ଦୂରେଇ ରଖିଲି, ଯାହାର ସୀମା ସହରକୁ ଆସି ବଡ଼ କଲେଜରେ ଅଧ୍ୟୟନ କରିବା ସହ ପ୍ରାୟ ଏକାକାର ହୋଇଯାଇଥିଲା ।

ସବୁବେଳେ ଖାଲି ଦେହ, ନଅଣ୍ଟିବା ପରି ଖଣ୍ଡିଏ ଗାମୁଛା ସେ ପିନ୍ଧିଥିବେ, ମୋଡ଼ାମୋଡ଼ି ହୋଇ ପଛର କଛାଟା ଗାମୁଛା ଅଗରୁ ସୃଷ୍ଟି କରାଯାଇ ଦୁଇ ବର୍ତ୍ତୁଳ ପିଚାକୁ ପରିଷ୍କାର କରି ଅଲଗା କରିଦେଇଥିବ । ମୁଣ୍ଡରେ ମୁକୁଟ ପରି ଆଉ ଗୋଟିଏ ଛୋଟିଆ କରିଆ ବନ୍ଧା ହୋଇଥିବ, କେତେଗୁଡ଼ିଏ କାର୍ଯ୍ୟ ପାଇଁ କକେଇଙ୍କର ସଦା ପ୍ରସ୍ତୁତିରେ ସଙ୍କେତସ୍ୱରୂପ ନଅଖିଅ ପଇତା ସବୁବେଳେ ଡାହାଣ କାନରେ ଗୁଡ଼ା ହୋଇଥିବ, ହାତରେ ଖଣ୍ଡେ ପାଞ୍ଚଣ ଧରି କକେଇ ଗାଈମାନଙ୍କ ସହ ପାଦ ମିଳାଇ ନ ହେଲେ ଷଣ୍ଢ ସହ ପାଦ ପକାଇ ଚାଲିଥିବେ । ନିଜ ଜମିବାଡ଼ିର ସାମୟିକ କାମ ଛଡ଼ା ଓ ଷଣ୍ଢମାନଙ୍କ ପଛରେ ଏପରି ଭକ୍ତିପୂତଭାବେ ଅନୁସରଣ କରିବା ଛଡ଼ା କକେଇ ଅନ୍ୟ ଯେଉଁ ସମାଜସେବା କାର୍ଯ୍ୟରେ ବ୍ୟସ୍ତ ରହୁଥିଲେ ତାହା ଖୁଡ଼ୀଙ୍କୁ ଛାଡ଼ି ଅନ୍ୟାନ୍ୟ ବହୁ ଗୃହକୁ ବ୍ୟାପିଯାଇଥିଲା । ଖୁଡ଼ୀ କକେଇଙ୍କ ବ୍ୟାପକ କାର୍ଯ୍ୟକ୍ରମକୁ ମୋ ଆଗରେ ମୁଁ ଭାଷା ଓ ସାହିତ୍ୟର ଛାତ୍ର ବୋଲି ଜାଣି ମୋତେ ଥରେ ବୁଝାଇ ଦେଇଥିଲେ – ସମୁଦ୍ର ସୁନ୍ଦର କାରଣ ତା'ର ବେଳାଭୂମି ଏତେ ବିସ୍ତୃତ ଓ ବ୍ୟାପକ । ସମୁଦ୍ରର ଶକ୍ତିକୁ ସୀମିତ ବେଳାଭୂମି ସମ୍ଭାଳି ପାରିବ ତ ?

ଦିନେ ଗୋଠ ବାହୁଡ଼ା ହୋଇ ସାହିରେ ପହଞ୍ଚି କକେଇ ଧୂଆଧୋଇ ହୋଇ ମୁଢ଼ି ଗଣ୍ଡେ ଚୋବାଉଥିଲେ। ଗାଁରେ ଷଣ୍ଢଟା ଗୋଠ ପଛରେ କେଉଁଠି ରହି ଯାଇଥିଲା, କକେଇଙ୍କ ପିଣ୍ଡାରେ ଘଷି ହୋଇ ବଡ଼ ପୋଖରୀ ଆଡ଼କୁ ଚାଲିବାକୁ ଲାଗିଲା। ପିଚ୍ ପିଚ୍ ପାଣିଆ ଝାଡ଼ା ତା'ର ସେଦିନ ହେଉଥାଏ, ସେ ଛେରି ଛେରି ତା'ର ଦୁଇ ପିଚାକୁ ଅପରିଷ୍କାର କରି ପକାଇ ଥାଏ। କକେଇ ଦାଣ୍ଡଦୁଆର ଆଉଜାଇ ଦେବାକୁ ଖୁଡ଼ୀଙ୍କୁ କହି ଦେଇ ମୁଢ଼ିତକ ଗାମୁଛାରେ ପକାଇ ଷଣ୍ଢ ପଛେ ପଛେ ଚାଲିଲେ। ଷଣ୍ଢ ଛେରି ଛେରି ବଡ଼ ପୋଖରୀ ହୁଡ଼ା ଉପରକୁ ଉଠିଲା ଓ ମନ୍ଥର ଗତିରେ ପୋଖରୀ ହତା ଆରପଟେ ଥିବା ହରିଜନ ସାହିଆଡ଼କୁ ମୁହାଁଇଲା। କକେଇ ନିର୍ବିକାର ଚିତ୍ତରେ ଗୁରୁ ପଛରେ ଶିଷ୍ୟ ଅନୁସରଣ କରିବା ପରି ମୁଢ଼ି ଚୋବାଇ ଚୋବାଇ ଚାଲିଥାନ୍ତି। ହରିଜନ ସାହିର ଗୋଟିଏ ପଟକୁ ବେଶ୍ ବଡ଼ ବାଉଁଶ ବଣ, ବାଉଁଶ ବଣ ସରିଲେ ଚାଷ ଜମି। ବାଉଁଶ ବଣଠୁ କିଛି ଦୂରରେ ହରିଜନ ସାହି। ଷଣ୍ଢଟି ବାଉଁଶ କୁଞ୍ଚିଟିଏ ଭିତରେ ପଶି ବାଉଁଶ ପତର ଖାଇବାକୁ ଲାଗିଲା। କକେଇ ପଶୁମାନଙ୍କର ନିଜେ ନିଜକୁ ଚିକିତ୍ସା କରି ପକାଇବାର ଜ୍ଞାନ ଦେଖି ଷଣ୍ଢକୁ ପ୍ରଶଂସା କରିବାକୁ ଲାଗିଲେ। ଏହି ସମୟରେ ଗରମ ହୋଇଥିବା ଗାଈଟିଏ ପଘା ସହ ତରୁଣୀଟିଏକୁ ଟାଣି ଟାଣି ସେଠି ପହଞ୍ଚିଗଲା ଓ ପଘାର ଗୋଟିଏ ମୁଣ୍ଡକୁ ତରୁଣୀଟି ବଡ଼ କଷ୍ଟରେ ଟାଣି ଧରି ଗୋଟିଏ ବଡ଼ ବାଉଁଶ ଗଣ୍ଡିରେ ବାନ୍ଧି ଦେଲା। ଷଣ୍ଢଟି ସଙ୍ଗେ ସଙ୍ଗେ ସ୍ୱ-ଚିକିତ୍ସା ପଦ୍ଧତିରୁ ଧ୍ୟାନ ହଟାଇ ଦେଇ ଗାଈଟି ପ୍ରତି ଦୃଷ୍ଟି ପକାଇଲା ଓ ଗାଈଟିର ଆବଶ୍ୟକତା ସମ୍ପର୍କରେ ସଚେତନ ହେବାପରି ଥୋମଣିର ଉଚ୍ଚାଂଶ ପରିବର୍ତ୍ତିତ କରିଦେଲା। ଗାଈଟି ପାଖକୁ ଆସି ବିଭିନ୍ନ ଜାଗାକୁ ଆଘ୍ରାଣ କରି ପରମ ସନ୍ତୋଷର ଚିହ୍ନ ପ୍ରକାଶ କରି ଗାଈଟିକୁ ଚଟାଚଟି କଲା। ଗାଈଟି ତିନି ଚାରିଥର ଏପଟ ସେପଟ ବୁଲିବା ପରେ ବିବାହ ବନ୍ଧନ ପରି ବନ୍ଧନରେ ଅଗତ୍ୟା ଆବଦ୍ଧ ହୋଇଯାଇଥିବା ହେତୁ ଶେଷରେ ଥୟ ଧରି ଠିଆ ହୋଇଗଲା। ଷଣ୍ଢଟି କାର୍ଯ୍ୟ ଆରମ୍ଭ କରିଦେବା ମାତ୍ରେ କକେଇ ଅନ୍ୟ ଏକ କ୍ଷୁଧାର ତାଡ଼ନାରେ ଅସମ୍ଭାଳ ହୋଇ ପଡ଼ିଲେ ଓ ମୁଣ୍ଡରୁ କରିଆଟା ଫିଟାଇ ଦେଇ ସେଇଟାକୁ ଶୂନ୍ୟରେ ହଲାଇ ଷଣ୍ଢକୁ ଉତ୍ସାହିତ କରିବାକୁ ଲାଗିଲେ। କକେଇଙ୍କ ଆଗପଛ ଦୋଳନରେ ପବନ ଚିରି ହୋଇ ଯାଇ ଚିତ୍କାର କରି ବହି ଯାଉଥାଏ। କକେଇ କହି ଚାଲିଥାନ୍ତି, ଦବେଇ କି ବାସୁଆ, ଦବେଇ କି, ଆହୁରି ଜୋର୍‌ରେ। ଏହିପରି ସମୟରେ ଆଉ ସମ୍ଭାଳି ନ ପାରି କୁଞ୍ଚିଟିଏ ଭିତରୁ ପଦାକୁ ବାହାରି ପଡ଼ି ତରୁଣୀଟି କକେଇଙ୍କୁ ଚାହିଁ କହିଲା - ସାଆନ୍ତେ। ଏ ସବୁ କ'ଣ ହେଉଛି ? ତରୁଣଟିକି ଅପ୍ରତ୍ୟାଶିତଭାବେ ଦେଖି ପକାଇବାରୁ ତୁଣ୍ଡରୁ ବାହାରୁଥିବା ଚିତ୍କାରଗୁଡ଼ାକ ତୋଟି ପାଖରେ ଅଟକି ଯାଇ କ'ଣ

ଗୋଟାଏ ବିଚିତ୍ର ଧ୍ୱନିରେ ପରିଣତ ହୋଇଗଲା, ଯାହାର ଧକ୍କାରେ ତରୁଣୀଟି ଓଲଟ ପାଲଟ ହୋଇ ତଳେ ପଡ଼ିଗଲା। ତା'ପରେ ଷଣ୍ଢ ଓ କକେଇଙ୍କର ଯେଉଁ ବିଚିତ୍ର ପ୍ରତିଯୋଗିତା ଆରମ୍ଭ ହେଲା, ତାହା କାଜାଣ୍ଟିକସ୍ ବର୍ଣ୍ଣିତ କୌଣସି ଉପନ୍ୟାସର ଦୃଶ୍ୟ ପରି ମନେହେଉଥିଲେ ମଧ୍ୟ ଭାରତୀୟ ପଟ୍ଟଭୂମିରେ ତାହା ଗୁରୁଶିଷ୍ୟ ପ୍ରତିଯୋଗିତାରେ ପରିଣତ ହୋଇଯାଇ ଖୁବ୍ ମହତ୍ତ୍ୱପୂର୍ଣ୍ଣ ହୋଇ ଯାଇଥିଲା ଯେପରି। କାରଣ ବାସୁଆ ବିରକ୍ତରେ ପୁଣି ବାଉଁଶପତ୍ର ଖାଇବା ଆରମ୍ଭ କରିବାବେଳକୁ କକେଇଙ୍କ ବିରାମହୀନ ଦଉଡ଼ ଚାଲିଥାଏ। ଦଉଡ଼ ଶେଷବେଳକୁ କକେଇ ଓ ସେହି ଯୁବତୀ ଚାରିପଟେ ଦଶ ବାରଜଣ ଗାଁ ଭେଣ୍ଡିଆ ଠିଆ ହୋଇଯାଇଥାଆନ୍ତି, ଯେଉଁମାନେ କକେଇଙ୍କ ଜିତାପଟରେ ତାଳି ମାରିଲେନି; କିନ୍ତୁ ଏପରି ମାଡ଼ ମରିଲେ ଯେ ତାଙ୍କର ନଅଖିଅ ପଇତା ଛିଡ଼ି ଯାଇଥିଲା ଓ ଦୁଇଟି ଯାକ କରିଆ ଖୁବ୍‌ଶୀଘ୍ର ମୂଳ ଉପାଦାନରେ ପରିଣତ ହୋଇଯାଇଥିଲା।

ହରିଜନ ସାହିର ପଞ୍ଚ ବସିଲା। ଷଣ୍ଢ ବ୍ରାହ୍ମଣକୁ ହାଡ଼ିପିଲେ ମାରି ପକାଇଛନ୍ତିର ଜନରବରେ ବ୍ରାହ୍ମଣ ଭେଣ୍ଡାମାନେ ଗାମୁଛା ପିନ୍ଧି, କାନରେ ପଇତା ଗୁଡ଼ାଇ ହୁଡ଼ା ଆଡ଼କୁ ଦଉଡ଼ିଗଲେ। ଭୟଙ୍କର ବର୍ଣ୍ଣ ସଂଘର୍ଷ ଆରମ୍ଭ ହୋଇଯିବ ବୋଲି ଆଶଙ୍କା ହୋଇଗଲା। ହରିଜନ ସାହିର ପଞ୍ଚ ଆଗରେ କିଛିଦୂରକୁ ପୋଖରୀ ହୁଡ଼ା ଆଡ଼କୁ ସତ୍ୟର ମୁଖା ଉନ୍ମୁକ୍ତ କରି ଦେଇଥିବା ପରି କାନ୍ଦି ଚାଲିଥିବା ଧର୍ଷିତା ଯୁବତୀଟିକୁ ଠିଆ କରାଯାଇଥିଲା, ତାଠୁ କିଛିଦୂରରେ ତଳକୁ ମୁହଁ ପୋତିଥିବା କକେଇଙ୍କୁ। କକେଇ ହାତଟିଏ ଟେକି ବ୍ରାହ୍ମଣ ସାହିର ଯୁବକମାନଙ୍କୁ ଗଣ୍ଡଗୋଳ ନ କରିବା ପାଇଁ ସଙ୍କେତ ଦେଉଥାଆନ୍ତି। କକେଇ ସବୁ ଦୋଷ ସ୍ୱୀକାର କରିନେବା ପରେ, ଧର୍ଷିତା ଯୁବତୀଟିକୁ ବିବାହ କରିବେ ବୋଲି ଜାବାବ ଦେବା ପରେ ବ୍ରାହ୍ମଣ ଭେଣ୍ଡାମାନେ ମୁହଁ ତଳକୁ କରି ଗାଁକୁ ଫେରିଗଲେ। ଧର୍ଷିତା ଯୁବତୀଟିକୁ ସ୍ତ୍ରୀରୂପେ ଗ୍ରହଣ କରିବାକୁ ହେବ ବୋଲି ପଞ୍ଚର ଆଜ୍ଞା ଓ କକେଇଙ୍କ ସ୍ୱୀକୃତି କଥା ବ୍ରାହ୍ମଣ ଯୁବକମାନେ ଅନଭ୍ୟସ୍ତ ମୁଣ୍ଡରେ ବୋହି ବୋହି କକେଇଙ୍କ ଘର ଆଗରେ ଫୋପାଡ଼ି ଦେଲେ, ଯାହା ଶବ୍ଦରେ ଖୁଡ଼ୀ ଚମକି ପଡ଼ି ହାଣ୍ଡିଶାଳେ ମୂର୍ଚ୍ଛା ହୋଇଗଲେ। ସେଦିନ ଦାଣ୍ଡ ଦୁଆର ଦବାକୁ ଖୁଡ଼ୀ ଉଠି ନ ଥିଲେ ମଧ୍ୟ କକେଇଙ୍କ କୀର୍ତ୍ତିଦ୍ୱାରା ପ୍ରହରୀ ହୋଇ ରାତ୍ରିଯାକ ଜଗି ରହିଥିଲା, ଯାହାକୁ ଦେଖି କକେଇ ମଧ୍ୟ ପଥର ପାହାଚ ଚଢ଼ି ଘର ଭିତରକୁ ଯିବାକୁ ସାହସ କରି ନ ଥିଲେ। ରାତି ଅଧରେ ଏକ ପ୍ରଚଣ୍ଡ ଭୟଙ୍କର ଶବ୍ଦ ହେଲା, ଯାହାକୁ ଦ୍ୱାରକାର କୋକୁଆ ରବ ସହ ଅନେକ ବିଜ୍ଞଲୋକ ପରେ ତୁଳନା କରିଥିଲେ, ଯାହାକୁ ଶୁଣି ଗାଁ ଲୋକଙ୍କ ନିଦ ସହ ଖୁଡ଼ୀଙ୍କ ମୂର୍ଚ୍ଛା ସେତିକିବେଳେ ଭାଙ୍ଗି ଯାଇଥିଲା; କିନ୍ତୁ ତା'

ପୂର୍ବରୁ ଚାରିଜଣ ଗର୍ଭବତୀ ମହିଳା ବେଦନାରହିତଭାବେ ପ୍ରସବ କରି ପକାଇଲେ ଓ ଗାଁର ଅନ୍ୟ ତିନିଜଣ ହୃଦ୍‌ରୋଗୀ ସେହି ରାବ ଉପରେ ଭରା ଦେଇ ସ୍ୱର୍ଗାରୋହଣ କରି ପକାଇଲେ। ଡିବି ଜାଳି, ହାରିକେନ ଲାଇଟ ଜାଳି, ଚୋରାବତି ଜାଳି ଗାଁ ଲୋକ ଦାଣ୍ଡକୁ ବାହାରି ପଡ଼ି ଦେଖିଲେ ଷଣ୍ଢର ବିରାଟ ଦେହଟାରେ ଭାଲଟାଏ ଚାରି ପାଞ୍ଚ ଫୁଟ ଭିତରକୁ ପଶିଯାଇଛି, ଷଣ୍ଢଟା ହେଣ୍ଟାଳ ଛାଡ଼ି ଛାଡ଼ି ଗାଁ ଦାଣ୍ଡକୁ ମଚ୍ଛି ପକାଉଛି, ଗାଁ ଦାଣ୍ଡଟା ଯାକରେ ଯେପରି ବସ୍ତା ବସ୍ତା ଅବିର ଢାଳି ହୋଇଯାଇଛି। କକେଇ ରକ୍ତ ସ୍ନାତ ହୋଇ ଷଣ୍ଢଠୁ କିଛି ଦୂରରେ ଛିଡ଼ା ହୋଇଛନ୍ତି। ଅସଂଖ୍ୟ ଡିବି ଆଲୁଅରେ ଗାଁ ଲୋକଙ୍କ ଛାଇଗୁଡ଼ାକ ଯମଦୂତପରି ଷଣ୍ଢ ଓ କକେଇଙ୍କ ଉପରେ କିଛି ସମୟ ପାଇଁ ନାଚିଗଲା। କକେଇ ବୁଲିପଡ଼ି ପିଣ୍ଡାର ଠିଆ ହୋଇଥିବା ଲୋକଙ୍କୁ ଯେପରି ଚାହିଁଦେଲେ, ଫୁତ୍‌କରି ସବୁ ଆଲୁଅ ଏକାବେଳକେ ଲିଭିଗଲା। ତାରାମାନଙ୍କ ଆଲୋକରେ ଲୋକେ ଦେଖିଲେ ଅନ୍ଧାରର ଏକ ସୁଡ଼ଙ୍ଗ ଭିତରେ ସେହି ରକ୍ତସ୍ନାତ ଲୋକଟି କ୍ରମେ ଅଦୃଶ୍ୟ ହୋଇଗଲା।

ଅନେକ ଦିନ ପରେ ପୁଣି ଥରେ ସେହି ସୁଡ଼ଙ୍ଗ ବାଟ ଦେଇ ଯେଉଁ ବ୍ୟକ୍ତି ଗାଁ ମୁଣ୍ଡରେ ଆବିର୍ଭୂତ ହେଲେ ତାଙ୍କୁ ଦେଖି, ମହମ୍ମଦ ଘୋରୀଙ୍କୁ ଦେଖି ସୋମନାଥ ମନ୍ଦିରର ପୂଜାରୀମାନେ ଚମକି ପଡ଼ିବା ପରି ସାହିର ବ୍ରାହ୍ମଣମାନେ ଚମକି ପଡ଼ିଥିଲେ। ସେ ଚେକ୍ ପକା ଲୁଙ୍ଗୀ ପିନ୍ଧିଥିଲେ, ହାତରେ ସେ ଗୋଟିଏ ଠେଙ୍ଗା ଧରିଥିଲେ। ସେ ଗାଁରେ ନ ରହି ଗାଁଠୁଁ କିଛି ଦୂରରେ ଥିବା ଅଧା ସହର ଅଧା ମଫସଲରେ ରହିବା ପାଇଁ ଘରଟିଏ କରୁ କରୁ ଦୁଇଜଣ ସ୍ତ୍ରୀଲୋକ ସମାନ ଅଧିକାର ଦାବି କରି ଗୃହ ପ୍ରବେଶ କଲେ। ପରେ କକେଇ ନିଜର ବଂଶବୃଦ୍ଧିକୁ ସମ୍ଭାଳି ନେବା ପାଇଁ ମାଂସ ଦୋକାନଟିଏ ଖୋଲିଲେ। 'ନୀଳଶୈଳ'ର ରାମଚନ୍ଦ୍ର ଦେବଙ୍କ ଅମଳରୁ ନିର୍ମିତ ଛୋଟିଆ ସହରଟିରେ ବହୁକାଳୁ ପରିତ୍ୟକ୍ତ ଅର୍ଦ୍ଧଲଗ୍ନ କ୍ଷୁଦ୍ର ମସଜିଦ୍‌ଟିଏରେ ନିୟମିତ "ଆଲୋ ହୋ ଆକ୍‌ବର" ଧ୍ୱନି ମଧ୍ୟ ଶୁଣାଗଲା ଯାହା ସ୍ଥାନୀୟ ସମ୍ବାଦପତ୍ର ପ୍ରତିନିଧିଙ୍କୁ ବଡ଼ ବେଶି ଶ୍ରୁତିକଟୁ ମନେହେଲା।

- ଆମ ଘରେ ଆମେମାନେ ସମସ୍ତେ ବେତାଳିଆ। କକେଇଙ୍କ ସ୍ୱର ତ ସବୁବେଳେ ରୁକ୍ଷ ଓ ଘାଘରା ଥିଲା।

ମୁଁ ଆଗନ୍ତୁକମାନଙ୍କୁ ଏତକ କହି ଦେଇ ଚାହିଁଲି। ଅବଦୁଲ୍ଲା କକେଇ ମାଂସ ଦେଇ କେତେବେଳୁ ଚାଲି ଯାଇଥିଲେ। ଆଗନ୍ତୁକ ଭଦ୍ରବ୍ୟକ୍ତିଗଣ ପରସ୍ପରର ମୁହଁ ଚହାଁଚହିଁ ହୋଇ ଉଠିବାର ଉପକ୍ରମ କଲେ।

■

ମାତୃ ବନ୍ଦନା

ବିଶ୍ୱବିଦ୍ୟାଳୟରେ ସେହି ସମୟରେ ସେ ଥିଲେ ଶେଷ ନିରୀହ ଓ ଜ୍ଞାନୀ ଅଧ୍ୟାପକ। କାରଣ ବିଶ୍ୱବିଦ୍ୟାଳୟର ସୁନାମ ଓ ଭାବମୂର୍ତ୍ତି ନେଇ ଖବରକାଗଜରେ ଚାଲିଥିବା ନଡ଼ିଆ ଲଢ଼େଇ ସମ୍ପର୍କରେ ସେ ଅବିହିତ ନ ଥିଲେ, ଯାହାର କାରଣ ଏକଥା ନୁହଁ ଯେ ତାଙ୍କର ଜ୍ଞାନେନ୍ଦ୍ରିୟଗୁଡ଼ିକ ଶିଥିଳ ହୋଇଯାଇଥିଲା। ନା, ନା, ସେ କଥା ଆଦୌ ନୁହେଁ, ପଚାଶ ପାଖାପାଖି ହେଲେ ମଧ୍ୟ ଆଖିରେ ସେ ଚଷମା ଲଗାଉ ନ ଥିଲେ, କାନରେ ଶୁଣିବା ପାଇଁ ତାଙ୍କର ହିୟରିଂ ଏଡ୍ ଦରକାର ପଡୁ ନ ଥିଲା। ବାକି ରହିଲା ନାକ। ନାକରେ ବୟସ ବୃଦ୍ଧି ସହ ବିକାରଟିଏ ଯାହା ଦେଖା ଦେଇଥିଲା। ମନ ଭିତରର ରାଜି ଅରାଜି, ପ୍ରେମ ଘୃଣା, ତାଙ୍କର ଆଉ ଗୋପନୀୟ ହୋଇ ନ ରହି ନାକରେ ଇଚ୍ଛା ନ କଲେ ବି, କୁଞ୍ଚନ ଓ ପ୍ରସାରଣଦ୍ୱାରା ପ୍ରକାଶିତ ହୋଇପଡୁଥିଲା; କିନ୍ତୁ ନାକର ଘ୍ରାଣ ଶକ୍ତି କିଛି କମି ନ ଥିଲା। ସେ ଦାବି କରୁଥିଲେ ଯେ ସ୍ତ୍ରୀ ଲୋକମାନଙ୍କ ଲୁଗା ଏକାଠି ରଖିଦେଲେ ସେ ଶୁଙ୍ଘି ନିଜ ସ୍ତ୍ରୀଙ୍କର ଲୁଗା ବାରି ଦେଇପାରିବେ, ଏଥିରେ ତାଙ୍କର ଜମାରୁ ଭୁଲ୍ ହେବ ନାହିଁ। ଖାଲି ସେ ଖବର କାଗଜ ପଢ଼ିବା ଛାଡ଼ି ଦେଇଥିଲେ, ରେଡ଼ିଓ ଶୁଣୁ ନ ଥିଲେ କି ଟିଭି ମଧ୍ୟ ଦେଖୁ ନ ଥିଲେ; ସବୁ ଶକ୍ତି ତାଙ୍କର ନିଜ ବିଷୟ ପଢ଼ିବାରେ, ରିସର୍ଚ୍ଚ ଗାଇଡ୍ କରିବାରେ, ଡିପାର୍ଟମେଣ୍ଟ୍ ପରିଚାଳନାରେ ଯାଉଥିଲା। ଯେକୌଣସି ହୀନ କାର୍ଯ୍ୟରେ ନିଜକୁ ନିୟୋଜିତ କରୁ ନ ଥିଲେ, ଯେପରି ସିଣ୍ଡିକେଟ୍‌ର ସଭ୍ୟ ହେବା, ଟାବୁଲେସନ କରିବା, ମଝିରେ ମଝିରେ ମନ୍ତ୍ରୀଙ୍କ ପାଖକୁ ଯିବା, କୁଳପତିଙ୍କ ପାଖକୁ ଯାଇ ଦୀପାବଳୀ ମୁବାରକ୍' କି 'ହ୍ୟାପି ନିଉ ଇୟେର୍' କହିବା ବା କୌଣସି ଇଣ୍ଟରଭ୍ୟୁ ସରିବା ପରେ ତା'ର ପଦ୍ଧତି ନେଇ, ଫଳାଫଳ ନେଇ ଚର୍ଚ୍ଚା କରିବା। ତାଙ୍କର ଧୀର ଚାଲି, ନିରୀହ ଦୃଷ୍ଟି, ବିନମ୍ର ଭାବ ବିବର୍ତ୍ତନରେ ତାଙ୍କୁ ଧୀରେ ଧୀରେ ସଚେତନ ମଣିଷ ସ୍ତରଠୁ ପାଦପ ଓ ଜଡ଼

ପଦାର୍ଥ ସ୍ତରକୁ ଟାଣି ନେଉଥିଲା ବୋଲି ଅନେକ ସମାଲୋଚକ କହୁଥିଲେ ମଧ୍ୟ, ବର୍ଣ୍ଣିତ ଘଟଣାଟି ତା'ର ମିଥ୍ୟାତ୍ୱ ପ୍ରମାଣ କରି ଦେଇଥିଲା।

ବାଲିଯାତ୍ରା ପଡ଼ିଆରେ ସେଦିନ ହଠାତ୍ ଯାହା ଘଟିଗଲା, ତା' ପାଦପମାନେ ମଧ୍ୟ ବାହାରକୁ ଜଣା ନ ପଡ଼ିଲେ ବି ଭୟଙ୍କର ଚିନ୍ତାଶୀଳ ଓ ସକ୍ରିୟ, ଅନେକ ବୈଜ୍ଞାନିକଙ୍କ ଏହି ଥିଓରୀକୁ ପୃଷ୍ଟପୋଷକତା କରିଦେଲା ଯେପରି। କିନ୍ତୁ ଅନ୍ୟାନ୍ୟମାନେ ଯେଉଁମାନେ ଥିଓରୀ ଫିଓରିରେ ଆଦୌ ଆଗ୍ରହୀ ନୁହଁ କହି ପକାଇଲେ, ଦୁର୍ବଳମନା ପ୍ରଫେସରଙ୍କୁ ଭୂତ ଆବେଶ ହୋଇଗଲା। ମୁଁ ସେହି ଛାତ୍ରମାନଙ୍କଠୁ କଥାଟା ଶୁଣି ଓ କଟକ ଯାଇ କେତେକ ପ୍ରତ୍ୟକ୍ଷଦର୍ଶୀଙ୍କୁ ସେଦିନର ଘଟଣା ପଚାରି ଏଠି ଲିପିବଦ୍ଧ କରୁଛି। ମୁଁ ଗାଳ୍ପିକ ବୋଲି ଏହାକୁ ଗଳ୍ପ ବୋଲି କେହି ଯେପରି ଭାବନ୍ତୁନି। ମୋ ପାଖକୁ ଆସିଲେ ମୁଁ ସେହି ବିଡ଼ି ଫୁଙ୍କୁଥିବା ବା ଗୁଡ଼ାଖୁ ଘଷୁଥିବା ଅଧ୍ୟାପକଙ୍କ ପାଖକୁ ସନ୍ଦେହୀ ପାଠକଙ୍କୁ ନେଇ ଯାଇପାରେ। ବର୍ତ୍ତମାନ ଗତବର୍ଷର ବାଲିଯାତ୍ରା ଦିନର ଘଟଣା ପାଖକୁ ଆସନ୍ତୁ।

ଡିସେମ୍ବର ପାଞ୍ଚ ତାରିଖ ରବିବାର। ଛୁଟିଦିନ ବୋଲି ପରିବାରର ସଦସ୍ୟମାନେ ନାନାପ୍ରକାର ପ୍ରରୋଚନା ଦେଇ, ଉତ୍ସାହିତ କରାଇ, ମାନ ଅଭିମାନ କରି ସେହି ଅଧ୍ୟାପକଙ୍କୁ ବାଲିଯାତ୍ରାକୁ ଟାଣି ନେଇ ଯାଇଥିଲେ। ବାଲିଯାତ୍ରା ପଡ଼ିଆରେ ଅଧ୍ୟାପକ ବହୁ ସମୟ ଯାଏ ଠିକ୍ ଥିଲେ, 'ପରଫେକ୍ଟ' ଥିଲେ, କାରଣ ଅଧଘଣ୍ଟାଏ ବୁଲିବା ଭିତରେ ତାଙ୍କର କେତୋଟି ଟଙ୍କା ପକେଟମାରୁ ହୋଇଥିଲା, ଧୂଳିମାଡ଼ରେ ସେ ବହୁବାର ଛିଙ୍କିଲେ, କାକର ପଡୁଥିବା ଜାଣିପାରି ମୁଣ୍ଡରେ ମଫଲର ଗୁଡ଼ାଇଲେ, ଗହଳିରେ ଅନ୍ୟମନସ୍କ ହୋଇ ବହୁବାର ମହିଳାମାନଙ୍କ ସହ ଧକ୍କା ଖାଇଲେ ମଧ୍ୟ ଅଧ୍ୟାପକଙ୍କୁ ଗାଳି ନ ଦେଇ 'ସାର୍, ନମସ୍କାର' କହି କ'ଣ ଟୁପୁରୁଟାପର ହୋଇ ତା'ପରେ ଖିଲିଖିଲି ହସି ମହିଳାମାନେ ଚାଲି ଯାଉଥିଲେ। ବୁଲିବାରେ ଶେଷ ପର୍ଯ୍ୟାୟରେ ସେମାନେ ଜଳଖିଆ ଦୋକାନର ଧାଡ଼ିଠି ପହଞ୍ଚି ଯାଉଥିବାବେଳେ ବାପାଙ୍କ ଉପରେ କଡ଼ା ନଜର ରଖିଥିବା ବଡ଼ପୁଅ ପ୍ରଥମେ ଲକ୍ଷ୍ୟକଲା ବାପା ମୁଣ୍ଡରୁ ମଫଲର ବାହାର କରିଦେଲେ, ସାର୍ଟଟା ଇନ୍‌ସର୍ଟ କରିଦେଲେ ଓ ଚନ୍ଦ୍ରକୁ ଚାହିଁ କିଞ୍ଚିତ ହସିଲେ, ତାଙ୍କର ସଦା ଗମ୍ଭୀର ମୁହଁରେ ପିଲାଳିଆମିର ମାଂସପେଶୀଗୁଡ଼ାକ ସକ୍ରିୟ ହୋଇଉଠିଲେ ଯେପରି। ନିଜର ପିଲାମାନଙ୍କୁ ଧରି ସେ 'କଟକ ଚାଟ୍' ଦୋକାନରେ ପଶି 'ଏଇଟା ଆମ ଦୋକାନ' କହି ଛେନା ତର୍କାରୀ ଓ ଲୁଚି ବରାଦ କଲେ ଓ କ୍ୟାସ ବକ୍ସ ପାଖ ଟେବୁଲଟି ଅଧିକାର କରିନେଲେ। ତାଙ୍କର କହିବା ଢଙ୍ଗରେ କ'ଣ ଥିଲା କେଜାଣି, ତାଙ୍କ ଟେବୁଲ ପାଖକୁ ବରାଦ ଦିଆଯାଇଥିବା ଜିନିଷ ସଙ୍ଗେ ସଙ୍ଗେ ସପ୍ଲାଇ ହୋଇଗଲା।

ପ୍ରଫେସର ମୁରୁକେଇ ହସି ଅତ୍ୟନ୍ତ ଆଗ୍ରହ ସହକାରେ ଖାଇବାକୁ ଲାଗିଲେ, ଖାଉଥିବାବେଳେ, ମଜା ମଜା କଥା ତାଙ୍କ ପାଟିରୁ ତର୍କାରି ଝୋଳ ସହ ବୋହି ଆସୁଥାଏ - ଯେପରି, ଘରେ ଗୃହିଣୀମାନେ ଏପରି ତରକାରି କାହିଁକି ରାନ୍ଧି ପାରନ୍ତିନି, ଲୁଚିଗୁଡ଼ାକ ପୂର୍ଣ୍ଣମୀ ଚନ୍ଦ୍ରପରି କାହିଁକି ଦିଶୁଛନ୍ତି, ଚୈତନ୍ୟ ମହାପ୍ରଭୁ ପ୍ରଥମେ ଆସି କେଉଁ ଦୋକାନରୁ ଲୁଚି ଓ ଛେନା ତରକାରି ଖାଇଥିଲେ, ଏହିପରି। ଦୋକାନର ମାଲିକ ହରି ସାହୁ ମଧ୍ୟ ପ୍ରଫେସରଙ୍କ ମୁରୁକି ହସା, ମଜାକଥା ଦେଖି, ଚିହ୍ନିପାରି ଜଣେ ଜୁନିୟରକୁ କ୍ୟାସ ବକ୍ସର ଦାୟିତ୍ୱ ଦେଇ ଅଧ୍ୟାପକଙ୍କ ପାଖକୁ ଆସି ବସି ଦୁଃଖସୁଖ ହେବାକୁ ଲାଗିଲା, ଜବରଦସ୍ତ ବଡ଼ ମିଠାରୁ ସମସ୍ତଙ୍କୁ ଗୋଟିଏ ଗୋଟିଏ ଖୁଆଇଲା। ବାଲିଯାତ୍ରା ପଡ଼ିଆରେ ହରି ସାହୁର ବନ୍ଧୁ ମହଲରେ ଡାକ 'ହରି ଭୈୟାଙ୍କ ଏହି ପରସନାଲ ଟଚ୍‌ଟା ଖୁବ୍ କାମ ଦିଏ - ଏଇ ଜବରଦସ୍ତ ଖୁଆଇବାଟା ସେଇଥିପାଇଁ 'କଟକ ଚାଟ୍'ର ଏତେ ବେଶି ନାମ, ଏତେ ବେଶି ବିକ୍ରି ଏତେ ଭିଡ଼।

ଏହି ସମୟରେ ଦମକାଏ ପବନ ଶୀତୁଆ ହୋଇ ଦୋକାନ ଭିତରେ କିପରି ପଶିଗଲା କେଜାଣି, କାଠପଟା ଓ କନାର ଅସ୍ଥାୟୀ କାନ୍ଥରେ ଟଙ୍ଗା ହୋଇଥିବା କେତୋଟି କ୍ୟାଲେଣ୍ଡର ଉଡ଼ି ତଳେ ପଡ଼ିଗଲା। ପ୍ରଫେସରଙ୍କୁ କ'ଣ ଲାଗିଲା କେଜାଣି ତାଙ୍କ ନାକରେ କ୍ୟାଲେଣ୍ଡରଟାଏ ଘଷି ହୋଇଯାଇଥିବ କି କ'ଣ, ସେ ହୁଁ କରି ଠିଆ ହୋଇପଡ଼ିଲେ। ସେ ହୁଙ୍କାରରେ କ'ଣ ଶକ୍ତି ଥିଲା କେଜାଣି, ଦୋକାନର ମାଲିକ ହରି ଭୈୟା ସମେତ ଅଧ୍ୟାପକଙ୍କ ପରିବାରର ସମସ୍ତ ସଦସ୍ୟ ଓ ଅନ୍ୟ ଟେବୁଲ ବେଞ୍ଚରେ ବସି 'କଟକ ଚାଟ୍'ର ଜଳଖିଆର ମଜା ପାଉଥିବା ଅନ୍ୟାନ୍ୟ ଗ୍ରାହକବୃନ୍ଦ ସୂତାଟଣା କୁଣ୍ଢେଇ ପରି ଏକାବେଳେ ଠିଆ ହୋଇପଡ଼ିଲେ, ମଫସଲରୁ ବାଲିଯାତ୍ରା ଦେଖିବାକୁ ଆସିଥିବା ଓ ଖାଉଥିବାବେଳେ 'ସାୟା ବ୍ଲାଉଜ କିଣିଦିଅ' ବୋଲି ଟୋକା ସ୍ୱାମୀ ପାଖରେ ଅଳି ଲଗାଉଥିବା ସ୍ତ୍ରୀ ଲୋକଟି ଖାଉ ଖାଉ ଠିଆ ହୋଇ ପଡ଼ିବାରୁ ତା' ଖୋଷଣୀ ଖସିଗଲା ଓ ଶସ୍ତା ନାଇଲନ୍ ଶାଢ଼ୀଟା ମୁହୂର୍ତ୍ତକ ମଧ୍ୟରେ ସର୍ ସର୍ ହୋଇ ଖସିଗଲା; କିନ୍ତୁ ସେ ଆଡ଼କୁ କିଏ ଚାହିଁବ, ପ୍ରଫେସର ଏଣେ ଗର୍ଜୁଥିଲେ - ସେ କ୍ୟାଲେଣ୍ଡର କୁଆଡ଼େ ଗଲା ? ହରି ଭୈୟା କାହିଁକି କେଜାଣି ଏ ଧଡ଼କରେ ଢୁଳଉଥିବା ପଛ ବେଞ୍ଚ ପିଲାପରି କହି ପକାଇଲା - କେଉଁ କ୍ୟାଲେଣ୍ଡର ସାର୍ ?

- ଆବେ ଘୁଷୁଡ୍ ସୁଅରକା ବଚ୍ଚା। ସେ କ୍ୟାଲେଣ୍ଡର କାହିଁ ? ଶଳା ଖୋସାମତ୍ କରୁଛି ? ଖୋସାମତ୍ କରି ଗରାଖଙ୍କୁ ଆଣୁଛ ଚାଟ୍ ଖୁଆଇବା ପାଇଁ ? ଶଳା ଏଡ଼େ ଚାଲାଖ ହୋଇଗଲୁଣି। ହଇବେ ତୋ ହାତରେ ଏ କ'ଣ, ଏ ଲୁହା କଡ଼ା କ'ଣ ପିନ୍ଧିଛୁ ? ତୁ ଶିଖ୍, ତୁ ଅକାଳୀ। ଖାଲିସ୍ତାନ୍ ମାଗୁଛୁ ତୁ ?

ଅଧ୍ୟାପକ ଧର୍ମପତ୍ନୀ ଓ ସନ୍ତାନମାନେ କେହି କିଛି ବୁଝିପାରୁ ନ ଥାନ୍ତି। ଏପରି ଭାଷା, ଏପରି ବ୍ୟବହାର ସେହି ପ୍ରସିଦ୍ଧ 'ନିରୀହ ଜ୍ଞାନୀ' ନମ୍ର ଅଧ୍ୟାପକ ପ୍ରୟୋଗ କରିପାରିବେ ବୋଲି ବିଶ୍ୱାସ ସେମାନଙ୍କର ହେଉ ନ ଥିଲା। ଶେଷରେ ସମ୍ଭାଳି ନ ପାରି ଅଧ୍ୟାପକଙ୍କ ପତ୍ନୀ ଚିତ୍କାର କଲେ - ତୁମକୁ କ'ଣ ଭୂତ ଲାଗିଛି ? କାହାକୁ କ'ଣ କହୁଛ। କେଉଁ କ୍ୟାଲେଣ୍ଡର ?

କାର୍ତ୍ତିକେଶ୍ୱର ମେଢ଼ ଆସିଲାବେଳେ ବେଳେବେଳେ ତାଳ ଫୋଟକା ଫୁଟାଯାଏ। ପ୍ରଫେସର ବୁଲିପଡ଼ି ଧର୍ମପତ୍ନୀଙ୍କ ଗାଲକୁ ମାପିବା ପରି ଚାବୁଡ଼ାଟିଏ ମାରିଦେଲେ, ସେ ଶବ୍ଦରେ ଗ୍ରାହକମାନେ ପଇସା କ୍ୟାସବାକ୍ସ ଆଡ଼କୁ ଫୋପାଡ଼ି ଦେଇ ଆଉ ଖୁଚୁରାକୁ ଅପେକ୍ଷା ନ ରଖି, ଦୋକାନ ବାହାରେ ଯାଇ ଠିଆ ହେଲେ। ମଫସଲୀ ସ୍ତ୍ରୀ ଲୋକଟା ତା' ଶାଢ଼ୀଟାକୁ ଗୋଟାଇ ନେବାକୁ ମଧ୍ୟ ଭୁଲି ଯାଇଥିଲା। ତାଳ ଫୋଟକା ଫୁଟିବା ଶବ୍ଦରେ କାର୍ତ୍ତିକେଶ୍ୱରଙ୍କ ମେଢ଼ ଜଳଖିଆ ଦୋକାନ ଆଡ଼କୁ କିପରି ପଶି ଆସିଲା ଭାବି ସିପାହୀ ଦୁଇଜଣ ଦୋକାନ ପାଖକୁ ଦଉଡ଼ି ଆସି କାର୍ତ୍ତିକେଶ୍ୱରଙ୍କୁ ଦେଖିଦବା ପରି 'ତୋବା', 'ତୋବା' କହି ଠିଆ ହୋଇଗଲେ। କନେଷ୍ଟବଳ ଚାକିରି କରିବାଠୁ ସେମାନେ ଏପରି ଦୃଶ୍ୟ କେବେ ଦେଖି ନ ଥିଲେ। ହରି ଭୈୟା, କଟକ ସହରର ପୁରୁଣା ସଂଘୀ ଶାଳା ଶୈତାନ୍‌କା ବଚ୍ଚା, ଲାଠି ବୁଲାଇ ନିୟମିତ ବ୍ୟାୟାମ କରି ଦେହରେ ଦୁଇଟା ପହିଲିମାନର ବଳ ରଖିଥାଏ, ତାକୁ ଶଳା ପତଳା ହୋଇ ବୃଦ୍ଧପ୍ରାୟ ଭଦ୍ରଲୋକଟିଏ କାବୁ କରିଦେଇ ଧମକାଉଥାଏ-ବେ ସଂଘୀ। ସେ କ୍ୟାଲେଣ୍ଡର କାହିଁ ? କୁଆଡ଼େ ଗଲା ? କୁଆଡ଼େ ହଜାଇଲୁ ତାକୁ ? ତା' ବଦଳରେ ଏ ଆଜେ ବାଜେ କ୍ୟାଲେଣ୍ଡର ମାରି ଶଳା ଗରାଖଙ୍କୁ ଟାଣୁଛୁ ? ମକ୍‌କା ମଦିନାର କ୍ୟାଲେଣ୍ଡର, ସୋନାର ବାଂଲା କ୍ୟାଲେଣ୍ଡର, ଗୁରୁଗୋବିନ୍ଦ ସିଂଙ୍କ କ୍ୟାଲେଣ୍ଡର, ତିରୁପତିଙ୍କ କ୍ୟାଲେଣ୍ଡର, ଆବେ, ମାଦୁରଚୋଦ୍, କାହାକୁ ଠକୁଛୁ ତୁ ?

ଆଖିଟାମାନ ଡିମା ଡିମ କରି ଛେନା ତରକାରି ପ୍ଲେଟ ଉପରେ ମୁଣ୍ଡ ଦେଇ, କାହାର ଗୋଟାଏ ଲୁଚି ଉପରେ ପିଚାକୁ ରଖି ଖାଇବା ଟେବୁଲଟା ଉପରେ 'ହରି ଭୈୟା' ଚିତ୍ ହୋଇ ପଡ଼ିଯାଇଥାଏ। ତାକୁ ଯେପରି ଲାଗୁଥାଏ, ଏ ସବୁ କାଣ୍ଡ କାରଖାନା ଏ ଶୁକୁଟା ବଟରେ୍‌ଟୋଷ୍ଟଖିଆ ପ୍ରଫେସରର ନୁହେଁ, ଏ କେବଳ ଜଣକର ହୋଇପାରେ, ପାଟି ଭିତରେ ସେ ନାମଟା ସୃଷ୍ଟି ହୋଇ ଦାନ୍ତ ପାଖରେ ତା'ର ଲାଖି ଯାଇଥାଏ ଯେପରି, ସେ 'ଜ' 'ଜ' 'ଜ୍ୟ ହେଉଥାଏ, ୧୯୪୭ ମସିହାର ସେହି ଦୃଶ୍ୟ ତା'ର ମନେ ପଡ଼ିଯାଉଥାଏ, ତାକୁ ଜଗଜ୍ଜୀତ୍ ସେହିପରି ଶୁଆଇ ଦେଇ ସେହି ଦୋକାନରେ ପଚାରୁଥାଏ - ଆଖିରେ ସେ ଦୃଶ୍ୟ ଦେଖିଲୁ, କିଛି ନ କହି ସେ ଜାଗା

ଛାଡ଼ି ଚାଲିଆସିଲୁ । ଛିଃ, ଧିକ୍ ତୋତେ । ଆମେ ଭାରତ ବର୍ଷରେ ଅଛେ ନା ନାହିଁବେ ?

ହରି ଭାଇଯ଼ା ସଫେଇ ଦେଉଥାଏ - ସିନେମାହଲର ପେଶାବଖାନାରେ ମୁଁ ଏକା, ସେମାନେ ଚାରି ପାଞ୍ଚଜଣ, ମୁଁ ଭାବିଲି ସେମାନେ ପରିସ୍ରା କରୁଛନ୍ତି, କିନ୍ତୁ ସମସ୍ତେ ଅଙ୍ଗାର ଖଣ୍ଡେ ଲେଖା ଧରି ସ୍ତ୍ରୀ ଲୋକଟିଏର ଛବି ଆଙ୍କିଲେ, ତା'ପରେ ଶଳା ଚାରି ପାଞ୍ଚଟା ପିଚକାରୀ ତା' ଉପରେ ପକାଇଲେ । ସବୁ କାମସାରି ସେମାନେ ଫେରିବାବେଳକୁ ମୁଁ କଥାଟା ବୁଝିଲି, ତା'ପରେ ଛବିଟାକୁ ମୁଁ ଲିଭାଇବାକୁ ଚେଷ୍ଟା କଲି ।

ହଠାତ୍ ହରି ଭାଇଯ଼ାର ପାଟି ଖୋଲିଗଲା, 'ଜଗଜ୍ଜୀତ୍ ଭାଇଯ଼ା' 'ଜଗଜ୍ଜୀତ୍ ଭାଇଯ଼ା' କହି ଅଧ୍ୟାପକଙ୍କୁ କୁଣ୍ଢାଇ ପକାଇଲା । କନଷ୍ଟେବଲ ଦୁଇଜଣ କ'ଣ ବୁଝିଲେ କେଜାଣି, 'ଆବେ ମିଆଁ, ଯେ ଭୂତ୍‌ଖାନା ହୈ ଭାଗୋ ଇଧର୍ ସେ । ଓହି ଜଗଜ୍ଜୀତ୍, ଓ ଶାଲା ମରା ନେହି ହେ, ଶାଲା ଅଭି ଭି ହୈ ।' କହି ଦଉଡ଼ିବାକୁ ଲାଗିଲେ; କିନ୍ତୁ ଖାଲି ହାତରେ ସିପାହୀମାନେ କେବେ ଚାଲି ଯାଆନ୍ତିନି - ଭକ୍ତିର ସାର୍ଥକତା ରଖି ଜଣେ ସେ ଲଙ୍ଗୁଳୀ ମଫସଲୀ ସ୍ତ୍ରୀ ଲୋକଟିକୁ ଓ ଅନ୍ୟଜଣକ ନିଜର ଅଭ୍ୟାସ ଅନୁଯାୟୀ ମଫସଲ ଟୋକାଟିକୁ ଟେକି ନେଇ ଦଉଡ଼ି ଚାଲିଗଲେ । କିଛି ସମୟ ଭିତରେ ବାଲିଯାତ୍ରା ପଡ଼ିଆ ଜନଶୂନ୍ୟ ହୋଇଗଲା, ଚଣ୍ଡୀ ମନ୍ଦିର ରାସ୍ତା ଓ କ୍ୟାଣ୍ଟନ୍‌ମେଣ୍ଟ୍ ରାସ୍ତା ଦେଇ ଲୋକେ ଖଲାସ ହୋଇଗଲେ, ଅଳ୍ପ ହେଲେ ମଧ୍ୟ କେତେକ ଲୋକ ନଈ ବାଲିଆଡ଼କୁ ଚାଲିଗଲେ । ବାଲିଯାତ୍ରା ପଡ଼ିଆଟା ଉପରକୁ କିଛି କୁହୁଡ଼ି ଓ ମେଘଙ୍କୁ ଧରି ଜହ୍ନଟା ଓହ୍ଲାଇ ଆସିଥିଲା ଯେପରି, ସେମାନେ ନୀରବତାର ପେଣ୍ଡୁଟାକୁ ଗଡ଼ାଇ ଗଡ଼ାଇ 'ସମାଜ' ଅଫିସ୍‌ଯାଏ ଆସି ପେଣ୍ଡୁଟିକୁ ଟାଇମ୍ ବମ୍ ଭାବି ଚୁପ୍‌କିନା ରଖିଦେଇ ଫେରି ଆସିଲେ, ଯାହା ତା' ପରଦିନ ସଂଖ୍ୟାରେ ବ୍ୟାନ୍‌ର ହୋଇ ଫୁଟିଲା - "ଭୂତଙ୍କ ଖେଳ ଯୋଗୁଁ ପ୍ରସିଦ୍ଧ ବାଲିଯାତ୍ରା ଭାଙ୍ଗିଲା ।" କିନ୍ତୁ ଏହା ତା' ପରଦିନ କଥା ।

ସେହି ନୀରବ ନିର୍ଜନ ବାଲିଯାତ୍ରା ପଡ଼ିଆର 'କଟକ ଚାଟ୍' ଷ୍ଟଲ୍‌ରେ ହରି ଭାଇଯ଼ାଙ୍କ ଡାଏଲଗ୍ ଚାଲିଥାଏ - ମା ! ବ୍ୟସ୍ତ ହୁଅନ୍ତୁନି । ବାବୁଙ୍କୁ ଭୂତ ଲାଗିଛି, ମୋର ବନ୍ଧୁ ଜଗଜ୍ଜୀତ୍‌ର ଭୂତ । ଗାନ୍ଧିହତ୍ୟା ପୂର୍ବବର୍ଷ ଏହି ଜାଗାରେ ମୋର ବନ୍ଧୁ ଜଗଜ୍ଜୀତ୍ ଠିଆ ହୋଇଥିଲା, ଯେତେବେଳେ ତାକୁ ଦଳେ ଗୁଣ୍ଡା ଏଠୁ ଟେକିନେଇ ଚାଲିଗଲେ । କେତେଦିନ ପରେ ତା' ଲାଶ୍ ଆନିକଟ ପାଖରେ ଫୁଲିଯାଇ ଉପରକୁ ଉଠିଆସିଲା । ପୋଲିସ କହିଲା, ମୁଣ୍ଡ ଖରାପ ହେତୁ ଆତ୍ମହତ୍ୟା; କିନ୍ତୁ ଆମେ ଜାଣିଥିଲୁ ଜଗଜ୍ଜୀତ୍‌କୁ ମାରି ଦିଆଯାଇଛି । ସେହି ବର୍ଷ ତାକୁ ମୋ ଦୋକାନରୁ ହରଣଚାଳ କରି ନେଇଥିବା କେତେକଙ୍କୁ ପୋଲିସ ଚାକିରି ଦିଆଯାଇ ପୁରସ୍କୃତ ମଧ୍ୟ କରାଯାଇଥିଲା । ତା'ର

ଦୋଷ ଥିଲା... ତା'ର ଉଗ୍ର ଜାତୀୟବାଦ, ଉଗ୍ର ମାତୃବନ୍ଦନାହିଁ ତା'ର କାଳ ହେଲା। ସେ ସମୟ କଥା ଆପଣ ମା' ବୁଝିପାରିବେ ନାହିଁ; ସେ ସମୟ ନୂଆଖାଲିର ବିପ୍ଳବ ସମୟ। ହଜାର ହଜାର ସ୍ତ୍ରୀ ଲୋକଙ୍କୁ ଧର୍ଷଣ କରି ସେମାନଙ୍କ ଅଙ୍ଗ ପ୍ରତ୍ୟେଙ୍ଗକୁ କାଟିଦବର ସମୟ। ସେମାନଙ୍କୁ, ସେହି ଧର୍ଷିତା, ଅଙ୍ଗପ୍ରତ୍ୟେଙ୍ଗହୀନା ଶରଣାର୍ଥୀମାନଙ୍କୁ ଟ୍ରେନ୍‌ରେ ବହି ଆଣିବାର ସମୟ, ଭାରତୀୟମାନଙ୍କ ସମୂହ ମନ ଓ ଆତ୍ମାର ବିଫଳତାର ସମୟ। ଆମ୍ଭମାନଙ୍କର ସ୍ୱପ୍ନ ତ ସରିଯାଇଥାଏ; ଦୁଃଖରେ, କ୍ରୋଧରେ, ଗ୍ଲାନିରେ ଆମେ ସବୁ ସଙ୍ଘୀ ହୋଇଯାଇଥାଉ। ଆମେ ସବୁ ମାରୱାଡ଼ୀ ପଟିରେ ଓକିଲବାବୁଙ୍କ ବିରାଟ ପଡ଼ିଆରେ ବଡ଼ି ସକାଳେ ଗେରୁଆ ଧ୍ୱଜାର ବନ୍ଦନା ଗାଉଥିଲୁ। ନିୟମିତ ବ୍ୟାୟାମ କରୁଥିଲୁ, ଫେରିବାବେଳକୁ ସୋରିଷ ତେଲ ଘଷି ହୋଇ ଫେରୁଥିଲୁ। ଘରକୁ ଫେରି ରାତିର 'ସମାଜ' ଓ ଦିନରେ 'ଷ୍ଟେଟ୍‌ସମ୍ୟାନ' ପଢୁଥିଲୁ ଓ ରାଗରେ ପାଚି ଯାଉଥିଲୁ। ସୋରିଷ ତେଲ ଘଷି ହୋଇ ଗେରୁଆ ଝଣ୍ଡାର ବନ୍ଦନା ସଂସ୍କୃତରେ ଗାଇ ଗୁରୁଦତ୍ତଙ୍କ ହିନ୍ଦୀ ଉପନ୍ୟାସ ପଢ଼ି, ନୂଆଖାଲୀରେ ହେଉଥିବା ଧର୍ଷଣକୁ ଆମେ କିପରି ବନ୍ଦ କରିଦେବୁ ବା ତା'ର କିପରି ପ୍ରତିଶୋଧ ନେଉଥିଲୁ, ତା' ଆମେ ସେତେବେଳେ ବୁଝିପାରୁ ନ ଥିଲୁ; କିନ୍ତୁ ଆମମାନଙ୍କ କ୍ରୋଧ ଶେଷରେ ଆମରି ଭିତରୁ ଜଣେ ଜଗଜ୍ଜୀତ୍‌କୁ ଖାଇଲା। ସେହି କ୍ରୋଧର ଆବେଗରେ ଆସି ମୋ ଦୋକାନରେ ସେ ଏହି ପୂର୍ଣ୍ଣମୀ ଦିନ ପାଟି କରିଥିଲା – ହରି ଭୈୟା, ସେ କ୍ୟାଲେଣ୍ଡର କାହିଁକି ଦୋକାନରେ ମାରି ନାହିଁ? କ'ଣ ମା' ମରିଗଲା ବୋଲି ମା'ର ଛବି ମଧ୍ୟ ଘରେ ଟାଙ୍ଗିବାକୁ ମନା? ସେହି ସମୟରେ ମୁଁ ସିନେମା ହଲ କଥା କହିଥିଲି ଓ ସେ ଉଗ୍ରରୂପ ଧାରଣ କରିଥିଲା। ସେ ଗର୍ଜୁଥିବା ବେଳେଇ ଦଳେ ଗୁଣ୍ଡା ତାକୁ ଟେକିନେଇ ଚାଲିଗଲେ।

ସେଇତ ଭୂତ ହୋଇ ବାହାରିଛି। ନ ହେଲେ 'ବାଣୀବିହାର ବାବୁ କିଏ, ଆଉ ସେ କ୍ୟାଲେଣ୍ଡର କିଏ? ବଡ଼ ବଡ଼ ଦେଶସେବକମାନେ ମଧ୍ୟ ସେ କ୍ୟାଲେଣ୍ଡର ଚିତ୍ରକୁ ଭୁଲି ସାରିଲେଣି। ଏଡ଼େ ନିରୀହ ଅଧ୍ୟାପକ ସେଇ କ୍ୟାଲେଣ୍ଡର ୧୯୮୨ରେ ଖୋଜୁଥିବା ଦେଖି ଆଖିକୁ ପାଣି ଆସିଯାଉଛି ମା'। ଏଥର ତ 'ତେଲୁଗୁ ଦେଶମ୍' 'ତାମିଲ ନାଡୁ', 'ଖାଲିସ୍ତାନ', 'ଭୋଗିସ୍ତାନ'ର ବେଳା ମା'। ପ୍ରଫେସରଙ୍କର କିଛି ଦୋଷ ନାହିଁ। ହେଇ ଦେଖନ୍ତୁ ପ୍ରଫେସର କିପରି ଶୋଇ ପଡ଼ିଲେଣି, ବଡ଼ କ୍ଳାନ୍ତହୋଇ ପଡ଼ିଛନ୍ତି। ତାଙ୍କୁ ଟେକାଟେକି କରି 'ବାଣୀବିହାର' ନେଇଯାଆନ୍ତୁ। ମୁଁ ମୋ ତରଫରୁ ଦୁଇଟି ଜିନିଷ ଦେଉଛି ଭେଟି। ସକାଳ ହେଲେ ବାବୁଙ୍କୁ ଦେଇଦେବେ। ସେ ଯାହା ଖୋଜୁଥିଲେ ଏ ଭିତରେ ତାକୁ ଯଦି ପାଇଯିବେ, ତାହାହେଲେ ଖୁବ୍ ଭଲ ହେବ।

ଜିନିଷ ଦୁଇଟିକୁ ନେଇ ପ୍ରଫେସରଙ୍କ ପତ୍ନୀ ଛଳଛଳ ଆଖିରେ କହିଲେ - "ସେ ତ ବିଡ଼ି ପିଅନ୍ତି ନି, କି ଗୁଡ଼ାଖୁରେ ଦାନ୍ତ ଘଷନ୍ତିନି। ବଡ଼ ନିରୀହ ଲୋକ, ମୁଁଇ ଚଣ୍ଡାଲୁଣୀ ତାଙ୍କୁ ଜବରଦସ୍ତ ବାଲିଯାତ୍ରା ଆଣିଥିଲି। ତାଙ୍କ ଜୀବନ କିପରି ରହିଯାଉ।"

- ନା, ମା' ବାବୁ ଯେଉଁ ମା'ଙ୍କର କମନୀୟ ମୂର୍ତ୍ତି ଖୋଜୁଥିଲେ ତାହା ଆଜିକାଲି ଏଇ ବିଡ଼ି ଓ ଗୁଡ଼ାଖୁରେହିଁ ରହିଯାଇଛି।

ଫରଫର୍ ତ୍ରିରଙ୍ଗ ପତାକା ତିବ୍ବତ ଉପରେ ଉଡୁଥିବ, ମା'ଙ୍କର ବିସ୍ତୃତ ମୁକୁଳା କେଶ ସାରା ହିମାଳୟକୁ ପରିବ୍ୟାପ୍ତ କରିଥିବ, ତାଙ୍କର ସୁନ୍ଦର ମୁଖଶ୍ରୀ ଦିଲ୍ଲୀ ପାଖରେ, ସୁନ୍ଦର ଉନ୍ନତ ବକ୍ଷ ଉତ୍ତର ପ୍ରଦେଶରେ, କମନୀୟ କଟୀ ମଧ୍ୟପ୍ରଦେଶରେ, ସୁନ୍ଦର ସଦାପୂଜ୍ୟ ସଦ୍ୟପୂଜା ଚରଣଯୁଗଳ କୁମାରୀକାଠାରେ - ସିଂହଳ, କେରଳ ଓ ମହାରାଷ୍ଟ୍ରକୁ ଆବୋରି ବସିଥିବ। ଚତୁର୍ଭୁଜା ମା' ମୋର - ପଦ୍ମ ହସ୍ତ ପୂର୍ବର ଦେଶ ସମୂହରେ ଲମ୍ବି ଯାଇଥିବ, ଆସାମ ପାଖରେ ଶଙ୍ଖହସ୍ତ, ଗଦାହସ୍ତ, ଗୁଜୁରାଟ, ମହାରାଷ୍ଟ୍ରକୁ ଅଭୟ ଦେଉଥିବେ, ବର୍ଚ୍ଛା ଓ ପତାକା ହସ୍ତ କାଶ୍ମୀର, ପଞ୍ଜାବକୁ ରକ୍ଷା କରୁଥିବେ - ମା' ମୋର। ସେହି ମା' ଆଉ ଚିତ୍ରରେ ମଧ୍ୟ କେଉଁଠି ନାହାନ୍ତି। କାହାର କଳ୍ପନାରେ ମଧ୍ୟ ନାହାନ୍ତି।

'ପ୍ରଫେସରଙ୍କୁ ମୋର ଭେଟି ନିଶ୍ଚୟ ଦେଇଦେବେ ମା'।

ମାକିଆବେଲୀଙ୍କ ହସ

ଉତ୍ସବବାବୁ ଶୋଇବା ଘରର ପର୍ଦ୍ଦା ପାଖରେ ଅଟକି ଗଲେ। ସେ ତାଙ୍କ ସ୍ତ୍ରୀଙ୍କୁ ଖୁସି ଖବରଟା ଜଣାଇ ଦେବାପାଇଁ ବ୍ୟାକୁଳ ହୋଇ ଆସିଥିଲେ। ସରକାରୀ ଦଳର ପତନ ଆସନ୍ନ, ବିରୋଧୀ ଦଳ ନିକଟ ଭବିଷ୍ୟତରେ ମନ୍ତ୍ରିମଣ୍ଡଳ ଗଠନ କରିବାକୁ ଯାଉଛନ୍ତି, ଜ୍ୟୋତିଷ ପଣ୍ଡିତଙ୍କ କଥା ନିଶ୍ଚୟ ସତ ହେବାକୁ ଯାଉଛି, ନୂଆ ମନ୍ତ୍ରିମଣ୍ଡଳ ହେବ, ସେଥିରେ ଉତ୍ସବବାବୁ ମୁଖ୍ୟମନ୍ତ୍ରୀ ହେବେ, ଏ ବିଷୟରେ ରାଜଧାନୀରେ ଲୋକେ କଥାବାର୍ତ୍ତା ହେଲେଣି - ଏହିପରି କେତେ କ'ଣ କଥା କହି ସ୍ତ୍ରୀଙ୍କଠୁ କିଛି ପ୍ରଶଂସା ଶୁଣିବା ପାଇଁ ସେ ଦଉଡ଼ି ଆସିଥିଲେ ଘରକୁ। ଯେଉଁ ସ୍ତ୍ରୀଙ୍କର ଡାଉରି ସମ୍ପତ୍ତିରେ ତାଙ୍କର କଣ୍ଟ୍ରାକ୍ଟରୀ ଜୀବନ ଆରମ୍ଭ ହୋଇଥିଲା, ଆଉ ଯେଉଁ ସ୍ତ୍ରୀଙ୍କ ବୁଦ୍ଧିବଳ ପାଇ କଣ୍ଟ୍ରାକ୍ଟରୀ ଧନ ସେ ରାଜନୀତିରେ ଖଟାଇଥିଲେ, ସେପରି ସ୍ତ୍ରୀ ପାଖରେ ସ୍ୱାମୀ ଭାବରେ ତାଙ୍କର କେତେଗୁଡ଼ିଏ ଦୁର୍ବଳତା ରହିବା ସ୍ୱାଭାବିକ, କିନ୍ତୁ କୌଣସି ଦ୍ରୁତଗାମୀ ଗାଡ଼ି ଆଗକୁ ଗାଈ କି ଛେଳି ଆସିଗଲେ ସଡ଼ନ୍ ବ୍ରେକ୍ ମାରିବାପରି ଉତ୍ସବବାବୁ ଘର ଭିତରେ ସୁନାବତୀଙ୍କୁ ଦେଖି ଅଟକି ଗଲେ - ତାଙ୍କର ସବୁ ଭାବନା ଓଲଟ ପାଲଟ ହୋଇଗଲା। ଆସନ୍ନ ବିପଦରୁ ରକ୍ଷା ପାଇଯାଇଥିଲେ ମଧ୍ୟ ଛାତି ତାଙ୍କର ଧୁଡ଼୍‌ଧୁଡ଼ ହେବାକୁ ଲାଗିଥାଏ। ସେ କାନ ଦେଇ ଶୁଣିବାକୁ ଲାଗିଲେ।

ଘର ଭିତରେ ସୁନାବତୀକୁ ଘେରି ତାଙ୍କର ସ୍ତ୍ରୀ ଜେ.ଏନ୍.ୟୁ.ରୁ ଆସିଥିବା ଝିଅ, ଶାଳୀ, ପଡ଼ୋଶୀ ଆଉ ଜଣେ ବିଧାୟକଙ୍କ ପତ୍ନୀ ବସିଥିଲେ। ସୁନାବତୀର ବ୍ଲାଉଜ୍ ଖୋଲା ଯାଇଥିଲା, ସେମାନେ ସମସ୍ତେ ତାର ସ୍ତନ ପାଖରେ ମୁହଁ ଲଗାଇ କ'ଣ ସବୁ ଦେଖି ଚାଲିଥିଲେ - ମଝିରେ ମଝିରେ ଜେ.ଏନ୍.ୟୁ.ର ଛାତ୍ରୀ ଉଷା, ଦୁଃଖ, ଆଶ୍ଚର୍ଯ୍ୟ, ସହାନୁଭୂତିରେ ଚିତ୍କାର କରି ଦେଉଥିଲେ ଯାହା - ସେମ୍। ସେମ୍। ଦ ବ୍ଲଡ଼ି ବ୍ରୁଟସ୍। ସୁନାବତୀର ସ୍ତନ ଉପରେ ଗୁଡ଼ାଏ ଆବୁଡ଼ା ଖାବୁଡ଼ା ଦାନ୍ତ ଚିହ୍ନ

ଉପରେ ହାତ ମାରି ଦେଇ ଶୀହରି ଉଠି ଉଷା କହିଲା...ଦେଖୁଛ ମମ୍ମୀ। ସେ ଲୋକଗୁଡ଼ାଙ୍କର କେତେ ଅଗ୍ନି ଆବୁଡ଼ା ଖାବୁଡ଼ା ଦାନ୍ତ ହୋଇଥିବ। ସୁନାବତୀର ସ୍ତନରେ ହାତ ମାରି ଦେଇଥିବାରୁ ଉଷାର ଲୋମାଞ୍ଚ ହୋଇଯାଇଥାଏ।

- କାଇଁ ଦେଖେଁ ଦେଖେଁଲୋ ଝିଅ। କହି ପ୍ରୌଢ଼ା ସ୍ତ୍ରୀ କେତେଜଣ ଥର ଥର କରି କେତେଥର ସୁନାବତୀର ବକ୍ଷ ଉପରେ ହାତ ବୁଲାଇ ଆଣିଲେ। କ'ଣ ସେମାନେ ଦେଖିଲେ କେଜାଣି, ଏକ ସ୍ୱରରେ ଦାବି କଲାପରି କହିଲେ - ଆମେ ତ ମା' ସଭା ସମିତିକୁ ଯାଇନୁ। ଯାହା ଖବରକାଗଜରେ ପଢ଼ିଛୁ। ହେଲେ ସେଥିରେ କ'ଣ ପୂରା ସତକଥା ବାହାରି ପାରିବକି ? ତୁ ଆମକୁ ସବୁ ସତକଥା ଖୋଲି କହି ଦେଲୋ ମା। ଆମ ଆଗରେ ଲାଜ କ'ଣ ! ଆମେ ତ ସମସ୍ତେ ସେଇ ଗୋଟିଏ ଜାତିର- କିଏ ସବୁ ବ୍ରାହ୍ମଣ, କରଣ, ଖଣ୍ଡାୟତ ହୋଇଥିବେ, ଆମର ହେଲା ମାଇକିନା ଜାତି। ତୁ ମାଇକିନା, ଆମେ ମାଇକିନା। ତୋ ଭିତରେ ଆମ ଭିତରେ ଲୁଚାଚୋରା କଥା କ'ଣ ଅଛି ? ହେଲେ ତୋ କଥା ଶୁଣିବାକୁ ବଡ଼ ଅପୂରବ ଲାଗୁଛି ମା'।

- ନୁହଁ କି ହେ ନାନୀ।

ପଡ଼ୋଶୀ ବିଧାୟକଙ୍କ ପତ୍ନୀଙ୍କ କଥା ଶୁଣି ଉତ୍ସବବାବୁଙ୍କ ସ୍ତ୍ରୀ ସୁନାବତୀର କେଶ ଆଉଁଶି ପକାଇ ତାକୁ କୋଳକୁ ନେଇଗଲେ। ସୁନାବତୀ ତଳକୁ ମୁହଁପୋତି ତା' କଥା ଆରମ୍ଭ କରୁଥିବାବେଳେ ଉତ୍ସବବାବୁଙ୍କ ଶାଳୀ, ଝିଆରୀ ଉଷାକୁ ସେଠୁ ଚାଲି ଯିବାକୁ କହିଲେ। ଅବିବାହିତା ଝିଆରୀ ସଂସାରର ଏହି ବୀଭତ୍ସ ଓ କଳୁଷିତ ରୂପ ନ ଦେଖିବା ଉଚିତ ବୋଲି ତାଙ୍କର ମତ ଥିଲା। ଉଷା କିନ୍ତୁ ମାଉସୀଙ୍କ କଥାରେ ପ୍ରତିବାଦ କଲା। ଆଇ ପ୍ରୋଟେଷ୍ଟ୍ ମାଉସୀ। ମୁଁ କ'ଣ ଆଉ ସେହି ଫ୍ରକ୍ ପିନ୍ଧା ଛୋଟ ଝିଅ ହୋଇଛି। ଆଉ ନୋ ଏଭ୍ରି ଥିଙ୍ଗ୍। ମୁଁ ଜେ.ଏନ୍.ୟୁ.ରେ ସମାଜତତ୍ତ୍ୱର ଛାତ୍ରୀ। ମୁଁ ନାରୀ ଧର୍ଷଣ ଉପରେ ଏମ୍.ଫିଲ୍. ଥେସିସ୍ କଥା ବାଣୀବିହାର ଅଡ଼ିଟୋରୀୟମ୍‌ରେ ଶୁଣିଛି, ପ୍ୟାରେଡ଼ ଗ୍ରାଉଣ୍ଡରେ ମଧ୍ୟ ଶୁଣିଛି। ବାଣୀବିହାର ପିଲା - ସମସ୍ତେ ଜାଣନ୍ତି କେଡ଼େ ସିନିକ୍ ଓ ଅନରୁଲୀ ସେମାନେ - ପାଞ୍ଚ ମିନିଟ୍ ମଧ୍ୟ ଧୈର୍ଯ୍ୟ କରି ସେମାନେ ବସିବେନି। ସେମାନେ ସୁନାବତୀର କରୁଣ କାହାଣୀ ପିନ୍ ଡ୍ରପ୍ ସାଇଲେନ୍ସ ଭିତରେ ଶୁଣିଲେ, ଅନେକ ଝିଅ ତ କାନ୍ଦି ପକାଇଲେ। ଡ୍ୟାଡ଼ିଙ୍କ ଭାଷଣ ତ ସେଦିନ ବି ବେଷ୍ଟ ହୋଇଥିଲା। ଯେତେବେଳେ ସେ କହିଲେ - ଏପରି ଲାଞ୍ଛିତା, ଦଳିତା, ଧର୍ଷିତା ନାରୀଙ୍କୁ ଆମେ ପୁଷ୍ପମାଳା ଦେଇଛୁ। ଏମାନେ ନିନ୍ଦନୀୟା ନୁହଁନ୍ତି, ବନ୍ଦନୀୟା; କାରଣ ସମାଜର ପଚାଶଢ଼ା ଖଳିତ ଅଂଶକୁ ଯାଇ ଏମାନେ ସେ ଅଂଶର ସ୍ଥିତି ବିଷୟରେ ଆମକୁ ସଚେତନ କରାଇ ଦେଇଛନ୍ତି... ସେତେବେଳେ କରତାଳିରେ ଅଡ଼ିଟୋରିୟମ୍

ପାଞ୍ଚ ମିନିଟ୍ ଧରି ଫାଟି ପଡ଼ିଥିଲା। ମୁଁ କାହିଁକି ଏଠି ରହିବିନି, ମମ୍ମୀ? ଯେତେକ ପୁରୁଣା କାଳିଆ ଧାରଣା ମାଉସୀଙ୍କର।

ସୁନାବତୀ ଧୀରେ ଧୀରେ କିନ୍ତୁ ସ୍ପଷ୍ଟ ସ୍ୱରରେ କହିବାକୁ ଆରମ୍ଭ କରିଥିଲା - ଆମମାନଙ୍କର ଯାହା ଜମି ଥିଲା ତାକୁ ଜବରଦଖଲ କରି ଅନ୍ୟଲୋକେ ଖାଉଛନ୍ତି। କେବଳ ଆମର ନୁହଁ, ଆମପରି ଅନେକ ଆଦିବାସୀଙ୍କର ଘରବାଡ଼ି ଜମିର ମାଲିକ ଅନ୍ୟମାନେ, ସାହୁକାରମାନେ, ସାଆଁନ୍ତମାନେ। ମୋ ସ୍ୱାମୀ ଜଣେ ସାହୁକାରଙ୍କ ଘରେ ଦିନ ମଜୁରିଆ। ଦିନେ ଦିନେ କାମ ପଡ଼ିଲେ ସାହୁକାରଙ୍କ ଘରେ ସେ ରାତିରେ ବି ରହିଯାଏ। ସେଦିନ କାଳରାତିରେ ସେ ଅଳ୍ପ ସମୟ ହେଲା ଘରକୁ ଫେରିଥିଲା। କିଛିଦିନ ତଳେ ଆମେମାନେ ଆମମାନଙ୍କ ଜମିଜୁମା ନେଇ ଆପତ୍ତି ଅଭିଯୋଗ ଖବରକାଗଜରେ ଛାପିବା ପାଇଁ ଦେଇଥିଲୁ। ତାକୁ କିନ୍ତୁ କେହି ଛାପିଲେ ନାହିଁକି ସରକାରୀ ଲୋକେ ଆମର ଦୁଃଖ ଶୁଣିଲେ ନାହିଁ। ଆମ ଲୋକେ ଦୁଃଖରେ ଅନ୍ୟମାନଙ୍କ ଜମିରେ ମଜୁରିଆ ହୋଇ କାମ କରିବା ପାଇଁ ନାହିଁ କରିଦେଲେ। ସେମାନେ ଆନ୍ଧ୍ର କି ବ୍ରହ୍ମପୁର ଚାଲିଯାଇ କାମ ଧନ୍ଦା ଖୋଜୁଥିଲେ। ପାଖଆଖ ଗାଁର ଲୋକେ ଆମମାନଙ୍କ ଉପରେ ରାଗୁଥାନ୍ତି। ଅନେକ ବର୍ଷଠୁ ଏହିପରି ଅଶାନ୍ତି ଚାଲିଥାଏ। ସାହୁକାରମାନେ ଏଥର କିନ୍ତୁ ଆଦୌ ମୂଲିଆ ପାଇଲେନି ସେମାନଙ୍କ ଜମିରେ କାମ କରିବା ପାଇଁ। ପାଖଆଖ ଅଞ୍ଚଳର ଅନେକ ଲୋକ ଇରାକ୍, ଇରାନ୍ ଚାଲି ଯାଇଥିଲେ। ଆମେମାନେ ତ ଆଗରୁ ମନା କରିଦେଇଥିଲୁ।

ସେଦିନ ରାତିରେ ଗାଁରେ ନିଆଁ ଲାଗିବାରୁ ଗାଁ ସାରା ଲୋକ ଜୀବନ ବିକଳରେ ଏଣେତେଣେ ଦୌଡ଼ିବାକୁ ଲାଗିଲେ। ସବୁ ଘରେ ପ୍ରାୟ ଏକାବେଳେ ନିଆଁ ଲାଗିଥାଏ। ଠେଙ୍ଗା ଧରି ଅଜଣା ଅଶୁଣା ଲୋକମାନେ ଗାଁ ଚାରିପଟେ ଜଗିଥାନ୍ତି। ମୋ ଗେରସ୍ତକୁ ସେମାନେ ଆଗ ବାନ୍ଧି ପକାଇଲେ। ମୁଁ ପାଟିକରି ଦଉଡ଼ିବାରୁ ସେମାନେ ମୋର ଲୁଗାଟାକୁ ଟାଣି ନିଆଁକୁ ଫୋପାଡ଼ି ଦେଲେ। ବେଶି ପାଟିକଲେ ମୋତେ ମଧ୍ୟ ନିଆଁକୁ ଫୋପାଡ଼ି ଦେବେ ବୋଲି ସେହି ଲୋକମାନେ ଧମକ ଦେଲେ। ମୁଁ ଚୁପ୍ ହୋଇଗଲି। ଆମ ଦୁହିଁଙ୍କୁ ଟାଣି ନେଇ ସେମାନେ ଖୋଲା ପଡ଼ିଆକୁ ଚାଲି ଆସିଲେ। ଘର ପୋଡ଼ା ନିଆଁରେ ସେଠି ଦିନପରି ଆଲୁଅ ପଡୁଥାଏ। ପଡ଼ିଆର ଅନେକ ଜାଗାରେ ସେମାନେ ଗାଁର ସ୍ତ୍ରୀଲୋକଙ୍କ ଉପରେ ଅତ୍ୟାଚାର ଆରମ୍ଭ କରି ଦେଇଥାନ୍ତି। ମୋତେ କିନ୍ତୁ ସେମାନେ ସେଠୁ ଗୋଟିଏ ବୁଦା ଆରପଟକୁ ନେଇଗଲେ। ସେଠି ଜାଗା ଅଳ୍ପ ଅନ୍ଧାରୁଆ ଥିଲା। ମୋ ଗେରସ୍ତକୁ ସେମାନେ ଗଛରେ ବାନ୍ଧିଦେଲେ। ତା'ପରେ କେଉଁଠି ଲୁଚିଥିବା ଧୋବଧାଉଳିଆ ଲୋକଟେ ମଧ୍ୟ ସେଠାକୁ ଆସିଲା। ସେ ତ ପ୍ରଥମେ ଆରମ୍ଭ କଲା।

ତା'ପରେ ଜଣକ ପରେ ଜଣେ। ମୋ ଗେରସ୍ତ ଆଖିରୁ ପାଣି ଝରୁଥାଏ, ଝିଙ୍କି ଓଟାରି ହେଇ ତା' ଦେହରୁ ରକ୍ତ ଖସି ପଡୁଥାଏ। ମୁଁ ଅସହ୍ୟ ବେଦନାରେ କିଛି ସମୟ ପାଇଁ ମୂର୍ଚ୍ଛା ହୋଇଗଲି। ସ୍ୱପ୍ନରେ କ'ଣ ସବୁ ଘଟୁଥାଏ ଯେପରି। ଭୟଙ୍କର ବାଘମାନେ ମୋତେ ଏପଟ ସେପଟ ଓଲଟାଉଥାନ୍ତି। ସେମାନଙ୍କ ଦାନ୍ତଗୁଡ଼ାକ ମୋ ଦେହସାରା ଗଳିଯାଉଥାଏ। ବାଘ ଚମଡ଼ା ଗନ୍ଧରେ ନାକ ଫାଟିଯାଉଥାଏ। ସେମାନଙ୍କ ଭିତରୁ ଗୋଟାଏ ବାଘ ତ ମୋ ପାଟିରେ ତା'ର ଲୋମଶ ହାତ ଭର୍ତ୍ତି କରି ମୋର ନିଃଶ୍ୱାସ ଯେପରି ରୁନ୍ଧିହେଲା। ମୁଁ ଆଖି ଖୋଲି ଦେଲି। ମୋର ଆଖି ଖୋଲିଗଲାବେଳକୁ ସେମାନେ ସମସ୍ତେ ଏକାଠି ହୋଇ ମୋତେ ଚୋବେଇ ଚାଲିଥାନ୍ତି। ମୁଁ ଆଉ ସମ୍ଭାଳି ପାରିଲିନି। ପୁଣିଥରେ ମୂର୍ଚ୍ଛା ହୋଇଗଲି। ଉପସ୍ଥିତ ଭଦ୍ରମହିଳାମାନେ କଥା ଶୁଣୁଶୁଣୁ କାଠ ପାଲଟି ଯାଇଥାନ୍ତି ଯେପରି। ସୁନାବତୀର ପେଣ୍ଡା, ଗାଲ ଓ ବାହୁରେ ଅସଂଖ୍ୟ କାମୁଡ଼ା ଦାଗ ସେମାନେ ପୁଣିଥରେ ଦେଖିଲେ।

- ଏତିକି ନାଁ ଆଉ କେଉଁଠି ଖଣ୍ଡିଆ ହୋଇଛି ? ଉଷାର ପ୍ରଶ୍ନରେ ତା' ମାଉସୀ ତାକୁ ଗାଳିଦେଲେ - ଯାଉନୁ, କେତେ ଫଟେଇ ହେଉଛୁ। ଆଉ ଯେଉଁ ଜାଗାରେ ଖଣ୍ଡିଆ ହୋଇଥିବା କଥା ସେ ତ ମଧ୍ୟ ଖଣ୍ଡିଆ ହୋଇଥିବ। ଧର୍ଷଣରେ ଯାହା ହେବା କଥା।

ପଡ଼ୋଶୀ ବିଧାୟକଙ୍କ ପତ୍ନୀ କ'ଣ ଭାବି ଉଷାର ପ୍ରଶ୍ନକୁ ପୁଣିଥରେ ପଚାରିଲେ - କହି ଦେ ମା, ଯାହା ହବାର ତ ହୋଇଗଲାଣି, ଆଉ ଲାଜ କଲେ କ'ଣ ହେବ ? ଦୁଃଖ କଥା ନିଜ ଭିତରେ ରଖିଲେ ଦେହକୁ ଖରାପ, ସମସ୍ତଙ୍କୁ କହିଦେଲେ ଦୁଃଖ ବାଣ୍ଟି ହୋଇଯାଏ, କମିଯାଏ। କହ ସେମାନେ ଆଉ କେଉଁଠି କେଉଁଠି କ'ଣ କଲେ ? ସୁନାବତୀ ମୂକ ହୋଇ ସମସ୍ତଙ୍କ ମୁହଁକୁ ଚାହିଁ ଦେଇ ଧୀରେ ଧୀରେ ତା'ର ଲୁଗା ଟେକିଲା। ଜଙ୍ଘ ମୂଳରେ ସେହି ଆବୁଡ଼ା ଖାବୁଡ଼ା ଦାନ୍ତର ଚିହ୍ନ। ଖଣ୍ଡିଆ ବେଶି ହୋଇଥିବାରୁ ସେଠି କିଛି ଅଏଣ୍ଟମେଣ୍ଟ ଲଗାଯାଇଥିଲା। ଲୁଗା ଟେକି ଦେବାରୁ ସେହି ଅଏଣ୍ଟମେଣ୍ଟର ବାସ୍ନା ନାକରେ ବାଜିଲା।

ଆଃ। ନିଓସ୍ପିରିନ୍ ଅଏଣ୍ଟ୍‌ମେଣ୍ଟ୍ ନିଶ୍ଚୟ। ଉଷା କହି ଦେଇ ଔଷଧ ନାଁ ଜାଣି ଦେଇଥିବାରୁ ଖୁସୀ ହୋଇଗଲା କ୍ଷଣକ ପାଇଁ। ସୁନାବତୀର ଜଙ୍ଘମୂଳ ଦାଗ ଦେଖି ଉତ୍ସବବାବୁଙ୍କ ପତ୍ନୀ ହଠାତ୍ ଅନ୍ୟମନସ୍କା ହୋଇପଡ଼ିଲେ। ସୁନାବତୀ ବୁଲିପଡ଼ି ପିଚାରେ ଥିବା କାମୁଡ଼ା ଚିହ୍ନକୁ ଦେଖାଉଥିଲା।

- ଦ ସେମ୍ ବ୍ରୁଟ୍। ମମ୍ମୀ ଲୁକ୍। ଦ ସେମ୍ ବ୍ରୁଟ୍। ପିଚାରେ ମଧ୍ୟ ସେହି ସେହି ଆବୁଡ଼ା ଖାବୁଡ଼ା ଦାନ୍ତଗୁଡ଼ାକର ଚିହ୍ନ।

ପର୍ଦ୍ଦା ଆଢୁଆଳରୁ ସଦସ୍ୟ ସେଠି ଆଉ ଠିଆ ହେବେକି ନାହିଁ କିମ୍ବା ଚାଲିଯିବେ ଠିକ୍ କରିପାରିଲେନି। ତାଙ୍କର ଛାତି ଜୋର୍‌ରେ ପଡୁଥାଏ, ଉଠୁଥାଏ। ସୁନାବତୀ ଧର୍ଷିତା ହେବାପରେ ଅଗ୍ନିଗର୍ଭକ ଭାଷଣ ଦେଇ ସେ ତାକୁ ବହୁ ସଭା ସମିତିରେ ବୁଲାଇଛନ୍ତି, ତା' ଗାଁର କରୁଣ କାହାଣୀ ଲୋକଙ୍କୁ ଶୁଣାଇ ସରକାରଙ୍କ ବିରୋଧରେ ଆନ୍ଦୋଳନ କରିବାକୁ ଉତ୍ସାହିତ କରିଛନ୍ତି, ଦୋଷୀ ଓ ଅତ୍ୟାଚାରୀମାନଙ୍କୁ ଧରିବାକୁ ସରକାରଙ୍କ ପୋଲିସର ଅପାରଗତା ହେତୁ ଏହି ଜଘନ୍ୟ କାର୍ଯ୍ୟରେ ପୋଲିସର ଲୋକ ସଂପୃକ୍ତ ଅଛନ୍ତି ବୋଲି ମଧ୍ୟ ସେ ସନ୍ଦେହ ପ୍ରକାଶ କରିଛନ୍ତି। ଏହି ସରକାରଙ୍କ ଅମଳରେ ଆଇନ୍‌ର ଶାସନ ଆଉ ନାହିଁ। ଆଇନ ଭୁଶୁଡ଼ି ଗଲାଣି ବୋଲି ଗଳା ଫଟାଇ ବକ୍ତୃତା ଦେଇଛନ୍ତି। ସବୁ ସତ୍ତ୍ୱେ ଲୋକମାନଙ୍କୁ ସେ ତା'ର ଶରୀରର କ୍ଷତବିକ୍ଷତ ଅଂଶକୁ ଦେଖାଇ ପାରିନାହାଁନ୍ତି, ସେତକ କରି ଦେଇପାରିଥିଲେ, ହୁଏତ ଏତେବେଳକୁ ଦେଶରେ ନିଆଁ ଲାଗି ସାରନ୍ତାଣି।

ଆସେମ୍ବ୍ଲିରେ କିନ୍ତୁ ଅନାସ୍ଥା ପ୍ରସ୍ତାବ ନିଶ୍ଚୟ ଆସୁଛି। ସବୁ ଖବରକାଗଜ ସରକାରଙ୍କ ବିରୋଧରେ ଅଗ୍ରଲେଖା ଲେଖିବାକୁ ଆରମ୍ଭ କଲେଣି। ଆସେମ୍ବ୍ଲି ବୈଠକବେଳକୁ ଜନମତକୁ ପୃଷ୍ଟପୋଷକତା କରିବା ପାଇଁ ଦଶ ପନ୍ଦର ଲକ୍ଷ ଟଙ୍କା ମିଳିଗଲେ ସବୁ ହୋଇଯିବ। ଟଙ୍କା ଦିଲ୍ଲୀଆଡୁ ନିଶ୍ଚୟ ଆସିବ। ଅନେକ ନେସ୍‌ନାଲ୍ ନ୍ୟୁଜ୍‌ପେପର ମଧ୍ୟ ସୁନାବତୀ ଧର୍ଷଣ କଥା ଲେଖିଲାଣି। ଉତ୍ସବବାବୁ ମୁରୁକେଇ ହସିଲେ –

ସୁନାବତୀ ଆଉ କ'ଣ କହିବୁ, ଆଉ କ'ଣ ଦେଖାଇବ, ଦେଖିବାକୁ ମଧ୍ୟ ଉତ୍ସବବାବୁଙ୍କର ପ୍ରବଳ ଇଚ୍ଛା ଥିଲା। ସେ ଦୁଆରବନ୍ଧଠୁ କିଛିଦୂର ଘୁଞ୍ଚି ଯାଇ ଠିଆହେଲେ। ଉଷା ସୁନାବତୀର ହାତ ଧରିପକାଇ ପଚାରୁଥିଲା – କ'ଣ ଭାରି ପେନ୍ ହେଲା ଭଉଣୀ ? ସେତେବେଳେ ଅସହ୍ୟ ପେନ୍ ହୁଏ ?

ଉଷା କଥାରେ ତା'ମାଉସୀ ରାଗି ଯାଇ କହିଲେ – "ଆଲୋ କଷ୍ଟ ହେବନି, କ'ଣ ସୁଖ ମିଳିବ। ଏମିତି କ'ଣ ପଚାରୁଛୁ ମ' ? କଷ୍ଟ ନ ମିଳିଥିଲେ ସେ ମୂର୍ଚ୍ଛା ହୋଇଯାଇଥାଆନ୍ତା କାହିଁକି ?"

– 'ମାଉସୀ, ମୁଁ ତୁମକୁ ପଚାରୁ ନାହିଁ, ସୁନାବତୀଙ୍କୁ ପଚାରୁଛି। ତମେ ଜାଣ ତୁମପରି ଗସିପ୍ କରିବା ପାଇଁ ମୁଁ ଏତେକଥା ତାକୁ ପଚାରୁନି, ମୋ ଥେସିସ୍‌ରେ ଏଗୁଡ଼ାକ ଦରକାର ହେବ। ତୁମେ ଜାଣିଛ ଏସବୁ କଥା ନିଜେ ଅଭିଜ୍ଞତା କରି ଜାଣି ହେବନି। ଯଦିଚ ପାଶ୍ଚାତ୍ୟ ଦେଶମାନଙ୍କର ଏପରି ଅଭିଜ୍ଞତା ପାଇବା ପାଇଁ ସମାଜତତ୍ତ୍ୱ ଓ ନୃତତ୍ତ୍ୱର ଗବେଷକମାନେ ଅଦ୍ଭୂତ ପଦକ୍ଷେପ ନେଇଥାନ୍ତି। ଜଣେ ପ୍ରସିଦ୍ଧ ଭଦ୍ରମହିଳା

ନିଉଗିନି ଟ୍ରାଇବାଲ୍ ଲୋକଙ୍କ ସେକ୍ସ ହାବିଟସ୍ ଜାଣିବା ପାଇଁ ସେଠାର ଜଣେ ଆଦିବାସୀଙ୍କୁ ବିବାହ କରିଥିଲେ। ଭାବି ପାରୁଛ ମାଉସୀ, ଏସବୁ କଥା।

ମାଉସୀ ଘରକୁ ଯିବାକୁ ଉଠିଲେ। ଉଷା ତାଙ୍କ ରାଗ ଫଣ୍ ଫଣ୍ ମୁହଁକୁ ଚାହିଁ ସୁନାବତୀକୁ ପଚାରିଲେ - ଆଚ୍ଛା। ତୋ ସ୍ୱାମୀ ଏ ସବୁ ଘଟିବାପରେ କ'ଣ କହୁଛି ? ତୋତେ ପାଖରେ ରଖିବ ନା ନାହିଁ।

ଉଷା କଥା ଶୁଣି ସୁନାବତୀ କହିଲା - "ସେ ମଣିଷ ମଧ୍ୟରେ ଦେବତା, ସବୁ ଦେଖି ମଧ୍ୟ ସେ ମୋତେ ସ୍ତ୍ରୀ କରି ରଖିବାକୁ ପ୍ରସ୍ତୁତ; କିନ୍ତୁ ସମିତିରେ ଫୁଲମାଳ ପିନ୍ଧି ସେହି ଲଜ୍ଜାଜନକ କଥା ବାରମ୍ବାର କହିବାକୁ ସେ ପସନ୍ଦ କରୁ ନ ଥିଲା; କିନ୍ତୁ ବଡ଼ ବଡ଼ ବାବୁମାନେ ତାଙ୍କୁ କ'ଣ ବୁଝାଇ ଦେଲେ କେଜାଣି ସେ ଶେଷରେ ରାଜି ହୋଇଗଲା। ତା'ର ଅନୁମତି ଆଣି ମୁଁ ଭୁବନେଶ୍ୱର ଆସିଛି।"

କିନ୍ତୁ ସୁନାବତୀ, ଏତେ ସ୍ତ୍ରୀ ଲୋକଙ୍କ ଆଗରେ ତୁ ସବୁକଥା ଖୋଲି ଖୋଲି କହୁଛୁ ବୋଲି ମୋର କାହିଁକି ବିଶ୍ୱାସ ହେଉନି। ମୁଁ ଆଉଦିନେ ତୋତେ ସୁବିଧା ଦେଖି ଡାକିବି। ସେହି ସମୟରେ ବିଧାୟକ ଚିତ୍କାର କଲେ - ଆରେ କିଏ ଅଛରେ ଏ ବେଧେଇକୁ ଏ ଘରୁ ବାହାର କର।

ଉତ୍ସବବାବୁଙ୍କ ଗଳାଫଟା ଚିତ୍କାର ଶୁଣି ପୂଜାରୀ, ଚାକର, ମାଳୀ ଶୋଇବା ଘର ଆଡ଼କୁ ଦଉଡ଼ି ଆସିଲେ। ଧକ୍କା ଦେଇ ହାରାମଜାଦୀକୁ ବାହାର କରି ଦିଅ। ଆଜ୍ଞା ପାଳନ କରିବାକୁ ସେମାନେ ଅତ୍ୟନ୍ତ ବ୍ୟଗ୍ର ଥିଲେ ମଧ୍ୟ ବିଧାୟକ ନିଜେ ସେହି କାର୍ଯ୍ୟ କରିବାକୁ ତତ୍ପର ହେବା ଦେଖି ସେମାନେ ବାରଣ୍ଡାକୁ ଆସି ରହିଗଲେ। ତା' କାନ୍ଧ ଓ ପିଠିରେ ହାତ ରଖି ସୁନାବତୀକୁ ଉତ୍ସବବାବୁ ଠେଲି ଦେଉଥିଲେ; କିନ୍ତୁ ତାଙ୍କ କ୍ରୋଧ ଓ ଚିତ୍କାର ସହ ସମତାଳ ରଖି ଶକ୍ତିର ପ୍ରୟୋଗ ହୋଇଥିଲେ ସ୍ୱାଭାବିକଭାବେ ସୁନାବତୀ ଗୋଟିଏ ଠେଲାରେ ବାରଣ୍ଡାରୁ ରାସ୍ତାରେ ଯାଇ ପଡ଼ିଥାନ୍ତା; କିନ୍ତୁ ଉତ୍ସବବାବୁ ତାକୁ କିପରି ଠେଲୁଥିଲେ କେଜାଣି ସେ ଅତ୍ୟନ୍ତ ଭାରୀ ଜିନିଷ ପରି ରହି ରହି ଯାଉଥିଲା ଓ ଶେଷରେ ଉତ୍ସବବାବୁଙ୍କ ସାରା ଶରୀରର ଠେଲା ପାଇ ସେ ରାସ୍ତାରେ ଆଣ୍ଠୁମାଡି ପଡ଼ିଗଲା। ତା'ପରେ ମଧ୍ୟ ଉତ୍ସବବାବୁ ଦାଣ୍ଡକୁ ଚାଲି ଯାଉଥିବାବେଳେ ତାଙ୍କ ସ୍ତ୍ରୀ ତାଙ୍କୁ ହେଲା ହେଲା କହି ଅଟକାଇ ଦେଲେ।

■

କୁଣ୍ଡଳିନୀ

ପଶୁ :

ନୀଳକଣ୍ଠ! ନୀଳକଣ୍ଠ! ସେଇ ନାଆଁଟି ଏ ପ୍ରୌଢ଼ ଲୋକଟିର। ନାଁ ଆଉ କ'ଣ ହୋଇପାରେ। ଦଶବର୍ଷ ଭିତରେ ମଣିଷର କ'ଣ କ'ଣ ପରିବର୍ତ୍ତନ ହୋଇପାରେ। ଏଇ ପଢୁଥିଲାଟି ଟରଣ୍ଟୋରେ? ନାଁ, ଏହାପରି ଆଉ କେହି? ସାହସ କରି ଭଦ୍ରତା ରଖି, ନାମ ପଚରା ଯାଇପାରେ, ନାଁ, ନାମ ପଚାରିବା ଅଭଦ୍ରାମି ହେବ, ଅନୁଚିତ ହେବ। ଆପଣଙ୍କ ନାମ ନୀଳକଣ୍ଠ, "ଇଉ ଅଫ୍ ଟି"ରେ ଆପଣ କେବେ ପଢୁଥିଲେ?

କାମରୂପ ଏକ୍ସପ୍ରେସ୍ ଫାଷ୍ଟକ୍ଲାସ କମ୍ପାର୍ଟମେଣ୍ଟର ବର୍ଥଟିଏରେ ପ୍ରୌଢ଼ଟିଏ ବିଦେଶିନୀ ନାରୀଟିର ସୌନ୍ଦର୍ଯ୍ୟରେ ଅଭିଭୂତ ହୋଇଯାଇଥିଲେ। କାହିଁକି ଏ ସ୍ତ୍ରୀ ଲୋକଙ୍କର ତାଙ୍କ ଉପରେ ଏତେ ଆକର୍ଷଣ? ରଙ୍ଗ, ଶାରୀରିକ ଗଠନ ନାଁ ଆଉକିଛି ପୂର୍ବ ଜନ୍ମର କୌଣସି ସଂସ୍କାର? ଏ ଭଦ୍ର ମହିଳାଙ୍କୁ ତ ଆଗରୁ ଦେଖିଥିବା ପରି ମନେହେଉଛି। କେଉଁଠି ଦେଖା ହୋଇଥିଲା ଏହାଙ୍କ ସହିତ? ସେହି ମ୍ୟାକ୍‌ମାଷ୍ଟର୍ ଇଉନିଭରସିଟିର ଛାତ୍ରୀ ଯୋଷେଫିନ୍ ନୁହେଁ ତ। ସଂସ୍କୃତ ଭଲ ଜାଣିଥିଲା, ଭାରତର ଧର୍ମ ଦର୍ଶନ ନେଇ ତାର ବିପୁଳ ଆଗ୍ରହ ତାକୁ ବିସ୍ମିତ କରିଦେଇଥିଲା ଦିନେ। ସେ କେଉଁ ଯୁଗର କଥା। କାମ୍ୟକୁ ଲୋକେ ବିଦ୍ୟାନଗରୀ କହୁଥିଲେ; କିନ୍ତୁ ଏପରି ବୁଦ୍ଧିମତୀ ତରୁଣୀମାନେ ଆମେରିକାରେ ପ୍ରତ୍ୟେକ କ୍ୟାମ୍ପସକୁ ବିଦ୍ୟାନଗରୀରେ ପରିଣତ କରି ଦେଇଛନ୍ତି। ଏ କ'ଣ ସେଇ ଯୋଷେଫିନ୍ ଯେ ନୀଳକଣ୍ଠକୁ ଶିକ୍ଷିତା, ବୁଦ୍ଧିମତୀ ତରୁଣୀମାନଙ୍କୁ ସେମାନଙ୍କ ସ୍ତନ କି ଜଙ୍ଘ ନୁହଁ, ବୁଦ୍ଧି ପାଇଁ ସମ୍ମାନ ଦେବାକୁ ଶିଖାଇ ଦେଇପାରିଥିଲା ଦିନେ। ସେଦିନ ସେ ସିଡ଼ିରୁ ତଳକୁ ଓହ୍ଲାଉଥିଲା, ମ୍ୟାକମାଷ୍ଟର୍‌ର ଛାତ୍ରୀ କିନ୍ତୁ "ଇଉ ଅଫ୍ ଟି"କୁ କୌଣସି କାମରେ ଆସି ଲାଇବ୍ରେରୀ ଯାଇଥିଲା। ସିଡ଼ି ଉପରକୁ ଚଢୁଥିଲା ନୀଳକଣ୍ଠ, ଟରଣ୍ଟୋରେ ନୂଆ। ଅସମ୍ଭବ ଚିପା ଜିନ୍ ଉପରେ ପତଳା

ଟେରେଲିନ୍ ସାର୍ଟଟିଏ ପିନ୍ଧିଥାଏ ଯୋଷେଫିନ୍। ସିଡ଼ି ଚଢୁ ଚଢୁ ନୀଳକଣ୍ଠର ଆଖି ଜିନ୍ ପ୍ୟାଣ୍ଟର ଯେଉଁ ଅଂଶରେ ଲାଖିଗଲା, ତାକୁ ଯୋଷେଫିନ୍ ଦେଖିପାରି ଓହ୍ଲାଉ ଓହ୍ଲାଉ ସିଡ଼ିରେ ରହିଗଲା। ସେ କହିଲା - ହାଇ। ଏହାଠୁ ମଧ୍ୟ ମୋର ଭଲ ଜିନିଷ ଅଛି।

ନୀଳକଣ୍ଠ ବୋକାଙ୍କ ପରି ତା' ମୁହଁକୁ ଚାହିଁଦେଇ ଆଖି ତଳକୁ ଫେରାଇ ଆଣୁଥିବାବେଳେ ଯୋଷେଫିନ୍‌ର ବୋତାମ ଦିଆଯାଇ ନ ଥିବା ଯୋଗୁଁ ପ୍ରାୟ ଅନାବୃତ୍ତ ସ୍ତନ ଦେହରେ ଲଟକି ଯାଇଥିଲା। ଆଇ ଡୋଣ୍ଟ ମିନ୍ ଦ୍ୟାଟ୍ - ଆଇ ମିନ୍ ହିୟର୍। ଯୋଷେଫିନ୍ ନିଜ ଆଙ୍ଗୁଠି ନେଇ ନିଜର ମୁଣ୍ଡ ଛୁଇଁଲା। ତା' ପରେ ସେ ନୀଳକଣ୍ଠକୁ ନିଜର ପରିଚୟ ଦେଲା ଓ ନୀଳକଣ୍ଠର ପରିଚୟ ନେଲା। ହୋଇପାରେ ସେ ସେହି ଉଦ୍ଧତ କିନ୍ତୁ ବିଚକ୍ଷଣା ତରୁଣୀ।

ତା'ର ତନ୍ଦ୍ରା ବିଦେଶିନୀଟିର ପ୍ରଶ୍ନରେ ଭାଙ୍ଗିଗଲା।

- ମୁଁ ପଚାରୁଥିଲି, ଆପଣ କେବେ କାନାଡ଼ା ଯାଇଥିଲେ ?

- ଓଃ। ୟୁ ବିଚ୍। ଆର୍ ୟୁ ନଟ୍ ଯୋଷେଫିନ୍।

- ଆଣ୍ଡ ୟୁ ଆର ଦ୍ୟାଟ୍ ସ୍କାଉଣ୍ଡ୍ରେଲ୍ ନୀଳକଣ୍ଠ।

ତା'ପରେ ସେମାନେ ପରସ୍ପରର ନିକଟକୁ ଚାଲି ଆସିଲେ। ଯୋଷେଫିନ୍ ନୀଳକଣ୍ଠକୁ ଥଟ୍ଟା କଲା - ମୁଁ ଦେଖୁଛି, ତୁମର ସେଇ ପୁରୁଣା ଅଭ୍ୟାସଗୁଡ଼ିକ ରହିଯାଇଛି। ନାଁ ନାଁ ଏଠି ଆମର ଭିନ୍ନ ପରମ୍ପରା। ସ୍ତ୍ରୀଲୋକମାନଙ୍କୁ ପାଦଠୁଁ ଆରମ୍ଭ କରି ମୁହଁଯାଏ ଚାହିଁବ, ତଳୁ ଉପରକୁ, ଉପରୁ ତଳକୁ ନୁହଁ। କାଳିଦାସ ଉପାଖ୍ୟାନ ଶୁଣିନ ? ମୁଁ ସେଇୟାଇ କରୁଥିବାବେଳେ ଗୋଟାଏ ସ୍ୱାଭାବିକ ଜାଗାରେ ଆଖି ଅଟକି ଯାଇଥିଲା। ଅନୁଗ୍ରହ କରି ବୋତାମଗୁଡ଼ାକ ଲଗାଇ ଦିଅ।

- ଆଚ୍ଛା ମୁଁ କିନ୍ତୁ ତୁମର ସେହି ପରମ୍ପରାର ଗୋଟିଏ ଦିଗ ବିଷୟରେ ରିସର୍ଚ୍ଚ କରିବା ପାଇଁ ଆସିଛି। କ'ଣ ଜାଣ ସେ ଦିଗଟା ? ତନ୍ତ୍ର। ବୋତାମ ଦେଉ ଦେଉ ଯୋଷେଫିନ୍ କହିଲା।

ନୀଳକଣ୍ଠ କହିଲା - ଆଚ୍ଛା, ବଡ଼ ବିପଦଜନକ ତୁମର ମତିଗତି ମୁଁ ଦେଖୁଛି। ଅଭିପ୍ରାୟ ବି ଭଲ ନୁହଁ କେବେହେଲେ। ଜଣେ ସୁନ୍ଦରୀ ତରୁଣୀ, ସେ ଆସିଛନ୍ତି ତନ୍ତ୍ର ଉପରେ କିଛି ଶିଖିବା ପାଇଁ। ଆଃ। ମୁଁ ହେଲେ ତନ୍ତ୍ରରୁ କିଛି ଜାଣିଥାନ୍ତି।

- ମୁଁ ବନାରସ୍‌ରେ ମାସେ ରହିଛି, କାମାକ୍ଷାରେ ପ୍ରାୟ ପନ୍ଦର ଦିନ ରହିଥିବି। ବର୍ତ୍ତମାନ ଯାଉଛି ଓଡ଼ିଶା। ଶୁଣୁଛି ତନ୍ତ୍ର ଆସନ ନେଇ କୋଣାର୍କର ମିଥୁନ ମୂର୍ତ୍ତି ଅତ୍ୟନ୍ତ ପ୍ରସିଦ୍ଧ। ମୋତେ ଟିକିଏ ସାହାଯ୍ୟ କରନା। ଜଣେ କେହି ପ୍ରସିଦ୍ଧ ତାନ୍ତ୍ରିକଙ୍କ ଠିକଣା ମୋତେ ଦିଅ, ଯାହାଙ୍କ ପାଖକୁ ଯାଇ ମୁଁ ତନ୍ତ୍ରର ପ୍ରାକ୍‌ଟିକାଲ୍ ସାଇଡ୍‌ଟା ଶିଖି ପାରିବି।

ଆଇ ଓ୍ୟାଣ୍ଟ ଏ ରିଅଲ୍ ସିଦ୍ଧି। କାମାକ୍ଷା ହିଲ୍‌ସରେ ତ ମୁଁ ଜଣେ ଦୁଇଜଣ ତାନ୍ତ୍ରିକଙ୍କୁ ଭେଟିଲି; କିନ୍ତୁ ସେମାନଙ୍କର ଭୟଙ୍କର ଚେହେରା ଦେଖି ମୁଁ ଡରିଗଲି। ସେମାନେ ସୁବିଧା ପାଇଥିଲେ ମୋତେ ସେମାନଙ୍କର ତନ୍ତ୍ରପୀଠ ଚକ୍ରକୁ ନେଇଥାନ୍ତେ; କିନ୍ତୁ ସେମାନଙ୍କ ସହ କଥାବାର୍ତ୍ତାବେଳେ ମୋର କେତୋଟି ସନ୍ଦେହ ପଚାରିଦେବାରୁ, ସେମାନେ ରାଗିଗଲେ ଓ ମୋତେ ଅଭିଶାପ ଦେବାକୁ ଲାଗିଲେ।

- ଦେଖ ମୁଁ ତାନ୍ତ୍ରିକ ନୁହେଁ, ତନ୍ତ୍ର କ'ଣ ମୁଁ ଜାଣେନି-କିନ୍ତୁ ଆମମାନଙ୍କ ବ୍ରାହ୍ମଣ ପରମ୍ପରାରେ ବାମବାର୍ଗୀମାନଙ୍କୁ ପସନ୍ଦ କରାଯାଏନା, ସେମାନଙ୍କୁ ପଥଭ୍ରଷ୍ଟ ସାଧକ ବୋଲି ଧରି ନିଆଯାଏ। ତେବେ ତୁମେ କ'ଣ କହିଲାରୁ କାମାକ୍ଷର ତାନ୍ତ୍ରିକମାନେ ରାଗିଲେ ?

- ସେମାନେ ମୋତେ ପରିଷ୍କାର କହିଲେ ଯେ ଭୈରବୀ ହେବାପାଇଁ ମୁଁ ଉପଯୁକ୍ତା; କିନ୍ତୁ ପଣ୍ଡିତଙ୍କ ପରି ଯୁକ୍ତି କରିବା ମୋର ଖରାପ ପରମ୍ପରାର ପରିଚାୟକ। ଯୁକ୍ତି ନ କରି ଭୈରବୀ ହୋଇଯାଇ ସବୁକଥା ଅନୁଭବ କରିବାକୁ ସେମାନେ ମୋତେ ଅନୁରୋଧ କରିଥିଲେ। ଉପଲବ୍ଧି କରି ଜାଣିବାହିଁ ତତ୍ତ୍ୱ ଜାଣିବାର ଏକମାତ୍ର ଉପାୟ ବୋଲି କହିଥିଲେ।

- ତୁମେ କ'ଣ ଯୁକ୍ତି କରିଥିଲ ?

ସମସ୍ତ ତନ୍ତ୍ର ଦର୍ଶନ ଏକ ଅତି ସାଧାରଣ ଭାଷାଗତ ଭୁଲ୍ ଉପରେ ସୃଷ୍ଟି ହୋଇଛି ବୋଲି ମୁଁ ସେମାନଙ୍କୁ କହିଥିଲି। ସାଙ୍ଖ୍ୟ ଓ ଯୋଗ ଦର୍ଶନରେ ପୁରୁଷ ଓ ପ୍ରକୃତି ଦୁଇଟି ଚରମ ତତ୍ତ୍ୱ। ପୁରୁଷର ଧର୍ମ ଚେତନା, ପ୍ରକୃତି ଜଡ଼ ଅଟେ। ପୁରୁଷର କିନ୍ତୁ ଦୁଇଟି ପ୍ରଚଳିତ ଅର୍ଥ ରହିଛି।

ପୁରୀରେ ନିବାସ କରୁଥିବା ଚୈତନ୍ୟକୁ ପୁରୁଷ କୁହାଯାଏ, ଲିଙ୍ଗ ଭେଦରେ ପୁରୁଷର ଲିଙ୍ଗ ଥିବା ବ୍ୟକ୍ତିକୁ ପୁରୁଷ ମଧ୍ୟ କୁହାଯାଏ କିନ୍ତୁ ଲକ୍ଷ୍ୟ କରନ୍ତୁ ପୁରୁଷର ବିପରୀତ ଜଡ଼ ହେଲାବେଳେ ପୁଂଲିଙ୍ଗର ବିପରୀତ ସ୍ତ୍ରୀ ଲିଙ୍ଗ ଅର୍ଥାତ୍ ପୁରୁଷର ବିପରୀତ ଯୋନି ଧାରଣୀ ବ୍ୟକ୍ତି। ପ୍ରଥମ ଅର୍ଥ ତାନ୍ତ୍ରିକ ଅର୍ଥ, ଦ୍ୱିତୀୟ ଅର୍ଥ ଲିଙ୍ଗଭେଦ ଅର୍ଥ। ଦୁଇଟି ଅର୍ଥକୁ ଅଲଗା ରଖି ଗୋଳେଇ ଦିଆଯାଇଛି। ପ୍ରଥମ ଅର୍ଥରେ ସ୍ତ୍ରୀ ମଧ୍ୟ ପୁରୁଷ ଓ ପୁରୁଷ ମଧ୍ୟ ପ୍ରକୃତି। ମୁଁ ସ୍ତ୍ରୀ ହେଲେ ମଧ୍ୟ ପୁରୁଷ; କାରଣ ମୋଠାରେ ଚୈତନ୍ୟ ରହିଛି ଓ ଆପଣ ପୁରୁଷ ହେଲେ ମଧ୍ୟ ପ୍ରକୃତି, କାରଣ ଆପଣଙ୍କର ତିନିଗୁଣରେ ପ୍ରସ୍ତୁତ ଶରୀର ରହିଛି। ଏପରି କ୍ଷେତ୍ରରେ ଦ୍ୱିତୀୟ ଅର୍ଥର ପୁରୁଷର ଚିହ୍ନ ଲିଙ୍ଗକୁ ପ୍ରଥମ ଅର୍ଥର ପୁରୁଷର ଚିହ୍ନ ବା ଚୈତନ୍ୟର ଚିହ୍ନରୂପେ କାହିଁକି ନିଆଯିବ ଓ ପ୍ରକୃତିର ଦ୍ୟୋତକରୂପେ ସ୍ତ୍ରୀର ଚିହ୍ନ ଯୋନି କାହିଁକି ନିଆଯିବ ? ଏହାହିଁ ଭାଷାଗତ ଭୁଲ।

ନୀଳକଣ୍ଠ ଯୋଷେଫିନ୍‌ର ବିଶ୍ଳେଷଣରେ ଚମତ୍କୃତ ହେବାକୁ ଲାଗିଥିଲା। ସତରେ ଜଘଁନ ଓ ସ୍ତନ ଛଡ଼ା ଏ ସ୍ତ୍ରୀ ଲୋକଟି ପାଖରେ ଆହୁରି ମୂଲ୍ୟବାନ ଜିନିଷ ରହିଛି, ଯାହାକୁ ସେ ବହୁଦିନ ତଳେ ନୀଳକଣ୍ଠଙ୍କୁ କହିଥିଲା।

- ଏହି ଭ୍ରାନ୍ତି ଓ ଗୋଳିଆପୋଳିଆ ଯୋଗୁଁ ପୁରୁଷର ଲିଙ୍ଗ ଓ ସ୍ତ୍ରୀର ଯୋନିକୁ ତନ୍ତ୍ରପୂଜା କରିବା ଆରମ୍ଭ କରିଦେଲା। ଯୋନିର ଆକାର ତ୍ରିଭୁଜ ଓ ପୁରୁଷର ଲିଙ୍ଗର ଆକାର ରେଖା, ସେମାନଙ୍କ ଶାସ୍ତ୍ରରେ କାହିଁକି ମହତ୍ତ୍ୱପୂର୍ଣ୍ଣ ଭୂମିକା ଗ୍ରହଣ କଲା ତା' ବୁଝାପଡ଼ିଯାଉଛି। ତା'ପରେ ପରେ ଏହି ଭ୍ରାନ୍ତିରୁ ଅନ୍ୟାନ୍ୟ ବହୁ କଥାର ଉଦ୍ଭବ।

-ଚମତ୍କାର ଯୋଷେଫିନ୍। ତାନ୍ତ୍ରିକମାନେ ଏପରି ଯୁକ୍ତି ଶୁଣିବା ପରେ ତୁମକୁ ଗୋଟା ସୁଦ୍ଧା ନ ଗିଳି ଛାଡ଼ିଦେଲେ କିପରି ମୁଁ ଭାବୁଛି।

- କିନ୍ତୁ ଗୋଟିଏ କଥାକୁ ମୋର ବୁଦ୍ଧି ଅଣ୍ଟୁନି। ଏତେ ଭ୍ରାନ୍ତି ସତ୍ତ୍ୱେ, ବହୁ ଦୋଷ ସତ୍ତ୍ୱେ, ସେମାନେ ସିଦ୍ଧି କିପରି ପାଉଛନ୍ତି ? ଲୋକଙ୍କ ମନ ଉପରେ ଏତେ ଅଧିକାର କିପରି କରି ବସିଛନ୍ତି ସେମାନେ ? ତୁମେ ମୋତେ ଜଣେ ଭଲ ପଣ୍ଡିତଙ୍କର ଠିକଣା ଦିଅ। ଯେ ତାନ୍ତ୍ରିକମାନଙ୍କ କଥା ଜାଣିଥିବେ, ପଣ୍ଡିତ ହୋଇଥିବେ ଓ ବୟସରେ ବୃଦ୍ଧ ମଧ୍ୟ ହୋଇଥିବେ। ମୁଁ ତାଙ୍କ ପାଖକୁ ଯାଇ ମୋର ସନ୍ଦେହ ଦୂରୀଭୂତ କରିପାରିବି।

- ସେପରି ଜଣେ ଲୋକର ଠିକଣା ମୁଁ ଦେବି; କିନ୍ତୁ ବୃଦ୍ଧ ହେବା ଆବଶ୍ୟକ କାହିଁକି ?

ଭାରତ ଆସିବାଠୁ ମୋତେ ଯେତେ ଜଣ ତାନ୍ତ୍ରିକ ଦେଖିଛନ୍ତି, ସେମାନେ ମୋତେ ଭୈରବୀ କରିଦେବାକୁହିଁ ଇଚ୍ଛା କରିଛନ୍ତି।

- ଭୈରବୀ କ'ଣ ?

- ଆଃ। ଧର୍ଷଣ କରିବା ପାଇଁ ଇଚ୍ଛା, କିନ୍ତୁ ତା' ପୂର୍ବରୁ ସ୍ତ୍ରୀ ଲୋକକୁ ଗୋଟିଏ ଭଲ ଶବ୍ଦରେ ବର୍ଣ୍ଣନା କରିଦେଇ ନିଜର ଧାର୍ମିକ ଚେତନାକୁ ଶୁଆଇ ପକାଇବା। ଗିଭ ଏ ବ୍ୟାଡ୍ ନେମ୍‌ର ଓଲଟା ଥିଓରି।

- ଆଃ ଯୋଷେଫିନ୍ ମୋର ବି ତ ସେହିପରି କିଛି ହେଉଛି। ଆଉ କେହି ଲୋକ ଏ କମ୍ପାର୍ଟମେଣ୍ଟକୁ ନ ଆସିଲେ ତୁମ ପ୍ରତି ବିପଦ ରହିଛି, ମନେରଖିଥିବ।

- ରିଏଲି ? ୟୁ ଆର୍ ୱେଲକମ୍। କାନାଡ଼ାରେ ଥିଲାବେଳେ ତ ବଡ଼ ସଂଯମୀ ପୁରୁଷ ଥିଲ, ଭାରତକୁ ଆସି କ'ଣ ପରିବର୍ତ୍ତନ ହୋଇଗଲା ? ସ୍ତ୍ରୀ ସହ ପଡୁନି ନା କ'ଣ ?

- ତୁମର ପଡୁଛି ? ଘର କଥା କିଛି କହିଲ ନି ଯେ ? ମୁଁ ଫେରିବା ବର୍ଷ ବିବାହ ତ କରିଥିଲ। ତୁମ ସ୍ୱାମୀ ପରା କୌଣସି କମ୍ପାନୀରେ ଚାକିରି ଆରମ୍ଭ କରିଥିଲେ।

- ମୋର ଝିଅଟିଏ ଅଛି ନୀଳକଣ୍ଠ, ସେ କଥା ତୁମେ ଜାଣିନ, ଲଭଲି ଝିଅଟିଏ। ତା' ଫଟୋ ତୁମକୁ ଏଇଲେ ଦେଖାଉଛି।

ଯୋଷେଫିନ୍ ନୀଳକଣ୍ଠର ଆହୁରି ପାଖକୁ ଲାଗି ଆସି ତା' ଝିଅର ଫଟୋ ଦେଖାଇଲା। ମନିପର୍ସରେ ଲାଗିଥିବା ଯୋଷେଫିନ୍‌ର ଝିଅଟି ସତରେ ଖୁବ୍ ସୁନ୍ଦର ହୋଇଥିଲା। ବୋଧେ ଯୋଷେଫିନ୍ ତାଙ୍କ ପିଲାଦିନେ ସେହିପରି ହୋଇଥିବେ।

କିନ୍ତୁ ନୀଳକଣ୍ଠ କେବଳ ଫଟୋ ଦେଖୁ ନ ଥିଲେ। ଯୋଷେଫିନ୍‌ର ଶରୀରର ବାସ୍ନା ତା' ନାକରେ ବାଜି ତାକୁ ଉଚ୍ଚାଟ କରିବାରେ ଲାଗିଥାଏ। ସେଦିନ - ବିଭାଘର ଦିନ ବିବାହ ସରିବା ପରେ ପରେ ଯୋଷେଫିନ୍‌କୁ ବିବାହ କରିଥିବା ଯୁବକଟି ପ୍ରଥମେ ନିମନ୍ତ୍ରଣ କରିଥିଲା ନୀଳକଣ୍ଠକୁ - କେଉଁ ପ୍ରିମିଟିଭ୍ କଷ୍ଟମ୍‌ର ରହି ଯାଇଥିବା ଶେଷ ଅଂଶ। - ଯୋଷେଫିନ୍‌କୁ ଚୁମାଦିଆ ନୀଳକଣ୍ଠ। ନୀଳକଣ୍ଠ କୁଣ୍ଠିତ ହୋଇ ଯୋଷେଫିନ୍‌ର ଅଧର ସ୍ପର୍ଶ କରି ଦେଇ ଯାହା ବିଧିରକ୍ଷା କରିଦେଇଥିଲା। ଅଧରକୁ ସେ ସତରେ ସ୍ପର୍ଶ କରିଥିଲା କି ନାହିଁ ମନେନାହିଁ ତା'ର। ସେକଥା ଆଜି ଏ ଟ୍ରେନ୍‌ରେ କରାଯାଇପାରେ। ଯୋଷେଫିନ୍‌ର ଅଧର ଏବେ ତ ଖୁବ୍ ଲାଲ।

କାମରୂପ ଫାରକା ବ୍ରିଜ୍ ପାର ହୋଇ ଗାଡ଼ି ଗୋଟିଏ ଛୋଟିଆ ଷ୍ଟେସନରେ ଯାଇ ଠିଆହେଲା। ଗୁଡ଼ାଏ କୁଣ୍ଢେଇ ନେଇ ଲୋକଟିଏ କମ୍ପାର୍ଟମେଣ୍ଟ ଝରକାପାଖକୁ ଆସିଲା ମାତ୍ରେ ଯୋଷେଫିନ୍ କାଚ ଟେକିଦେଇ ତା ସହ ଦରଦାମ କରିବା ଆରମ୍ଭ କରିଦେଲା। ତା'ର ବ୍ୟକ୍ତିତ୍ୱର ସହସା ପରିବର୍ତ୍ତନରେ ନୀଳକଣ୍ଠ ଆଶ୍ଚର୍ଯ୍ୟ ହୋଇଥିଲେ ମଧ୍ୟ ନିଜ ଜାଗାରୁ ଘୁଞ୍ଚିଗଲାନି। ଯୋଷେଫିନ୍‌ର ସ୍କାଟର୍ ଅନେକ ଅଂଶ ତାରି ଉପରେ ପଡୁଥାଏ। ସେ କୁଣ୍ଢେଇ କିଣିବାରେ ସାହାଯ୍ୟ କରିବା ବାହାନାରେ ଯୋଷେଫିନ୍ ପାଖକୁ ଆହୁରି ଲାଗି ଆସିଲା। ତାର ଝିଅ ଏଲିଜାବେଥ୍ ପାଇଁ ଦୁଇଟି ଡଲ୍ ନୀଳକଣ୍ଠ କିଣି ଯୋଷେଫିନ୍‌ଙ୍କୁ ଉପହାର ଦେଲା। ଡଲ୍ ଦୁଇଟିକୁ ଧରି ଯୋଷେଫିନ୍ ଆନନ୍ଦରେ ନାଚି ଆସିଲା। ହାଉ ନାଇସ୍ ଅଫ୍ ଇଉ।

- ମୋ ଝିଅ କିନ୍ତୁ ବାପର ସ୍ନେହ ପାଇନି ନୀଳକଣ୍ଠ। ହି ଇଜ୍ ଏ କ୍ରୁଟ୍। ହି ଇଜ୍ ସସ୍‌ପିସିଏସ୍ ଏଣ୍ଡ ହି ଇଜ୍ ସେକ୍‌ସୁଆଲି ଇନ୍ ଏଫିସିଏଣ୍ଟ।

ନୀଳକଣ୍ଠର ସ୍ୱାଭାବିକ ତାର୍କିକ ଓ ଚିଡ଼ାଇବା ପ୍ରକୃତି ଫେରିଆସିଥିଲା। ସେ କହିଲା - ତୁମର ମଧ୍ୟ ସେହି ସମସ୍ୟା ଯୋଷେଫିନ୍। ତୁମେ ସବୁ ଉତ୍ତର ଆମେରିକାରେ ସ୍ତ୍ରୀ ଲୋକଗୁଡ଼ାଙ୍କର କ'ଣ ହୋଇଛ, ସବୁବେଳେ ସେକ୍‌ସ ସେକ୍‌ସ, କ'ଣ ହେଉଛ ତୁମେମାନେ। ସେକ୍‌ସ ଅରଗାନ୍ ଛଡ଼ା ଆଉ କିଛି କଥା ତୁମ ମୁଣ୍ଡରେ ନାହିଁ ନା କ'ଣ। ମୁଁ କାନାଡ଼ାରେ ଥିବାବେଳେ ସେହି ସମସ୍ୟା ଥିଲା, ସେହି ବିଷୟରେ ସେଠି

କଥାବର୍ତ୍ତା। ଏବେବି ତୁମେମାନେ ସେହିପରି ଭାବୁଛ। ପୁରୁଷ ସ୍ତ୍ରୀ ସମ୍ପର୍କକୁ ତୁମେ ସେକ୍‌ସ ଓ ଅରଗାନ ଲେଭେଲ୍‌କୁ ସବୁବେଳେ କାହିଁକି ଘୋଷାଡ଼ି ଆଣ ?

– ଷ୍ଟପ୍ ଇଟ୍। ତୁମର ସେହି ଲେକ୍‌ଚର ଦେବା ଅଭ୍ୟାସ ଗଲାନି। ତୁମେ ସବୁ ଭାରତୀୟଙ୍କୁ ଏହି ଅଭ୍ୟାସ ଆମର ଭାରି ଖରାପ ଲାଗେ। ସତେ ଯେପରି ତୁମର କି ତୁମ ସ୍ତ୍ରୀ ଲୋକଙ୍କର ଏ ସମସ୍ୟା ନାହିଁ।

ଥାଇପାରେ। କିନ୍ତୁ ଜଣେ ଲୋକର ବହୁ କଥା ଭିତରୁ ଏହି କଥା ଗୋଟିଏ। ସବୁଗୁଡ଼ିକର ସବୁ ଇଚ୍ଛାର ସମନ୍ୱୟ ସନ୍ତୋଷରେ ସିନା ବ୍ୟକ୍ତି ପୂରା ଆନନ୍ଦ ପାଇଥାଏ। ଖାଲି ଦିନରାତି "ସେକ୍‌ସ ଅରଗାନ୍" କଥା ଭାବିଲେ କ'ଣ ହେବ। ଏପରି ଭାବିଲେ ତା' ପରେ ପରେ ଡାଇଭର୍ସ କଥା ଉଠିବ। କ'ଣ କହୁଛ ?

– ଉଠିବ ତ ! ମୁଁ ଭାରତରୁ ଫେରି ଯିବା ପରେ ଡାଇଭୋର୍ସ ମୋ ସ୍ୱାମୀକୁ କରିପାରେ। ନାଁ, ନାଁ, ମୋ କଥା ଶୁଣି ନାକ ଟେକନି। ମୋ ସ୍ୱାମୀ ଯେପରି ଲୋକ, ଯେ କୌଣସି ସ୍ତ୍ରୀ ସେପରି ପୁରୁଷକୁ ଡାଇଭୋର୍ସ କରିଦେବା ଉଚିତ ହେବ। ସବୁବେଳେ କମ୍ପାନୀ ଚିନ୍ତା, କମ୍ପାନୀର ମାଲିକ କିପରି ଖୁସି ହେବ ଓ କିପରି ସେ ଉପର ପାହ୍ୟାକୁ ପ୍ରମୋସନ୍ ପାଇବେ, ସେଇ ଚିନ୍ତା। ସେ ମୋ କଥା କି ଝିଅ କଥା ଆଦୌ ଭାବନ୍ତି ନି।

– ବୋଧେ ସେଇଥିପାଇଁ ତୁମର ତନ୍ତ୍ର ଶିଖିବା ପାଇଁ ଏତେ ଆଗ୍ରହ। ହେଲା, କ'ଣ ଖରାପ ହେଲା। ମୁଁ ମୋ ରିସର୍ଚ୍ଚ ସାରି ଫେରିବା ପରେ ତନ୍ତ୍ର ଉପରେ ବହିଟିଏ ଲେଖିଚି, ମୋର ନାମ ହେବ, ସମ୍ମାନ ପାଇବି, ବହିଟି ସାରା ବିଶ୍ୱରେ ବିଦ୍ୱାନ୍‌ମାନେ ଆଦର କରିବେ, କାହିଁକି ଏସବୁ ଇଚ୍ଛା କରିବିନି।

ଆଉ ପ୍ରଚୁର ଡଲାର ମଧ୍ୟ ମିଳିବ।

ତୁମେ ମୋତେ ଜଣେ ଭଲ ତାନ୍ତ୍ରିକ ପଣ୍ଡିତଙ୍କ ଠିକଣା କୁହ, ଯେ ମୋତେ ରେପ୍ କରିବାକୁ ଇଚ୍ଛା କରିବନି। ଯାହାଙ୍କ ସହିତ ମୁଁ କିନ୍ତୁ କେତେଦିନ ଧରି ଶାସ୍ତ୍ରାର୍ଥ କରିପାରିବି।

ପାଶ୍ :

ବିରାଟ ହଲଟିଏର ଫ୍ଲୋର୍‌ରେ ମୁଁ ଠିଆ ହୋଇଥିଲି। କାଠର କାନ୍ଥଗୁଡ଼ାକ ବାରମ୍ବାର ପେଣ୍ଟିଂ ଓ ବ୍ରସିଂ ହୋଇ ଚିକ୍ ଚିକ୍ କରୁଥାଏ। ଆଲୋକର ପ୍ରତିଫଳନରେ ସେହି ହଲଟି କେଡ଼େ ଯତ୍ନରେ ରଖାଯାଇଚି ତା' ଜଣାପଡୁଥାଏ। ତଳେ ଅତ୍ୟନ୍ତ କୋମଳ ପର୍ସିଆନ କାପେଟ୍। କାର୍ପେଟ୍ ମଝିରେ ଯୋନିର ଚିହ୍ନ, ଯୋନିରୁ ଠିକ୍ ମଝିରେ ବିନ୍ଦୁର ଚିହ୍ନ। କାର୍ପେଟ ଚାରି କୋଣରେ ନର ଖପୁରୀର

ଚିତ୍ର। ସେହି ବିନ୍ଦୁ ଉପରେ ଠିଆ ହୋଇ ନଗ୍ନ ଯୁବକଟିଏ ଘରର ଚାରିଆଡ଼କୁ ପେଟ୍ରୋଲ ସ୍ପ୍ରେ କରୁଥିଲା। ମୁଁ ଆଶ୍ଚର୍ଯ୍ୟ ହୋଇ ପଚାରିଲି-ଏଠି ତୁମେ କ'ଣ କରୁଛ ? ତୁମେ ତ ବ୍ଲୋର ଷ୍ଟ୍ରୀଟ୍‌ରେ ଗ୍ୟାସ୍ ଷ୍ଟେସନରେ ଚାକିରି କରୁଥିଲ। - ହାଇ ଯୋଷୀ। ମୁଁ ଭୂତଶୁଦ୍ଧି କରୁଛି। ଆଜି ଏଠି ଚକ୍ର ବସିବ; କିନ୍ତୁ ଯୋଷୀ, ତୁମେ ସ୍କାର୍ଟ କାହିଁକି ପିନ୍ଧିଛ, ମୋ ପାଖରେ ତୁମର ଲାଜ କ'ଣ। ମୁଁ ତ ତୁମର ସବୁ ଦେଖିଛି। ମୁଁ ଜଣେ ତାନ୍ତ୍ରିକ।

ଏତକ କହି ତାର ବାହାଡ଼ା ଦାନ୍ତ ଦେଖାଇ ଗ୍ୟାସୋଲିନ୍ ଷ୍ଟେସନର କର୍ମଚାରୀଟି ମୋତେ ଲଙ୍ଗଳା କରିଦେଲା। ମୁଁ ଲଙ୍ଗଳା ହୋଇ ଚକା ଚକା ଭଉଁରୀ ବୁଲି ସେହି ବିନ୍ଦୁ ଉପରେ ଆସି ଠିଆ ହେଲି। ସେହି ଗ୍ୟାସ୍ ଷ୍ଟେସନ ଯୁବକ ତା'ର ହିଲ୍‌ବାଲା ଯୋତାକୁ ଠକ୍ ଠକ୍ କରି ଫୁଟୁକି ମାରି ମାରି ମୋ ଚାରିପାଖେ ନାଚିବାକୁ ଲାଗିଲା। ଯୋତାର ଆଘାତରେ କାଠ ଫ୍ଲୋର ଖାଲି ଶୁଭୁଥାଏ ଫଟ୍ ଫଟ୍ ଫଟ୍। ସେହି ଫଟ୍ ଫଟ୍ ଶବ୍ଦର ଅବିରାମ ଗତି ଭିତରେ ଦୁଆର ମୁହଁଠି ଜଣେ ଭୟଙ୍କର ଚେହେରାର ତାନ୍ତ୍ରିକ ଆବିର୍ଭୂତ ହୋଇଗଲେ। କାମାକ୍ଷା ହିଲସ୍ ଠି ଦେଖିଥିବା ସେହି ତାନ୍ତ୍ରିକ। ବିରାଟ ବିରାଟ ରୁଦ୍ରାକ୍ଷମାଳା ସେ ବେକରେ ପକାଇଥାନ୍ତି। ମୁହଁଯାକ ସିନ୍ଦୂର ବୋଳାହୋଇ ଲାଲ ଦିଶୁଥାଏ। ସେ ମୋ ଆଡ଼କୁ ଚାହିଁ କହିଲେ, ଆମେରିକାରେ ତନ୍ତ୍ର ଧର୍ମ ପ୍ରଚାର କରିବାପାଇଁ ମୁଁ ଆସିଛି। ଏ ହେଲା ମୋର ପ୍ରଥମ ଚକ୍ର, ତୁମେ ପ୍ରଥମ ଦୀକ୍ଷିତା, ମୋର ପ୍ରଥମ ଭୈରବୀ, ଆସ। ଦେବୀ, ଆସ ଆସ। ଶୂନ୍ୟକୁ ହାତ ଟେକିଦେବା ମାତ୍ରେ ତାଙ୍କର ଦୁଇ ହାତକୁ ଦୁଇଟି ସାମ୍ପେନ୍ ବୋତଲ ଚାଲିଆସିଲା। ଦୁଇଟି ଯାକର ବୋତଲର ଠିପି ସେ ତାଙ୍କର ଶୁଭ୍ର ଓ ମଜବୁତ୍ ଦାନ୍ତରେ ଖୋଲି ଦିଅନ୍ତି। ବୋତଲରୁ ଠିପି ବାହାରିବା ମାତ୍ରେ ମଦର ଗ୍ୟାସ୍ ଫେଣ ଛିଟିକି ପଡ଼େ। ସେ ଗୋଟିଏ ବୋତଲ ନିଜ ମୁହଁରେ ଲଗାଇ ଅନ୍ୟଟି ମୋ ମୁହଁରେ ଲଗାଇ ଦିଅନ୍ତି। ମୁଁ ତୃଷାର୍ତ୍ତ ପରି ଢକ୍ ଢକ୍ କରି ସାମ୍ପେନ୍ ପିଇବାକୁ ଲାଗିଲି। ସେ ପିଉଥାନ୍ତି ଓ ମନ୍ତ୍ରଟିଏ ଉଚ୍ଚାରଣ କରୁଥାନ୍ତି।

ଓଁ ଜୟ ଜୟ ବିଜୟ ବିଜୟ
ପରଂବ୍ରହ୍ମ ସ୍ୱରୂପିଣୀ
ସର୍ବଜନମ୍ ମେ ବଶମାନୟ
ହମ୍ ଫଟ୍ ସ୍ୱାହା

ଆମେ ବସିଗଲୁ। ମୁଁ ଚାହିଁ ଦେଖେ ଜଣକର ବାମ ଜଙ୍ଘରେ ମୁଁ ବସିଛି। ଡାହାଣ ଜଙ୍ଘରେ ସେଇ ଭୈରବ ବସିଛନ୍ତି। ଆମେ ଦୁହେଁ ଯାହା କୋଳରେ ବସିଲୁ,

ସେ ଆମକୁ ଆଦେଶ ଦେଲେ - ପରସ୍ପରକୁ ଆଲିଙ୍ଗନ କର। ଏତକ ଶୁଣିବା ମାତ୍ରକେ ମୋତେ ସେ ଭୈରବ କୁଣ୍ଢାଇ ପକାଇଲା। ଦୁହେଁ ଏକ ସ୍ୱରରେ ଗାଇଲୁ -

ଲମ୍ ମୂଳାଧାର, ବମ୍ ସ୍ୱାଧିଷ୍ଠାନ୍

ଲମ୍ ମଣିପୁର, ୟମ୍ ଅନାହତ, ହମ୍ ବିଶୁଦ୍ଧ

ତା'ପରେ ସେ ଥର ଥର କରି ମୋର ସ୍ତନ ଦୁଇଟିକୁ ଶୋଷିଦେଲେ। ମୋତେ ଲାଗିଲା ମୋ ସ୍ୱାମୀଙ୍କ ସହ ମୁଁ ଡାଇନିଂ ଟେବୁଲ୍‌ରେ ଖାଇ ବସିଛି। ଜଣେ ଅତିଥି, ସ୍ୱାମୀଙ୍କର କେହି ବନ୍ଧୁ ହେବେ, ଆମ ସହ ଖାଇ ବସିଛନ୍ତି। ହଠାତ୍ ମୋର ସ୍ୱାମୀ ଖାଇବା ଟେବୁଲ୍ ଛାଡ଼ି ଉଠି ଚାଲିଗଲେ। ଟେବୁଲ୍ ତଳେ ମୋର ବୁଢ଼ା ଆଙ୍ଗୁଠିକୁ ଛୁଇଁ ଅତିଥି ମୋତେ ଗୁଣୁ ଗୁଣୁ ହୋଇ କହୁଥିଲେ - ଓଁ ଅଂ ଶ୍ରଦ୍ଧୟେ ନମଃ। କି ନେଲ୍ ପଲିସ ଲଗାଇଛ ଯୋଷେଫିନ୍, ଭାରୀ ସୁନ୍ଦର ଦିଶୁଛି। ସେ ଟେବୁଲ ଉପରେ ଖାଉ ଖାଉ ବିଚିତ୍ରଭାବେ ମୋର ଜଙ୍ଘ, ପିଚା, ଯୋନି, ପେଟ, ହାତ ସବୁକୁ ସ୍ପର୍ଶ କରିବାକୁ ଲାଗିଲେ। ତା'ପରେ ସେ ମୋତେ ଶେଯ ଉପରକୁ ଟେକି ନେଲେ। ଶେଯ ପାଖରେ ମୋର ସ୍ୱାମୀ ଠିଆ ହୋଇଥିଲେ। ସେ ମୋର ଯୋନି ଉପରେ କିଛି ପୁଷ୍ପ ଓ ସମ୍ପୋନରୁ କିଛି ଢାଳି ଦେଇ କହୁଥାନ୍ତି:

ଓଁ ଐଁ ଚନ୍ଦ୍ରାୟ ନମଃ, ଓଁ ଐଁ ସୂର୍ଯ୍ୟାୟ ନମଃ, ଓଁ ଐଁ ଅଗ୍ନୟେ ନମଃ।

ଏତିକି ସେ କହିଥିବେ, ପାହାନ୍ତିଆ ପହରକୁ ଅଷ୍ଟମୀ ଦିନଠୁ କଲିକତା ରେଡ଼ିଓରୁ ଯେପରି ଶୁଣାଗଲା -

ଯା ଦେବୀ ସର୍ବ ଭୂତେଷୁ ମାତୃରୂପେଣ ସଂସ୍ଥିତା।

ନମସ୍ତସ୍ୟୈ, ନମସ୍ତସ୍ୟୈ, ନମସ୍ତସ୍ୟୈ ନମୋନମଃ ॥

ତନ୍ତ୍ରପାଠ ଆରମ୍ଭ ହୋଇଗଲା ବୋଲି ଖୁସିରେ ମୁଁ ମୋ ସ୍ୱାମୀଙ୍କ ଲିଙ୍ଗକୁ ସ୍ପର୍ଶ କରିଦେଇ କହିଲି,

ଉତ୍ତିଷ୍ଠତ୍, ଜାଗ୍ରତ୍, ବୀରୋଭବ

ନିତ୍ୟ ମୁକ୍ତସ୍ୱଭାବାନୁ ଭବ।

ରାତି ଚାରିଟାବେଳକୁ ତ ଗମ୍ଭୀର କଣ୍ଠରେ ଚଣ୍ଡୀପାଠ କରାଯାଏ।

କିନ୍ତୁ ମୋ ସ୍ୱାମୀ ମୋ ପାଖରୁ ଉଠିଯାଇ ତାଙ୍କ ଅଫିସ୍ ଟେବୁଲ୍ ପାଖକୁ ଚାଲିଗଲେ, ସେଠି ଗଦା ଗଦା ଫାଇଲ୍ ଭିତରେ ସେ କ'ଣ ସବୁ ପଢ଼ି ଦସ୍ତଖତ କରିବାକୁ ଲାଗିଲେ। ମୁଁ ଶେଯରେ ଉଲଗ୍ନ ଅବସ୍ଥାରେ ପଡ଼ି ରହି ତାଙ୍କ ଆଡ଼କୁ ଚାହିଁ ରହିଲି। ରାଗରେ ମୋ ଦେହ ଥରୁଥାଏ। ମୁଁ ପ୍ରତିଜ୍ଞା କଲି ଏ ଭଦ୍ରଲୋକଙ୍କୁ ମୁଁ ନିଶ୍ଚୟ ଛାଡ଼ପତ୍ର ଦେବି। ମଣିଷକୁ ତତେଇ ଦେବା ଜାଣନ୍ତି, ଥଣ୍ଡା କରିଦେବା ଜାଣନ୍ତନି।

ସେହି ସମୟରେ ମୋର ନିଦ ଭାଙ୍ଗିଗଲା। ମୁଁ ଜଣେ ବ୍ରାହ୍ମଣ ପଣ୍ଡିତଙ୍କ ଘରେ ଶୋଇଥିଲି। କାନ୍ଥରେ କାଳୀଙ୍କର ଫଟୋଟିଏ ଟଙ୍ଗା ହୋଇଥିଲା । ମୋ ପାଖରେ ଶୋଇଥିବା ତରୁଣୀଟି କେତେବେଳୁ ଉଠି ଚାଲି ଯାଇଥିଲା। ଛୋଟିଆ ଝରକା ବାଟେ ଗାଁ ଦାଣ୍ଡର ନଡ଼ିଆଗଛଗୁଡ଼ାକ ଦିଶୁଥିଲା। ମୁଁ ଉଠି ବସିଲି। ସକାଳ ହୋଇଯାଇଥିଲା। ପଣ୍ଡିତଙ୍କ ଘରେ ରହିବାର ଚାରିଦିନ ହୋଇଯାଇଥିଲା।

ଗୁରୁ :

ଯୋଷେଫିନ୍ ନିତ୍ୟକର୍ମ ସାରି ଦାଣ୍ଡ ଘରକୁ ଆସିବାବେଳକୁ ପୀତାମ୍ବର ପଣ୍ଡିତ ମୃଗଛାଲଟିଏ ଉପରେ ବସିଥିଲେ। ଆଣ୍ଠୁଲୁଚା ମଠାଟିଏ ସେ ପିନ୍ଧିଥିଲେ। ସତୁରି ବର୍ଷ ପାଖାପାଖି ବୟସ ହୋଇଯାଇଥିଲେ ମଧ୍ୟ ତାଙ୍କର ମାଂସପେଶୀ ସୁଦୃଢ଼ ଥିଲା। ସେ ସିଧା ହୋଇ ବସି ନାତିକୁ ସଂସ୍କୃତ ଶିଖାଉଥିଲେ।

ମା କୁରୁ ଧନ ଜନ ଯୌବନ ଗର୍ବଂ।
ହରତି ନିମେଷାତ୍ କାଳଃ ସର୍ବଂ ॥
ମାୟାମୟମିଦ ମଖିଳଂ ହିତ୍ୱା।
ବ୍ରହ୍ମ ପଦଂ ପ୍ରବିଶାସୁ ବିଦିତ୍ୱା ॥

ଗଳାରେ ରୁଦ୍ରାକ୍ଷ ମାଳା ପଡ଼ିଥିଲା, ଛାତିରେ ବାହୁରେ, ମଥାରେ ଚନ୍ଦନ ବୋଳା ହୋଇଥିଲା। ଯୋଷେଫିନ୍‌କୁ ବସିବାକୁ କହି ସେ ମୁରୁକେଇ ହସିଲେ - ରାତିରେ ଭଲ ନିଦ ହୋଇନି ମା', ଗୁଡ଼ାଏ ଦୁଃସ୍ୱପ୍ନ, ନାଁ ?

ହଁ ଗୁଡ଼ାଏ ଦୁଃସ୍ୱପ୍ନ। ତଳକୁ ମୁହଁ ପୋତି ଯୋଷେଫିନ୍ କହିଲେ।

- ସ୍ୱପ୍ନ ଆମର ଭିତରର କଥା ପଦାକୁ ନେଇ ଆସେ। ସେଥିରେ କେବଳ ବର୍ତ୍ତମାନ ନୁହଁ, ମଣିଷର ଅତୀତ ଓ ଭବିଷ୍ୟତ ମଧ୍ୟ ପ୍ରକାଶିତ ହୋଇଯାଇଥାନ୍ତି। ସ୍ୱପ୍ନଗୁଡ଼ିକୁ ଚାହିଁଲେ, ମନ ଭିତରେ ଅନେକ ଗଣ୍ଠି ଧରା ପଡ଼ିଥାଏ। ସେ ଗଣ୍ଠି ନ ଫିଟିବା ଯାଏଁ ମଣିଷର ଶାନ୍ତି ସୁଖ ନାହିଁ। କୌଣସି କାର୍ଯ୍ୟରେ ସେ ସଫଳତା ପାଇବା ମଧ୍ୟ କଷ୍ଟକର ହୋଇଯାଇଥାଏ। ତୁମର ସାଇକୋଆନାଲିସିସ୍‌ରେ ସେହି ଗଣ୍ଠିଗୁଡ଼ିକ ପାଖରେ ପହଞ୍ଚିବା ପାଇଁ ଚେଷ୍ଟା କରାଯାଏ; କିନ୍ତୁ ସେମାନେ ଗଣ୍ଠି ପାଖରେ ପହଞ୍ଚି ଯାଆନ୍ତି ସତ; କିନ୍ତୁ ଗଣ୍ଠି ବେଳେ ବେଳେ ନ ଫିଟାଇ ଆହୁରି ନୂଆ ନୂଆ ଗଣ୍ଠି ପକାଇ ଦେଇଥାନ୍ତି; କିନ୍ତୁ ଆମ ସାଧନାରେ ସେପରି ହୁଏ ନାହିଁ। ପଞ୍ଚମକାର ସାଧନା ଠିକ୍ ନୁହେଁ। ତୁମେ କେବଳ ଈଶ୍ୱରଙ୍କୁ ସ୍ମରଣ କର, ତାଙ୍କର କୃପା ପାଇଁ ଚେଷ୍ଟା କର। ତାଙ୍କର ନାମ ଜପ କର। ତାଙ୍କର ନାମ ଜପ କଲେ, ତାଙ୍କ ମୂର୍ତ୍ତିକୁ ଧ୍ୟାନ କଲେ, ହୃଦୟର ସକଳ ଗ୍ରନ୍ଥି ଫିଟିଯାଏ। ନାମ ଜପ ସହିତ ଉଚିତ ଦର୍ଶନ ଅଧ୍ୟୟନ ମଧ୍ୟ

ଆବଶ୍ୟକ। ତନ୍ତ୍ର ଦର୍ଶନ ତର୍କ ଅନୁକୂଳ ନୁହେଁ। ଶିବ ହିଁ ସତ୍ୟ। ତାଙ୍କର ବହୁ ନାମ, ଅସଂଖ୍ୟ ନାମ। ସେ ହିଁ ବ୍ରହ୍ମ। ସେହି ସତ୍ୟରୁ ସବୁ ଉଦ୍ଭୁତ ହୋଇଛି, ସବୁ ସେଥିରେ ଦିନେ ମିଶିଯିବ। ଜନ୍ମ ହେବା, ରହିବା, ଲୟ ହେବା, ସମୟ ଭିତରେ କଥାସବୁ ପରମ କଥା ନୁହେଁ। ସମୟ ସୀମାରେ ଏହା ହୁଏ; କିନ୍ତୁ ଆମକୁ ସମୟାତୀତ ହେବାକୁ ହେବ। ସିଦ୍ଧି ପାଇବା ନିହାତି ହୀନ କଥା। ଈଶ୍ୱର ଜ୍ଞାନ ସହ ତାହାର କିଛି ସମ୍ପର୍କ ନାହିଁ। ମୁଁ ଦେବୀଙ୍କୁ ପୂଜାକରେ; କିନ୍ତୁ ତାଙ୍କର ଭକ୍ତଭାବେ, ତାଙ୍କର ଦୟାରୁ ମାୟା ସମୁଦ୍ର ପାରହୋଇ ଯିବାପାଇଁ। ଗତ ତିନିଦିନ ଧରି ତନ୍ତ୍ର ବିଷୟରେ ଆମେ ଯାହା କଥାବାର୍ତ୍ତା ହୋଇଛେ, ତା' ଉପରେ ତମେ ମନ କରିବ, ବାରମ୍ବାର ଚିନ୍ତା କରିବ। ତୁମେ ଏ ଶରୀର ନୁହଁ, ତୁମେ ଚୈତନ୍ୟ - ତତ୍ ତ୍ୱଂ ଅସି। ମହାବାକ୍ୟଗୁଡ଼ିକୁ ସ୍ମରଣ କରିବ। "ନେତି ନେତି" ଯୁକ୍ତି ପ୍ରୟୋଗ କରି ଆତ୍ମାକୁ ଚିହ୍ନିବ, ଚୈତନ୍ୟକୁ ଚୈତନ୍ୟର ବିଷୟଠୁ ଅଲଗା କରି ଶିଖିବ, କାମାନ୍ଧ ଲୋକମାନଙ୍କ ପାଇଁ ତନ୍ତ୍ର ସାଧନା ବଡ଼ ଆକର୍ଷଣୀୟ। ତୁମେ ସାବଧାନ ରୁହ। ତୁମ ଭିତରେ ପ୍ରକୃତ ଜ୍ଞାନର ଉଦ୍ରେକ ହୋଇ ନ ଥିବାରୁ କୌଣସି ସାଧନା ପାଇଁ ତୁମେ ଉପଯୁକ୍ତ ହୋଇନାହଁ। କେବଳ ଈଶ୍ୱରଙ୍କ ନାମ ଜପ କର, ତାଙ୍କୁ ଧ୍ୟାନ କର, ଅନ୍ୟାନ୍ୟ କଥା ସ୍ୱତଃ ତୁମ ପାଖକୁ ଚାଲିଆସିବ।

ଯୋଷେଫିନ୍ ତିନିଦିନ ଧରି ବ୍ରାହ୍ମଣ ପଣ୍ଡିତଙ୍କ ଆତିଥ୍ୟ ଗ୍ରହଣ କରିଥିଲେ ମଧ୍ୟ, ପରିବାରର ଜଣେ ହୋଇ ଚଳିଥିଲେ ମଧ୍ୟ, ସେହି ହସକୁରା ଉଜ୍ଜ୍ୱଳ ବର୍ଣ୍ଣର ବୃଦ୍ଧଙ୍କ ଆଖି ସହ ଆଖି ମିଳାଇ କଥାବାର୍ତ୍ତା କରିପାରୁ ନ ଥିଲେ। ମଝିରେ ମଝିରେ ମୁହଁକୁ ଚାହିଁ ଦେଇ ସେ ତାଙ୍କ ପାଦ ଉପରକୁ ଦୃଷ୍ଟି ଘେନି ଆଣୁଥିଲେ।

ମନ୍ତ୍ର ଗ୍ରହଣ ଦିନ ସେହି ପାଦ ପାଖରେହିଁ ସେ ନଡ଼ିଆଟିଏ, ବସ୍ତ୍ରଟିଏ ଓ କେତୋଟି ଆପଲ୍ ଥୋଇଥିଲେ। ମନ୍ତ୍ର ଗ୍ରହଣବେଳେ ତାଙ୍କର ଜରାଜୀର୍ଣ୍ଣ ପାଦ ଦୁଇଟିର ଆଙ୍ଗୁଠିକୁ ସ୍ପର୍ଶ କରି ସେ ଯାହା ପାଇଥିଲେ, ତାହା ଅବର୍ଣ୍ଣନୀୟ। ସେ ବହୁ ସମୟ ଧରି ସେହି ବୃଦ୍ଧ ପଣ୍ଡିତଙ୍କ ପାଦ ପାଖରେ ପଡ଼ି ରହିଥିଲେ। ପଣ୍ଡିତ ଖାଲି କହିଥିଲେ - ଆଗକୁ ଦୁଃଖ ଆସୁଛି ମା'। ଦୁଃଖ ସମ୍ଭାଳି ଯିବୁ। ମା' କୋଳରେ ତ ସମସ୍ତେ ଅଛେ, ନିଶ୍ଚିନ୍ତ ରହିବୁ, ନିର୍ଭୀକା ରହିବୁ। ଯାହାହେବ ସବୁ ତାଙ୍କରି ଇଚ୍ଛାରେ ହେବ ଏ ଦୃଢ଼ ବିଶ୍ୱାସ ଛାଡ଼ିବୁ ନାହିଁ। ସେ ପରା "ଭୂତ ଭବ୍ୟଭବତ୍ ପ୍ରଭୁଃ।"

ମୁକ୍ତି :

ସ୍ୱପ୍ନପରି ଲାଗୁଛି। ହେଇଟି ଏବେ ହୋଇଥିଲା; କିନ୍ତୁ କେତେଦିନ ଚାଲିଗଲାଣି, ଜିନିଷ ହୋଇସାରି ମଧ୍ୟ କେଡ଼େ ଅବାସ୍ତବ, ଅନୀଳ ହୋଇଗଲେଣି। କ୍ୟାଲେଣ୍ଡର, ଡାଏରୀ, ଏଇମାନେଇ ଶତ୍ରୁପରି ଆଖି ଆଗରେ ଠିଆହୋଇ ସବୁବେଳେ ବିଦ୍ରୂପ

କରୁଛନ୍ତି - ତୁମେ ବହୁତ ପୁରୁଣା ହୋଇଗଲଣି। ଦେଖ ନିଜ ଶରୀରକୁ, ମାଂସ, ମାଂସପେଶୀ କୁଆଡ଼େ ଗଲେ, ତା' ବଦଳରେ ଲୋଚାକୋଚା ହୋଇଯାଇଥିବା ଚମ। ଆଖି ତଳ କଳା ଦାଗର ଅର୍ଦ୍ଧବୃତ୍ତ, ହସିଲେ ଆଖି କୋଣରେ କୁଆଗୋଡ଼ପରି ଚିହ୍ନ। କ୍ୟାଲେଣ୍ଡର କହୁଛି କୋଡ଼ିଏ ବର୍ଷ ତଳେ ଏ ଶରୀର ଭାରତ ଯାତ୍ରା କରିଥିଲା। ତନ୍ତ୍ରବିଦ୍ୟା ଶିଖିବା ପାଇଁ, ଅନୁଭୂତି ଭିତରକୁ ସେମାନଙ୍କ ଗୁପ୍ତକ୍ରିୟାକୁ ଆଣି ପ୍ରସିଦ୍ଧ ଭଲ ବହିଟିଏ ଲେଖିବାପାଇଁ। ଆଉ କେଡ଼େ ଚଟ୍‌କରି ସେହି ବୃଦ୍ଧ ବ୍ରାହ୍ମଣ ପଣ୍ଡିତ ଯୋଷେଫିନ୍‌ର ଦୁର୍ବଳତାଗୁଡ଼ାକ ଧରି ପକାଇଥିଲେ ତୁମର ସମ୍ଭୋଗ ଆକାଂକ୍ଷା ପ୍ରଚୁର। ଆଉ ଲୋକଙ୍କଠାରୁ ପ୍ରଶଂସା ଶୁଣିବା ଏଷଣା ମଧ୍ୟ ପ୍ରଚୁର। ଏପରି ଏଷଣା ଥିଲାବେଳେ ତୁମ ପାଇଁ ସୁଖ ନାହିଁ, ଶାନ୍ତି ନାହିଁ, ମୁକ୍ତି ନାହିଁ। ପଣ୍ଡିତଙ୍କର ଆଖିରେ ତୀବ୍ର ଜ୍ୟୋତି ଥିଲା। ସେ ଯୋଷେଫିନ୍ ନାମ ଧାରିଣୀ ନାରୀର ମନ ଭିତରର କଥା ସବୁ ଯେପରି ଜାଣିପାରୁଥିଲେ।

କୁଣ୍ଡଳିନୀ ଜାଗ୍ରତ କଥା ଭୁଲିଯାଅ ଯୋଷେଫିନ୍। ତୁମେ ସେ କଥା ଆଦୌ ଇଚ୍ଛା କରୁନାହଁ। ବହୁତ ସୁଖ ପାଇଛ, ଏଥର ଭାଗ୍ୟରେ ବହୁତ ଦୁଃଖ ଅଛି। କାନାଡ଼ା ଫେରିଯାଅ। ଦୁଃଖରେ ଭାଙ୍ଗି ନ ପଡ଼ିବା ପାଇଁ କିଛି ଶିକ୍ଷା ନେଇ ଏଠୁ ଯାଅ। ନ ହେଲେ କାଚ ଭାଙ୍ଗିବା ପରି ତୁମେ ଗୁଣ୍ଡୁଗୁଣ୍ଡା ହୋଇଯିବ। ସାବଧାନ।

ସତହେଲା ସେହି କଥା, ତାଙ୍କ କଥା। କାଲି ଘଟିବା ପରି ଲାଗୁଛି; କିନ୍ତୁ ଅନେକଦିନ ହୋଇଗଲାଣି। ସତରେ ତାହାହେଲେ ଆତ୍ମା ଓ ଶରୀରର ପ୍ରଭେଦ ଏଇଠି। ଜନ୍ମ, ବାଲ୍ୟକାଳ, ଯୌବନ, ପ୍ରୌଢ଼ ବୟସ, ତା'ପରେ ବାର୍ଦ୍ଧକ୍ୟ ସବୁ ଏଇ ଶରୀରର ଊର୍ମି। କେତେ ଜଲ୍‌ଦି ଆସିଲେ ସେହି ଊର୍ମିମାନେ, କେତେ ଜଲ୍‌ଦି ଚାଲିଗଲେ। ବାର୍ଦ୍ଧକ୍ୟ ଊର୍ମି ଚାଲିଯିବା ପରେ ଶରୀରର ଆଉ କ'ଣ ରହିବ? ମୁଁ ବସିରହି ସବୁ ଦେଖୁଥିବି। ଢେଉ ଗଣବା ମୋର କାର୍ଯ୍ୟ। ସମସ୍ତେ ଢେଉ ଗଣୁଛନ୍ତି। ମୁଁ କିଏ? ସ୍ୱାମୀ ଚାଲିଗଲେ, ଅଳ୍ପୟ କନ୍ୟା ଚାଲିଗଲା। କେତେ ଦୁଃଖ, ସୁଖ, କେତେ କଳି ମନାନ୍ତର। ଭାରତରୁ ଫେରିବା ପରେ ପରେ ତ ଝିଅକୁ କ୍ୟାନସର୍ ହୋଇଛି ବୋଲି ଜଣାପଡ଼ିଲା। କେତେ କଷ୍ଟ ସେ ପାଇଲାନି। ମୃତ୍ୟୁ ପାଇଁ ଅପେକ୍ଷା, ପୃଥିବୀର ସବୁଠୁ ବିଭବଶାଳୀ ଦେଶର ନାଗରିକ ହୋଇ ଶେଷରେ ଗୋଟିଏ ରୋଗର କବଳରୁ ମୁକ୍ତି ମିଳିଲାନି, ତୁମେ ଯେତେ ନିରୀହ, ନିଷ୍ପାପ ସରଳ ଶିଶୁ ହୋଇଥାଅ ପଛେ, ଏଇଠି ବୋଧେ ହିନ୍ଦୁମାନେ ପୁନର୍ଜନ୍ମ କଥା ମଣିଷକୁ କହି ସାନ୍ତ୍ୱନା ଦିଅନ୍ତି।

ମୁଁ କିନ୍ତୁ ପୁନର୍ଜନ୍ମରୁ ରକ୍ଷା ପାଇବା ପାଇଁ ଜପକରି ଚାଲିଛି। ବ୍ରାହ୍ମଣ ପଣ୍ଡିତ ଦେଇଥିବା ମନ୍ତ୍ର। କୁଣ୍ଡଳିନୀ ଓ ତନ୍ତ୍ର କଥା ଶୁଣି ସେ ହସିଥିଲେ। ଭାରତୀୟମାନେ

ଅନେକ କଥା ସିଧା ନ କହି ବୁଲାଇ ବୁଲାଇ ବଡ଼ ପ୍ରତିକୀୟକ ଢଙ୍ଗରେ କହିବାକୁ ଭଲପାଆନ୍ତି। ସେହି କଥାକୁ ଲକ୍ଷ୍ୟକରି ସେମାନଙ୍କ ଭାଷାକୁ ଲକ୍ଷ୍ୟକରି ପରା କୁହାଯାଇଛି, "ବିଷ୍ଣୁ ପରୋକ୍ଷବାଦ ପ୍ରିୟ" ଯୋଷେଫିନ୍। ସେପରି କିଛି ସାପ ନାହିଁ ଯାହା ମୂଳାଧାର ଚକ୍ରରୁ ଉଠି ସହସ୍ରାରଯାଏ ଯାଏ। ସବୁ କଳ୍ପନା ସବୁ ପ୍ରତୀକ। ଚାରୋଟି ଲାଲ ରଙ୍ଗର ପୁଷ୍ପ ପାଖୁଡ଼ା, ସେଥିରେ ଲେଖାଥିବ - 'ବ' 'ଷ' 'ଶ' 'ସ', ସେଥିଭିତରେ ଥିବା ହଳଦିଆ ରଙ୍ଗର ବର୍ଗାକାର କ୍ଷେତ୍ର। ତାହା ପୃଥ୍ୱୀ ତତ୍ତ୍ୱକୁ ବୁଝାଉଥିବ, ତା'ର ବୀଜମନ୍ତ୍ର "ଲମ୍" କ'ଣ ବୁଝିଲ ?

ଯୋଷେଫିନ୍ ପ୍ରଥମେ ଏଇଥିରୁ ମୁକ୍ତିପାଅ। ଏସବୁ ପ୍ରତୀକ ଅଳଙ୍କାର। ପରୋକ୍ଷବାଦରୁ ମୁକ୍ତି ପାଅ। ଏସବୁ ବ୍ୟାକରଣର "ଡୁକୃଶ କରଣ"। ସମ୍ପ୍ରାପ୍ତେ ସନ୍ନିହିତେ କାଳେ, ନହି ନହି ରକ୍ଷତି। ତେଣୁ ଭଜ ଗୋବିନ୍ଦମ୍ ଭଜ୍ ଗୋବିନ୍ଦମ୍, ଭଜ ଗୋବିନ୍ଦମ୍ ମୂଢ଼ମତେ।

ସେ ସେହି ବୃଦ୍ଧଙ୍କୁ ଚିହ୍ନିଥିଲା, ଚିହ୍ନିପାରିଲା। ନୀଳକଣ୍ଠ କେଡ଼େ ଚାଲାଖରେ ତା' ନିଜ ପଣ୍ଡିତ ପିତାଙ୍କ ପାଖକୁ ତାକୁ ପଠାଇ ଦେଇ ନ ଥିଲା। ପ୍ରକୃତରେ ଜଣେ ବନ୍ଧୁର କାମ ସେ କରିଥିଲା। ଏବେ ସେ ବ୍ରାହ୍ମଣ ପଣ୍ଡିତ ବୈକୁଣ୍ଠବାସୀ ହୋଇଯିବେଣି। ନୀଳକଣ୍ଠ ବୁଢ଼ା ହୋଇ କିପରି ଦିଶୁଥିବ, ତା' ବୁଢ଼ା ବାପାଙ୍କ ପରି। ଇଉ ଅଫ୍ ଟିର ସେହି ବ୍ରିଲିୟାଣ୍ଟ ଫିଜିକ୍ସ କ'ଣ ଏଇଲେ ଭଜ ଗୋବିନ୍ଦମ୍ ଗାଉଥିବ।

ନୀଳକଣ୍ଠ ଆଉ ଉତ୍ତର ଦେଉନି କୌଣସି ଚିଠିର। କ'ଣ ହେଲା, ଅବସର ଗ୍ରହଣ ପରେ ସେ ଗାଁକୁ ଫେରିଲା ନା ସହରରେ ରହିଲା, ଅନ୍ୟାନ୍ୟ ପାଶ୍ଚାତ୍ୟ ଶିକ୍ଷା ପାଇଥିବା ମଧ୍ୟବିତ୍ତ ଚାକିରିଆଙ୍କ ପରି। ତା'ର ସେ ସୁନ୍ଦରୀ, ଅଧିକାଂଶ ସମୟରେ ନିରବ ରହୁଥିବା ସ୍ତ୍ରୀ ଯେ ତା' ପାଖରେ ସେହି ଚାରି ରାତି ଶୋଇଥିଲା, କ'ଣ ହେଲା ତା'ର ? ସେ ଥିବା ଭିତରେ ବ୍ରାହ୍ମଣ ପଣ୍ଡିତ କି ତାଙ୍କ ବୋହୂ କେହି ନୀଳକଣ୍ଠ କଥା ତାକୁ କହି ନ ଥିଲେ। କାନ୍ଥରେ ଫଟୋ ଦେଖି ସେ ଯାହା ନୀଳକଣ୍ଠର ସେମାନଙ୍କ ସହ ସମ୍ପର୍କ ଜାଣିପାରିଥିଲା; କିନ୍ତୁ ନୀଳକଣ୍ଠର ତା' ସହ ସମ୍ପର୍କ କଥା ସେମାନେ ଜାଣନ୍ତି ?

ନୀଳକଣ୍ଠ ପାଖକୁ ତା'ର କେୟାର ଅଫ୍‌ରେ ସେ ତା'ର ପଣ୍ଡିତ ପିତାଙ୍କ ପାଖକୁ ତା'ର ଗୋଟିଏ ଅନୁଭୂତ କଥା ଲେଖି ମତାମତ ଲୋଡ଼ିଥିଲା; କିନ୍ତୁ କିଛି ଉତ୍ତର ତ ଆସିଲାନି; କିନ୍ତୁ ସେପରି ଅନୁଭୂତି ପାଇଁ କ'ଣ ଉତ୍ତର ଦରକାର କାହାଠୁ ?

କ୍ଲାସରେ ସେ ନୂଆ ନାମ ଲେଖାଇଥିବା ଛାତ୍ରୀମାନଙ୍କ ଭିତରେ ତା' ଝିଅପରି ଦିଶୁଥିବା ଝିଅଟିଏ ନାମ ଲେଖାଇଥିବା ଦେଖି, ଅନ୍ୟମନସ୍କ ହୋଇଗଲା। ସେହି

ନାକ, ସେହି ଓଠ, ସେହି ହସ ତ। ସତରେ କ'ଣ ଏଲି ଫେରିଆସିଲା କି ଆଉ। ସେ ଝିଅ ଆଡ଼କୁ ଚାହିଁ କ'ଣ କହିବାକୁ ଯାଉଛି, ସେହି ବ୍ରାହ୍ମଣ ଗୁରୁ ତା' ଆଗରେ ଠିଆ ହୋଇପଡ଼ି କହିଲେ, ଜପ ବନ୍ଦ କରନା, ଚାଲୁରଖ ଜପ। ସେ ଏକାକ୍ଷର ମନ୍ତ୍ରଟିକୁ ଉଚ୍ଚାରଣ କରି କରି ସେ ଝିଅକୁ ଚାହିଁଚି, ହଠାତ୍ ତାକୁ ଯେପରି କିଏ ଜଣେ ଟାଣି ଆଣି କ୍ଲାସ୍ ରୁମ୍, ବାହାରେ ଠିଆକରାଇ ଦେଲା। ସବୁ ଛାତ୍ରଛାତ୍ରୀ ଆଶ୍ଚର୍ଯ୍ୟ ହୋଇ ତା' ଆଡ଼କୁ ଚାହିଁଥିଲେ; କାରଣ ଚଉକିଟା ଉପରେ ଆଖିରେ ପଲକ ନ ପକାଇ ସେ ମୂର୍ତ୍ତିଟାଏ ଯେପରି ହୋଇ ରହିଯାଇଥିଲା। ତା'ର ଶରୀରରେ ଆଉ ଓଜନ ନ ଥିଲା। ସେ ସାମାନ୍ୟ ପବନ ଧକ୍କାରେ ଯେପରି ସ୍କୁଲ ଛାତ ଉପରକୁ ଉଠିଗଲା ଓ ତା'ପରେ ପରେ ଆହୁରି ଉପରକୁ, ଉପରକୁ। ତା'ର ଦେହ ଘଷି ହୋଇ ମେଘ ସବୁ ଚାଲିଯାଉଥାନ୍ତି; କିନ୍ତୁ କି ହେବ ତା। ତାକୁ ଭାରି ଭଲ ଲାଗୁଥାଏ, ଖୁସି ଲାଗୁଥାଏ, ଉଶ୍ୱାସ ଲାଗୁଥାଏ; କିନ୍ତୁ ହାତଗୋଡ଼କୁ ଚାହିଁଲେ କିଛି ଦିଶୁ ନ ଥାଏ। ଆହୁରି ଉପରକୁ ସେ ଉଠିବାକୁ ଲାଗିଲା - ଏହିପରି କେତେଦୂର ସେ ଯାଇଥାନ୍ତା କେଜାଣି, କିଏ ଜଣେ ତାକୁ ଟାଣି ଟାଣି ତଳକୁ ନେଇଆସିଲା। ସେ ଜାଣିପାରିଲା ତାକୁ କିଏ ଜଣେ ଭିଡୁଛି ତଳକୁ ତଳକୁ ବେଲୁନ୍‌କୁ ସୂତା ଭିଡ଼ିବା ପରି। ସେ ପୂରା ତଳେ ପହଞ୍ଚିଗଲାବେଳକୁ ସେହି ନୂଆ ଝିଅଟି ଅନ୍ୟମାନଙ୍କ ସହ ତାକୁ ଆଖି ତରାଟି ଚାହିଁ ରହିଥାଏ। ସେମାନେ ଓ ଅନ୍ୟ ଶିକ୍ଷକମାନେ ଡାକ୍ତରଙ୍କୁ ମଧ୍ୟ ଡାକିସାରିଥାନ୍ତି। ସେ ଆଖି ଖୋଲିବାବେଳକୁ ମଧ୍ୟ ଯୋଷେଫିନ୍ ତୁଣ୍ଡରେ, ଚେତନାର ଏକାକ୍ଷର ମନ୍ତ୍ର ଥିଲା। ସେ ଚିଠିରେ ପଚାରିଥିଲା, ସେହି ଅନୁଭୂତିର ଅର୍ଥ; କିନ୍ତୁ ତା' ଚିଠିର କେହି କିଛି ଉତ୍ତର ଦେଲେନି।

ଅନ୍ୟ ଏକ ହସ୍ତୀ ଓ ଅନ୍ୟ ଏକ ଶୃଗାଳ ଉପାଖ୍ୟାନ

ମୁଁ ତାଙ୍କୁ କଥାବାର୍ତ୍ତା କରିବାକୁ ଉତ୍ସାହିତ କରିଥିଲି। ଏକରେ ସେହି ଅଞ୍ଚଳରେ ଥିବା ବିଶ୍ୱବିଦ୍ୟାଳୟରେ ସେ ଥିଲେ ପ୍ରସିଦ୍ଧ ସମାଜତତ୍ତ୍ୱବିତ୍। ଦ୍ୱିତୀୟରେ କଥାବାର୍ତ୍ତା ଛଳରେ ତାଙ୍କର ଶାରୀରିକ ସୁସ୍ଥତା ଓ ମାନସିକ ଅବସ୍ଥା ସମ୍ବନ୍ଧରେ ମୁଁ କିଛି ଜାଣିବାକୁ ଚାହୁଁଥିଲି। ମୁଁ ଜାଣିଥିଲି ନିଜର ଜାତକ ଦେଖାଇ କିଛି ଫଳାଫଳ ଜାଣିବାକୁ ସେ ଆସିଥିଲେ।

- ଏତେ ନିକଟରେ ଏତେଗୁଡ଼ାଏ ଉପଜାତି; କିନ୍ତୁ ସମସ୍ତଙ୍କର ଆଚାର ବିଚାର ଅଲଗା ଅଲଗା। ଆଶ୍ଚର୍ଯ୍ୟ କଥା, ନୁହଁ?

- ଆଶ୍ଚର୍ଯ୍ୟ ହେଲେ ମଧ୍ୟ ସତ୍ୟ। ମିଜୋମାନେ ଖାସୀମାନଙ୍କଠୁ ପୂରା ଅଲଗା। ଖାସୀମାନେ ନାଗାମାନଙ୍କଠୁଁ ସବୁ କଥାରେ ଭିନ୍ନ। ଖାସୀମାନେ ମାତୃପ୍ରଦାନ ଜାତି। ସେଥିପାଇଁ ଏଠାର ସ୍ତ୍ରୀ ଲୋକମାନେ ବେଶ୍ ସ୍ୱାଧୀନ। ଯୌନ ସମ୍ବନ୍ଧୀୟ ଅପରାଧ ଏଠି ଆଦୌ ନାହିଁ କହିଲେ ଚଳେ; କିନ୍ତୁ ପିତୃପ୍ରଧାନ ମିଜୋ କି ନାଗା ଉପଜାତି କଥା ଅଲଗା। ସେମାନେ ସାହାସୀ, ହିଂସ୍ର। ଭାରତବର୍ଷରେ ଅନ୍ୟାନ୍ୟ ଅଞ୍ଚଳ ପରି ସେଠି ସେହି ଲୋକମାନଙ୍କ ଭିତରେ ବହୁ ଯୌନ ଅପରାଧ ଦେଖାଯାଏ।

- କିନ୍ତୁ ତାହା ସେମାନଙ୍କ ସଂସ୍କୃତିର ମୌଳିକ ଗୁଣ ନ ହୋଇପାରିଥାଏ। ସେମାନଙ୍କ ଉପରେ ତ ବିଦେଶୀ ଧର୍ମ ଓ ସଂସ୍କୃତିର ପ୍ରଭାବ ଶହେ ବର୍ଷ ହେବ ପଡ଼ି ଆସୁଛି। ଇହୁଦୀ - ଖ୍ରୀଷ୍ଟିୟାନ ସଂସ୍କୃତି କିପରି ଆକ୍ରମଣାତ୍ମକ ତା'ତ ସମସ୍ତଙ୍କୁ ଜଣା।

- ତା' ମଧ୍ୟ ହେବା ସମ୍ଭବ। କାରଣ ଓଲ୍ଡ ହେଉ କି ନିଉ ହେଉ, ଦୁଇଟିଯାକ ଟେଷ୍ଟାମେଣ୍ଟ୍ ତ ଉଗ୍ର ଭାବରେ ପିତୃପ୍ରଧାନ ସଂସ୍କୃତିମୂଳକ।

ଏହିପରି କଥାବାର୍ତ୍ତା ଚାଲିଥିବାବେଳେ ମୁଁ ତାଙ୍କ ଜାତକ ଦେଖିବା ଆରମ୍ଭ

କରିଥିଲି । ତାଙ୍କର ଧନୁଲଗ୍ନ, ଲଗ୍ନରେ ବୃହସ୍ପତି । ମନ ଖୁସି ହୋଇଗଲା । ଏତେ ଶୁଭଯୋଗ କ୍ୱଚିତ୍ ଘଟିଥାଏ ।

ପଞ୍ଜାବୀ ଅଧ୍ୟାପକ ଜଣକ ମୋ ପାଖରୁ ଫେରିବାବେଳକୁ ତାଙ୍କ ମୁହଁରୁ କୁଞ୍ଚିତ ରେଖାଗୁଡ଼ିକ ଚାଲିଯାଇଥାଏ । ମୁହଁରେ ଆତ୍ମବିଶ୍ୱାସ, କିଛି କରିପାରିବାର ଉଲ୍ଲାସ ଓ ବଞ୍ଚିରହି ଏହି ସୁନ୍ଦର ପୃଥିବୀଠୁ କିଛି ନେବା ଦେବାର ଭାବନା ଲହଡ଼ି ଭାଙ୍ଗୁଥାଏ । ବହୁ ସମୟ ଧରି ସେ ମୋ ସହ କରମର୍ଦ୍ଦନ କଲେ ଓ ଗଲାବେଳେ ଦାମିକା ଚାଇନିଜ୍ ଛତା ଖୋଲି ନୂଆ ସ୍ଫୂର୍ତ୍ତିରେ ପାହାଚ ଡେଇଁ ଡେଇଁ ଚାଲିଗଲେ ।

ତିନିମାସ ତଳେ ତାଙ୍କର ହାର୍ଟ ଆଟାକ୍ ହୋଇଥିଲା । ଦିଲ୍ଲୀ ଯାଇ ବିଶେଷଜ୍ଞମାନଙ୍କ ସହ ପରାମର୍ଶ କରି, ଔଷଧ ଖାଇ, ସେମାନଙ୍କଠୁ ରୋଗରୁ ପୂରା ମୁକ୍ତ ବୋଲି ନିର୍ଭର ଜବାବ୍ ପାଇଥିଲେ ମଧ୍ୟ ସେ ରାତିରେ ଶୋଇଥିବା ଅବସ୍ଥାରେ ଏବେ ମଧ୍ୟ ଚମକିପଡ଼ି ଉଠି ବସୁଥିଲେ । ମୃତ୍ୟୁ ଭୟରେ ତାଙ୍କ ଶରୀରରୁ ଗମ୍ ଗମ୍ ଝାଳ ବୋହି ଯାଉଥିଲା, ସେ ଆଉ ଶୋଇପାରୁ ନ ଥିଲେ । ପ୍ରତି ରାତିରେ ଏପରି ହେବାଦ୍ୱାରା ଜୀବନ ତାଙ୍କ ପାଇଁ ପିତା ହୋଇଯାଇଥିଲା, ଝିଅ, ପୁଅ, ସ୍ତ୍ରୀ, ସମ୍ପତ୍ତି ସବୁ ଥାଇ ମଧ୍ୟ ସେ ଯେପରି ନିତାନ୍ତ ଅସହାୟ ହୋଇପଡ଼ିଥିଲେ ।

ଜଣେ ବନ୍ଧୁଙ୍କଠୁ ମୋର ପ୍ରଶଂସା ଶୁଣି ସେ ଜାତକ ଦେଖାଇବା ପାଇଁ ଗେଷ୍ଟ୍ ହାଉସ୍‌କୁ ପ୍ରବଳ ବର୍ଷା ସତ୍ତ୍ୱେ ଚାଲିଆସିଥିଲେ । ତାଙ୍କୁ ଆଶ୍ୱାସନା ଦେଇ ଭବିଷ୍ୟତ ସମ୍ପୂର୍ଣ୍ଣ ବିପଦମୁକ୍ତ କହି ଫେରାଇବା ପରେ ମୋତେ ମଧ୍ୟ ଖୁବ୍ ଭଲ ଲାଗିଥିଲା । ମୁଁ କିଛି ଭଲ କାମ ପରିଥିବା ପରି ମନେହେଲା । ସେ ଯିବା ପରେ ଇ ମୁଁ ସଚେତନ ହେଲି । ଗେଷ୍ଟ୍ ହାଉସ୍‌ର ସେହି ରୁମ୍‌ରେ ଆଉ ଦୁଇଜଣ ବ୍ୟକ୍ତି ଗତକାଲିଠୁ ଆସି ରହୁଛନ୍ତି । ସେମାନେ ବହି, ନୋଟବୁକ୍‌ସ୍ ଖୋଲି ନିଜ ନିଜ ଖଟରେ ବସିଥିଲେ ମଧ୍ୟ ଆମ କଥାବାର୍ତ୍ତା ଚାଲିଥିବାବେଳେ ଆଦୌ ପାଟିତୁଣ୍ଡ କରି ନ ଥିଲେ । ସେମାନେ ମନଧ୍ୟାନ ଦେଇ କିନ୍ତୁ ଆମ କଥା ଶୁଣୁଥିବା ବିଷୟରେ ମୋର ସନ୍ଦେହ ନ ଥିଲା । କାରଣ ସମାଜତତ୍ତ୍ୱବିତ୍ ଜଣକ ଚାଲିଯିବା ପରେ ପରେ ସେମାନଙ୍କ ଭିତରୁ ଅସମ୍ଭାଳ ହୋଇ ଜଣେ ମୋତେ ପଚାରିଲା – ପ୍ରଫେସର । ଆପଣ କ'ଣ ଭବିଷ୍ୟତ ବକ୍ତା ?

ମୁଁ ହସି ହସି କହିଲି – ଜାତକ ଦେଖିବା ପିଲାଦିନୁ ମୋର ଗୋଟାଏ ସଉକ୍ ହୋଇ ରହିଯାଇଛି ।

– ତାହାହେଲେ ଆପଣ ହାତ ମଧ୍ୟ ଦେଖୁଥିବେ ?

ଏତକ କଥା କହୁ କହୁ ଦୁଇଜଣଯାକ ଯୁବକ ଖଟ ବାଡ଼କୁ ଘୁଞ୍ଚିଆସି ମୋ ଆଡ଼କୁ ହାତ ବଢ଼ାଇଦେଲେ । ଗୋଟିଏ କଳାରଙ୍ଗର ଗେଡ଼ା ହାତ, ଆଙ୍ଗୁଠି ସବୁ

ଗେଡ଼ା ଗେଡ଼ା, ଚେପ୍‌ଟା, ଅନ୍ୟଠୁ ଟିକିଏ ବେଶି ଲୋମଶ। ଦ୍ୱିତୀୟ ହାତଟି ଲମ୍ବା, ଆଙ୍ଗୁଡ଼ିଗୁଡ଼ିକ ମଧ୍ୟ ଲମ୍ବା ଲମ୍ବା-ସଫା ରଙ୍ଗର ହାତ, କିଞ୍ଚିତ ମସୃଣ। ମୁଁ ଚାହିଁଲି ଜଣେ ସେମାନଙ୍କ ମଧ୍ୟରୁ ଚାରି ଫୁଟ ଛଅ ଇଞ୍ଚର ଯୁବକ ହେବ, ଅନ୍ୟ ଜଣକ ପାଞ୍ଚ ଫୁଟ ଆଠ ଇଞ୍ଚ ଉଚ୍ଚତାର ବ୍ୟକ୍ତି ହେବେ। ମୁଁ ସେମାନଙ୍କ ଆଡ଼କୁ କିଛି ଜାଣିବା ଢଙ୍ଗରେ ଚାହିଁଥିଲି, ସେମାନଙ୍କୁ କ୍ଷମା ମାଗିନେଇ କହିଲି - ମୁଁ ହାତ ଦେଖି ଜାଣେନି। ହାତର ରେଖା ବଦଳେ, ବୟସ ନେଇ, ଭାବନା ନେଇ। ତେଣୁ ସାମୁଦ୍ରିକ ଶାସ୍ତ୍ର ନିର୍ଭରଯୋଗ୍ୟ ଶାସ୍ତ୍ର ନୁହେଁ। ମୁଁ ଜାତକ ଦେଖି ଜାଣେ; କିନ୍ତୁ ଆପଣମାନଙ୍କର ଜାତକ ନ ଥିବ ନିଶ୍ଚୟ।

ସେମାନେ ମୋଠୁ ମାଡ଼ ଖାଇବାପରି ଶେଯ ମଝିକୁ ଘୁଞ୍ଚିଗଲେ। କାହାର ହେଲେ ଜାତକ ନ ଥିଲା। ସେମାନେ ଯେଉଁ ଉପଜାତିର ଲୋକ, ସେମାନେ ସମସ୍ତେ ବହୁଦିନୁ ଖ୍ରୀଷ୍ଟିୟାନ ହୋଇଯାଇଥିଲେ। ସେମାନଙ୍କ ଆହତ ମୁହଁକୁ ଚାହିଁ ମଧ୍ୟ ମୁଁ ନାଚାର ଥିଲି; କାରଣ ଅପ୍ରିୟ ହେଲେ ମଧ୍ୟ ସେମାନଙ୍କୁ ସତ୍ୟ କଥାହିଁ କହିଥିଲି; କିନ୍ତୁ ସେମାନେ କାହ୍ନକୁ ଆଉଜି ବସି କଥାବାର୍ତ୍ତା ବନ୍ଦ କରି ଦେଲେନି। ଦୁଇଦିନ ହେଲା ଗେଷ୍ଟ୍ ହାଉସ୍‌କୁ ଆସିଥିଲେ ମଧ୍ୟ ମୁଁ ସେମାନଙ୍କ ବୟସ ଓ ଚେହେରା ଦେଖି ସେମାନଙ୍କୁ ଆଦୌ ମହତ୍ତ୍ୱ ଦେଇ ନ ଥିଲି। ସେମାନଙ୍କୁ ଦୁଇଜଣ ପି.ଜି ଛାତ୍ର ଭାବି ଗେଷ୍ଟ୍ ହାଉସ୍‌ରେ ସେମାନଙ୍କୁ ରଖାଯିବାରେ ମୁଁ ନେପାଳୀ ରୋଷେୟିଆ ଓ ଦରୱାନ୍ ଆଗରେ ବିରକ୍ତି ପ୍ରକାଶ କରିଥିଲି; କିନ୍ତୁ ପ୍ରକୃତରେ ସେମାନେ ଥିଲେ ଦୁଇ ଜଣ ଅର୍ଥନୀତି ଅଧ୍ୟାପକ ମିଜୋରାମର ଲୋକ। ଇକୋନୋମିକ୍‌ସ ସିଲାବସ୍‌ରେ ଗୋଟିଏ ନୂଆ ବିଷୟ ପଢ଼ାଯିବାର ବ୍ୟବସ୍ଥା ହୋଇଥିବାରୁ ସେମାନେ ସେହି ବିଷୟ ଉପରେ ସିଲିଂରେ ହୋଇଥିବା ରିଫ୍ରେସର୍‌ସ୍ କୋର୍ସରେ ଯୋଗଦେବାକୁ ଆସିଥିଲେ। ସେମାନେ ଦୁହେଁ ମିଜୋ ସମ୍ପ୍ରଦାୟର ଲୋକ ଥିଲେ ମଧ୍ୟ, ଜଣେ ଦେଖିବାକୁ ଶ୍ୟାମଳ ଓ ଖର୍ବକାୟ, ନିତାନ୍ତ ଅସୁନ୍ଦର ଯୁବକ, ଶୂକର କି ଶୃଗାଳ ପରି ତାଙ୍କ ମୁହଁର ଗଢ଼ଣ ଥିଲା; କିନ୍ତୁ ଅନ୍ୟ ଯୁବକଟି ଦୀର୍ଘକାୟ ଓ ଶ୍ୱେତରଙ୍ଗ ବିଶିଷ୍ଟ ବ୍ୟକ୍ତି ଥିଲେ ଓ ବେଶ୍ ହୃଷ୍ଟପୁଷ୍ଟ ମଧ୍ୟ ଥିଲେ। ମୁଁ ପଢ଼ା ବହିରୁ ମଝିରେ ମଝିରେ ମୁହଁ ଟେକି ସେମାନଙ୍କୁ ଚାହିଁ ଚାହିଁ ଯାହା ଜାଣିଥିଲି, ଖର୍ବକାୟ ତରୁଣଟି କିନ୍ତୁ ବେଶି ଚାଲାଖ ଥିଲା। ସବୁ କାର୍ଯ୍ୟରେ ନେତୃତ୍ୱ ନେବା ଓ ଦାୟିତ୍ୱ ନେବା ପସନ୍ଦ କରୁଥିଲା। ଗେଷ୍ଟ୍ ହାଉସ୍‌ରେ ପହଞ୍ଚୁ ପହଞ୍ଚୁ ସେମାନଙ୍କର ଟି.ଏ. ବିଲ୍ ସେ ଆଗ ତିଆରି କରିଥିଲା ଓ ବହୁ ସମୟରେ ସେ ଦିନର ପଢ଼ିଥିବା କଥାକୁ ସେ ସେମାନଙ୍କ ଉପଜାତୀୟ ଭାଷାରେ ବନ୍ଧୁଙ୍କୁ ବୁଝାଇ ଦେଉଥିଲା। ରାତିରେ ଶୋଇବା ପୂର୍ବରୁ ଦୀର୍ଘକାୟ ତରୁଣଟିର ଆଖିରେ କ'ଣ ଗୋଟାଏ ଆଇଡ୍ରପ ସେ

ପକାଇସାରି କିଛି ଅଏଣ୍ଟ୍‌ମେଣ୍ଟ୍ ମଧ୍ୟ ଯତ୍ନ ସହକାରେ ଲଗାଇ ଦେଉଥିଲା। ସେହି ଖର୍ବକାୟ ଯୁବକଟି ମୋ ସହ କଥାବାର୍ତ୍ତା କରୁଥିଲା-ଇଂରାଜୀ ଖବରକାଗଜ କି ମ୍ୟାଗାଜିନ୍‌ମାନଙ୍କରେ ବାହାରୁଥିବା ରାଶିଫଳ ଚାର୍ଟରୁ ଜନ୍ମ ତାରିଖ ମିଳାଇ ଆମେ ଆମର ଭାଗ୍ୟଫଳ କିଛି ଜାଣୁ ଓ ପଢୁ। ବେଳେବେଳେ ମିଳିଯାଏ, ବେଳେବେଳେ ମିଳେନି ମଧ୍ୟ; କିନ୍ତୁ ଆପଣ ଏତେ ଉଚ୍ଚ ଶିକ୍ଷିତ, କାନାଡ଼ା ଯାଇଥିଲେ, ତଥାପି ଏଥିରେ ଆପଣ ବିଶ୍ୱାସ କରନ୍ତି, ଏହାହିଁ ଆଶ୍ଚର୍ଯ୍ୟ ଲାଗୁଛି।

ମୁଁ ହସି ହସି କହିଲି - ଜନ୍ମ ତାରିଖରୁ ଭବିଷ୍ୟତ ଫଳ ପୂରା ଠିକ୍ କିପରି ମିଳିବ? ଜାତକ ଠିକ୍ ଥିଲେ ଓ ଆଉ ଟିକିଏ ସତର୍କ ଗଣନା କଲେ ଆଉ କିଛି କଥା କହି ହୁଅନ୍ତା। ଫଳିତ ଜ୍ୟୋତିଷକୁ ଗୋଟିଏ ବିଜ୍ଞାନରୂପେ ନେଇ ବହୁତ ଦେଶର ଲୋକେ ଗବେଷଣା କରୁଛନ୍ତି। ଫଳତ ମିଳୁଛି...

ଯୁବକଟି ଯାହା ଶୋଇବାକୁ ଉପକ୍ରମ କରୁଥିଲା, ପୂରା ବସିପଡ଼ି ଏଥର କହିଲା - ହଁ, ସଂସାରରେ ଅନେକ ବିଚିତ୍ର କଥା ଅଛି, ସବୁକଥା କ'ଣ ଜଣାପଡ଼ିଲାଣି କି?

ତା' କଥାରେ ଯୋଗଦେଇ ଦୀର୍ଘକାୟ ସୁଦର୍ଶନ ଯୁବକଟି କହିଲା - ହଁ, ଆମେ ପିଲାଦିନେ ମିଜୋରାମରେ ଅନେକ କଥା ଦେଖିଥିଲୁ, ଯାହା ବର୍ତ୍ତମାନ ଆଉ ଦେଖୁନାହୁଁ। ସେହି କଥାଗୁଡ଼ିକୁ ସେତେବେଳେ କେହି ବୁଝାଇପାରୁ ନ ଥିଲେ କି ଏବେବି କେହି ବୁଝାଇ ପାରୁନାହାନ୍ତି।

-କିନ୍ତୁ ସେହି ସବୁ କଥା ଆଜିକାଲି ଆଉ ଦେଖିବାକୁ ମିଳୁନି।

ହ୍ରସ୍ୱକାୟ ମନ୍ତବ୍ୟ ଦେଇ ମୋ ଆଡ଼କୁ ଚାହିଁଲା। ମୁଁ ପଚାରିଲି-କେଉଁକଥା? ସେହି ଆଦିବାସୀ ଖ୍ରୀଷ୍ଟିୟାନ ଦୁଇଜଣଙ୍କ କଥା ଶୁଣିବାକୁ ମୁଁ ଆଗ୍ରହୀ ହୋଇପଡ଼ିଥାଏ। ବାହାରେ ବର୍ଷା ବଢ଼ିବାର ଶବ୍ଦ। ରାତି ବଢ଼ିବା ସଙ୍ଗେ ସଙ୍ଗେ ବର୍ଷା ମଧ୍ୟ ବଢ଼ି ଚାଲିଥାଏ। ଜୁନ୍ ମାସରେ ମଧ୍ୟ ଆମେମାନେ ସେହି ପାର୍ବତ୍ୟ ନିବାସଟାରେ ଦୁଇ ଦୁଇଟା କମ୍ବଳ ଘୋଡ଼େଇ ହୋଇ ବସିଥାଉ। ଖର୍ବକାୟ ତରୁଣଟି କହୁଥାଏ-ଆମ ଗାଁମାନଙ୍କରେ ରାତି ଅଧରେ ହଠାତ୍ ଆକାଶ ଆଲୋକିତ ହୋଇଯିବ, ତା'ର କିଛି ସମୟ ପରେ ସେହି ଆଲୋକ କୁଆଡ଼େ ଲୁଚିଯିବ, କେହି କହିପାରିବେ ନାହିଁ।

- କିନ୍ତୁ ତା' କ'ଣ ହୋଇପାରେ?

- ଅନ୍ୟଗ୍ରହରୁ ଆସିଥିବା କୌଣସି ସ୍ପେସ୍‌ସିପ ହୋଇପାରେ; କିନ୍ତୁ କିଏ ସଠିକ୍ କହିବ? ଆମେ ତ ଶୁଣିଛୁ ଅନେକ ସମୟରେ ଆକାଶରେ ଉଡ଼ାଜାହାଜ ଉଡ଼ିଯାଇ ମେଘ ଭିତରେ ପଶିଯାଇଛି। ତା'ପରେ ଆଉ ଫେରିନି, କୌଣସିଠାରେ ଲ୍ୟାଣ୍ଡିଂ କରିନି, ତା'ର ପତ୍ତା ଆଉ ମିଳିନି। ଯାତ୍ରୀମାନେ ପୂରା ନିଖୋଜ।

ମୁଁ କହିଲି ଦୀର୍ଘକାୟ ଯୁବକଟିର ମତାମତ ଶୁଣିବା ପରେ। ମୋତେ ଅଳ୍ପ ହସ ଲାଗୁଥାଏ। ତେବେ ଏ ସବୁକଥାର ଜ୍ୟୋତିଷ ସହିତ ବିଶେଷ କିଛି ସମ୍ପର୍କ ନ ଥିଲେ ମଧ୍ୟ ମଣିଷର ବୁଦ୍ଧିର ଦଉଡ଼ ଯେ ସବୁବେଳେ କୌଣସି ଏକ ଜାଗାରେ ରହିଯାଏ, ଆଉ ଆଗକୁ ଯାଇପାରେନି, ଏହା ନିଶ୍ଚିତ କଥା।

- ହଁ, ଆମମାନଙ୍କର ମଧ୍ୟ ସେଇ ଧାରଣା।

ସେହି ସମୟରେ ନେପାଳୀ ପୂଜାରୀ ରାମ ବାହାଦୂର ଖାଇବାକୁ ଆମମାନଙ୍କୁ ଡାକିଗଲା। ମିଜୋରାମର ସେହି ଅଧ୍ୟାପକ ଦୁଇଜଣ ପ୍ରାୟ ପ୍ରତିଦିନ ଚିକେନ୍ ଖାଉଥିଲେ। ସେଦିନ ଶନିବାର ଥିଲା। ମୁଁ ସେମାନଙ୍କ ସହ ନ ଖାଇ ପରେ ଖାଇବି ବୋଲି ମନେ ମନେ ଠିକ୍ କରି ବସିରହିଲି। ସେମାନେ ମୋର ଯିବାପାଇଁ କିଛି ଆଗ୍ରହ ଦେଖାଇଲେ ନାହିଁ। ମୁଁ କହିବା ଅନୁଯାୟୀ ପୂଜାରୀ ମୋ ପାଇଁ ମୋର ଦୁଇଖଣ୍ଡ ରୁଟି ଓ ସାଦା ତରକାରୀ ରୁମ୍‌କୁ ନେଇଆସିଲା। ସେମାନଙ୍କ ଖିଆ ସରିବାର ବହୁ ପୂର୍ବରୁ ମୁଁ ଖାଇସାରି ପଢ଼ି ବସିଥାଏ।

ହ୍ରସ୍ୱକାୟ ଯୁବକଟିର ଖଟରେ ଖୁବ୍ ସୁନ୍ଦର ଚିତ୍ରିତ କମ୍ବଳଟିଏ ବେଡ୍ କଭର୍ ପରି ପଡ଼ିଥାଏ। ଦିନଯାକ ସେହି କମ୍ବଳଟି ବେଡ୍ କଭର୍‌ର କାମ ଦିଏ, ରାତି ହେଲେ ନିଜର ରୂପ ଫେରିପାଏ ଯେପରି। କାମରୂପ ଦେଶର ସ୍ତ୍ରୀ ଲୋକଙ୍କ ବିଶେଷତ୍ୱ କଥା ମୋର ମନେପଡ଼ିବାରୁ ମୁଁ ମୁରୁକେଇ ହସିଲି। "ଦିନରେ ମେଣ୍ଢା, ରାତି ହେଲେ ଭେଣ୍ଡା।"

କିଛି ସମୟ ପରେ ସେହି କମ୍ବଳ ଭିତରେ ପଶୁଥିବା ଯୁବକ ଅଧ୍ୟାପକଙ୍କ କମ୍ବଳକୁ ପ୍ରଶଂସା କରି ପଚାରିଲା-ଏପରି ଗୋଟିଏ କମ୍ବଳ କିଣିଲେ କେତେ ପଡ଼ିବ? ହ୍ରସ୍ୱକାୟ କହିଲେ-ଶହେ ପଚାଶ ଟଙ୍କାଠୁ ଦୁଇଶହ ଟଙ୍କା ଭିତରେ ପଡ଼ିପାରେ; କିନ୍ତୁ ଏହା ଏଠିକାର ଜିନିଷ ନୁହେଁ। ଏହା ସ୍ମଗଲଡ୍। ବୋଧେ ଚାଇନିଜ୍। ମୋ ସ୍ତ୍ରୀ ମୋତେ ଏହା ଉପହାର ଦେଇଥିଲା।

ପ୍ରକୃତରେ ଗାଢ଼ କଳା ରଙ୍ଗରେ ଗୁଡ଼ିଏ ଡ୍ରାଗନ୍ ଚିତ୍ରିତ ହୋଇଥିବା ସେହି ଅତ୍ୟନ୍ତ ନରମ କମ୍ବଳଟି ମୋତେ ଲୋଭନୀୟ ଜଣାପଡୁଥାଏ। ସେ କମ୍ବଳ ତଳନାରେ ମିଜୋରାମର ଅନ୍ୟ ଅଧ୍ୟାପକଙ୍କ ଚାଦର ଅତି ସାଧାରଣ ଦିଶୁଥାଏ।

- ତୁମ ସ୍ତ୍ରୀଙ୍କ ପସନ୍ଦକୁ ପ୍ରଶଂସା କରିବା କଥା। ଆମ କଥାବର୍ତ୍ତାର ସେହି ମୁହୂର୍ତ୍ତରେ ମୁଁ ଦୀର୍ଘକାୟ ସୁଦର୍ଶନ ଭଦ୍ରବ୍ୟକ୍ତିଙ୍କ ହସିବା ଦେଖିଲି। ମୁଁ କିଛି କହିବା ପୂର୍ବରୁ ଅବୋଧ ଭାଷାରେ ସେମାନେ କ'ଣ କଥାବାର୍ତ୍ତା ହେଲେ, ଯାହା ପରେ ପରେ ଝଡ଼ ପବନରେ ଦୀପ ଆଲୁଅ ଲିଭିଯିବା ପରି ସୁଦର୍ଶନ ଯୁବକଟିର ହସ ବନ୍ଦ

ହୋଇଗଲା । ମୁଁ ତା'ର ଗମ୍ଭୀର ମୁହଁରେ କିଛି ଉଲ୍ଲାସ ଫୁଟାଇବା ପାଇଁ ପଚାରିଲି ଆପଣମାନଙ୍କ ମିଜୋ ଭାଷାରେ ଖାସୀଲୋକଙ୍କ ଭାଷା ସହ କିଛି ସମାନତା ନାହିଁ। ଆପଣ ବିବାହ କରିଛନ୍ତି ନା ନାହିଁ? ସୁଦର୍ଶନ ଯୁବକ କିଛି ଉତ୍ତର ଦେବା ପୂର୍ବରୁ ହ୍ରସ୍ୱକାୟ ଅଧ୍ୟାପକ କହିଲେ - ସେ କ'ଣ ବିଭାହେବ ପ୍ରଫେସର। ସେ ଆକାରରେ ବଡ଼ ଦିଶୁଛି ସିନା; ମାତ୍ର ଖାଇପିଇ ବଡ଼ ହୋଇଯାଇଥିବା ବିଶାଳ ହସ୍ତୀବତ୍ ଶିଶୁଟିଏ। ସେ ଏବେବି ମୋ ହେପାଜତ୍‌ରେ ରହିଛି।

ମୁଁ କଥାଟିକୁ ଅଧା ଥଟ୍ଟା ଅଧା ସତ୍ୟ ବୋଲି ଗ୍ରହଣ କରି ନେବାକୁ ଯାଉଥିବାବେଳେ ସୁଦର୍ଶନ ଯୁବକଟି ଯାହା କହିଲା, ସେଥିରେ ମୁଁ ସ୍ତବ୍ଧ ରହିଗଲି - ପ୍ରଫେସର୍ । ତାକୁ ପଚାରନ୍ତୁ ତା'ର ଛଅ ମାସିଆ ପିଲାଟିର ବାପ କିଏ?

ଅନ୍ଧାର ଭିତରେ କୌଣସି ହିଂସ୍ର ପ୍ରାଣୀ ହାବୁଡ଼ରେ ପଡ଼ିଯିବାର ଆଶଙ୍କା କରି ମୁଁ ରାସ୍ତାରେ କିଛିଟା ଆଲୋକ ପକାଇବାକୁ ଚେଷ୍ଟାକରି ପଚାରିଲି - ଖାସୀମାନଙ୍କ ସମ୍ପ୍ରଦାୟରେ ପିତା କିଏ, କିପରି ଜଣାପଡ଼େ? ଏମାନେ ପରା ମାତୃ ପ୍ରଧାନ ଜାତି?

- ତା' ଠିକ୍। ମା'ର ଯେପରି ସନ୍ତାନ ହେଉପଛେ ବିବାହ କରିଥିବା ପୁରୁଷକୁହିଁ ସନ୍ତାନର ପିତା ବୋଲି ଧରି ନିଆଯାଏ; କିନ୍ତୁ ପିତାର ପରିଚୟ ଏଠି ମହତ୍ତ୍ୱପୂର୍ଣ୍ଣ ନୁହେଁ। ଏମାନଙ୍କ ମଧ୍ୟରେ ମା' ନାମରେ ସମସ୍ତେ ପରିଚିତ। ବିବାହ ପରେ ସ୍ୱାମୀ ସ୍ତ୍ରୀ ଘରକୁ ଆସେ। ସମ୍ପତ୍ତି ତା' ମା'ଠୁ ସ୍ତ୍ରୀ ପାଏ। ସ୍ତ୍ରୀ ନାମରେ ପିଲାମାନେ ନାମିତ ହୁଅନ୍ତି, ପରିଚୟ ଦିଅନ୍ତି; କିନ୍ତୁ ଆମେମାନେ ଏମାନଙ୍କ ପରି ନୁହଁ। ଆମେ ମିଜୋମାନେ ଆପଣମାନଙ୍କ ପରି ପିତୃପ୍ରଧାନ ଜାତି। ଝିଅ ବିବାହ ପରେ ସ୍ୱାମୀର ଘରକୁ ଆସେ। ପୁଅ ପିତାଠୁ ସମ୍ପତ୍ତି ଉତ୍ତରାଧିକାର ସୂତ୍ରରେ ଗ୍ରହଣ କରେ।

ତେବେ ବିବାହ ପୂର୍ବରୁ ଆମର କିଛିଟା ସ୍ୱାଧୀନତା ରହିଛି, ଯାହା ଆଜିକାଲି ପାଶ୍ଚାତ୍ୟ ଦେଶମାନଙ୍କରେ ଦେଖିବାକୁ ମିଳେ। ଗାଁର ଅବିବାହିତା ଝିଅମାନଙ୍କ ପାଖକୁ ଅବିବାହିତ ପୁଅମାନେ ରାତିରେ ଆସନ୍ତି। ପୁଅମାନେ ଆସିଲେ ସେମାନଙ୍କୁ ଖାଇବାକୁ, ପିଇବାକୁ ଦେଇ ଅଭ୍ୟର୍ଥନା କରିବା, ସେମାନଙ୍କ ମନୋରଞ୍ଜନ କରିବାର ଦାୟିତ୍ୱ ଝିଅର। ପରେ ସେହି ପୁଅମାନଙ୍କ ମଧ୍ୟରୁ ଜଣେ କେହି ତାକୁ ବିବାହ କରିପାରେ।

- କିନ୍ତୁ ଏପରି ଅବାଧ ମିଳାମିଶା ଫଳରେ ବିବାହ ପୂର୍ବରୁ ଯୌନ ସମ୍ପର୍କ ମଧ୍ୟ ପ୍ରତିଷ୍ଠା ହୋଇଯାଇପାରେ?

- ତା' ବେଳେବେଳେ ହୋଇଯାଏ। ସେପରି କ୍ଷେତ୍ରରେ ସେମାନେ ବିବାହ କରିଥାନ୍ତି। ଏ ସମ୍ପର୍କକୁ କେହି ମନରେ ଧରନ୍ତି ନାହିଁ। ହ୍ରସ୍ୱକାୟ ବନ୍ଧୁର ଭାଷଣ ଧୈର୍ଯ୍ୟଧରି ଶୁଣିବା ପରେ ସୁଦର୍ଶନ ଯୁବକଟି କହିଲା - ବେଳେବେଳେ ଛଅ ମାସିଆ

ପିଲାର ବାପ ହେବାକୁ ପଡ଼ିଯାଇଥାଏ। ଏ କଥାକୁ ମଧ୍ୟ କେହି ମହତ୍ତ୍ୱ ଦେଇ ନ ଥା'ନ୍ତି ?

ଏଥର କିନ୍ତୁ ମିଜୋ ଭାଷାରେ ନୁହେଁ, ଇଂରାଜୀରେ ପ୍ରତ୍ୟୁତ୍ତର ମିଳିଥିଲା - କୌଣସି ପିଲାର ବାପ ନ ହୋଇପାରିବାଠୁଁ ଛଅ ମାସିଆ ପିଲାର ବାପ ହେବା ଭଲ।

- ହଁ, ସେଥିପାଇଁ ଦାମିକା କମ୍ବଳ ଯୌତୁକରୂପେ ମିଳିଥାଏ।

ମୁଁ ପୁଣି କଥାର ମୋଡ଼ ବଦଳାଇବାକୁ ଚେଷ୍ଟାକଲି। ତୁମେମାନେ ଜାଣ, ଆମମାନଙ୍କ ଭିତରେ ମଧ୍ୟ ଯୌତୁକ ପ୍ରଥା ପ୍ରଚଳିତ ଅଛି ଏବଂ ଏହି ଯୌତୁକ ପ୍ରଥା ଯୋଗୁଁ ସ୍ତ୍ରୀଲୋକମାନେ ବହୁଳଭାବେ ନିର୍ଯ୍ୟାତିତା ହେଇଥା'ନ୍ତି। ଏହି ପ୍ରଥା ବନ୍ଦ କରିବାକୁ ଚାରିଆଡ଼େ ଆନ୍ଦୋଳନ ଚାଲିଥିବା କଥା ଖବରକାଗଜରେ ପଢ଼ିଥିବ।

ଲାଉଞ୍ଜରେ ରଖାଯାଇଥିବା ରେଡ଼ିଓର ଭଲ୍ୟୁମ୍‌ଟା ବଢ଼ାଇଦେଇ ନେପାଳୀ ଦରୱାନ ଗୀତ ଶୁଣୁଥିଲା। ମୁଁ ତାକୁ ଭଲ୍ୟୁମ୍‌ଟା କମାଇଦେଇ ଗୀତ ଶୁଣିବାକୁ କହିବାପାଇଁ ବାହାରକୁ ଉଠିଗଲି। ବାହାରେ ଗୀତ ଶୁଣି ଦରୱାନ ସୋଫା ଉପରେ ଘୁମାଇ ପଡ଼େ। ରାତିଟାଯାକ ତା'ର ସେହିପରି ଚାଲିଥାଏ। ସେହି ପାର୍ବତ୍ୟ ନିବାସର ଗେଷ୍ଟ୍ ହାଉସ୍‌ରେ ରାତି ଅଧରେ କେହି ଗେଷ୍ଟ୍ ପହଞ୍ଚିଲେ ଯେପରି ହଇରାଣ ନ ହୁଅନ୍ତି, ସେଥିପାଇଁ ସେହି ବ୍ୟବସ୍ଥା। ନେପାଳୀ ଦରୱାନଟି ସହ ଗପି, ବାଥ୍‌ରୁମ୍‌କୁ ଯାଇ ମୁଁ ଫେରିବାବେଳକୁ ଦୁଇଜଣଯାକ ମିଜୋ ବନ୍ଧୁ ମୁହଁ ଘୋଡ଼ାଇ ଶୋଇପଡ଼ିଥାଆନ୍ତି। ଠିକ୍ ସେତିକିବେଳେ ରୁମ୍‌ଟି ଭିତରେ ବେଶ୍ ନୀରବତା ଥିଲେ ମଧ୍ୟ କିଛି ସମୟ ପୂର୍ବରୁ କିଛି ପାଟିତୁଣ୍ଡ ଯେପରି ହୋଇଥିଲା, ସେପରି ଅନୁଭବ ମୋର ହେଲା। ଲାଇଟ୍ ଲିଭାଇ ଦେଇ ମୁଁ ମଧ୍ୟ ଶୋଇପଡ଼ିଲି।

ସେ ଦୁଇଜଣଙ୍କ ଉଚ୍ଚ କଣ୍ଠରେ ଯୁକ୍ତିତର୍କଦ୍ୱାରା ମୋର ନିଦ ଭାଙ୍ଗିଗଲା। ମୁଁ ଘଣ୍ଟାକୁ ଚାହିଁଲି। ରାତି ସାଢ଼େ ଚାରିଟାରେ ମଧ୍ୟ ଆକାଶରେ ଆଲୋକ ବ୍ୟାପୀ ସାରିଥାଏ। ରାତିଟାଯାକ ବର୍ଷା ପରେ ମେଘମାନେ ଯେପରି କ୍ଳାନ୍ତ ହୋଇ ପର୍ବତ ଶିଖର ଉପରେ ମୁଣ୍ଡ ରଖି ଶୋଇଯାଇଥାଆନ୍ତି। ପର୍ବତ ଉପରୁ ଗଡ଼ି ଆସୁଥିବା ପାଣିଧାରମାନଙ୍କର ତଳେ ପଡ଼ିବା ଶବ୍ଦ ପ୍ରପାତ ଶବ୍ଦପରି ଶୁଣାଯାଇଥାଏ। ପୂର୍ବ ସୀମାନ୍ତରେ ପାର୍ବତ୍ୟ ନିବାସରେ ଜଲ୍‌ଦି ସକାଳ ହେବା ସ୍ୱାଭାବିକ। କାଚ ଝରକା ଦେଇ ଚାହିଁଲି, ପର୍ବତ ଶିଖରଗୁଡ଼ିକ ଉପରେ ପ୍ରିୟାକୁ ବିଦାୟ ଚୁମ୍ବନ ଦେବାପରି ଆହୁରି କେତେକ ମେଘ ଅଟକି ଯାଇଥାଆନ୍ତି।

ହ୍ରସ୍ୱକାୟ ମୋତେ ଚାହିଁ ପାପୁଲିରୁ କିଛି ମକଚା ଧୂଆଁପତ୍ର ପାଟିକୁ ଫୋପାଡ଼ି କହିଲା - କ୍ଷମା କରିବେ ପ୍ରଫେସର। ଆମେ ଦୁହେଁ ଆପଣଙ୍କ ନିଦ ଭାଙ୍ଗିଦେଲୁ।

କାଲି ପଢ଼ା ହୋଇଥିବା ବିଷୟ ଉପରେ ଆମେ ଯୁକ୍ତିତର୍କ କରୁକରୁ ବଡ଼ ପାଟି ହୋଇଗଲା ।

- ନା, ମୁଁ ଜଲ୍‌ଦି ଉଠିବି ବୋଲି ଠିକ୍ କରିଥିଲି । ଆଜି ସକାଳେ ଲଞ୍ଚ ଖାଇବା ପାଇଁ ଜଣେ ଓଡ଼ିଆ ବନ୍ଧୁଙ୍କ ଘରକୁ ଯିବା କଥା । ବହୁଦିନୁ ଚିହ୍ନା ପରିଚୟ । ତାଙ୍କ ଘରକୁ କିଛି ଆଗରୁ ଯାଇ ଗପିବା ପାଇଁ ଇଚ୍ଛା ।

ମୁଁ କଥା ସାରି ନ ଥିବି, ସୁଦର୍ଶନ ଯୁବକଟି ନିଜ ସୁଟ୍‌କେଶ୍ ବନ୍ଦକରି, ବେଡ଼ିଂ ବାନ୍ଧି, ରୁମ୍ ବାହାରକୁ ଯାଇ ଚଉକି ଉପରେ ଘୁମାଇ ପଡ଼ିଥିବା ନେପାଳୀ ଦରୱାନ୍‌ଟିକୁ ଉଠାଇବାକୁ ଲାଗିଲା । ଦରୱାନ୍‌ଟି ପ୍ରଥମେ କିଛି ବୁଝି ନ ପାରି ତାଙ୍କ ଆଡ଼କୁ ଚାହିଁ ରହିଲା । ଯୁବକଟି ଅନ୍ୟ କୌଣସି ରୁମ୍‌ରେ ଖାଲି ବେଡ୍ ଅଛି କି ନାହିଁ ପଚାରୁଥିଲା । ଅନେକ ଥର ପଚାରିବା ପରେ ଦରୱାନ୍‌ଟି ତାକୁ ଅନ୍ୟ ଗୋଟିଏ ରୁମ୍‌କୁ ନେଇଗଲା ।

ହ୍ରସ୍ୱକାୟ କିଞ୍ଚିତ୍ ହସି ମୋତେ କହିଲା - ଦେଖିଲେ, ଇକୋନୋମେଟ୍ରିକ୍‌ସରେ ଯୁକ୍ତିତର୍କ ହେଉହେଉ କିପରି ସେ ରୁମ୍ ଛାଡ଼ି ଚାଲିଗଲା । ମୁଁ କହୁ ନ ଥିଲି ବଡ଼ ଓ ବୟସ୍କ ଦିଶୁଛି ସିନା, ପ୍ରକୃତରେ ସାନ ପିଲାଟାଏ ସେ । ତା'ର ଭାରି ଦୁଃଖ, ତା' ସ୍ତ୍ରୀ କିଛି ଯୌତୁକ ଆଣିନି ବୋଲି । ତା'ଛଡ଼ା ବିବାହ ହେବାପରେ ତା'ର ସନ୍ତାନ ସନ୍ତତି ହୋଇନି ବୋଲି ମଧ୍ୟ ଦୁଃଖ ।

ମୁଁ କିଛି ମନ୍ତବ୍ୟ ନ ଦେଇ ବାଥ୍‌ରୁମ୍ ଆଡ଼କୁ ଚାଲିଗଲି ।

X X X X

ବନ୍ଧୁଙ୍କ ପରିବାର ସହ ଉତ୍ତମ ଓଡ଼ିଆ ଲଞ୍ଚ ଖାଇ ଫେରୁଥିବାବେଳେ ବାଟରେ ଗେଷ୍ଟ୍ ହାଉସ୍‌ର ପୂଜାରୀକୁ ଦେଖିଲି । ଅନ୍ୟମନସ୍କ ହୋଇ ବଡ଼ ବିଷଣ୍ଣ ବଦନରେ ସେ ଘରକୁ ଫେରୁଥିଲା । ସେତେବେଳକୁ ଦିନ ଦୁଇଟା ଉପରେ ହୋଇଯାଇଥିଲା । ମୁଁ ଡାକିଦେବାରୁ ସେ ରହିଗଲା । ମୁଁ ପାଟିକରି ପଚାରିଲି - ଖବର କ'ଣ ରାମ ବାହାଦୂର ? ତୁମ ଘର କ'ଣ ଏଆଡ଼େ ?

ସେ ମୋ ପାଖକୁ ଲାଗିଆସି କହିଲା - ଆପଣ ଠିକ୍ କହିଥିଲେ ବାବୁ, ସେମାନଙ୍କୁ ରଖି ଆମେ ଭାରି ହଇରାଣ ହେଲୁ । ସେ ଦୁହେଁ ଆଦୌ ଭଲ ଲୋକ ନୁହଁନ୍ତି । ମୁଁ ଏଇଲେ ଷ୍ଟେସନରୁ ଆସୁଛି ।

କ'ଣ ହେଲା ?

- ଗୋଟିଏ ଦୁର୍ଘଟଣା ହୋଇଗଲା ବାବୁ । ଏପରି କେବେ ଆଗରୁ ହୋଇ ନ ଥିଲା । ଆପଣଙ୍କ ରୁମ୍‌ରେ ସେହି ଯେଉଁ ଦୁଇଜଣ ମିଜୋ ଅଧ୍ୟାପକ ରହିଲେ, ସେମାନଙ୍କ ଭିତରୁ ଜଣେ ଆଜି ସଟ୍‌କର୍ଟ ରାସ୍ତାରେ ଇଉନିଭରସିଟିକୁ ଯାଉ ଯାଉ ପଡ଼ି ମରିଗଲା ।

- ସର୍ଟକଟ୍ ରାସ୍ତା।

- ହଁ, ହଁ, ଆପଣ ତ ସେହି ରାସ୍ତାରେ ଯାଉଛନ୍ତି।

ମୋର ସେହି ଉଠାଣିଆ ରାସ୍ତାରେ ଦୁଇଥର ଯାଇଥିବା ଓ ଧଇଁସଇଁ ହୋଇଯାଇଥିବା କଥା ମନେପଡ଼ିଗଲା। ସେ ରାସ୍ତାକୁ ମୁଁ ପ୍ରାଣପଣେ ଡରୁଥିଲି।

- କିନ୍ତୁ ଦୁର୍ଘଟଣା ହେଲା କିପରି ?

- ପଥରରେ କେଉଁଠି ଶିଉଳି ଲାଗିଥିଲା, ସେହି ଶିଉଳି ଉପରେ ଗୋଡ଼ ପଡ଼ିଗଲା। ବାସ୍ ଖତମ୍। ଲୋକଟା କିନ୍ତୁ ଖୁବ୍ ବଳବାନ୍ ଓ ମଜବୁତ୍ ପରି ଜଣାପଡୁଥିଲା।

ମୁଁ ସ୍ତବ୍ଧ ହୋଇ ରହିଗଲି। ଖାଲି ପଚାରିଲି-ତା' ସାଙ୍ଗରେ ଆଉ କିଏ ଥିଲା ?

- ତା'ରି ସେହି ଗେଡ଼ା ସାଙ୍ଗଟି। ସେମାନେ ଖାଇବା ବେଟୁଲ୍‌ରୁ ଭାରି ରଗାରଗି ହୋଇଯାଇଥିଲେ।

■

ସେ ଜୁଡ଼ୋ ଜାଣନ୍ତି

ଆମମାନଙ୍କ ପାଇଁ ଭଦ୍ରମହିଳା ମସଲା ଦୋସା, ବରା ଓ ପକୋଡ଼ା ସହିତ ନଡ଼ିଆ ଚଟଣୀ ଓ ସମ୍ବର ମଧ୍ୟ କରିଥାଆନ୍ତି। ହାଇ ଟି'ର ଶେଷ ଆଇଟମ୍‌ରୂପେ ଗୋଲାପଜାମୁ ଚିକ୍ ଚିକ୍ କରୁଥିବା ଷ୍ଟେନ୍‌ଲେସ ଥାଳୀରେ ସଜାହୋଇ ରଖାଯାଇଥାଏ। ଛୋଟିଆ ଡ୍ରଇଂ ରୁମ୍‌ଟିରେ ତାଙ୍କର ସ୍ୱାମୀ ଡେଭିଡ୍‌ଙ୍କ ସହ ମୁଁ, ପ୍ରଫେସର ଦତ୍ତାତ୍ରେୟ ଓ ଶ୍ରୀମତୀ ଦତ୍ତାତ୍ରେୟ ବସିଥାଉ। ପିଲାମାନଙ୍କ ପାଇଁ ଉଦ୍ଦିଷ୍ଟ ଏନ୍‌ସାଇକ୍ଲୋପିଡ଼ିଆ ବ୍ରିଟାନିୟାର ଭଲ୍ୟୁମ୍‌ଗୁଡ଼ିକୁ ଦେଖି ପ୍ରଶଂସା କରୁଥିବାବେଳେ ପର୍ଦ୍ଦା ଟେକି ଭଦ୍ରମହିଳା ଆବିର୍ଭୂତା ହେଲେ। ଏଲିଜାବେଥ୍, ମୋର ଧର୍ମପତ୍ନୀ। ଡେଭିଡ୍ ତାଙ୍କର ପରିଚୟ ଦେଲେ। ପରିଚିତ ହେବା ପରେ ହସ ହସ ମୁହଁରେ ସେ ସମସ୍ତଙ୍କୁ ଲିଭିଂରୁମ୍‌ରୁ ଡାଇନିଂ ଟେବୁଲ୍ ପାଖକୁ ଡାକିନେଇ ସେହିଠାରେ ବସିବସି ଖାଉଖାଉ ଗପିବାକୁ ଅନୁରୋଧ କଲେ।

– ବୁଦ୍ଧିବୃତ୍ତିରେ ମୋ ସ୍ୱାମୀଙ୍କର ମୁଁ ସମକକ୍ଷ ନୁହେଁ; କିନ୍ତୁ ସେ ତାଙ୍କର ବନ୍ଧୁମାନଙ୍କ ସହ ବିଭିନ୍ନ କଥା ଗପିଲାବେଳେ ସେମାନଙ୍କ ପାଖରେ ବସି ମୋତେ ଶୁଣିବାକୁ ଭଲ ଲାଗେ। ସେଥିପାଇଁ ଲିଭିଂରୁମ୍‌ରୁ ମୁଁ ଆପଣମାନଙ୍କୁ ଏଠାକୁ ଡାକି ଆଣିଛି। ଆପଣମାନେ ଖାଇବା ପାଇଁ ବସିଯା'ନ୍ତୁ, ମୁଁ ଗରମ ଗରମ ଜିନିଷ ଆପଣମାନଙ୍କୁ ଦେଉଛି; କିନ୍ତୁ ଆପଣମାନଙ୍କ ଆଲୋଚନା ଚାଲୁ ରହୁ।

ଶ୍ରୀମତୀ ଦତ୍ତାତ୍ରେୟ ଓ ଡକ୍ଟର ଦତ୍ତାତ୍ରେୟ ଏଲିଜାବେଥ୍‌ଙ୍କ ଏପରି ଆଚରଣ ସହ ଆଗରୁ ପରିଚିତ ଥିବାପରି ଲାଗିଲା; କାରଣ ଶ୍ରୀମତୀ ଦତ୍ତାତ୍ରେୟ ହସି ହସି କହିଲେ – ତୁମେ ସବୁବେଳେ ଏହିପରି, ଏଲି।

ମୁଁ ଖାଇବା ଟେବୁଲ୍ ପାଖରେ ବସି ଡାଇନିଂ ରୁମ୍‌ରେ କାନ୍ଥ ଆଡ଼କୁ ଚାହିଁଲି। ଯୀଶୁଖ୍ରୀଷ୍ଟଙ୍କର ବହୁ ପ୍ରକାର ସୁନ୍ଦର ସୁନ୍ଦର ଚିତ୍ର କାନ୍ଥରେ ମରାଯାଇଥାଏ। ବାଇବେଲ୍‌ରୁ ପଂକ୍ତିମାନ ଉଦ୍ଧାର କରାଯାଇ ବିଭିନ୍ନ ଉଲ୍ ଡିଜାଇନ୍ ଭିତରେ ସେଗୁଡ଼ିକୁ ଝୁଲା

ଯାଇଥାଏ। ଡ୍ରଇଂ ରୁମ୍‌ରେ ଶ୍ରୀମତୀ ଡେଭିଡ୍ ଆବିର୍ଭୂତା ହେବାର କିୟତ୍‌କ୍ଷଣ ପୂର୍ବରୁ ମୁଁ ଡେଭଡ୍‌ଙ୍କ ଆଙ୍ଗୁଠିରେ ଗ୍ରହ ମୁଦି ଥିବା ଲକ୍ଷ୍ୟ କରି ସେଗୁଡ଼ିକ ଉପରେ ମତାମତ ଦେଉଥାଏ। ଗ୍ରହମାନଙ୍କ ଶାନ୍ତିପାଇଁ ଉଦ୍ଦିଷ୍ଟ ମୁଦିମାନଙ୍କୁ ନେଇ ଆମର ଆଲୋଚନା ଆରମ୍ଭ ହେଲା। ଖ୍ରୀଷ୍ଟିୟାନ ଧର୍ମରେ କି ଶାସ୍ତ୍ରରେ ଗ୍ରହମାନଙ୍କ ଶାନ୍ତିପାଇଁ ପଥର ବ୍ୟବହାର କରିବାକୁ ନିର୍ଦ୍ଦେଶ ଦିଆଯାଇ ନ ଥିବାରୁ ଡେଭିଡ୍‌ଙ୍କୁ ମୁଁ ସେହି ସମ୍ବନ୍ଧରେ ପଚରାପଚରି ଆରମ୍ଭ କରି ଦେଇଥିଲି। ଡେଭିଡ୍ ସେହି ମୁଦିଗୁଡ଼ିକୁ ପିନ୍ଧିବାରେ ଏଲି କିପରି ପ୍ରଥମେ ପ୍ରଥମେ ଆପତ୍ତି ଉଠାଇଥିଲେ; କିପରି ସେହି ମୁଦିଗୁଡ଼ିକୁ ସେ ଆଗ ଆଗ ଲୁଚେଇ ଦେଉଥିଲେ, ସେହି କଥା ଡେଭିଡ୍ ତନ୍ମୟ ହୋଇ ବର୍ଣ୍ଣନା କଲେ। ମୁଦି ପଥର ଗପ ଭିତରେ ତାଙ୍କର ପ୍ରେମମୟ ଦାମ୍ପତ୍ୟ ଜୀବନର ଆଭାସ ଆମମାନଙ୍କୁ ମିଳୁଥାଏ। ଦତ୍ତାତ୍ରେୟ ମତ ଦେଲେ - ଡେରିରେ ପ୍ରେମକରି ବିବାହ କଲେ ପୁରୁଷ ଉପରେ ସ୍ତ୍ରୀର କର୍ତ୍ତୃତ୍ୱ ଟିକିଏ ବେଶି ଆସିଯାଇଥାଏ ବୋଧେ!

ଦତ୍ତାତ୍ରେୟଙ୍କ କଥାର କେହି ପ୍ରତିବାଦ କରି ନ ଥିଲେ। ଡେଭିଡ୍ ତାଙ୍କ କଥାକୁ ଆନନ୍ଦ ସହକାରେ ଗ୍ରହଣ କରିଥିଲେ। ଖାଇବା ଟେବୁଲ୍ ପାଖକୁ ଆସିବା ପରେ ପୁଣି ସେହି କଥା ଉଠିଲା। ଡେଭିଡ୍ ଅନେକ ଦିନଧରି ମୁଦି ନ ପିନ୍ଧିବାର ଫଳ କହି ଆମମାନଙ୍କୁ ଚମକାଇ ଦେଇଥିଲେ। ସେଦିନ ଶନିବାର। ମୁଦି ପାଇ ନ ଥିବାରୁ ସେ ପିନ୍ଧି ନ ଥା'ନ୍ତି। କେତେଦିନ ହେଲା ଏଲି ମୟୂର ନୀଳମ୍ ପଥରର ମୁଦିଟା ଲୁଚାଇ ଦେଇ ହଜିଗଲା ବୋଲି କହିଥାଆନ୍ତି। କେରଳରୁ କେତେଜଣ ବନ୍ଧୁ ଆସିଥିବାରୁ ସେମାନଙ୍କ ଚର୍ଚ୍ଚା କରିବାରେ ସ୍ୱାମୀ ସ୍ତ୍ରୀ ଦୁହେଁ ବ୍ୟସ୍ତ। ଏକମାତ୍ର ପୁଅ ସୋଲମନ୍ ଗେଷ୍ଟ୍‌ମାନେ କଥାବାର୍ତ୍ତା ହେଉଥିବାବେଳେ ସେହି ଘରେ ଖେଳୁଥିଲା। ସେ ଚଉକି ଉପରୁ ଡିଆଁ ଡେଇଁ କରୁଥାଏ। ହଠାତ୍ ସେ ତଳେ ପଡ଼ି ଯାଇ ଚିତ୍କାର କରିଉଠିଲା। କେହି କେହି କିଛି ଭାଙ୍ଗିଯାଇଥିବାର ଶବ୍ଦ ଶୁଣିଥିଲେ ବୋଲି କହିଲେ। ସୋଲମନ୍ ଗୋଟିଏ ହାତକୁ ଧରି କାନ୍ଦୁଥାଏ କହୁଣୀ ତଳକୁ କରି। ସେହି ହାତଟା ଅଳ୍ପ ସମୟ ଭିତରେ ଫୁଲି ଯାଇଥିଲା। ଟ୍ୟାକ୍‌ସିଟାଏ ଡାକି ଡେଭିଡ୍ ସୋଲମନ୍‌କୁ କୋଳାଗ୍ରତ କରି ସେଥିରେ ବସାଇ ଡାକ୍ତରଖାନା ନେଉଥିବାବେଳେ ଏଲି ଦଉଡ଼ି ଆସି ତାଙ୍କ ଆଙ୍ଗୁଠିରେ ଶନିଙ୍କ ଶାନ୍ତିପାଇଁ ନିର୍ଦ୍ଦିଷ୍ଟ ମୟୂର ନୀଳମ୍ ପଥର ମୁଦିଟା ପିନ୍ଧାଇଦେଇ କାନ୍ଦି କାନ୍ଦି କହିଲେ - ମୁଦି ହଜି ନ ଥିଲା। ବୋଧେ ଏହାକୁ ପିନ୍ଧି ନ ଥିବାରୁ ଏପରି ହେଲା। ଡେଭଡ୍ - ଏଲି କଥାରେ ବିସ୍ମିତ ହୋଇ ମୁଦି ପିନ୍ଧି ହସ୍‌ପିଟାଲ ଗଲେ। ରାତିସାରା ଅନିଦ୍ରା ରହି ପୁଅର ହାଡ଼ ସେଟ୍‌କରି ପ୍ଲାଷ୍ଟର କରି ସେ ଘରକୁ ଫେରୁଫେରୁ ସକାଳ। ସେଦିନ ଅତିଥିମାନେ ଦୁଃଖରେ କିଛି ନ ଖାଇ ଫେରିଯାଇଥିଲେ।

ସେଥର ସୋଲମନ୍ ଭଲ ହେବାପରେ ଏଲି ଡେଭିଡ୍‌ର ମୁଦି ଲୁଚାଇବା ଅଭ୍ୟାସ ଛାଡ଼ିଦେଲେ। ତା'ପରେ ତ ଡେଭଡ଼୍ ଦତ୍ତାତ୍ରେୟଙ୍କ ଡିପାର୍ଟମେଣ୍ଟକୁ ଆସି ଚାକିରି କଲେ। ସେତେବେଳକୁ ସେ ମୟୂର ନୀଳମ୍ ଛଡ଼ା ବୃହସ୍ପତିଙ୍କ ପାଇଁ ପୋଖରାଜ ମଧ୍ୟ ପିନ୍ଧୁଥିଲେ।

ଆମେମାନେ ଏହିପରି ଗପକରି ଖାଉଥିଲୁ, ଅତି ସନ୍ତର୍ପଣରେ ଜଣେ ବୃଦ୍ଧା ସେହି ଘର ଭିତରକୁ ପ୍ରବେଶ କଲେ। ମୁଁ ତାଙ୍କୁ ଚିହ୍ନି ନ ଥିଲି, ତେଣୁ ବସିରହିଲି। ସେ ଘର ଭିତରକୁ ପଶିଲା ମାତ୍ରେ ଗୁଣୁଗୁଣୁ ହୋଇ କ'ଣ କହିଲେ। ଦତ୍ତାତ୍ରେୟ, ତାଙ୍କ ସ୍ତ୍ରୀ, ଡେଭିଡ଼୍ ଓ ଏଲି ସମସ୍ତେ ନିଜ ଚେୟାରରୁ ଉଠିପଡ଼ି ଆସନ୍ତୁ ଆସନ୍ତୁ ବୋଲି ତାଙ୍କୁ ସମ୍ମାନ ଦେଖାଇ ଡାକିଲେ। ଗାରିମା ଓ ଆଭିଜାତ୍ୟର ସମୁଦ୍ର ଲହଡ଼ା କାଟି ହସର ଡଙ୍ଗାରେ ବସି ସେ ଆସୁଥିବା ପରି ମୋତେ ଲାଗିଲା। ତାଙ୍କର ଖୁବ୍ ବଡ଼ ଲମ୍ବା ଲମ୍ବା ଆଖି ସାଙ୍ଗକୁ ଲମ୍ବା ଓ ଉଚ୍ଚା ନାକଟି ବେଶ୍ ମାନୁଥାଏ। ସେ ଦାମିକା ସିଲ୍‌କ ଶାଢ଼ିଟିଏ ମଧ୍ୟ ପିନ୍ଧିଥା'ନ୍ତି।

- ମୁଁ କିନ୍ତୁ କିଛି ଖାଇବିନି ଏଲି। ଏ ପିଲାମାନଙ୍କ ଚର୍ଚ୍ଚା ତୁ କର। ମୁଁ ତୁମ ଘରେ ପାଟିତୁଣ୍ଡ ଶୁଣି, କ'ଣ ଚାଲିଛି ଦେଖିବାକୁ ଚାଲିଆସିଲି।

- ନା, ଆପଣ କିଛି ନ ଖାଇଲେ ଆମମାନଙ୍କ ମନ ଦୁଃଖ ହେବ। ଆପଣ ମିଠା ନ ଖାଇପାରନ୍ତି, ଏ ଦୋସା କି ବରାରୁ କିଛି ଖାଆନ୍ତୁ, ଶ୍ରୀମତୀ ଦତ୍ତାତ୍ରେୟ କହିଲେ।

ବୃଦ୍ଧ ଭଦ୍ରମହିଳା ଖୁବ୍ ଅନିଚ୍ଛା ଦେଖାଇ ଗୋଟିଏ ପ୍ଲେଟ୍‌ରେ ବରା ନେଇ ଚାମଚ୍‌ରେ ଖାଇବାକୁ ଲାଗିଲେ। ସେହି ସମୟରେ ଡେଭିଡ୍‌ଙ୍କ ସାପପୁଅ ଓ ବଡ଼ପୁଅ ସେମାନଙ୍କର କଳିଯୋଗୁ ମରାମରି ହେବାକୁ ଲାଗିଲେ। ସେମାନେ କୌଣସି ବ୍ରୁସ୍‌ଲି ଫିଲ୍ମଦ୍ୱାରା ପ୍ରଭାବିତ ଭାବି ଓ ଆମମାନଙ୍କ ମନ ବିନୋଦନ କରୁଛନ୍ତି ଭାବି ମୁଁ ମନୋଯୋଗ ଦେଇ ସେମାନଙ୍କ ଆଡ଼କୁ ଚାହୁଁଥାଏ। ଜୁଡ଼ୋଯୁଦ୍ଧରେ ମାରପିଟ ଅପେକ୍ଷା ବେଶି ଅଭିନୟ ଥାଏ - ତାହା କ୍ୟାଟ୍ ଷ୍ଟାନସ୍ ହେଉ କି ହର୍ସ ଷ୍ଟାନସ୍ ହେଉ ବ୍ୟାକ୍ କିକ୍ ମରାଯାଉ କି ସାଇଡ଼୍ କିକ୍ ମରାଯାଉ-ବୋଲି ମୋର ବିଶ୍ୱାସ। ଦୁଇ ଭାଇ "ରିଟର୍ନ୍ ଅଫ୍ ଦ ଡ୍ରାଗନ୍" ହିରୋ ପରି ଆଙ୍ଗୁଠିକୁ କରି ଠିଆ ହୋଇ ଚିତ୍କାର କରିବାରୁ ମୁଁ ଖିଆଛାଡ଼ି ଚଉକି ସେମାନଙ୍କ ଆଡ଼କୁ ବୁଲାଇ ଦେଲି। ଡେଭିଡ୍ ବିରକ୍ତ ଓ କ୍ରୋଧରେ ଏଲିଆଡ଼କୁ ଚାହିଁଥା'ନ୍ତି। କାଠ ଫ୍ଲୋର୍‌ଟା ସେମାନଙ୍କ ଡିଆଁଡେଇଁରେ ଥରି ଉଠିବାରୁ ବୃଦ୍ଧାଙ୍କ ପ୍ଲେଟ୍‌ଟା ଉଛୁଳି ତଳେ ପଡ଼ିଲା। ସେ ଦାନ୍ତ ଚିପି କହିଲେ - ଏଲି, ଦିସ୍ ଇଜ୍ ଟୁ ମଚ୍। ଡେଭିଡ୍ କହିଲେ - ସେଇଥିପାଇଁ ମୁଁ କହେ ପିଲାଙ୍କୁ ଏସବୁ କଥା ଶିଖାଇବନି।

ଏଥର ସେମାନଙ୍କୁ ବନ୍ଦ କର। ସେମାନେ ସତରେ ଲଢୁଛନ୍ତି। ବଡ଼ ଭାଇର ସାଇଡ୍ କିକ୍ ଦୁଇ ତିନିଟା ସାନର ପଛପଟେ ବାଜି ସାରିଥାଏ।

- ଷ୍ଟପ୍ ଚିଲ୍‌ଡ୍ରେନ୍। ଷ୍ଟପ୍ ଇଟ୍ ଏଣ୍ଡ ଗେଟ୍ ଆଉଟ୍। ଏଲିଙ୍କ ଚିତ୍କାରରେ ସର୍କସ ବାଘ ହଣ୍ଟରର ଖାଇବା ପରି ଦୁଇ ଭାଇ ଶାନ୍ତି ହୋଇଗଲେ ଓ ଘରୁ ବାହାରକୁ ଚାଲିଗଲେ।

ଏଲି ସେମାନଙ୍କୁ ଶାସନ କରିବାପାଇଁ କାନ୍ଧରୁ ଲୁଗା କାଢ଼ି ଅଣ୍ଟାରେ ଗୁଡ଼ାଇ ସାରିଥିଲେ। ଏଲି ନିଜ କ୍ରୋଧକୁ ସଂଯତ କରି ପୁଣି ସହାସ୍ୟ ବଦନରେ ଆମର ଚର୍ଚ୍ଚା କରିବାକୁ ଲାଗିଲେ। ସେ ମୋ ପାଖକୁ ଆସି ମୋ ପ୍ଲେଟ୍‌ରେ ତିନିଟାରୋଟି ଗୋଲାପଜାମୁ ରଖିଦେଇ କହିଲେ - ଆପଣ ମିଠା ଭଲ ପାଆନ୍ତି, ପ୍ରଫେସର ଦତ୍ତାତ୍ରେୟ କହୁଥିଲେ।

- ତା' ବୋଲି ଏତେ ?

- ଖାଆନ୍ତୁ, ଖାଆନ୍ତୁ; ମୋ ପିଲାଙ୍କ ବ୍ୟବହାର ପାଇଁ ମୁଁ ଅତ୍ୟନ୍ତ ଦୁଃଖିତ। ରାଣୀ ସାହେବା ସେମାନଙ୍କ କଥା ଜାଣନ୍ତି। ତେବେ ବେଳେବେଳେ ସେମାନେ ସୀମା ବାହାରକୁ ଚାଲିଯାଉଛନ୍ତି।

- ସେମାନେ ଜୁଡ଼ୋ ଶିଖିଲେ କିପରି ?

- ରାଣୀ ସାହେବାଙ୍କ ହତା ଭିତରେ ଆମେ ଗୋଟିଏ ଜୁଡ଼ୋ ସ୍କୁଲ ଖୋଲିଛୁ। ମୁଁ ସେଠି ଜଣେ ଇନ୍‌ଷ୍ଟ୍ରକ୍ଟର।

- ଆପଣ।

- ହଁ। ଏଥିରେ ଆପଣ ଆଶ୍ଚର୍ଯ୍ୟ ହେଉଛନ୍ତି କାହିଁକି ? ଏଇ ଜୁଡ଼ୋ ଶିଖିଥିବାରୁ ତ ମୋର ଖାଇବା ବଞ୍ଚିବା ସମସ୍ୟା ସୃଷ୍ଟି ହୋଇ ନ ଥିଲା। କୋଡ଼ିଏ ବର୍ଷବେଳୁ ମୁଁ ଧନ ଓ ସମ୍ମାନ ପାଇଆସିଛି।

- ଆପଣଙ୍କ ଶିକ୍ଷା ?

- ମାଟ୍ରିକ୍। ଜୁଡ଼ୋରେ ବ୍ଲାକ୍ ବେଲଟ୍।

ମୁଁ ତାଙ୍କ ମୁହଁକୁ ଚାହିଁ ହସି କହିଲି। ତଳକୁ ଆଖି କରି କହିଲି - ଏଥର ମୋ ମନର ଭାବନାରେ ମଧ୍ୟ ମୁଁ ସଂଯତ ହୋଇଯିବି।

- ଦାଟସ୍ ଏ ଗୁଡ଼ ବୟ।

ସମସ୍ତେ ହୋ, ହୋ, ହୋଇ ହସି ଉଠିଲେ। ଅଣ୍ଟାରେ ଗୁଡ଼ା ହୋଇଥିବା ଶାଢ଼ୀ ସେହିପରି ଅଣ୍ଟାରେ ଗୁଡ଼ା ହୋଇଥାଏ। ଖୁବ୍ ସୁନ୍ଦରୀ ସ୍ୱାସ୍ଥ୍ୟବତୀ ଜଣେ ମଧ୍ୟବୟସ୍କା କେରଳୀ ମହିଳାଙ୍କୁ ମୁଁ ଆଖି ଆଗରେ ଦେଖୁଥିଲି। ସେ ଆମମାନଙ୍କୁ ବଳାଇ ବଳାଇ ଖୁଆଉ ଥାଆନ୍ତି। ପ୍ରଫେସର ଦତ୍ତାତ୍ରେୟଙ୍କ ପ୍ରତି ଏଲିଙ୍କ ବିଶେଷ

ସମ୍ମାନ ଓ ଶ୍ରଦ୍ଧା ରହିଥିବା କଥା ମୁଁ ଅନୁମାନ କରିପାରୁଥାଏ। ସ୍ୱାଭାବିକ କଥା, ଦତ୍ତାତ୍ରେୟଙ୍କ ଡିପାର୍ଟମେଣ୍ଟରେ ତାଙ୍କ ସ୍ୱାମୀ ତ କାମ କରୁଥିଲେ।

ସବୁ ଭିତରେ ରାଣୀସାହେବାଙ୍କ ଆଡ଼କୁ ମୁଁ ମଝିରେ ମଝିରେ ଚାହୁଁଥାଏ। ତାଙ୍କ ବିଷୟରେ ମୋତେ ଆଗରୁ କେହି କିଛି କହିନାହାନ୍ତି। ସେଇ ହତାଟିକୁ ଜଣେ ରାଣୀ ମଧ୍ୟ ନିମନ୍ତ୍ରିତା ବୋଲି ମୁଁ ଜାଣି ନ ଥିଲି। ସତରେ ରାଣୀ ନା କୌଣସି ଧନୀ ପରିବାରର ଭଦ୍ର ମହିଳାଙ୍କ ସମ୍ମାନ ଦେଖାଇ ସେହିପରି ସମ୍ବୋଧନ କରାଯାଇଛି ତା' ମଧ୍ୟ ମୋତେ ବୁଝାପଡୁ ନ ଥାଏ।

ରାଣୀ ସାହେବା ଆଉ ଗୋଟିଏ ପ୍ଲେଟରେ ବରା ନେଇ ଖାଇବା ଆରମ୍ଭ କରିଥା'ନ୍ତି। ତାଙ୍କର ଲମ୍ବା ଧାରୁଆ ସଜେଇ ଦେଲାପରି ଦନ୍ତ ପଂକ୍ତି ଦେଖି ମୁଁ ହଠାତ୍ ଅନୁଭବ କଲି ବୃଦ୍ଧା ଦିନେ ଜଣେ ବିଖ୍ୟାତ ସୁନ୍ଦରୀ ହୋଇଥିବେ, ଆଉ ରାଜକନ୍ୟା ହେବାକୁ ସତରେ ଯୋଗ୍ୟା। ସେ ବଡ଼ ସୁନ୍ଦରଭାବେ କୌଣସି ଶବ୍ଦ ନ କରି ଚାମଚରେ ବରା ଖାଉଥାଆନ୍ତି। ସେ କ'ଣ କହିବାକୁ ଚାହୁଁଛନ୍ତି ଭାବି ସମସ୍ତେ ତାଙ୍କ ଆଡ଼କୁ ଚାହିଁଲେ।

- ବୁଝିଲୁ ଏଲି। ମୁଁ ମୋର ଯୁବରାଜଙ୍କ ସ୍ୱପ୍ନ ଦେଖୁଥିଲି। ତୁମମାନଙ୍କ ପାଟି ତୁଣ୍ଡରେ ମୋର ସ୍ୱପ୍ନ ଭାଙ୍ଗିଗଲା।

- ମୁଁ ବଡ଼ ଦୁଃଖିତ, ରାଣୀସାହେବା।

ଶ୍ରୀମତୀ ଦତ୍ତାତ୍ରେୟ ହସି ହସି ଦତ୍ତାତ୍ରେୟଙ୍କ ଆଡ଼କୁ ଚାହୁଁଥାଏ। ରାଣୀ ସେତିକିବେଳେ ମୋର ପରିଚୟ ପଚାରିଲେ; କାରଣ କିଛି ବୁଝି ନ ପାରୁଥିବାର ଅସ୍ୱସ୍ତିକର ଭାବଭଙ୍ଗୀ ତାଙ୍କର ଧ୍ୟାନ ଆକର୍ଷଣ କରିଥିଲା। ଡେଭିଡ୍ ମୋର ପରିଚୟ ତାଙ୍କୁ ଦେଇଥିଲେ। ସଭାରେ ବକ୍ତାଙ୍କ ପରିଚୟ ଦେବା ପରେ ତାଙ୍କ ପରିଚୟ ପ୍ରଦାନ କିଛିଟା ହୋଇଯାଇଥିଲା। ଜ୍ୟୋତିବିଦ ଶବ୍ଦ ଶୁଣିବା ପରେ ରାଣୀ କହିଲେ - ଓଃ, ଜ୍ୟୋତିଷ। ଭଲ ଶାସ୍ତ୍ର; କିନ୍ତୁ ଏଥିରେ ଜ୍ଞାନୀଲୋକଙ୍କ ତୁଳନାରେ କ୍ୱାକ୍ ବେଶି। ଭଲ ଜ୍ୟୋତିଷଙ୍କ ମିଳିବା ଭାଗ୍ୟର କଥା; କିନ୍ତୁ ମୁଁ ଓ ରାଜାସାହେବ ଥରେ ଜଣେ ଭଲ ଜ୍ୟୋତିଷଙ୍କୁ ଭେଟିଥିଲୁ। ତୁମକୁ କହୁଥିଲି ନା ଏଲି, ତାଙ୍କ କଥା କିପରି ଅକ୍ଷରତଃ ସତ୍ୟ ହେଲା। ତିରିଶି ବର୍ଷରେ ଯୁବରାଜ ଚାଲିଯିବା କଥା। କିନ୍ତୁ କ'ଣ ସତ୍ୟ କହିଥିଲେ -ସେମାନେ ତ କହିଥିଲେ ତିରୁପତିଙ୍କ ପାଖରେ ଭୋଗ କଲେ, ଦୀପ ଦେଲେ, ଦାନ ଦେଲେ, ବ୍ରାହ୍ମଣ ଭୋଜନ କରାଇଲେ, ଯୁବରାଜଙ୍କ ରିଷ୍ଟ ଖଣ୍ଡନ ହେବ, ସେ ସତୁରୀ ବର୍ଷ ଉପରେ ବଞ୍ଚିବେ। ସେ ସବୁ ତ କରାଗଲା; କିନ୍ତୁ କ'ଣ ହେଲା, କିଛି ତ ହେଲାନି।

'ସେ ଆଖି ପୋଛିଲେ।'

- ଡେଭିଡ୍। ସେହି ଦୃଷ୍ଟିରୁ ତୁମେ ଏହି ସବୁ ଗ୍ରହ ମୁଦି ପିନ୍ଧିବା ନିରର୍ଥକ। ଯାହା ହେବାକୁ ଅଛି, ତା'ର ନିଶ୍ଚୟ ହେବ, ନିଶ୍ଚୟ ଭୋଗ କରିବାକୁ ହେବ। ନିଜ କର୍ମର ଫଳକୁ ତୁମେ ପ୍ରତିହତ କିପରି କରିବ ? କେହି କଲାଣି ? ମୁଁ ରାଣୀ ହୋଇ କରିପାରିଲି ?

ଡେଭିଡ୍ ରାଣୀଙ୍କ କଥାର ମୃଦୁ ପ୍ରତିବାଦ କଲେ-କିନ୍ତୁ ସେହି ଗ୍ରନ୍ଥମାନଙ୍କରେ ତ ଅଛି ଗ୍ରହମାନଙ୍କ ପ୍ରଭାବକୁ ଏଡ଼ା ଯାଇପାରିବ ବୋଲି।

- ଗ୍ରହ କିଏ ? ସେମାନେ ତ କର୍ମଫଳମାନଙ୍କର ଦୂତ ସଦୃଶ। ସେମାନେ ତ ଖାଲି ତୁମକୁ ତୁମ ପ୍ରାରବ୍ଧ କଥା କହିଦେବା ପାଇଁ ଏକତ୍ରିତ ହୋଇଥାଆନ୍ତି। ତୁମେ ବା କିପରି ଜାଣିବ ତୁମର ଯାହା ହେଲା ବା ଗ୍ରହମାନଙ୍କ ପ୍ରଭାବ ଯୋଗୁଁ ହେଲା କି ପିନ୍ଧିଥିବା ଗ୍ରହ ପଥରର ପ୍ରଭାବ ଯୋଗୁଁ ହେଲା ?

ଡେଭିଡ୍ ପୁଣି ବିନମ୍ର ହୋଇ ଯୁକ୍ତି କଲେ, ଏପରି ହୋଇପାରେ ଯେ ଈଶ୍ୱରଙ୍କ ଇଚ୍ଛା ଥିଲା, ତୁମେ ଯଦି ପିନ୍ଧ ଓ ତା'ପରେ ତୁମର ଉନ୍ନତି ହେଉ।

- ତା' ଅର୍ଥ ହେଲା ଯେ ତିରୁପତିଙ୍କ ଇଚ୍ଛାଥିଲା ଯେ ମୁଁ ପୁଅର ଦୀର୍ଘାୟୁଷ ପାଇଁ ଭୋଗ କରେ ଓ ତା'ପରେ ସେ ପୁଅ ଅଳ୍ପ ବୟସରେ ମୃତ୍ୟୁ ମୁଖରେ ପଡୁ। ଅର୍ଥାତ୍ "ତା'ପରେ, ତେଣୁ ତା' ଯୋଗୁଁ"। ଏ ତର୍କଦୋଷକୁ ଈଶ୍ୱର ତର୍କଦୋଷ ବୋଲି ନେଉନାହାଁନ୍ତି; କିନ୍ତୁ ତୁମେ ଜାଣ ଡେଭିଡ୍। ପୁଅର ମୃତ୍ୟୁପରେ ମୁଁ ନାସ୍ତିକ ହୋଇଯାଇଚି, ମୁଁ ନର୍ମାଲ; କିନ୍ତୁ ରାଜାସାହେବଙ୍କ ଈଶ୍ୱର ଭକ୍ତି ଚାଲିଯାଇଛି।

ରାଣୀଙ୍କ ଯୁକ୍ତିରେ ମୁଁ ପ୍ରଭାବିତ ହୋଇଥିଲି। ସେ ମୋ ଆଡ଼କୁ ଚାହିଁ କହିଲେ - ଆପଣ ଲେଖକ, ଦାର୍ଶନିକ ଓ ଜ୍ୟୋତିର୍ବିଦ ମଧ୍ୟ। ମୋର ଯାହା ଜ୍ଞାନ ଯୁବରାଜଙ୍କ ଲାଇବ୍ରେରୀରୁ ସଂଗୃହୀତ। ଆପଣ ଆଜି ମୋ ପ୍ରାସାଦକୁ ଚାଲନ୍ତୁ। ମୋ ପୁଅ ସଂଗ୍ରହ କରିଥିବା ଲାଇବ୍ରେରୀ ଦେଖିବେ। ବହୁତକାଳରୁ ଦୁଷ୍ପ୍ରାପ୍ୟ ବହି ଅନେକ ଅଛି। ଯୁବରାଜଙ୍କ ଖୁବ୍ ୱାଇଡ୍ ରିଡ଼ିଙ୍ଗର ଅଭ୍ୟାସ ଥିଲା। ଆପଣ ଆଉ କେତେଦିନ ଏଠି ରହିବେ ? ଏ ଜାଗା ଆପଣଙ୍କୁ ଭଲ ଲାଗୁଛି ତ ?

ମୁଁ ହଁ କଲି। ସେ ପୁଣି ଆରମ୍ଭ କଲେ - କିନ୍ତୁ ଆଜିକାଲିକା ଲୋକଙ୍କର ପଢ଼ିବା ଅଭ୍ୟାସ ତ ଗଲାଣି। ଅଧିକାଂଶ ଏତେ ସୌକିନିଆ ସୁକୁମାରିଆ ହୋଇଗଲେଣି ଯେ ଟି.ଭି. ସିନେମାରେ ସେମାନଙ୍କର ସମୟ ଯାଉଛି, ବଡ଼ ବେଶି ହେଲେ ଦୈନିକ ଖବରକାଗଜ ଟିକିଏ ପଢୁଛନ୍ତି। କିଏ ପଢୁଛି ବହି, ସେଥିରେ ପୁଣି ଦର୍ଶନ ବହି, ଜ୍ୟୋତିଷ ବହି, ନିରୁତା ସାହିତ୍ୟ ବହି; କିନ୍ତୁ ଆଶ୍ଚର୍ଯ୍ୟ କଥା ଶର୍ମାଜୀ। ଯୁବରାଜ ବଞ୍ଚିଥିବାବେଳେ ତାଙ୍କ ପାଖକୁ ବହୁ ଝିଅ ପୁଅ ଆସି ତାଙ୍କଠୁ ବହି ପଢ଼ିବାକୁ ନେଇଯାଉଥିଲେ, ବହୁ ବିଷୟମାନଙ୍କ ଉପରେ ସେମାନେ ଘଣ୍ଟା ଘଣ୍ଟା ଧରି ତର୍କ

ବିତର୍କ କରୁଥିଲେ, କୁଆଡ଼େ ଗଲେ ସେମାନେ? ସେହି ଆଲମିରା ଅଛି, ସେଥିରେ ବହି ଅଛି, ସେହି ସହର ପଡ଼ିଛି; କିନ୍ତୁ ପଢ଼ିବା ପାଇଁ ଲୋକ ନାହାନ୍ତି ? ସେହି ପିଶାଚୁଣୀ ତ ବହି ପଢ଼ିବା ବାହାନାରେ ଯୁବରାଜଙ୍କ ପାଖକୁ ଆସିଥିଲା। ଦୁହେଁ କଲେଜରେ ସାଙ୍ଗ ହୋଇ ପଢୁଥିଲେ। ମନେ ରଖିଥିବେ ସେମାନେ ସେହିପରି ଆସନ୍ତି। ସ୍ୱାସ୍ଥ୍ୟବାନ୍ ଲୋକଙ୍କୁ ଛୁଇଁ ଦେବାପାଇଁ କୁଷ୍ଠରୋଗୀଙ୍କ ଇଚ୍ଛା ହେଲାପରି ସେମାନେ ଉଚ୍ଚଜାତିର ଅଭିଜାତ୍ୟସମ୍ପନ୍ନ ପରିବାରମାନଙ୍କ ଭିତରେ ପଶି ସେମାନଙ୍କ ପୁଅ ଝିଅଙ୍କୁ ପ୍ରେମକରି ପରିବାରକୁ ଛିନ୍ ଭିନ୍ କରିଦେବାକୁ ଭଲ ପାଆନ୍ତି।

ଡେଭିଡ୍‌ଙ୍କ ଛୋଟିଆ ଘରଟାରୁ ବାହାରି ଲନ୍‌ରେ କିଛି ବାଟ ଚାଲିବାପରେ ରାଣୀ ସାହେବାଙ୍କ ପାଲେସ୍ ଆଖିରେ ପଡ଼ିଲା। ଆସିବାବେଳେ ଆମେ ଅନ୍ୟ ବାଟରେ ଆସିଥିଲୁ। ସେହି ହିଲ୍ ଷ୍ଟେସନ୍‌ଟାରେ ଚାରିଆଡ଼େ ବୁଲିଥିଲେ ମଧ୍ୟ ସେପରି ବିରାଟ ଭବ୍ୟ କୋଠା ମୁଁ ଦେଖି ନ ଥିଲି। ପ୍ରାସାଦ ଆଗରେ ଫିଆଟ୍ କାର୍‌ଟିଏ ଠିଆ ହୋଇଥାଏ, ସେଥିରେ ରଙ୍ଗ ଛାଡ଼ି ଅନେକ ଜାଗା ବିବର୍ଣ୍ଣ ଦିଶୁଥାଏ; କିନ୍ତୁ ରାଜପ୍ରାସାଦ ସହ ସେହି କାର୍‌ଟି ଅଙ୍ଗାଙ୍ଗୀଭାବେ ସମ୍ପୃକ୍ତ ପରି କିପରି କେଜାଣି ଅନୁଭବ ହେଉଥାଏ। କାର୍ ଭିତରେ ଡ୍ରାଇଭର୍‌ଟିଏ ଚାରିକାତ ମେଲାଇ ଶୋଇପଡ଼ିଥାଏ। ଦେଖୁଛନ୍ତି ଦତ୍ତାତ୍ରେୟ। ନିମ୍ନ ଜାତିର ଲୋକେ ଅର୍ଥ ସହ ଅବସର ପାଇଲେ କ'ଣ କରନ୍ତି? ଏଇଥିପାଇଁ ଏଇ ଛୋଟ ଲୋକଗୁଡ଼ାଙ୍କୁ ନିଜଠୁ ଦୂରରେ ରଖିବା ଉଚିତ୍; କିନ୍ତୁ ଦୁଃଖର କଥା ଏତେ ଶିକ୍ଷା ଓ ପରିବେଶ ପାଇବା ପରେ ମଧ୍ୟ ମୋ ପୁଅ ସେତକ କରିବାକୁ ଅସମର୍ଥ ହୋଇଥିଲା। ସେଥିପାଇଁ ସେ ଯେତେ ନୁହଁ ଇଂରେଜମାନଙ୍କ ଶିକ୍ଷାହିଁ ଦାୟୀ - "ସମସ୍ତେ ସମାନ" ସେହି ଧ୍ୱନି।

ରାଜପ୍ରାସାଦର ପ୍ରଥମ କୋଠରିର ଦ୍ୱାରଦେଶରେ ବିରାଟ କାଚ ଆଲମିରାଟିରେ ବହି ଥୁଆ ହୋଇଥାଏ। ସେହି ଆଲମିରା ପାଖକୁ ରାଣୀ ମୋତେ ନେଇ ଯାଇଥିଲେ। ସେଥିରେ ଚାବି ପଡ଼ିଥିଲା। ବହିଗୁଡ଼ାକ ସଜଡ଼ା ହୋଇ ରଖାଯାଇ ନ ଥିଲା। କାଚ ଉପରେ ଧୂଳିର ଆସ୍ତରଣ ବାରି ହୋଇଯାଉଥାଏ। ବହିଗୁଡ଼ିକ ଉପରେ ମୁଁ ଆଖି ପକାଇଲି। ହରମ୍ୟାନ ହେସ୍‌ଙ୍କ କେତୋଟି ବହି, ପଲବ୍ରଣ୍ଟନ୍‌ଙ୍କ ବହି, ଆନିବେଶାନ୍ତ, ବ୍ଲାଭାଟସ୍କିଙ୍କ ଥିଓସଫି ବହି ସହ ମିଶାମିଶି ହୋଇଥାଆନ୍ତି। ଗୋଟିଏ ଥାକରେ ଗୀତାପ୍ରେସର ହିନ୍ଦୀ ବହି ସହ ଉଇଲିୟମ ଜେମ୍‌ସଙ୍କ ସମ୍ପୂର୍ଣ୍ଣ ଖେଳାବଳୀ, ରାଧାକ୍ରିଷ୍ଣନ୍‌ଙ୍କ ଓ ଫଲକାନବର୍ଗଙ୍କ ଦର୍ଶନର ଇତିହାସ ବହି ରଖାଯାଇଥାଏ। ତା'ପରେ ବି.ଭି. ରମଣ ଓ ସୂର୍ଯ୍ୟନାରାୟଣ ଶାସ୍ତ୍ରୀଙ୍କ ଲିଖିତ ସମ୍ପାଦିତ କେତୋଟି ଜ୍ୟୋତିଷ ସମ୍ବନ୍ଧୀୟ ବହି, ଥାକେ ହେବ ଆଷ୍ଟ୍ରୋଲୋଜିକାଲ ମ୍ୟାଗାଜିନ୍, ଭାରତ ସରକାରଙ୍କଦ୍ୱାରା ପ୍ରକାଶିତ

ରିପୋର୍ଟ, ରିଭ୍ୟୁ, ମ୍ୟାପ, ସର୍ଭେ ରିପୋର୍ଟ, ଏହିପରି କେତେ କ'ଣ; ସବା ତଳ ଥାକରେ ଅଯତ୍ନ ସହକାରେ ରଖାଯାଇଥାନ୍ତି। ଆମେମାନେ କୋଠରିର ଯେଉଁ କାର୍ପେଟ ଉପରେ ଠିଆ ହୋଇଥିଲୁ ସେଥିରୁ ଆଣ୍ଠୁଏ ବହଳର ଧୂଳି, ଚାଲିଲେ ଉପରକୁ ଉଠୁଥା'ନ୍ତି। ସେହି ରୁମ୍‌ରେ ରହିବାକୁ ଇଚ୍ଛା ନ କରି ଦତ୍ତାତ୍ରେୟ ଓ ଅନ୍ୟମାନେ ପାଖ ରୁମ୍‌ଟିକୁ ଚାଲିଯାଇ ମୋତେ ଚାହୁଁଥାଆନ୍ତି। ମୁଁ କିନ୍ତୁ ପୁରୁଣାକାଳିଆ ବିଚିତ୍ର କୋଟିକାମକରା ଚେୟାର ଓ ଟେବୁଲ୍‌କୁ ଚାହୁଁଥାଏ। ଗୋଟିଏ ଟେବୁଲ୍ ଉପରେ ବିରାଟ ତୈଳଚିତ୍ର ରଖାଯାଇଥିଲା। ଚେହେରା, ପୋଷାକପତ୍ର ଓ ବୁଦ୍ଧିହୀନ ଚାହାଣୀରୁ ଚିତ୍ରଟି ନିଶ୍ଚୟ ରାଜାସାହେବଙ୍କର ବୋଲି ମୁଁ ଅନୁମାନ କରି ସେଠି ଠିଆ ହେଲି।

- ୟେସ୍, ମାଇଁ ହଜ୍‌ବାଣ୍ଡ। ଏତିକି କହିଦେଇ ରାଣୀ ସାହେବା ମୋତେ ଅନ୍ୟ ରୁମ୍‌କୁ ନେଇଗଲେ, ଯେଉଁଠି ଅନ୍ୟମାନେ ଷ୍ଟଫିଙ୍ଗ୍ କରାଯାଇଥିବା ନାନା ସାଇଜ୍‌ର ବାଘମୁଣ୍ଡକୁ ଦେଖିବାରେ ବ୍ୟସ୍ତ ଥାଆନ୍ତି।

ଶ୍ରୀମତୀ ଦତ୍ତାତ୍ରେୟ ମୋ ପାଖକୁ ଲାଗିଆସି କହିଲେ - ପୁଅ ମରିଯିବାଠୁ ରାଜା ସାହେବ ଏହି ପ୍ରାସାଦକୁ ଥରେ ଦୁଇଥର ଆସିଥିବେ। ଅଧିକାଂଶ ସମୟ ସେ ହାଇଦ୍ରାବାଦରେ ରହନ୍ତି। ସେଠି ତାଙ୍କର ଆଉ ଗୋଟିଏ ପାଲେସ୍ ଅଛି।

ମୁଁ ରାଣୀସାହେବାଙ୍କ ପାଖକୁ ଘୁଞ୍ଚିଯାଇ ପଚାରିଲି - ରାଜା ସାହେବ ଖୁବ୍ ଭଲ ଶିକାରୀ ଥିଲେ ନାଁ ?

- ନାଁ, ନାଁ। ଏ ସବୁ ମୋର ପୁଅର କୃତୀ, ସେ ଶିକାର କରିଛି, ପହଁରିବା, ଘୋଡ଼ା ଚଢ଼ିବା, ବନ୍ଧୁକ ମାରିବା, ଜୁଡ଼ୋ - ଏ ସବୁଥିରେ ସେ ଅଞ୍ଚଳରେ ଅଦ୍ୱିତୀୟ ଥିଲା-ତା'ର ସମକକ୍ଷ କେହି ନ ଥିଲେ। ସେ ଆଲମିରାକୁ ଚାହାନ୍ତୁ - ସ୍କୁଲବେଲୁ ସେ କେତେ ଟ୍ରଫି, ମେଡ଼ାଲ୍ କପ୍ ପାଇଛି। ସତରେ ଗୋଟିଏ ପୂରା ଆଲମିରା ଯୁବରାଜଙ୍କ କୃତିତ୍ୱର ସାକ୍ଷୀ ହୋଇ ଅସଂଖ୍ୟ କପ୍, ଟ୍ରଫି, ମେଡ଼ାଲ୍‌ରେ ଭର୍ତ୍ତି ହୋଇ ଠିଆ ହୋଇଥିଲା। ସେହି କପ୍ କି ଟ୍ରଫିରେ ଧୂଳିଟିଏ ପଡ଼ିଥିବା ମୁଁ ଦେଖିଲି ନାହିଁ। ନିଶ୍ଚିତ ଭାବରେ କେହି ସେଗୁଡ଼ିକର ଯତ୍ନ ନେଉଥିଲା। ସେଗୁଡ଼ିକୁ ଦେଖିବା ପରେ ମୁଁ କାନ୍ଥରେ ଟଙ୍ଗା ଯାଇଥିବା ସୁନ୍ଦରୀ ତରୁଣୀଟିଏଙ୍କ ଫଟୋ ଦେଖି ସେ ଆଡ଼କୁ ଚାଲିଗଲି। ଫଟୋଟି ଭଲ ଉଠିଥିଲା ଓ ତରୁଣୀ ଖୁବ୍ ସୁନ୍ଦରୀ ଥିଲେ। ଫଟୋଟିକୁ ଦୀର୍ଘ ସମୟ ଚାହିଁବା ଯୋଗୁଁ ରାଣୀ ସାହେବା ମୋ ପାଖକୁ ଆସି ପଚାରିଲେ - କୁହନ୍ତୁ, କ'ଣ କହିବେ।

- କ୍ଷମା କରିବେ, ମୁଁ ଏ ଭଦ୍ର ମହିଳାଙ୍କୁ ଜାଣିନି। ବୋଧହୁଏ ଯୁବରାଜଙ୍କ ସ୍ତ୍ରୀ ବା ଆପଣଙ୍କ ପରିବାରର କେହି ହୋଇଥିବେ - ସେ ଯିଏ ହୁଅନ୍ତୁ, ଏପରି ସୁନ୍ଦରୀ ମହିଳା ମୁଁ ଜୀବନରେ କ୍ୱଚିତ୍ ଦେଖିଛି।

- ଥ୍ୟାଙ୍କ୍ ୟୁ ଫର୍ କମ୍ପ୍ଲିମେଣ୍ଟସ୍ ଡିଏର୍। ଆପଣ ସତରେ ଜଣେ ଭଲ ଲେଖକ ହୋଇଥିବେ। ସ୍ତ୍ରୀଲୋକମାନଙ୍କୁ ପ୍ରଶଂସା କରିବା ବିଦ୍ୟା ଆପଣଙ୍କୁ ଭଲ ଜଣାଅଛି। ଏ ଫଟୋଟି ମୋର।

- ଓଃ। ନୋ! ମୋ ପାଟିରୁ ବାହାରିଗଲା।

- କାଳର ପ୍ରଭାବରେ ଆପଣଙ୍କର ସବୁଠୁ ବେଶି ସୁନ୍ଦରୀ ସ୍ତ୍ରୀ ଲୋକଟି ଏହି ନିଷ୍ପ୍ରୟୋଜନ ବୁଢ଼ୀ ମଣିଷରେ ପରିଣତ ହୋଇଛି।

ମୁଁ ଆଖିକୁ ବିଶ୍ୱାସ କରିପାରୁ ନ ଥାଏ।

- ଆପଣ ତ ବଡ଼ ବେଶି ଗମ୍ଭୀର ହୋଇଗଲେ। ଚାଲନ୍ତୁ ସେ ଘରକୁ, ଆପଣ ତ ଏ ଯାଏଁ ମୋ ପୁଅକୁ ଦେଖି ନାହାନ୍ତି।

ଆମେ ଓ ଅନ୍ୟମାନେ ଆଉ ଗୋଟିଏ କୋଠରି ଭିତରକୁ ଗଲୁ। ଅନ୍ୟମାନଙ୍କ ଦେଖାଦେଖି ମୁଁ ମଧ୍ୟ ଜୋତା ବାହାର କରି କୋଠରି ଭିତରେ ପଶିଲି। କୋଠରିଟିରେ ପଲଙ୍କ ପଡ଼ିଥିଲା, ସୁନ୍ଦର ଦୁଗ୍ଧ ଫେନନିଭ ଶେଯ, ସେହି ବର୍ଣ୍ଣର ଚାଦର ଓ ମଶୁରି ଧ୍ୟାନ ଆକର୍ଷଣ କରୁଥିଲା। ଗୋଡ଼ ତକିଆ, ଜାକିଲା ତକିଆ, ମୁଣ୍ଡ ତକିଆ ହୋଇ ଅନେକ ମାଣ୍ଡି ଓ ମୁଚୁଳା ଯଥାସ୍ଥାନରେ ରଖାଯାଇଥିଲା। ପଲଙ୍କକୁ ଲାଗି ବିରାଟ ଡ୍ରେସିଂ ଟେବୁଲ। ସେହି ଡ୍ରେସିଂଟେବୁଲ୍ ଉପରେ ଯୁବରାଜଙ୍କର ଫଟୋଟିଏ ବନ୍ଧାଇ ହୋଇ ଥୁଆ ହୋଇଥିଲା। ଫଟୋ ତଳେ ଗୋଲାପ ଫୁଲଟିଏ ସକାଳୁ ରହି ମଉଳି ଯାଇଥିଲା। ଯୁବରାଜଙ୍କ ମୁହଁକୁ ମୁଁ ଚାହିଁଲି - ଉର୍ଦ୍ଧ୍ୱୋନ୍ମୁଖ ଗୋଜିଆ ନିଶହଳେ, ଫୁଲୁକା ଫୁଲୁକା ଗାଲ ସହ ଅଳ୍ପ ଉଚ୍ଚା ନାକଟି ପାଖରେ ବେଶ୍ ମାନୁଥାଏ। ବାଳ ଛୋଟ ଛୋଟ କରି କଟା ହୋଇଥାଏ, ପ୍ରିନ୍ସ୍ ହୁସଥାନ୍ତି। ମୁହଁ ଓ ଚାହାଣୀରେ ତାଙ୍କର ଦୃଢ଼ତା ଓ ଭୟଶୂନ୍ୟତା ବାରି ହୋଇଯାଉଥାଏ ସ୍ପଷ୍ଟ, କିଞ୍ଚିତ ବଡ଼ ଚିବୁକ ଓ ବଡ଼ କପାଳ ତାଙ୍କ ମୁହଁର ବିଶେଷତା ଥିଲା।

ବଞ୍ଚିଥିଲେ ଏବକୁ ଇଣ୍ଡିୟାନ୍ ଆର୍ମିରେ ମେଜର୍ ପାହ୍ୟା ପାଇ ସାରନ୍ତାଣି। ସେ ତ କମିଶନ ପାଇ ଯାଇଥିଲା; କିନ୍ତୁ ସେହି ପେତିନୀ ତ ତା'ର ସର୍ବନାଶ କରିଦେଲା। ଆମେ କିନ୍ତୁ ଯୁବରାଜଙ୍କୁ ବହୁତ ବୁଝାଇଲୁ; କିନ୍ତୁ ସେହି ଏକା ଜିଦି ସେ ଧରି ବସିଲା।

ଏଲି ରାଣୀଙ୍କ ପାଖକୁ ଲାଗି ଆସି ତାଙ୍କୁ ଆଶ୍ରା ଦେବାପରି ତାଙ୍କ ପାଖରେ ଠିଆହୋଇ ଯାଇଥା'ନ୍ତି। ରାଣୀ ସାହେବା ସ୍ୱର୍ଗତୋକ୍ତି କରିବା ପରି କହି ଚାଲିଥା'ନ୍ତି ସେଇ କାଳରାତ୍ରି। ଯୁବରାଜ ତାଙ୍କ ଶୟନ କକ୍ଷରେ, ଆମେ ସ୍ୱାମୀ ସ୍ତ୍ରୀ ଅନ୍ୟ ଏକ ରୁମ୍‌ରେ। ପାହାନ୍ତିଆ ପହରକୁ ଆମର ଆଖି ଲାଗି ଯାଇଥାଏ। କିଏ ଜଣେ ବଡ଼ ବିଚଳିତ ହୋଇ ଦୁଆର ବାଡ଼େଇଲା ପରି ଲାଗିଲା। ନିଦ ବଲ ବଲ ହୋଇ ଦୁହେଁ

ଯୁବରାଜଙ୍କ କକ୍ଷକୁ ଉଠିଗଲୁ। ପ୍ରାସାଦର ସମସ୍ତ ରକ୍ଷୀ ସେଇଠି ରୁଣ୍ଡ ହୋଇଯାଇଥାଆନ୍ତି। ବାହାର ଥାନାରୁ କେତେଜଣ ମଧ୍ୟ ଆସିଥାଆନ୍ତି। ପଏଣ୍ଟ ବ୍ଲାଙ୍କ ରେଞ୍ଜରୁ ତାଙ୍କୁ ସେମାନେ ଫାୟାର କରିଦେଇ ଚାଲିଯାଇଥିଲେ। ଫୁଟ୍‌ପ୍ରିଣ୍ଟ, ହାତ ଚିହ୍ନ ସବୁଥିଲା। ସେମାନେ ପୁଲିସ୍ କୁକୁର ଆଣି ଏନ୍‌କ୍ୱାରୀ ଆରମ୍ଭ କରିଦେଲେ। ଆମର ଏକୋଇରବଳା ବିଶିକେସନର ମୃତ୍ୟୁ ପରେ ଆମେ ସେମାନଙ୍କୁ କିପରି ବା ସାହାଯ୍ୟ କରି ପାରିଥାଆନ୍ତୁ। କିଛିଦିନ ପରେ ସେମାନେ ଏନ୍‌କ୍ୱାରୀ ବନ୍ଦ କରିଦେଲେ, କେସ୍ ମଧ୍ୟ ଚାଲିଲାନି। କେସ୍ ଚାଲୁଥିବାବେଳେ ଇ ରାଜାସାହେବ ଅସୁସ୍ଥ ହୋଇପଡ଼ି ଏଠାକୁ ଆସିବା ବନ୍ଦ କରିଦେଲେ। ଏବେ ତାଙ୍କର ହାର୍ଟ ଆଟାକ୍ ହୋଇଥିଲା। ପୁଅ ମରିଯିବା ପର ସକ୍ ସେ ଏବେବି ଭୋଗୁଛନ୍ତି।

- ତେବେ ଆତତାୟୀମାନେ କ'ଣ ଧରା ପଡ଼ିଲେନି ?

- ଆଃ। ସେମାନେ କେବେ ଧରା ପଡ଼ନ୍ତି ? କେବେ ନୁହଁ। ଆମେ ଜାଣିଲୁ ଝିଅର ବାପ ହରିଜନ, କନର୍ଭଟେଡ୍ ଖ୍ରୀଷ୍ଟିୟାନ୍, ପୁଣି କଲେକ୍ଟର। ସବୁ ଏନକ୍ୱାରୀ, ନ୍ୟାୟ ଗୋଟିଏ ପଟେ, ଅନ୍ୟ ପଟେ କଲେକ୍ଟର। ସବୁ ଏନ୍‌କ୍ୱାରୀ, ନ୍ୟାୟ ଗୋଟିଏ ପଟେ, ଅନ୍ୟ ପଟେ ବ୍ରିଟିଶ ଶାସନକାଳୀନ ଜଣେ କଲେକ୍ଟର। ଆଉ କ'ଣ ଥାଏ। କେହି ଦଣ୍ଡ ପାଇଲେନି। ନ ପାଆନ୍ତୁ, ଯେଉଁଠି ସେମାନେ ଦଣ୍ଡ ପାଇବା କଥା ସେଠି ନିଶ୍ଚୟ ପାଇବେ। ଆମେ କିଏ, ଦୋଷୀଙ୍କୁ ଦଣ୍ଡ ଦେବାକୁ।

ମୁଁ ପଚାରିଲି - ଯୁବରାଜଙ୍କ ସେହି ଝିଅ ? ଦତ୍ତାତ୍ରେୟଙ୍କ ସ୍ତ୍ରୀ ମୋ ପାଖକୁ ଚାଲି ଆସି ଧୀରେ କହିଲେ - ସେ ଝିଅ କଥା ଆମଠୁ ବାଟରେ ଶୁଣିବେ। ବେଳ ହୋଇଗଲାଣି, ଏଥର ଫେରିଯିବା। ରାଣୀସାହେବା ଆରମ୍ଭ କଲେ ପୁଣି ଘଣ୍ଟାଏ।

ଆମେ ରାଣୀଙ୍କଠୁ ବିଦାୟ ନେଇ ଫେରିଲୁ। ମୁଁ କାହିଁକି କେଜାଣି କ୍ଳାନ୍ତ ଅନୁଭବ କରୁଥାଏ। ଆମେ ଫେରିବାବେଳକୁ ସେହିପରି ଫିଆଟ୍ କାରଟି ଓ ସେଥିରେ ଚାରିକାତ ମେଲାଇ ଶୋଇଥିବା ଡାଇଭରଟିକୁ ଦେଖିଲୁ। ରାଣୀସାହେବା ଯୁବରାଜଙ୍କ ଆଲମିରାରୁ ବହି ନେଇ ବହି ପଢ଼ିବାକୁ ମୋତେ ଅନୁରୋଧ କଲେ। ଡେଭିଡ୍ ଓ ଏଲି ରାଣୀଙ୍କୁ ପାହାଚଠି ଛାଡ଼ିଦେଇ ଆମମାନଙ୍କ କାର୍ ଯାଏଁ ଆସିଲେ। ଏଲିଙ୍କ ନିମନ୍ତ୍ରଣ ଯୋଗୁଁ ଜଣେ ଅଦ୍ଭୁତ ଚରିତ୍ରସହ ପରିଚୟ ପାଇବାର ସୁଯୋଗ ପାଇଥିବାରୁ ମୁଁ ବେଶ୍ ଖୁସି ହେଉଥାଏ ଓ ତାଙ୍କଠୁ ଓ ଡେଭିଡ୍‌ଙ୍କଠୁ ବିଦାୟ ନେବାବେଳେ ମୁଁ ସେହିକଥା ଜଣାଇଦେଲି। ସେହି ପାର୍ବତ୍ୟ ନିବାସକୁ ଆସିବା ମୋର ସାର୍ଥକ ହୋଇଥିଲା।

ଲ୍ୟାଣ୍ଡ ରୋଭରଟା ଗଳି ପାଖରେ ବୁଲାଇ ମେନ୍‌ରୋଡ୍ ପାଖକୁ ଆଣି ପ୍ରଫେସର ଦତ୍ତାତ୍ରେୟ ମୋତେ ପଚାରିଲେ-କିଛି ବୁଝିଲେ ଶର୍ମା ସାହେବ ?

ମୁଁ ପଚାରିଲି - କେଉଁ କଥା ?

- ରାଣୀଙ୍କ କଥାରୁ କିଛି ବୁଝିଲେ ?

- ଯାହା ଶୁଣିଲି, ସେତକ ବୁଝିଲି। ନାଁ, ଆଉ କିଛି ବ୍ୟଞ୍ଜନାର୍ଥ ରହିଯାଇଛି, ଯାହା ମୁଁ ଧରିପାରିନି ?

ଦତ୍ତାତ୍ରେୟ ଶ୍ରୀମତୀ ଦତ୍ତାତ୍ରେୟଙ୍କ ଆଡ଼କୁ ଚାହିଁ ମୁରୁକେଇ ହସି ଦେଇ କହିଲେ - ହଁ, ଶର୍ମାଙ୍କୁ ସବୁ ଖୋଲି କହିଦିଅ। ଆଉ ଅନ୍ଧାରରେ ତାଙ୍କୁ ରଖି ଲାଭ କ'ଣ ? ରାଣୀସାହେବାଙ୍କ କଥା ଶୁଣି, ରୂପ ଦେଖି କିଏ ବା କ'ଣ ସନ୍ଦେହ କରିବ ?

ଶ୍ରୀମତୀ ଦତ୍ତାତ୍ରେୟ ମୋତେ କହିଲେ - ଆତତାୟୀ କେହି ଧରା ପଡ଼ିଲେ ନାହିଁ; କାରଣ ଆତତାୟୀ କେହି ନ ଥିଲେ, ଯୁବରାଜଙ୍କ ହତ୍ୟା ତାଙ୍କ ମା'ଙ୍କ ଆଦେଶ ଅନୁଯାୟୀ କରାଯାଇଥିଲା। ଭଡ଼ାଟିଆ ଗୁଣ୍ଡାମାନେ ଗୁଳି କରି ସାରିବାପରେ ଆନ୍ଧ୍ର ଫେରିଯାଇଥିଲେ। ରାଣୀସାହେବା ତତ୍‌କାଳୀନ ଶାସକମାନଙ୍କ ଉପରେ ପ୍ରଭାବ ପକାଇ କେଶ୍ ଡ୍ରପ୍ କରାଇ ଦେଇଥିଲେ।

ଓଃ ନୋ। ଆଇ କ୍ୟାଣ୍ଟ୍ ବିଲିଭ୍।

ସେହିଦିନୁ ରାଜାସାହେବଙ୍କ ସହ ତାଙ୍କର କିଛି ସମ୍ପର୍କ ନାହିଁ। ଏ ରାଜପ୍ରାସାଦ କୋଡ଼ିଏ ବର୍ଷ ହେଲା ଅବହେଳିତ। କେବଳ ହାଇଦ୍ରାବାଦରୁ ଏଲିଜାବେଥ୍‌କୁ ରକ୍ଷୀ ଭାବେ ସେହିଦିନୁ ପଠାଯାଇଛି; କାରଣ ସେତେବେଳେ ମଧ୍ୟ ସେ ଜୁଡ଼ୋ ଚମ୍ପିୟାନ୍ ଥିଲେ। ମାସିକ କିଛି ଟଙ୍କା ଖର୍ଚ୍ଚ ପଠାଇବା ଛଡ଼ା ରାଜା ରାଣୀଙ୍କର ଆଉ କୌଣସି କଥା ବୁଝନ୍ତିନି। ପୁଅର ହତ୍ୟା ପରେ ଦୁହେଁ ଦୁହିଁଙ୍କଠୁ ବିଚ୍ଛିନ୍ନ ହୋଇଯାଇଛନ୍ତି ପ୍ରାୟ। ରାଣୀଙ୍କୁ ପ୍ରଶଂସା କରିବା କଥା ଯେ ଯୁବରାଜଙ୍କୁ ମୃତ୍ୟୁ ଦିନଠୁ ଦିନକ ପାଇଁ ହେଲେ ବି ସେ ଏ ପାର୍ବତ୍ୟ ସହରଟିକୁ ଛାଡ଼ି କୁଆଡ଼େ ହେଲେ ଯାଇନାହାନ୍ତି। ଯୁବରାଜଙ୍କ ନାମ ତାଙ୍କର ଜପାମାଳୀ, ତାଙ୍କର ମୂର୍ତ୍ତିହିଁ ତାଙ୍କ ପାଇଁ ଧ୍ୟାନର ମୂର୍ତ୍ତି, ତାଙ୍କ ସଂକ୍ଷିପ୍ତ ଜୀବନର ବିବରଣୀହିଁ ତାଙ୍କ ପାଇଁ କୀର୍ତ୍ତନର ସାମଗ୍ରୀ।

- ଓଃ ! ରିଏଲୀ। ଆଉ ସେ ଝିଅ।

- ଏ ସହରର ପ୍ରସିଦ୍ଧ କ୍ଲବରେ ଧନୀ ଲୋକଙ୍କଠୁ ଭିକ୍ଷାକରି ମଦ୍ୟ ପିଇ ମାତାଲ୍ ହୋଇଥିବା ଜଣେ ସୁନ୍ଦରୀ ମଧ୍ୟବୟସ୍କା ସ୍ତ୍ରୀ।

ମୁଁ ଏଥର ବହୁକ୍ଷଣ ପାଇଁ ଚୁପ୍ ହୋଇଗଲି।

ଆଡଜଷ୍ଟମେଣ୍ଟ

ପ୍ରଦ୍ୟୁମ୍ନ ଏକ, ସେ ଦୁଇ । ଏକ ତା'ର ପସନ୍ଦ, ମନେ ପକାଅ ସଫଦରଜଙ୍ଗ ରୋଡ଼, କାହାର ଠିକଣା ସେ ? ଜୁଲିୟସ ସିଜର ବି ଏକ, ନେପୋଲିୟନ ବି ଏକ, ପ୍ରଦ୍ୟୁମ୍ନ ବି ଏକ । କ୍ୟୁରୋଙ୍କ ନ୍ୟୁମେରୋଲଜି ବହି ଦେଖିଛନ୍ତି ? ବସ୍ ଛାଡ଼ିବା ପୂର୍ବରୁ ଦୁଇ ନମ୍ବର କହୁଥିଲା, ତାକୁ ସି ଅଫ୍ କରିବାକୁ ଆସିଥିବା ଲୋକଙ୍କୁ ବୁଝାଉଥିଲା । - Small is beautiful । ବଡ଼ ବଡ଼ କଳକାରଖାନା ଦେଶରେ ହେବା ଅନୁଚିତ, ଗାନ୍ଧିଜୀ ତାହାର ବିରୋଧ କରୁଥିଲେ । ଏ ସବୁ ବଡ଼ ବଡ଼ କାରଖାନା ନେହେରୁଙ୍କ କଳ୍ପନା-ନେହେରୁ ଗାନ୍ଧିଜୀଙ୍କ ଶିଷ୍ୟ ନ ଥିଲେ, ଶତ୍ରୁ ଥିଲେ । ଶୁଣିବା ଲୋକେ ଆଜ୍ଞା ଆଜ୍ଞା କରୁଥିଲେ - ଜଣେ କେହି ପଚାରିଲେନି ଯେ ଯଦି ସ୍ମଲ୍ ଇଜ୍ ବିଉଟିଫୁଲ୍ ତାହାହେଲେ ଆପଣ କାହିଁକି ଏତେ ବିଶାଳକାୟ ହେଲେ । ଦୁଇ ନମ୍ବର ସିଟ୍ ପାଇଁ ଟିକେଟ୍ କିଣିଥିଲେ ବି ଏକ ନମ୍ବର ସିଟ୍‌ରୁ ତ ଆପଣ ଅଧେ ମାଡ଼ି ବସିଛନ୍ତି । ସେମାନେ ଥିବାବେଳେ ପ୍ରଦ୍ୟୁମ୍ନ କିଛି କହିଲା ନାହିଁ, ଅଧା ସିଟ୍‌ରେ ଜାକିଜୁକି ବସି ବାହାରକୁ ଚାହିଁ ରହିଲା । ବସ୍ ଚାଲିବାରେ ସାପପରି ତା' ପତଳା ଦେହରେ ପବନ ଟିକିଏ ବାଜି ବଳ ସଞ୍ଚାର ହେଲା । ବସ୍ ଟିକିଏ ହଲିଗଲେ ଧଡ଼୍ ଧଡ଼୍ ହୋଇଗଲେ ଦୁଇ ନମ୍ବର ପ୍ରଦ୍ୟୁମ୍ନ ଆଡ଼କୁ ବସ୍ତା ପରି ମାଡ଼ି କରି ଡାହାଣ ବାହୁକୁ ଟଙ୍ଗ୍ କରି ଦେଉଥିଲା, ମନେମନେ କହୁଥିଲା, ମୋର ଡାହାଣ ବାହୁ ଇସ୍ପାତ ପରି କଠିଣ, ଲୁହା ପରି ମଜବୁତ୍ । ବାଜୁ ଇସ୍ପାତ ଛଡ଼ି ସାଙ୍ଗରେ ଲୁଗାର କି ତୂଳାର ବସ୍ତା, ଦେଖାଯାଉ କାହାର କ'ଣ କ୍ଷତି ହେଉଛି ।

ସେପରି ଟଙ୍ଗ୍ କରିବା ପରେ ଦୁଇ ନମ୍ବରୀଙ୍କୁ କ'ଣ ଅନୁଭବ ହେଉଥିଲା ପ୍ରଦ୍ୟୁମ୍ନ ଜାଣେନି; କିନ୍ତୁ ବାଟଯାକର ଦୃଶ୍ୟ ଦେଖୁଥିବା ଭିତରେ ପବନ ତା' ଦେହରେ ପିଟି ହେଉଥିବାବେଳେ ସେ ସଂଘର୍ଷ ଜାରୀ ରଖିଥିଲା, ତା'ର ଅଧା ମନ ସେଠି

ସତର୍କ ହୋଇ ରହିଯାଇଥିଲା। ଏପରି ପରିସ୍ଥିତିରେ ସର୍ତ୍ତଙ୍କ ଲେଖାକୁ ସମ୍ମାନ ଦିଆଯାଇପାରେନା, ତେଣୁ ଗୋଟିଏ ହାତରେ 'What is Literature' ବହିଟାକୁ ସେ କୋଳରେ ଯାହା ପକାଇଥାଏ।

ବାହାରକୁ ହୁଏତ କିଛି କଥା ନାହିଁ। କଥା କିଛି ନୁହଁ। ଏକ ନମ୍ବର ସିଟ୍‌ରେ ଓ ଦୁଇ ନମ୍ବର ସିଟ୍‌ରେ ଦୁଇ ଜଣ ଭଦ୍ରଲୋକ ବସି ସମ୍ବଲପୁରରୁ ଭୁବନେଶ୍ୱର ଯାଉଛନ୍ତି। ଏକ ନମ୍ବର ସିଟ୍‌ରେ ବସିଥିବା ଯୁବକ ଜଣକ ନୂଆ ଚାକିରି କରିଛନ୍ତି, ନୂଆ ବିବାହ ମଧ୍ୟ କରିଛନ୍ତି, ଦେଖିବାକୁ ପତାଳା, ଡେଙ୍ଗା, ଅନେକ ଆଧୁନିକତାର, ଯେପରି କି ସାର୍ତ୍ତ ଓ ବ୍ରୁସ୍ ଲି ଉଭୟଙ୍କର ସେ ଭକ୍ତ। ଲଗେଜ ବୋଲି କହିଲେ ସାମାନ୍ୟ ଭି.ଆଇ.ପି. ଆଟାଚିଟିଏ, ସମ୍ବଲପୁରରେ ଶ୍ୱଶୁରଙ୍କ ଘରକୁ ଆସିଥିଲେ। ଦୁଇ ନମ୍ବର ସିଟ୍‌ରେ ବସି ଚାରିଦିଗକୁ ଗଳି ପଡ଼ିଥିବା ନେତୃସ୍ଥାନୀୟ ବ୍ୟକ୍ତି ପ୍ରାକ୍ ବୃଦ୍ଧ ହେବେ, ଖଦଡ଼ ଧୋତି ପଞ୍ଜାବିରେ ବେଶ୍ ମାନନୀୟ ଜଣାପଡୁଥାନ୍ତି, ସାଙ୍ଗରେ ତାଙ୍କର ଅନେକ ସାମାନ୍, ଅଧିକାଂଶ ତାଙ୍କ ବସିବା ଜାଗା ପାଖେ ରଖାଯାଇଛି, କିଛି ବସ୍ ଉପରେ। ସେ ବସ୍‌କୁ ଆସି ବସିବାବେଳେ ଦଶ ପନ୍ଦର ଜଣ ଲୋକ ତାଙ୍କ ସହ ଆସିଥିଲେ। ବାଟରେ ବ୍ୟବହାର କରିବା ପାଇଁ ସେମାନେ ବିବିଧ ଜିନିଷ ତାଙ୍କୁ ଉପହାର ଦେଇଥିଲେ, ପୁଣି ସମ୍ବଲପୁର କେବେ ଆସିବେ ବୋଲି ବ୍ୟାକୁଳ ହୋଇ ପଚାରିଥିଲେ। ତାଙ୍କ ଭିତରୁ ଯୁବକ ଜଣେ ଭଦ୍ରବ୍ୟକ୍ତିଙ୍କୁ ବାପା ବୋଲି ସମ୍ବୋଧନ କରି ଅନେକ ଉପଦେଶ ଦେଲେ - କାଚ ବୋତଲରୁ ପାଣି ପିଇବ, ବାହାର ଦୋକାନରୁ କିଛି ଖାଇବ ନାହିଁ, ଘରେ ପହଞ୍ଚି ଚିଠି ଦେବ। ଯୁବକ ଜଣକ ତା'ପରେ ଏକ ନମ୍ବରର ପ୍ରଦ୍ୟୁମ୍ନ ଓ ଦୁଇ ନମ୍ବରର ନିଜ ବାପାଙ୍କୁ ଚାହିଁ ସ୍ୱଗତୋକ୍ତି କଲାପରି କହିଲେ - ଦୁଇଜଣଯାକ ଆଡ଼ଜଷ୍ଟ ହୋଇ ଚାଲିଯିବେ। ସେହି ସମୟରେ ଆଡ଼ଜଷ୍ଟମେଣ୍ଟର ପ୍ରଥମ ସୋପାନରୂପେ ଭଦ୍ରବ୍ୟକ୍ତି ପ୍ରଦ୍ୟୁମ୍ନକୁ ଝରକା ପାଖ ଏକ ନମ୍ବର ସିଟ୍‌ରୁ ଦୁଇ ନମ୍ବର ସିଟ୍‌କୁ ଚାଲି ଆସିବାକୁ ଅନୁରୋଧ କଲେ। ପ୍ରଦ୍ୟୁମ୍ନ ଦୃଢ଼ତାର ସହିତ କହିଲା - ମୁଁ ଏଇଠି ରହି ଆଡ଼ଜଷ୍ଟ କରିବି।

ତା'ପରେ ପ୍ରଦ୍ୟୁମ୍ନ ଶୁଣିଲା - ମୁଁ ଏଇ ବସ୍‌ରେ ସବୁବେଳେ ଭୁବନେଶ୍ୱର ଯାଏ। ମୋର ସୁବିଧା ପାଇଁ ନମ୍ବର ୱାନ୍ ଓ ନମ୍ବର ଟୁ, ଦୁଇଟି ସିଟ୍ ମୁଁ ରିଜର୍ଭ କରି ନେଇଥାଏ; କିନ୍ତୁ ଆଜି ଆସି ଦୁଇଟି ଯାକ ସିଟ୍ ମାଗିବାବେଳକୁ ଆପଣ ଟିକେଟ କ୍ଲର୍କକୁ ଧଡ଼କାଇ ଏସ.ପି.ଙ୍କ ଧମକଦେଇ ନମ୍ବର ୱାନ ସିଟ୍ ନେଇ ଯାଇଥିଲେ। ମୋର ଅସୁବିଧା ଯେ ବସ୍ ଜର୍ଣ୍ଣିବେଳେ ଆଉ କେଉଁ ସିଟ୍‌ରେ ବସି ପାରେନି।

- ଏସ୍.ପି. ମୋର ନିକଟ ସମ୍ପର୍କୀୟ ବ୍ୟକ୍ତି।

- ହୋଇଥିବେ; କିନ୍ତୁ ଏ ବସବାଲା ସେମାନଙ୍କର ନାନା ପ୍ରକାର ଗଲତି ଓ ଭିତରି କାମ ଯୋଗୁଁ ପୁଲିସ୍‌ମାନଙ୍କୁ ଭାରି ଡରନ୍ତି। ମୁଁ ମଧ୍ୟ ଅନେକ ଥର ଏସ୍.ପି.ଙ୍କ ନାମ କହି ସିଟ୍ ପାଇଯାଇଛି; କିନ୍ତୁ ମୋର କେହି ପୁଲିସ୍ ନିକଟ ସମ୍ପର୍କୀୟ କ'ଣ, ସମ୍ପର୍କୀୟ ମଧ୍ୟ ନାହାନ୍ତି, ଯଦିଓ ଇଂରେଜମାନଙ୍କ ଶାସନ ଚାଲିଥିବାବେଳେ ଆମେ ସେମାନଙ୍କୁ ମାମୁଁ ବୋଲି କହୁଥିଲୁ ଓ ଜେଲ୍‌କୁ ମାମୁଁଘର ବୋଲି କହୁଥିଲୁ। ମୁଁ ବହୁବାର ମାମୁଁ ଘର ଯାଇଛି।

ସେଇତକ କଥା ଭିତରେ ତାକୁ ଠେଲାଯାଉଛି, ଭଦ୍ରବ୍ୟକ୍ତି ଠେଲୁଛନ୍ତି ବୋଲି ପ୍ରଦ୍ୟୁମ୍ନ ଜାଣି ପାରିଥାଏ। ସେ ତେଣୁ ପବନ ଶୋଷି ନିଜକୁ ମଜବୁତ୍ କରି ପକାଇଥାଏ ଓ ଠେଲି ଚାଲିଥାଏ ଭଦ୍ରବ୍ୟକ୍ତିଙ୍କୁ। ମନେ ମନେ କହୁଥାଏ - ପତଳା ବୋଲି ପସନ୍ଦ ହେଉନି ନାଁ। ଏଇଲେ ଦେଖାଇ ଦେବି ପତଳାର କେତେ ଜୋର୍।

ସତକୁ ସତ ଦୁଇ ନମ୍ବର ବାଲାଙ୍କୁ ଶୁଦ୍ଧ ଦୁଇ ନମ୍ବର ଭିତରକୁ ସେ ଠେଲି ଦେଇପାରିଥିଲା। ଟିକେଟ୍ ଚେକ୍ କରିବା ପାଇଁ କଣ୍ଡକ୍ଟର ଆସିବାରୁ ଭଦ୍ରବ୍ୟକ୍ତି ବଡ଼ କରୁଣ ସ୍ୱରରେ ଆପତ୍ତି କଲେ, କଣ୍ଡକ୍ଟରବାବୁ! ଏଠି ବଡ଼ ଅସୁବିଧା ହେଉଛି। ଆଉ କେଉଁଠି ସିଟ୍ ମିଳିବ ନାହିଁ?

ଟିକେଟ୍ ଚେକ୍ କରି କଣ୍ଡକ୍ଟର କହିଲା - ଆପଣ ଟିକେଟ କଲାବେଳେ ସେ କଥା କହିଥିଲେ ଭଲ ହୋଇଥାଆନ୍ତା, ସେତେବେଳେ ଅନେକ ସିଟ୍ ଖାଲିଥିଲା। ଏବେ ତ ଗୋଟିଏ ହେଲେ ସିଟ୍ ଖାଲି ନାହିଁ।

କଣ୍ଡକ୍ଟର ସେପଟେ ବସିଥିବା ଅନ୍ୟମାନଙ୍କ ଟିକେଟ୍ ଚେକ୍ କରି ଚାଲିଯିବା ପରେ ସେ ପ୍ରଦ୍ୟୁମ୍ନକୁ କଣେଇ ଚାହିଁବା ପରି ପ୍ରଦ୍ୟୁମ୍ନର ମନେହେଲା। ଝରକା ଦେଇ ଦ୍ରୁତ ଗତିରେ ଚାଲିଯାଉଥିବା ଗଛଲତା, ବଣ ପାହାଡ଼କୁ ଦେଖିବାର ସେ ମନ ଦେଇଥିଲା; କିନ୍ତୁ ସେତିକିବେଳେ ଯେପରି ହୁ ହା ମନ ଭିତରେ ଭଦ୍ରବ୍ୟକ୍ତି ପଶିଯାଇ ତାକୁ କହିଲେ - ଦେଖ, ସେମାନଙ୍କ ପାଇଁ ଆମେ କ'ଣ କରିନୁ। ନିଜ ନିଜର ଯୌବନକୁ ବ୍ୟର୍ଥ କରି ଆମେ ଇଂରେଜମାନଙ୍କ ସଙ୍ଗେ ଲଢ଼ିଗଲୁ। ଆମମାନଙ୍କ ଆତ୍ମହତ୍ୟା, ବଳିଦାନ କଥା ତୁମେ କଳ୍ପନା କରିପାରୁଛ? ଜେଲରୁ ଫେରି ଆମେ ଘରେ ଥିବା ପତ୍ନୀ କି ପିଲାଙ୍କ ପାଖକୁ ଯାଇନାହୁଁ, ପୁଣି ଦ୍ୱିଗୁଣ ଉତ୍ସାହରେ ସଂଗ୍ରାମରେ ଝାସ ଦେଇଛୁ, କାରାବରଣ କରିଛୁ। ଆମେ ଇଚ୍ଛା କରିଥିଲେ ଭଲ ପାଠ ପଢ଼ି, ମୋଟା ଦରମାରେ ଚାକିରି କରିପାରିଥାଆନ୍ତୁ। ଇଂରେଜ ଲୋକଙ୍କ ଗୋଲାମି କରି ଆମେ ଦୁଧ ଘିଅରେ ଭାସିଥାଆନ୍ତୁ; କିନ୍ତୁ ଆମେ ସେପରି କଲୁ ନାହିଁ। ତୁମମାନଙ୍କ ପାଇଁ ଆମେ ତ୍ୟାଗ ସ୍ୱୀକାର କଲୁ, କଷ୍ଟ ସ୍ୱୀକାର କଲୁ।

ଏତକ ଶୁଣୁ ଶୁଣୁ ପ୍ରଦ୍ୟୁମ୍ନର ଶିରାପ୍ରଶିରା ଟାଣି ହୋଇଯାଏ, ଭିଡ଼ି ହୋଇଯାଏ ଯେପରି। ସେ ଇଚ୍ଛାକଲେ ସେ ମୁହଁକୁ ସେହି ଏକ ସ୍ୱରକୁ ମନରୁ ଲିଭାଇ ଦିଏ ଓ ତା' ବଦଳରେ ମନରେ ବଡ଼ ବଡ଼ ଅକ୍ଷର ଲେଖେ ଓ ସ୍ଲୋଗାନ ଦିଏ - ତୁମେମାନେ ଭଲ ବ୍ୟବସାୟ କରିଛ। ଯାହା ପୁଞ୍ଜି ଖଟାଇଥିଲ ତା' ବଦଳରେ ଅନୁମାନରୁ ବି ବାହାରେ ବହୁତ ଲାଭ ପାଇଛ। ତୁମେମାନେ ୧୯୪୨ଠୁ ମନ୍ତ୍ରୀ ହୋଇଛ, ଗଭର୍ଣ୍ଣର ହୋଇଛ, ରାଷ୍ଟ୍ରଦୂତ ହୋଇଛ, କଣ୍ଟ୍ରାକ୍ଟରୀ ନେଇଛ, ଫ୍ୟାକ୍ଟରୀ ଗଢ଼ିଛ, ବିଦେଶ ଭ୍ରମଣ କରିଛ ଓ ତୁମର ସନ୍ତାନସନ୍ତତିଙ୍କୁ ଅବର୍ଣ୍ଣନୀୟ ସୁଖ ଦେଇପାରିଛ। ଏ ଭଲ ବେପାର ନା ଖରାପ ବେପାର? ଆଉ କ'ଣ ଆଶା କରିଥିଲ?

ବେପାର କରୁ କରୁ ମାରୱାଡ଼ୀ ବହୁତ ସମୟ ଦୋକାନରେ ରହିଯାଏ। ସ୍ତ୍ରୀ ପିଲାଙ୍କ ପାଖକୁ ଯାଇପାରେନି। ତୁମେ ସ୍ତ୍ରୀ ପିଲାଙ୍କ ପାଖକୁ ଯାଇପାରିଲନି। ମାରୱାଡ଼ୀ ବେପାରୀ ତ ମଣିଷ ହୋଇରହିଛି, ତୁମେ ତ ଏତକ କରି ଅମଣିଷ ହୋଇଗଲ। ମନେପଡୁନି ତୁମର, ୧୯୪୭ର ଆନ୍ଦୋଳନ ପରେ ପରେ। ଲୁଚି ଲୁଚି ପ୍ରଦ୍ୟୁମ୍ନ ଘରେ ପହଞ୍ଚିଲା, କାରଣ ପ୍ରଦ୍ୟୁମ୍ନ ପିତା ତୁମର ଚିହ୍ନା ପରିଚୟ ଥିଲେ, ତୁମ ଆନ୍ଦୋଳନ ପ୍ରତି ସେ ସହାନୁଭୂତି ରଖୁଥିଲେ। କିଛିଦିନ ରହିବା ପାଇଁ ପ୍ରଦ୍ୟୁମ୍ନ ଭାଇ ସୁଧାମ ଶୋଇବା ଘରେ ତୁମ ପାଇଁ ଜାଗା କରି ଦିଆଗଲା; କିନ୍ତୁ କଲ ତୁମେ କ'ଣ? ଜେଲରେ ଥିବା ଅଭ୍ୟାସଟାକୁ ଛାଡ଼ି ପାରିଲ ନାହିଁ। ପାହାନ୍ତା ପାହାନ୍ତିଆରୁ ଯାଇ ସୁଧାମ ଶେଯରେ ଉଠିଲ। ବାଜିଲା ଗୋଟାଏ ଧକ୍‌କା - ତେଳ କଟାଡ଼ି ହୋଇପଡ଼ିଲ। ଜାଣି ନ ଥିଲ ଯେ ସୁଧାମ ସେତେବେଳେ ତା ସହପାଠିନୀ ସ୍ୱପ୍ନରେ ବିଭୋର ହୋଇଥିଲା ବୋଲି। ଘରେ ପାଟିତୁଣ୍ଡ ହେଲା, ସେହିଦିନ ତୁମେ ଘରୁ ବାହାରି ଗଲ।

ପ୍ରଦ୍ୟୁମ୍ନ ଓଠରେ ମୁରୁକି ହସା ଦେଖାଦେଲା। ହସକୁ ଚପାଇ ସେ ନମ୍ବର ଦୁଇଙ୍କୁ ପଚାରିଲେ - ଦେଶରେ ଏତେ କରପ୍‌ସନ୍ କାହିଁକି କହିପାରିବେ?

କୌଣସି ଭୂମିକା ନ ଥାଇ ପ୍ରଦ୍ୟୁମ୍ନର ହଠାତ୍ ଏ ପ୍ରଶ୍ନରେ ଭଦ୍ରବ୍ୟକ୍ତି କିଛି ଉତ୍ତର ଦେଇ ପାରିଲେନି। ତାଙ୍କର ବିରାଟ ବାହୁଟାକୁ ପ୍ରଦ୍ୟୁମ୍ନ ସିଟ୍ ଉପରେ ଥୋଇ ଦେଇ ପ୍ରଦ୍ୟୁମ୍ନକୁ ଆଉ ଟିକିଏ ଠେସା ମାରି କହିଲେ-ଆପଣ ଭାବିଛନ୍ତି, କୁହନ୍ତୁ।

ଆପଣମାନେ ଜେଲ ଯାଇଥିଲେ ବୋଲି ଜେଲରେ ବହୁ ପ୍ରକାର କଏଦୀମାନଙ୍କ ସଙ୍ଗେ ଆପଣମାନେ ବହୁକାଳ ମିଶିଲେ। ସ୍ୱାଭାବିକଭାବେ ସେହି ଚୋର, ଡକାଏତ, ଖଣ୍ଟମାନଙ୍କଠୁ ଅନେକ ଆପଣମାନେ ଶିଖିଗଲେ। ତା'ପରେ ଭାରତବର୍ଷ ସ୍ୱାଧୀନତା ପାଇଲା, ଆଉ ଆପଣମାନେ ଦାୟିତ୍ୱସମ୍ପନ୍ନ ଜାଗାଗୁଡ଼ିକୁ ଅଧିକାର କରିନେଲେ। ତା'ର ଫଳ ନାହିଁ ନ ଥିବା କରପ୍‌ସନ୍ ୧୯୪୭ଠୁ ଭାରତୀୟ ଲୋକେ ପାଇ ଆସୁଛନ୍ତି।

ନେତା ଆଖିରୁ ସ୍ଫୁଲିଙ୍ଗ ଝରାଇ ପ୍ରଦ୍ୟୁମ୍ନ ଆଡ଼କୁ ଚାହିଁ କହିଲେ - ୟୁ ଆର୍ ଏ ସିନିକ୍।

- ଯେଉଁମାନେ ଭୋଗବିଳାସରେ ମାତନ୍ତି, ସ୍ୱାର୍ଥସର୍ବସ୍ୱ ହୋଇ ନିଜର ଇନ୍ଦ୍ରିୟ ତୃପ୍ତିରେ ଲାଗିଥା'ନ୍ତି, ସେମାନଙ୍କ ପାଇଁ କ'ଣ ସବୁ ଶବ୍ଦ ପ୍ରୟୋଗ କରାଯାଏ? ହେଡୋନିଷ୍ଟ? ଚାର୍ବାକୀ? ସିରେନାଇକ୍? ଜେଲ୍‌ରେ ଥିବାବେଳେ ରିଡ଼ରସ୍ ଡାଇଜେଷ୍ଟ ନିଶ୍ଚୟ ପାଇଥିବେ।

- ଆପଣ ଆମକୁ ଗାଳି ଦେଉଛନ୍ତି। ଜାଣନ୍ତୁ ଜେଲଯାଇ ଆମମାନଙ୍କର ସ୍ୱାସ୍ଥ୍ୟ ଖରାପ ହୋଇଯାଇଛି। ଲୋକ ରୋଗାକ୍ରାନ୍ତ ହୋଇ ଜେଲରୁ ଫେରିଛନ୍ତି। ଆପଣଙ୍କର ସେହି ନେତା ଯାହାକୁ ଆପଣ ଆଦରରେ ଭାଇ ସମ୍ବୋଧନ କରୁଥିଲେ, ଜେଲ୍ ଯିବା ପୂର୍ବରୁ ସେ ପହେଲମାନ ଥିଲେ; କିନ୍ତୁ ଥରେ ଜେଲ ଯାଇ ସେ ଫେରିବାପରେ ତାଙ୍କୁ ଗନେରିଆ, ସିଫ୍‌ଲିସ, କୁଷ୍ଠ ସବୁ ରୋଗ ହୋଇଗଲା। ଥରେ ସ୍ୱାସ୍ଥ୍ୟ ଚାଲିଗଲେ, ଥରେ ହାର୍ଟ ଖରାପ ହୋଇଗଲେ କି ଲିଭର ଖରାପ ହୋଇଗଲେ, ଦେଶ ତାହାର କ୍ଷତିପୂରଣ ଦେଇପାରିବ? କୁହନ୍ତୁ ଦେଇପାରିବ? ଆପଣ କହୁଛନ୍ତି ଆମେ ବିଜିନେସ୍ କରୁଥିଲୁ, ତା' ବଦଳରେ ବହୁତ ଲାଭ ପାଇଯାଇଛୁ।

ପ୍ରଦ୍ୟୁମ୍ନ ନେତାଙ୍କ ଯୁକ୍ତିରେ କିଞ୍ଚିତ ସ୍ତବ୍ଧ ରହିଗଲା। ଏସବୁ ରୋଗ ଜେଲଗଲେ ହୁଏ? ସେ ପଚାରିବେ ବୋଲି ହେଉଥିବାବେଳେ ବସ୍ ଅନୁଗୁଳଠି ପହଞ୍ଚିଗଲା। ଡ୍ରାଇଭର୍ ଓ କଣ୍ଡକ୍ଟର ଓହ୍ଲାଇ ଖାଇବାକୁ ଚାଲିଗଲେ। ବସ୍ ସେଠି ପଚିଶି ମିନିଟ୍ ରହିବ ବୋଲି କଣ୍ଡକ୍ଟର ପାସେଞ୍ଜରମାନଙ୍କୁ କହି ଯାଇଥିଲା। ପ୍ରଦ୍ୟୁମ୍ନ ଅନ୍ୟାନ୍ୟମାନେ ଓହ୍ଲାଇବା ଦେଖି ଗଣ୍ଡାଏ ଖାଇଦେବା ପାଇଁ ଓହ୍ଲେଇଲାବେଳକୁ ନେତାଙ୍କ ଲମ୍ବିଯାଇଥିବା ଗୋଡ଼କୁ ଝୁଣ୍ଟିଲା। ସେ କିନ୍ତୁ ନିଶ୍ଚିନ୍ତ ହୋଇ ତାଙ୍କୁ ଦିଆ ଯାଇଥିବା ପ୍ୟାକେଟ୍ ବଡ଼ ଯତ୍ନ ସହକାରେ ଖୋଲୁଥିଲେ। ପ୍ୟାକେଟ୍ ଖୋଲୁ ଖୋଲୁ ଚିକେନ୍, ଦୋପିଆଜିର ଗନ୍ଧ ବସ୍ ସାରା ଖେଳିଗଲା। ରାସ୍ତା ଉପରକୁ ଯାଇ ପ୍ରଦ୍ୟୁମ୍ନ ଯେଉଁ ହୋଟେଲକୁ ଦୃଷ୍ଟି ପକାଇଲା ସେଠି ଲୋକ ଭର୍ତ୍ତି ହୋଇଥିଲେ। ଖଲିପତ୍ର ଉପରେ ଲଇଁ ସେମାନେ ଚଞ୍ଚଳ ଚଞ୍ଚଳ ଖାଉଥିବାର ଦୃଶ୍ୟ, ଅଇଁଠା ପତ୍ର ଉପରେ ଅସଂଖ୍ୟ ମାଛି ବସିଥିବାର ଭ୍ରମ ସୃଷ୍ଟି କରୁଥାଏ। ସେମାନଙ୍କ ସହ ମିଶି ପ୍ରଦ୍ୟୁମ୍ନ ଆଉ ଗୋଟିଏ ବଡ଼ ମାଛିର ଭୂମିକା ଗ୍ରହଣ କରିବାକୁ ଇଚ୍ଛା ନ କରି ଫଳ ଦୋକାନ ଆଡ଼େ ଯାଇ ଗୋଟିଏ ଆପଲ ଓ ଦୁଇଟି କଦଳୀ ଧରି ବସ୍ ଭିତରକୁ ଫେରିଲା। ବସ୍‌ରେ ସେତେବେଳେ ସେହି ଦୁଇ ନମ୍ବରୀ ଭଦ୍ର ବ୍ୟକ୍ତିଙ୍କ ଛଡ଼ା ଆଉ କେହି ନ ଥିଲେ। ସେ ସେତେବେଳକୁ ଆଉ ଗୋଟିଏ ପ୍ୟାକେଟ୍‌ରୁ ସନ୍ଦେଶ ଖାଉଥିଲେ। ମୁହଁରେ ସନ୍ଦେଶ ରଖି ସେ ପ୍ରଦ୍ୟୁମ୍ନକୁ ପଚାରିଲେ - ଏତେଶୀଘ୍ର ଲଞ୍ଚ୍ ସାରିଦେଲ?

ଚାକିରି ଆରମ୍ଭ କବିବାଠୁ ଏ ବେଳେ ଖିଆ ମୋର ଏହିପରି । ଘରୁ ଲଞ୍ଚ ପ୍ୟାକେଟ୍ ନେଇ ଚାଲିଆସେ । ତେବେ ଆଜି ପରିସ୍ଥିତି ଯୋଗୁଁ ଖାଲି ଫଳଖାଇ ରହିଯିବି ।

ପ୍ରଦ୍ୟୁମ୍ନ ତା' ସିଟ୍ ଉପରେ ଖାଲି କାଗଜ ଡବାଗୁଡ଼ାକ ରଖା ହୋଇଥିବା ଦେଖିଲା । ସେ ନିଜ ଏକ ନମ୍ବର ସିଟ୍ ପାଖରେ ବସି କଦଳୀ ଖାଇବାକୁ ଲାଗିଲା । ସେହି ସମୟରେ କୁଷ୍ଠ ରୋଗୀଟିଏ ନେତାଙ୍କ ଝରକା ପଟକୁ ଯାଇ ତା'ର ଖଣ୍ଡିଆ ହାତ ଭିକ୍ଷା ପାଇଁ ପ୍ରସାରଣ କରିବାରୁ ନେତା ଖାଲି ପ୍ୟାକେଟଟାଏ ରାସ୍ତା ଉପରକୁ ଫୋପାଡ଼ି ଦେଇ କହିଲେ - ଗାନ୍ଧିଜୀ ଏହି କୁଷ୍ଠରୋଗୀମାନଙ୍କ ସେବାକୁ ଖୁବ୍ ମହତ୍ତ୍ୱ ଦେଉଥିଲେ । ତାଙ୍କ ଆଶ୍ରମରେ ସେ କୁଷ୍ଠରୋଗୀମାନଙ୍କ ସେବା ନିଜେ କରିବାକୁ ଭଲ ପାଉଥିଲେ । ଗାନ୍ଧିଜୀ ଚାଲିଗଲେ, ତାଙ୍କ ଆଦର୍ଶ ମଧ୍ୟ ଚାଲିଗଲା ।

ପେଟ ପୂରି ଯାଇଥିବାରୁ ନେତା ସନ୍ତୋଷ ଅନୁଭବ କରୁଥାନ୍ତି ପ୍ରଚୁର । ସେ ପ୍ରାଚୁର୍ଯ୍ୟ ତାଙ୍କର ଆନ୍ତରିକ କଥାବାର୍ତ୍ତାରେ ପ୍ରକାଶିତ ହୋଇଯାଇଥାଏ । ଅନ୍ୟ ଯାତ୍ରୀମାନେ ସେ ଭିତରକୁ ଆସୁଥାନ୍ତି ।

- ଆପଣ ବାଟଯାକ ମୋତେ ବହୁତ ଠେଲିଲେ ।

- ମୁଁ ଠେଲିଲି ? ଆପଣ ମୋତେ ଠେଲିଲେ; କିନ୍ତୁ ମୋ ସିଟ୍‌ରେ ମୁଁ ବସି ରହିବା ଉଚିତ ଭାବି ବସି ରହିଥିଲି ଯାହା । ଆପଣ ଦୁଇ ନମ୍ବର ଓ ଏକ ନମ୍ବରର ଅଧା ସିଟ୍‌ରେ ବସିବାକୁ ବାରମ୍ବାର ଚେଷ୍ଟା କରୁଥିଲେ ।

- କିନ୍ତୁ ମୋତେ ବେଶି କଷ୍ଟ ହୋଇନି । ନେତା ଏଉଡ଼ି ମାରି କହିଲେ ।

- ମୁଁ ଅଳ୍ପ ଅଳ୍ପ ପ୍ରେସର ଯାହା ଅନୁଭବ କରୁଥାଏ । ମୋର ବାଁ ପଟଟା ପାରାଲିସିସ୍ ଯୋଗୁଁ ପ୍ରାୟ ବଧିର । ସେପଟ ଗୋଡ଼ ହାତରେ ବେଶି କିଛି କାର୍ଯ୍ୟ କରିପାରେନି ।

ନେତାଙ୍କଠୁ ଏକଥା ଶୁଣିବା ମାତ୍ରକେ ପ୍ରଦ୍ୟୁମ୍ନର ଦେହ ଘୃଣାରେ ଶିର ଶିରେଇ ଗଲା । ସେହିପଟୁ ଅଙ୍ଗପ୍ରତ୍ୟେଙ୍ଗ ସହ ତା'ର ଏତେବେଳ ଯାଏଁ ସଂଘର୍ଷ ଚାଲିଥିଲା । ଛିଃ ।

ପ୍ରଦ୍ୟୁମ୍ନ ମୁହଁରେ ନେତା କ'ଣ ଦେଖିଲା କେଜାଣି କହିଲେ - ପାରାଲିସିସ୍ ଡିଆଁ ରୋଗ ନୁହେଁ । ୧୯୪୨ରେ ଭାରତଛାଡ଼ ଆନ୍ଦୋଳନବେଳେ ବ୍ରିଟିଶ ପୋଲିସଙ୍କ ମାଡ଼ ଖାଇ ମୋର ଏହି ରୋଗ ଆରମ୍ଭ ହୋଇଥିଲା । ବୟସ ହୋଇଯିବାରୁ ରୋଗ ବଢ଼ିଗଲା ।

ପ୍ରଦ୍ୟୁମ୍ନ ନିରୁତ୍ତର ଦେଖି ସେ ପୁଣି କହିଲେ - ଏଥର ନିର୍ବାଚନରେ ମୁଁ ଠିଆହୁଏ

ବୋଲି ମୁଖ୍ୟମନ୍ତ୍ରୀ ମୋତେ ବହୁତ ଲଗାଇଥିଲେ; କିନ୍ତୁ ମୁଁ ରାଜି ହେଲିନି। ଘରେ ପିଲାମାନେ ମଧ୍ୟ ମନାକଲେ; ବିଶେଷକରି ଯେଉଁ ପୁଅଟା ସମ୍ବଲପୁରରେ ଚାକିରି କରୁଛି।

ଏଥର ପ୍ରଦ୍ୟୁମ୍ନ କହିଲେ - ଆପଣଙ୍କ ନା'ମ କ'ଣ ?

- ସେଇତ ଦୁଃଖର କଥା। ଆପଣମାନେ ମୋତେ ଚିହ୍ନି ପାରିଲେ ନାହିଁ। ଦେଶ ପାଇଁ ଏତେ କାମ କରିବା ପରେ ଆପଣଙ୍କ ବୟସର ଲୋକ ଆମମାନଙ୍କୁ ଚିହ୍ନୁ ନାହାନ୍ତି ଆଉ।

ତା'ପରେ ଭଦ୍ରବ୍ୟକ୍ତି ମନ୍ତ୍ରପରି ନିଜର ନାମକୁ ପରିଷ୍କାର ଉଚ୍ଚାରଣ କଲେ। ପ୍ରଦ୍ୟୁମ୍ନ ନାମ ଶୁଣି ତାର ସ୍ମୃତି ଯେତେ ଅଣ୍ଡାଳିଲେ ମଧ୍ୟ ସେପରି କିଛି ନାମ ଆଗରୁ ଶୁଣିଥିବା ପରି ତା'ର ମନେ ହେଲାନି। ସେହି ସମୟରେ ପ୍ରଦ୍ୟୁମ୍ନକୁ ସେ ଅନୁରୋଧ କଲେ - ଏଥର ଆପଣ ମୋତେ ଝରକା ପାଖ ସିଟ୍‌ଟା ଛାଡ଼ି ଦିଅନ୍ତୁ। ଭୁବନେଶ୍ୱର ତ ଆଉ ଅଳ୍ପ ବାଟ ରହିଲା, ମୋତେ ଟିକିଏ ସୁବିଧା ହେବ।

- ହଉ, ବସନ୍ତୁ।

ନେତା ଝରକା ପାଖ ସିଟ୍‌କୁ ଘୁଞ୍ଚିଗଲେ। ପ୍ରଦ୍ୟୁମ୍ନ ଦୁଇ ନମ୍ବର ସିଟ୍‌ରେ ବସିଲା। ବସ୍ ଭିତରକୁ ସମସ୍ତେ ଆସି ସାରିଥା'ନ୍ତି। ଡ୍ରାଇଭର ହର୍ଣ୍ଣ ଦେଲା ଓ କଣ୍ଡକ୍ଟର ବେଲ୍ ବଜାଇବା ପରେ ବସ୍ ଛାଡ଼ିଦେଲା। ହାଇୱେକୁ ବସ୍ ଆସି ଦ୍ରୁତ ବେଗରେ ଦଉଡ଼ିବାକୁ ଲାଗିଲା। ଖାଇବାର ବହୁତ ସମୟ ନେଇଥିବାରୁ ଅନେକ ଯାତ୍ରୀ ଡ୍ରାଇଭର ଓ କଣ୍ଡକ୍ଟର୍ ଗାଳି ଦେଇଥାଆନ୍ତି। ତିନିଟାବେଳକୁ ବସ୍ କଟରେ ପହଞ୍ଚିଗଲେ ସେଠୁ ଅନେକ ଯାତ୍ରୀ ଅନ୍ୟ ବସ୍ ସବୁ ଧରିବେ। ନେତାଙ୍କ ବଳିଷ୍ଠ ଓ ବିପୁଳବାହୁ ପ୍ରଦ୍ୟୁମ୍ନ ଦେହରେ ବାଜୁଥାଏ। ହଠାତ୍ ତା ଦେହରେ କ'ଣ ଗୁଡ଼ାଏ ଖେଞ୍ଚି ହୋଇଗଲା। ଆଃ, ଚିତ୍କାର କରି ସେ ଠିଆ ହୋଇ ପଡ଼ି ନେତାଙ୍କୁ ଚାହିଁଲା। ନେତା ହସି ହସି ନିଜକୁ ଆଉ ଟିକିଏ ଖେଳାଇ ନେଇ କହିଲେ - କିଛି ନୁହେଁ, କିଛି ନୁହେଁ, ଡେଉଁରିଆଗୁଡ଼ାକ।

ସେ ତାଙ୍କ ଖଦଡ଼ ପଞ୍ଜାବୀ ଟେକି ଡାହାଣ ବାହୁରେ ବାନ୍ଧିଥିବା ତିନିଚାରୋଟି ଡେଉଁରିଆ, ତାବିଜ୍ ପ୍ରଦ୍ୟୁମ୍ନକୁ ଦେଖାଇଲେ। ପ୍ରଦ୍ୟୁମ୍ନ ଦୁଇ ନମ୍ବର ସିଟ୍‌ର କିୟଦାଂଶରେ ବସି ପଚାରିଲେ - ଏ ଗୁଡ଼ାକ ପିନ୍ଧିଛନ୍ତି କାହିଁକି ? ଦେହ ତ ଭଲ ରହୁନି, ସ୍ୱାସ୍ଥ୍ୟ ପାଇଁ, ସବଳତା ପାଇଁ। ସବୁଠୁ ମୋଟାଟା ନିର୍ବାଚନରେ ବିଜୟ ପାଇଁ। ଆସନ୍ତା ବର୍ଷ ରାଜ୍ୟସଭାକୁ ଯିବାପାଇଁ ମୋର ଇଚ୍ଛା ଜାଣି ଜଣେ ତାନ୍ତ୍ରିକ ଦେଇଛନ୍ତି।

ହଠାତ୍ ବସ୍‌ଟାର ଗତି ସହିତ ତାଳ ଦେଇ ପ୍ରଚଣ୍ଡ ଶବ୍ଦଟିଏ ହେଲା ଓ ବସ୍‌ରୁ କୌଣସି ବିରାଟ ଅଂଶଟା ରାସ୍ତା ଉପରକୁ ଖସି ପଡ଼ିଥିବା ପରି ମନେହେଲା। ସମସ୍ତେ ଚମକି ପଡ଼ି ଠିଆ ହୋଇପଡ଼ିଲେ। ବସ୍‌କୁ ରାସ୍ତା କଡ଼କୁ ନେଇ ଡ୍ରାଇଭର ତଳକୁ

ଡେଇଁ ପଡ଼ିଲା। ଅନେକ ସ୍ମାର୍ଟ ଯାତ୍ରୀ ମଧ୍ୟ ଦୁଆର ଖୋଲି ତଳକୁ ଓହ୍ଲାଇ ପଡ଼ିଲେ। ବସ୍ ପେଟତଳୁ ଆଠ ଦଶ ଫୁଟ ଲମ୍ବର ସିଲିଣ୍ଡରଟା ଦିଗଡ଼ ହୋଇ ରାସ୍ତାରେ ପଡ଼ିଥିଲା। ସିଲିଣ୍ଡରକୁ ଚାହିଁ ଦେଇ ତିଆରି କରିବା ପାଇଁ କେତେ ସମୟ ଲାଗିବ ପ୍ରଶ୍ନ କଣ୍ଡକ୍ଟରକୁ ସମସ୍ତେ ପଚାରିବାରେ ଲାଗିଲେ। ସମସ୍ତଙ୍କୁ କଣ୍ଡକ୍ଟର୍ ଗୋଟିଏ ଉତ୍ତର ଦେବାକୁ ଲାଗିଲା - ଧୈର୍ଯ୍ୟ ଧରି ବସନ୍ତୁ, ପାଞ୍ଚ ମିନିଟ୍ ଭିତରେ ବସ୍ ତିଆରି ହୋଇଯିବ।

ଡ୍ରାଇଭର୍ ଓ କ୍ଲିନର କଣ୍ଡକ୍ଟରକୁ ଦୂରକୁ ଡାକି ନେଇ କ'ଣ ଫୁସଫାସ୍ ହେବା ପରେ ଅନୁଗୁଳ ଆଡ଼କୁ ଯାଉଥିବା ବସ୍‌ଟିଏ ଅଟକାଇ ସେଥିରେ ସେମାନେ ବସି ସିଲିଣ୍ଡର୍‌ଟିକୁ ନେଇ ଚାଲିଗଲେ। ରାସ୍ତାରେ ଯାତ୍ରୀମାନେ ବୁଲିବାକୁ ଲାଗିଲେ, କ'ଣ କରାଯିବ ଉଚିତ ସେମାନଙ୍କର କଥାର ପ୍ରଧାନ ବିଷୟବସ୍ତୁ ଥିଲା। କେତେକ ଲୋକ ପରିସ୍ରା କରି ସମୟ କାଟିଲେ ଚଳିବ ବୋଲି ଭାବିଲେ। ଆଉ କେତେଜଣ ଆହୁରି ଆଡ଼ଭେଞ୍ଚରସ୍ ହୋଇ ଜମି ଓ ପାଣି ଆଡ଼କୁ ମୁହାଁଇଲେ। ଆଉ କେତେକ ଯାତ୍ରୀ ଘଟଣାଟିର ଗୁରୁତ୍ୱ ବୁଝିନେବା ପରେ ନିଜ ନିଜର ଜିନିଷକୁ ଧରି ରାସ୍ତାରେ ଟହଲ ମାରିବାକୁ ଲାଗିଲେ। କିଛି କିଛି ସମୟ ଛାଡ଼ି ଅନ୍ୟ କେତେକ ବସ୍ ଭୁବନେଶ୍ୱର - କଟକ ଆଡ଼େ ଯାଉଥିଲା। ସେଥିରେ ଗହଳି ହୋଇଥିଲେ ବି ସେମାନେ ସେଥିରେ ଉଠିଗଲେ। ସିଲିଣ୍ଡର ମରାମତି ହୋଇ ଆସିବାକୁ ବିଳମ୍ବ ହେଉଥାଏ। ବସ୍ ଭିତରେ ଥାଇ ନେତା ଏକ ନମ୍ବର ସିଟ୍‌ରୁ ପାଟି କରୁଥାନ୍ତି - "ଯଃ ଧ୍ରୁବାଣି ପରିତ୍ୟାଜେ୍" ଏତେ ତର ତର ଅସ୍ଥିର ହେଲେ ଚଳିବ। ଭୁବନେଶ୍ୱରରେ ପହଞ୍ଚି କାହାର କ'ଣ କରିବାର ଅଛି ? ଘରକୁ ଯାଇ ତ ଶୋଇବ। ସେଥିପାଇଁ ଏତେ ବ୍ୟସ୍ତ କାହିଁକି, ଏତେ ଛାନିଆ କାହିଁକି ? ମୁଁ ବୁଝିପାରୁନି ଲୋକ ଟ୍ରକ ଆଗରେ ବସି ଚାଲି ଯିବାକୁ କିପରି ସାହସ କଲେ। ଆପଣ ପ୍ରଦ୍ୟୁମ୍ନ ବାବୁ ମୋ ପାଖରେ ବସିଥା'ନ୍ତୁ। ଭୁବନେଶ୍ୱର ବସ୍‌ଷ୍ଟାଣ୍ଡକୁ କାର୍ ଆସିବ, ସେହିଥିରେ ନେଇ ମୁଁ ଆପଣଙ୍କୁ ଘରେ ଛାଡ଼ିଦେବି।

ତାଙ୍କ କଥାକୁ ନ ମାନି ପ୍ରଦ୍ୟୁମ୍ନ ନିଜର ଆଟାଚିଟାକୁ ଧରି ବସ ତଳକୁ ଓହ୍ଲାଇ ଆସିଲା। କଣ୍ଡକ୍ଟରଠୁ ପଇସା ନେଇ ସେ ଚାରିଆଡ଼କୁ ଚାହିଁବାବେଳେ ପ୍ରାଇଭେଟ୍ ବସ୍‌ଟିଏ ଆସି ତା' ପାଖରେ ଠିଆହେଲା। ବସ୍‌ଟି ଭୁବନେଶ୍ୱର ଆଡ଼େ ଯାଉଥିଲା। ସେ ବସ୍ ଭିତରକୁ ଚଢ଼ିବାବେଳକୁ ଏକ ନମ୍ବରରେ ବସିଥିବା ନେତାଙ୍କର କ୍ଷୀଣ ସ୍ୱର ଶୁଭିଲା - ଆପଣ ତା'ହେଲେ ଚାଲି ଯାଉଛନ୍ତି।

ପ୍ରଦ୍ୟୁମ୍ନର ଆଖିରେ ପଡ଼ିଲା ରାସ୍ତା କଡ଼ରେ ଗୁଡ଼ାଏ ଜାଗାକୁ ବାର୍‌ବେଡ଼ ୱାୟାର ଘେରାହୋଇ ଟିଣ ପଟାଟିଏ ଝୁଲୁଛି- ରିଜର୍ଭଡ୍ ଏରିୟା ଫର୍ ନାଲ୍‌କୋ।

ହାଇଡେଗାର୍‌ଙ୍କ ଉପରେ ରିସର୍ଚ୍ଚ ଚାଲିଛି

ଏପରି ଲୋକ ସ୍ଥିତିବାଦ ଦର୍ଶନର ପୃଷ୍ଠପୋଷକତା କରିବ ନାହିଁ ଯଦି ଆଉ କିଏ କରିବ ?

ମୋତେ ହାଇଦ୍ରାବାଦ - ସିକନ୍ଦରବାଦ ବୁଲାଇବା ଦାୟିତ୍ୱ ତାଙ୍କୁ ଦିଆଯାଇଥିଲା । ଇଉନିଭର୍‌ସିଟି କ୍ୟାମ୍ପସ୍ ବୁଲି କେତେଜଣ ପ୍ରଫେସର୍‌ଙ୍କ ସହ କଥାବାର୍ତ୍ତା ହୋଇ ବାହାରୁ ବାହାରୁ ଦିନ ଗୋଟାଏ ଉପରେ ହୋଇଯାଇଥିଲା । ଗେଷ୍ଟ୍ ହାଉସ୍‌ରେ ଠିକ୍ ଗୋଟାଏବେଳେ ଲଞ୍ଚ୍ ଟାଇମ୍, ଯୁଆଡ଼େ ଥିଲେବି ସେହି ସମୟରେ ପହଞ୍ଚିବା ପାଇଁ ମ୍ୟାନେଜରଠୁ ତାଗିଦ୍ ମିଳିଥାଏ । ମୁଁ ମୋର ଗାଇଡ୍ ବନ୍ଧୁଙ୍କୁ କହିଲି - ଆପଣ ମୋତେ ଗେଷ୍ଟ୍ ହାଉସ୍‌ରେ ଅଧଘଣ୍ଟାଏ ପାଇଁ ଛାଡ଼ିଦେଇ ଡିପାର୍ଟମେଣ୍ଟ୍‌ରେ ଥାଆନ୍ତୁ, ମୁଁ ଲଞ୍ଚ ଖାଇ ନେଇ ଡିପାର୍ଟମେଣ୍ଟ୍‌ରେ ପହଞ୍ଚିଗଲେ, ପୁଣି ବୁଲି ବାହାରିବା ।

- ଆରେ ବାଃ । ଆପଣ ମୋତେ ଲଞ୍ଚ୍ ଖାଇବାକୁ ଡାକିବେନି ?

ମୁଁ ତାଙ୍କ କଥାରେ ଲାଜେଇ ଗଲି । ନିଜର ଭୁଲ୍ ବୁଝିପାରି କହିଲି - ମୁଁ ସତରେ ବଡ଼ ଦୁଃଖିତ । ଆସନ୍ତୁ, ସାଙ୍ଗ ହୋଇ ଲଞ୍ଚ୍ ଖାଇବା । ମୁଁ ଭାବି ନେଇଥିଲି ଯେ ଘରେ ଆପଣ ଖାଇଦେଇ ଆସିଥିବେ । ସେଥିପାଇଁ ସାହାସ କରି କିଛି କରିପାରି ନ ଥିଲି ।

ସେ କିଛି କହିଲେନି । ଗେଷ୍ଟ୍ ହାଉସ୍‌ରେ ପହଞ୍ଚି ଆମେ ସିଧା ଡାଇନିଂ ହଲ୍ ଭିତରକୁ ଚାଲିଗଲୁ । ସେ ମୋ ଆଗେ ଆଗେ ଚାଲୁଥିଲେ । ସେତେବେଳକୁ ଅଧାଅଧି ଲୋକ ଖାଇସାରି ଚାଲିଗଲେଣି । ଆମେ ବାକିବାବୁଙ୍କ ସହ ଖାଇବାକୁ ଜିନିଷ ନେଇ ଦୁଇଟି ଚେୟାର୍‌ରେ ବସିଗଲୁ । ଆନ୍ଧ୍ରରେ ତ ଲୋକ ବେଶି ରାଗ ଖାଇଥାଆନ୍ତି । ମୁଁ ରୁମାଲରେ ନାକ ପୋଛି ପୋଛି ଖାଇଲି । ଖାଇସାରି ବେଶି କରି ବସାଦହି ଖାଇଲି । ରନ୍ଧାରନ୍ଧି ସ୍ୱାଦିଷ୍ଟ ହୋଇଥିଲା । ମୋର ଗାଇଡ୍ ବନ୍ଧୁ ଖାଇସାରି ତୃପ୍ତିର ଏଉଡ଼ିମାରି କହିଲେ - ଯାହାହେଉ ବହୁତ ଦିନ ପରେ ମୁଁ ଆଜି ମୋ ମନମୁତାବକ ଖାଇଲି ।

ତାଙ୍କ କଥା ଶୁଣି ମୁଁ ଆଶ୍ଚର୍ଯ୍ୟ ହୋଇ ତାଙ୍କ ମୁହଁକୁ ଚାହିଁଲି। ସେ ହାତ ଧୋଇସାରି ସୌପ୍‌ରୁ କିଛି ପାଟିରେ ପକାଇ କହିଲେ-ଭଲହେଉ, ମନ୍ଦହେଉ, ପିଲାଦିନୁ କେତେଗୁଡ଼ିଏ କଥା ଅଭ୍ୟାସ ହୋଇଯାଇଥାଏ ସେଗୁଡିକ ଭାଙ୍ଗିବା ମହା ମୁଷ୍କିଲ। ଏପରି ମସଲାଦିଆ ଖାଦ୍ୟ ଖାଇବା ପାଇଁ ମୁଁ ସବୁବେଳେ ଝୁରିହୁଏ। ଆପଣ ଜାଣନ୍ତିନି, ଅନ୍ୟକେହି ଏପରି ଖାଦ୍ୟ ଖାଇବା ଦେଖିଲେ ମୋତେ ଭାରି ବିକଳ ଲାଗେ, ଛାଟିପିଟି ଲାଗେ; କିନ୍ତୁ କ'ଣ କରାଯିବ, ମୋ ସ୍ତ୍ରୀ ଏକାଜିଦ୍ ଏପରି ଖାଦ୍ୟ ଭଲ ନୁହେଁ, ଏପରି ଖାଦ୍ୟ ଖାଇବା ଅନୁଚିତ।

- ଆପଣଙ୍କ ସ୍ତ୍ରୀ ?

- ମୋର ସ୍ତ୍ରୀ ପାର୍ସି। ସେ ଏପରି ଖାଦ୍ୟ ରାନ୍ଧିଜାଣେନା କି ପସନ୍ଦ ମଧ କରେନା। ଆମ ଘରେ ଖୁବ୍ ହୋଲ୍‌ସମ୍, ପୁଷ୍ଟିକର ଖାଦ୍ୟ ରନ୍ଧା ହୁଏ, ସବୁ ସିଝାସିଝି, କିଛି ମସଲା ପଡ଼ିଥିବ; କିନ୍ତୁ ଦେହକୁ ଖୁବ୍ ଉପକାରୀ।

- ପାର୍ସିମାନଙ୍କ ପାଇଁ ସେହି ଖାଦ୍ୟ ଖୁବ୍ ରୁଚିକର ହୋଇଥିବ।

- ହୋଇଥିବ; କିନ୍ତୁ ଚବିଶି ପଚିଶି ବର୍ଷଧରି ଗୋଟିଏ ପ୍ରକାର ଗଢ଼ା ହୋଇଥିବା ରୁଚିକୁ ଭାଙ୍ଗି ଅନ୍ୟ ପ୍ରକାରେ ତାକୁ ଗଢ଼ିବା ବଡ଼ କଷ୍ଟପ୍ରଦ। ସେ କଥା ମୋ ସ୍ତ୍ରୀ ବୁଝନେି। ଆଉ ଖାଇବାଟା ଜଣେ ଲୋକ ପାଇଁ କେଡ଼େ ମହତ୍ତ୍ୱପୂର୍ଣ୍ଣ କଥା, ତା' ମଧ ବୁଝେନି।

- ହଁ ବୁଝିଲି, କିନ୍ତୁ ଆପଣ ପାର୍ସି କିପରି ବିଭାହୋଇ ପଡ଼ିଲେ ?

- ଲଭ୍ ମ୍ୟାରେଜ୍। - ପାଟି ଭିତରୁ କିଛି ପିତା ଜିନିଷ ବାହାର କରିଦେବା ପରି ସେ କହିଲେ।

ସେ ତାଙ୍କ ପୁରାତନ ସ୍କୁଟର୍‌ଟି ପଛରେ ବସାଇ ମୋତେ ବୁଲାଉଥା'ନ୍ତି। ନାନାପ୍ରକାର ଶବ୍ଦ ସୃଷ୍ଟି କରୁଥିବା ସେହି ସ୍କୁଟର୍‌ର ହର୍ଣ୍ଣ ବଜାଇବା ଆବଶ୍ୟକ ହେଉ ନ ଥାଏ। ସେହି ଗହଳିରେ ସେ ଅତ୍ୟନ୍ତ ଦକ୍ଷତାର ସହିତ ସ୍କୁଟର ଚଲାଇ ପାରୁଥା'ନ୍ତି। ତାଙ୍କର ଅନିଚ୍ଛା ଦେଖି ମୁଁ ତାଙ୍କର ଲଭ୍ ମ୍ୟାରେଜ୍ ନେଇ ଆଉ ଅଧିକ ଅନୁସନ୍ଧିତ୍ସୁ ହେଲି ନାହିଁ।

କାଲି ରାତିରେ ମୁଁ କ'ଣ ପଢୁଥିଲି, ଜାଣନ୍ତି ଆପଣ ?

ମୁଁ ସେହି ସମୟରେ ନିଃଶ୍ୱାସ ରହିତ ହୋଇ ରାସ୍ତା ଭିତରକୁ ଚାହିଁଥାଏ; କାରଣ ଆମେ ଦୁହେଁ ଦୁଇଟି ଟ୍ରକ୍ ମଝିରେ ପଶିଯାଇଥାଉ। ଗାଇଡ୍‌ଙ୍କ ଦକ୍ଷତା ସତ୍ତ୍ୱେ ଆମେ ଯେକୌଣସି ଗୋଟିଏ ପଟକୁ ଢଳିଗଲେ ଆମ ଜୀବନ ବିପଦାପନ୍ନ ହେବ ବୋଲି ମୋର ଆଶଙ୍କା ହେଉଥାଏ।

- କି ବହି ?

- ଡଷ୍ଟୋଏଭସ୍କିଙ୍କର "ବ୍ରଦର୍ସ କାରମାଜୋଭ୍"। ଆଃ, କି ବହି, କି ଲେଖା, କାଲି ରାତି ତିନିଟା ବାଜିଲା ଶୋଉ ଶୋଉ। ସବୁଦିନ ସକାଳେ ମୁଁ ଡେରିରେ ଉଠେ, ତେଣୁ ଡିପାର୍ଟମେଣ୍ଟରେ ମୋର କ୍ଲାସ ସବା ଶେଷରେ ରହିଥାଏ; କିନ୍ତୁ ଆଜି ଆପଣଙ୍କ ଯୋଗୁଁ ମୁଁ ଡିପାର୍ଟମେଣ୍ଟକୁ ଜଲ୍‌ଦି ଆସିଛି ! ପ୍ରଥମେ ତ କହିଥିଲି - ଡ୍ୟାମ୍‌ଇଟ। ମୁଁ ଶୋଇବା ଛାଡ଼ି କୁଆଡ଼େ ଯାଇପାରିବି ନି, ହି ମେ ବି ଏନିବଡ଼ି; କିନ୍ତୁ କାହିଁକି କେଜାଣି ଆପଣଙ୍କୁ ଦେଖି ଆସିବା ପାଇଁ ମୋର ଭାରି ଇଛା ହେଲା; କିନ୍ତୁ ହେଡ୍‌ଙ୍କର ସବୁକଥା ମୁଁ ମାନି ନିଏନି। ଆଇ ଏମ୍ ଏ ରିବେଲ। ମୋର ପରିବାରର ହେଡ୍‌ଙ୍କ କଥା ନ ମାନି ତ ମୁଁ ପାର୍ସି ଝିଅ ବିଭାହେଲି।

ଥ୍ୟାଙ୍କ ୟୁ। ଆଇ ଏମ୍ ପ୍ଲିଜଡ୍।

ମୁଁ କହୁଥିଲି ଡଷ୍ଟୋଏଭସ୍କି କି ଲେଖକ। ସ୍ଥିତିବାଦ ଦର୍ଶନର ପ୍ରକୃତ ପିତା ସେ।

- ମୋତେ ସେ କଥା କହନ୍ତୁନି। ମୁଁ ଜାଣିଛି ସେ କିପରି ଲେଖକ। ପାଶ୍ଚାତ୍ୟ ସଭ୍ୟତାକୁ ଚିହ୍ନିବାକୁ ହେଲେ ତାଙ୍କୁ ଇ ପ୍ରଥମେ ଜାଣିବାକୁ ହେବ। ମୁଁ ତାଙ୍କୁ ପଢୁଥିବାବେଳେ ମୋତେ ରାତିରେ ନିଦ ହେଉ ନ ଥିଲା। ସେ ଲେଖକ ଏପରି ଯେ ପାଠକଙ୍କୁ ଥରେ ଧରିଲେ ସହଜରେ ଛାଡ଼ନ୍ତିନି। ସାବଧାନ ରହିବେ।

- ଏକ୍‌ଜାକ୍‌ଟଲୀ। ହେଇଟି "ଇଣ୍ଡିଆ ବୁକ୍ ହାଉସ୍"। ଆପଣଙ୍କ ଝିଅମାନଙ୍କ ପାଇଁ କ'ଣ ବହି କିଣିବେ ପରା ?

ମୁଁ ହଁ କହି ସ୍କୁଟର ରଖିବାକୁ କହିଲି। ଆର୍କେଷ୍ଟ୍ରା ବନ୍ଦ ହୋଇଯିବା ପରି ସ୍କୁଟର ବନ୍ଦ ହୋଇଗଲା। ଆମେ ଦୁହେଁ ସିଡ଼ି ଉପରେ ଚଢ଼ି ଉପର ମହଲାକୁ ଗଲୁ। ବହି କିଣୁଥିବାବେଳେ କଥାବାର୍ତ୍ତା ହେଉ ହେଉ ସେ ମୋତେ ଲେଖକ ବୋଲି ଜାଣିଲେ। ଏଥିରେ ସେ ଅତ୍ୟନ୍ତ ଖୁସି ହୋଇଯାଇ କହିଲେ-ମୁଁ ହେଡ୍‌ଙ୍କ କଥାମାନି ଆପଣଙ୍କ ସଙ୍ଗେ ବୁଲୁଥିବାରୁ ସତରେ ଭାରି ଖୁସି। ଲେଖକମାନଙ୍କୁ ମୁଁ ଭାରି ଭଲପାଏ।

ଆମେ ସ୍କୁଟର୍‌ରେ ସହରର ସବୁଠୁ ପସ୍‌ଏରିଆ ଦେଇଯାଇଥିଲୁ। ରାଓ କହିଲେ - ଖାଇସାରିବା ପରେ ମୁଁ ଟିକିଏ ବିଶ୍ରାମ ନିଏ। ଯେଉଁଦିନ ସେତିକି ସୁଯୋଗ ପାଇ ନ ଥାଏ, ସେଦିନ ବଡ଼ କ୍ଳାନ୍ତି ଲାଗେ, କିଛି ଭଲ ଲାଗେନି। ସେହି ଗେଷ୍ଟ୍ ହାଉସ୍‌ରେ ଖାଇ ସଙ୍ଗେ ସଙ୍ଗେ ଆମେ ବୁଲି ବାହାରି ପଡ଼ିଲୁ। ମୋତେ କିଛି ସମୟ ତଳେ ଅଚେତ ହୋଇପଡ଼ିବି ବୋଲି ଭୟ ଆସିଯାଇଥିଲା।

ମନେ ମନେ ପ୍ରମାଦ ଗଣି ତାଙ୍କର ପତଳା ହୋଇ ଆସୁଥିବା କେଶରାଶିକୁ

ଚାହିଁ ମୁଁ ତାଙ୍କ ଘରଦ୍ୱାର କଥା ପଚାରିଲି । ସେ କହିଲେ-ମୋ ଘର ଆପଣ ଦେଖିବେ ? ଚାଲନ୍ତୁ ଦେଖାଇ ଦେବି; କିନ୍ତୁ ମୋ ସ୍ତ୍ରୀ ଘରେ ନ ଥିବେ ।

ଆମେ ରାସ୍ତାଭାଙ୍ଗି ଗଳିରାସ୍ତା ଦେଇ ବୃକ୍ଷାବୃତ୍ତ ଛାୟାସଘନ ଅଞ୍ଚଳଟିଏରେ ପ୍ରବେଶ କଲୁ, ଯେଉଁଠି ପୁରୁଣାକାଳିଆ ଢଙ୍ଗରେ ତିଆରି ହୋଇଥିବା ଦୁଇଟି ବଡ଼ ବଡ଼ ଏକ ମହଲିଆ କୋଠା ଦୃଷ୍ଟିପଥକୁ ଆସିଲା । ରାସ୍ତା ଖୁବ୍ ନିର୍ଜ୍ଜନିଆ ଥିଲା; କାରଣ ସେଠି କେହି ପିଲା ଖେଳୁ ନ ଥିଲେ କି କେହି ଫେରିବାଲା ଚିତ୍କାର କରୁ ନ ଥିଲେ । ଗୋଟିଏ ବାରଣ୍ଡା ଆଗରେ ସ୍କୁଟର ଷ୍ଟାର୍ଟ ବନ୍ଦକରି ସେ ଯାଇ ଭଙ୍ଗା କାନ୍ଥରୁ ଚାବି ସଂଗ୍ରହ କରି ଦୁଆର ଖୋଲିଲେ । ଘରଟିର ପ୍ରଥମ ବଖରାରେ ଚେହେରା ଦେଖି ମୋର ଘର ଦେଖିବାର ଉତ୍କଣ୍ଠା ହଠାତ୍ ଉପଶମ ହୋଇଗଲା । ପ୍ରଥମ ରୁମ୍‌ଟି ବହୁତ ବଡ଼ ଥିଲା, ଯେଉଁଥିରେ ଦୁଇଟି ପ୍ରକାଣ୍ଡକାୟ ସତରଞ୍ଜି ଭଲକରି ବିଛା ନ ହୋଇ ଗୋଟିକ ଉପରେ ଗୋଟିଏ ପଡ଼ିଥିଲା ଓ ଦୁଇଟିଯାକର କୋଣ ମୋଡ଼ି ହୋଇଯାଇଥିଲା । ସତରଞ୍ଜିର ବିବର୍ଣ୍ଣ ଚେହେରାରେ ସମୟ ରାସ୍ତାରେ ବହୁଦିନ ଧରି ଚାଲି କ୍ଳାନ୍ତ ହୋଇଯିବାର ଚିହ୍ନ ପରିଷ୍କାର ଅଙ୍କିତ ହୋଇଯାଇଥିଲା । ଗୋଟିଏ କଡ଼କୁ ସୋଫା ସେଟ୍‌ଟିଏ, ତା' ପାଖରେ ସେହିପରି ବା ତତୋଽଧିକ ପ୍ରାଚୀନ ଟେବୁଲ ଓ ଚେୟାର । ଟେବୁଲ ଉପରେ କେତୋଟି ଫାଇଲ ସହ କେତୋଟି ବହି । ସବୁରି ଉପରେ ଆଙ୍ଗୁଳେ ଦି' ଆଙ୍ଗୁଳି ବହଳର ଧୂଳି । କାନ୍ଥରେ ଘରର କୋଣମାନଙ୍କରେ ପ୍ରଚୁର ବୁଢ଼ୀଆଣି ଜାଲ ଓ ଅଳୁନ୍ଦୁ । କାନ୍ଥରେ ଗୋଟାଏ କିଛି ପେଣ୍ଟିଂ, ତାଙ୍କର ପାର୍ସି ସ୍ତ୍ରୀ ବିବାହ ପୂର୍ବରୁ କରିଥିବେ ବୋଲି ମୋର ବିଶ୍ୱାସ ହେଲା । କୌଣସି ଜାଗାରେ ତାଙ୍କ ସ୍ତ୍ରୀଙ୍କର ଫଟୋଟିଏ ଟଙ୍ଗା ହୋଇଥିବା ମୁଁ ଦେଖିଲିନି । ମୋ ପାଟିରୁ ବାହାରି ଯାଉଥିଲା - ଏ ଘରଛାଡ଼ି ଜଲ୍‌ଦି ଚାଲିଯାଅ ରାଓ, ଏ ଘରେ ନିର୍ଜ୍ଜନତାର ଭୂତ ବାସ କରୁଛି । ଏହା ଅଶୁଭ ଘର, ଭଲ ଜାଗା ନୁହେଁ । ଜଲ୍‌ଦି ଘର ବଦଳାଅ; କିନ୍ତୁ ମୋ ପାଟିରୁ କିଛି ବାହାରିଲାନି, ମୁଁ ଅଧାଭଙ୍ଗା ଚେୟାର୍‌ଟିର ଉପରେ ବସି ରହିଲି । ସେହି ଦିନର କାଗଜ "ହିନ୍ଦୁ" ଛୋଟିଆ ଟି' ପୟଟା ଉପରେ ଥୁଆ ହୋଇଥାଏ । ମୁଁ କାଗଜରୁ ହେଡିଂଗୁଡ଼ାକ ପଢ଼ି ବସିଲି, ରାଓ ଭିତରକୁ ଚାଲିଗଲେ । ଘର ଭିତରୁ ଗୋଟିଏ କାଗଜ ଡିବାରେ ମିଠାଆଣି, ସେ ଡିବାଟା ଖୋଲି ମୋ ପାଖରେ ରଖିଦେଇ କହିଲେ-ଆପଣ ମିଠାପ୍ରିୟ, ଏଥିରେ କିଛି ମିଠା ଅଛି, ଖାଆନ୍ତୁ । ମୁଁ ଆସୁଛି ।

ରାଓ ଭିତରକୁ ଯାଇ ଅନେକ ସମୟ ରହି ଯିବାରେ ମୁଁ ଆଉ ଅପେକ୍ଷା ନ କରି ମିଠା ପ୍ୟାକେଟ୍ ଖୋଲି ଦେଖିଲି, ସେଥିରେ କିଛି ମିଲ୍‌କ କେକ୍ ରଖାଯାଇଛି । ସେଥିରୁ ଏକ ଚତୁର୍ଥାଂଶ ଆଗରୁ ଖିଆ ସରିଥିଲା ନିଶ୍ଚୟ । ମୁଁ ଅଚ୍ଛ ପାଟିରେ ପୂରାଇ

ଭାବିଲି, ରାଓ ନିଶ୍ଚୟ କିଛି ସମୟ ପାଇଁ ଶୋଇପଡ଼ିଲେ। ଯାହାହେଉ, ଭଲ ହେଲା, ସେ ବିଶ୍ରାମ ନିଅନ୍ତୁ। ଖବରକାଗଜରେ ଲେଖାଥିଲା - ବିରୁଟ୍ ଛାଡ଼ି ଚାଲିଯିବେ ବୋଲି ଇହୁଦୀମାନେ ଠିକ୍ କଲେ। ଋଷିଆ ଓ ଭାରତ ମଧ୍ୟରେ ସହଯୋଗ ବୃଦ୍ଧି ପାଇବ ବୋଲି ବିବୃତି ଦିଆଯାଇଥିଲା। ମୁଁ କାଗଜ ଦେଖୁ ଦେଖୁ ମିଠାରୁ ଆଉ ଟିକିଏ ପାଟିରେ ପୂରାଇ ଦେଇ ତାକୁ ଜଲଦି ଚୋବାଇପାରୁ ନ ଥାଏ। ଫ୍ରିଜ୍ ଭିତରର ଶୀତଳତା ମିଲ୍କ କେକ୍‌କୁ ବହୁତ ଥଣ୍ଡା କରି ପକାଇଥାଏ।

କିଛି ସମୟ ପରେ ମୁଣ୍ଡ କୁଣ୍ଡାଇ ମୁହଁରେ କିଛି ପାଉଡ଼ର ବୋଳି ରାଓ ସେହି ରୁମ୍ ଭିତରକୁ ପ୍ରବେଶ କଲେ ଓ ମୋ ପାଖକୁ ଆସି ସେହି ପ୍ୟାକେଟ ଭିତରେ ଥିବା ଅବଶିଷ୍ଟ ମିଲ୍କ କେକ୍‌କୁ ପାଟିରେ ପକାଇଦେଇ କହିଲେ - ଚାଲନ୍ତୁ ଏଥର ଯିବା, ମୁଁ ମୋର ଅଠାଳିଆ ଆଙ୍ଗୁଠିଗୁଡ଼ାକୁ ଦେଖାଇ ହାତ ଧୋଇବାକୁ ଇଚ୍ଛା ପ୍ରକାଶ କରିବାରୁ ସେ ମୋତେ ସେହି ରୁମ୍‌ରୁ ବାରଣ୍ଡା ଦେଇ ବାଥ୍‌ରୁମ୍‌କୁ ନେଇଗଲେ। ବାଥ୍‌ରୁମ୍‌ରେ ମୁଁ ବାଲ୍‌ଟିରୁ ପାଣି ଆଣି ହାତ ଧୋଇଲି। ଧୂଆହେବା ପାଇଁ ବାଥରୁମ୍‌ରେ କିଛି ଲୁଗା ସାବୁନ ପାଣିରେ ବତୁରୁଥିଲା। ବାରଣ୍ଡାରେ ଅଇଁଠା ପ୍ଲେଟ୍ ଗିନା, ଇତଃସ୍ତତ ପଡ଼ିଥିଲା। ଏପଟ ସେପଟ ହୋଇ, ଛୋଟ, ବଡ଼ ଚାରି ପାଞ୍ଚୋଟି ବାଥରୁମ୍ ସ୍ଲିପର। ଶୋଇବା ଘରର ମଶୁରି ଖଟ ଉପରେ ସେହିପରି ଝୁଲି ରହିଥିଲା। ବୈଠକଖାନାକୁ ଫେରି ଆସିବାପରେ ମୁଁ ରାଓଙ୍କୁ ପଚାରିଲି - ଆପଣଙ୍କର ପିଲା କେତୋଟି।

- ମୋର ଦୁଇଟି ପୁଅ।

- ସେମାନଙ୍କୁ ତ ଦେଖୁନି।

- ନା, ଘରେ ତ କେହି ନାହାନ୍ତି। ବଡ଼ ପୁଅଟା ସ୍କୁଲକୁ ଯାଇଛି। ମୋ ସ୍ତ୍ରୀ କାମରୁ ଫେରିବାବେଳେ ତାକୁ ସାଥିରେ ଧରି ଆସିବ। ସାନଟାକୁ ବେବି ସିଷ୍ଟର୍ ପାଖରେ ଛାଡ଼ିଦେଇ ଆସିଛି। ଏଇଲେ ତାକୁ ସାଥିରେ ନେଇଯିବା, ସେ ଦିନଯାକ ଘର ଭିତରଟାରେ ରହି ବ୍ୟସ୍ତ ହୋଇ ପଡ଼ିବଣି।

ମୁଁ ଆନନ୍ଦରେ ହଁ କଲି। ପାର୍ସି ସ୍ତ୍ରୀ ବିବାହ କଲେ କିପରି ପୁତ୍ର ଜାତ ହୁଅନ୍ତି ତା' ଦେଖିବାକୁ ମୋର ଭାରି ଇଚ୍ଛା ହୋଇଯାଇଥିଲା। ଭାରତରେ ଏହିପରି ବିଭିନ୍ନ ରେସ୍‌ମାନଙ୍କ ଭିତରେ ବୈବାହିକ ସମ୍ବନ୍ଧ ହେତୁ ଭବିଷ୍ୟତରେ ମହାମାନବ ଏଇଠି ଜନ୍ମହେବାର ସମ୍ଭାବନା ବିଷୟରେ ରହିଥିବା ଥିଓରୀ କଥା ମୁଁ ରାଓଙ୍କୁ କହିଲି। ମୋ କଥା ଶୁଣି ରାଓ ଗମ୍ଭୀର ହୋଇଗଲେ। ଆମେ ତାଙ୍କୁ ରହିବା ଘରଠାରୁ କେତୋଟି ଗଳି ବୁଲିଯିବା ପରେ ବିର୍ଲାମନ୍ଦିର ତିଆରି ହୋଇଥିବା ହିଲକ୍ ପାଖାପାଖି ଫ୍ଲାଟ୍‌ଟିର ପାଖରେ ରହିଲୁ। ରାଓ ହର୍ଣ୍ଣ ମାରିଲେ। ନୂଆ ଢଙ୍ଗରେ ତିଆରି ହୋଇଥିବା ସୁନ୍ଦର ଫ୍ଲାଟର ଧାଡ଼ି

ସେହି ଗଳିଟିକୁ ବେଶ୍ ସମ୍ଭ୍ରାନ୍ତ କରି ଦେଇଥିଲା। ପ୍ରାୟ ଚାରି ପାଞ୍ଚ ମିନିଟ୍ ଅପେକ୍ଷା କରିବା ପରେ ଜଣେ ସୁନ୍ଦରୀ ତରୁଣୀ ଆସି କହିଲେ - ଲୋହନ୍‌କୁ ଆପଣ କାଲି ଆଣିବେନି, କାଲି ଆମର ଇଦ୍।

ତାଙ୍କ କଥା ସରି ନ ଥିବ, ସ୍କୁଟର ପାଖରେ ଚାରି ପାଞ୍ଚ ବର୍ଷ ବୟସର ଗୋରା ତକତକ ପିଲାଟିଏ ଗୋଟିଏ ଛିଣ୍ଡା ପ୍ଲାଷ୍ଟିକ କ୍ୟାପ୍‌ରେ ଗୋଟିଏ ଦୁଧ ବୋତଲ, ଗୋଟିଏ ପାଣି ବୋତଲ; ଛିଣ୍ଡା ମଇଳା ମୋଜା, ତିବେତୀଆନ୍ ଦୋକାନର ସ୍ୱେଟର ଓ ମୁଣ୍ଡ ଟୋପି ରଖି ପ୍ରବେଶ କଲା। ମୁଁ ଛୁଆଟିକୁ ଦେଖି ଖୁସି ହୋଇଗଲି। ରାଓ ପୁଅକୁ କହିଲେ - ପ୍ରଫେସର ଅଙ୍କଲଙ୍କୁ ନମସ୍କାର କର। ଲୋହନ୍ କିନ୍ତୁ ସବୁ 'ହୋଲସମ୍' ଖାଦ୍ୟ ଖାଉଥିବା ସତ୍ତ୍ୱେ ମୋତେ ସ୍ୱାସ୍ଥ୍ୟବାନ୍ ଜଣାପଡୁ ନ ଥିଲା। ଅଙ୍କଲଙ୍କ ଆଡ଼କୁ ବିଶେଷ ଦୃଷ୍ଟି ନ ଦେଇ ସେ ପାପାଙ୍କ ସ୍କୁଟର ଉପରେ ଚଢ଼ିଗଲା। ତାକୁ ଆଗରେ ଠିଆ କରାଇ ରାଓ ଓ ମୁଁ ଚାଲିଲୁ। ସ୍କୁଟରରେ ସହର ବୁଲିବା ପ୍ରପୋଜାଲ୍‌କୁ ଲୋହନ୍ ଭାରି ଖୁସିରେ ଗ୍ରହଣ କରି ନେଇଥାଏ। ମଝିରେ ମଝିରେ ରାଓ ତା' ସହିତ କଥାବାର୍ତ୍ତା କରୁଥାଆନ୍ତି। କିଛି ବାଟ ଯିବା ପରେ ସେ ପଚାରିଲେ - ମିଆଁ। ଷ୍ଟକ୍‌ହୋଲମ୍ ଯିବା ନା ସିଙ୍ଗାପୁର ?

କଥାର ଅର୍ଥ ମୋତେ ରାଓ ବୁଝାଇଦେଲେ। ତାଙ୍କର ଦୁଇଜଣ ଶଳାରୁ ଜଣେ ଷ୍ଟକ୍‌ହୋଲମ୍‌ରେ ରୁହନ୍ତି, ଅନ୍ୟ ଜଣେ ସିଙ୍ଗାପୁରରେ। ଦୁହିଁଙ୍କ ଇଚ୍ଛା ସେ ସେମାନଙ୍କର ପରି ବି ଅଧ୍ୟାପକ ଭିଣୋଇ ଚାକିରି ଛାଡ଼ି ଷ୍ଟକ୍‌ହୋଲମ୍ କି ସିଙ୍ଗାପୁର ଆସି ଅନ୍ୟ କିଛି ଚାକିରି କରନ୍ତୁ ବା ବ୍ୟବସାୟ କରନ୍ତୁ। ମୁଁ ରାଓଙ୍କ କଥାରେ ଉତ୍ସାହିତ ହୋଇ କହିଲି - ତାହାହେଲେ ଆପଣ ଯାଉନାହାନ୍ତି କାହିଁକି ଶୀଘ୍ର ? ସତରେ, କ'ଣ ପାଉଛନ୍ତି ଆପଣ ଏ ଚାକିରିରୁ ?

- କହିଦେବା ସହଜ, ଚାକିରି ଛାଡ଼ିଦେବା କ'ଣ ଏଡ଼େ ସହଜ କଥା ହୋଇଛି ? ହେଇ ଦେଖନ୍ତୁ, ମୋ ପୁଅ କ'ଣ କହୁଛି - କ୍ୟା ବେଟା, ତୁମ୍ହାରି ପିତାଜୀ କ୍ୟା କରତେ ହେଁ ?

- କମବକ୍‌ତ, ହାଇଡେଗାର୍ କେ ଉପର୍ ରିସର୍ଚ୍ଚ କରତା ହୈ।

- ଉସକା ଖୋପଡ଼ି ମେଁ କ୍ୟା ହୈ ?

- ଖୋପଡ଼ି ବିଲ୍‌କୁଲ୍ ଖାଲି ହେଁ।

ଆମେ ହୋ ହୋ ହୋଇ ହସିଲୁ। ଲୋହନ୍ ଘୋଷିଲାପରି ଏତକ କହିଦେଇ ଚୁପ୍ ହୋଇଯାଇଥିଲା। ସିକନ୍ଦରାବାଦ ଓ ହାଇଦ୍ରାବାଦକୁ ସଂଯୋଗ କରୁଥିବା ବିରାଟ ଜଳାଶୟ ପାଖରେ ଆମେ ପହଞ୍ଚି ଯାଇଥିଲୁ। ଜଳଭଣ୍ଡାର ଦେଖିଦେବା ମାତ୍ରେ ଲୋହନ୍

ପାଣି ଭିତରକୁ ଡେଇଁପଡ଼ିବାକୁ ପ୍ରବଳ ଆଗ୍ରହ ପ୍ରକାଶ କଲା। ଫଳରେ ସ୍କୁଟର ରଖି ତାକୁ ଆଗରେ ଠିଆ ନ କରି ମୋ କୋଳରେ ବସାଇ ଦିଆଗଲା। ଅଙ୍କଲଙ୍କ ଉପରେ ପୂରା ଆଉଜିପଡ଼ି ଆର୍ମ ଚେୟାରରେ ବସିଲାପରି ବସିଗଲା। ଆମେ ଇଉନିଭର୍‌ସିଟି ଆଡ଼େ ଚାଲିଲୁ। ମୁଁ ରାଓଙ୍କୁ ପଚାରିଲି - ଲୋହନ୍ ବହୁ ସମୟ ଧରି ଆବଦ୍ଧ ହୋଇ ରହିଯାଇଛି, ନାଁ ?

- ହଁ, ଆଉ କ'ଣ କରାଯିବ? ମା' ଚାକିରିଆ, ବାପ ଚାକିରିଆ, ଏପିର କ୍ଷେତ୍ରରେ ସାନ ପିଲାକୁ ବେବି ସିଷ୍ଟର ପାଖରେ ନ ଛାଡ଼ି ଆଉ କ'ଣ ଗତି ଅଛି? ଆପଣ କ'ଣ କରୁଥିଲେ ?

- ମୁଁ?

- ଆପଣ ପରା କାନାଡ଼ିଆନ୍ ୱାଇଫ୍ ବିଭା ହୋଇଛନ୍ତି ?

- ଓଃ ନୋ।

- କିନ୍ତୁ ଆପଣ ପିଲାଙ୍କ ପାଇଁ ଇଂରାଜୀ ବହି କିଣିଲେ ଯେ।

- ମୋର ଦୁଇଟି ଝିଅ ଇଂଲିଶ ମିଡ଼ିୟମ୍ ସ୍କୁଲ୍‌ରେ ପଢ଼ନ୍ତି। ସେମାନଙ୍କ ୱାର୍କବୁକ୍ ଦୁଇଟି ସେଠି ମିଳିଲାନି। ବହି ଦୁଇଟି ସି.ଆଇ.ଏଫ୍.ଏଲ୍ ପ୍ରକାଶ କରିଛନ୍ତି। ସେଥିପାଇଁ ଏଠୁ କିଣିଦେଲି।

- ଆପଣଙ୍କର କାନାଡ଼ିଆନ୍ ୱାଇଫ୍?

- ଓଃ ନୋ, ମୋ ୱାଇଫ୍ ଶୁଦ୍ଧ ବ୍ରାହ୍ମଣୀ, ପୁରୀ ଝିଅ।

- ସେ କିଛି କାମ କରନ୍ତି ?

- ବହୁତ କାମ। ମୋ କାମ, ପିଲାଙ୍କ କାମ।

ଏହି ସମୟରେ ଚାରିଆଡ଼କୁ ଚାହୁଁଥିବା ଲୋହନ୍ ଚିତ୍କାର କରି ଉଠିଲା - ବାପା! ପୁରାନା ଜମାନେକା ଗାଡ଼ି ଦେଖୋ।

ମୁଁ ଚମକିପଡ଼ି ଚାହିଁବା ବେଳକୁ ସେପରି କୌଣସି ଭିଣ୍ଟେଜ୍ ଗାଡ଼ି ମୋ ଆଖିରେ ପଡ଼ିଲାନି। ନାନାପ୍ରକାର ଶବ୍ଦକରି ରାଓଙ୍କ ସ୍କୁଟରଟା କିନ୍ତୁ ଦ୍ରୁତଗତିରେ କ୍ୟାମ୍ପସ୍ ଆଡ଼କୁ ଛୁଟିଥାଏ। ମଝିରେ ମଝିରେ ରାଓ ତା' ପୁଅକୁ ଯାହା ପଚାରି ଦେଉଥାନ୍ତି- ସିଙ୍ଗାପୁର ଚଲୋଗେ ବେଟା ? ଷ୍ଟକ୍‌ହୋଲ୍‌ମ ବୁଲେଙ୍ଗେ ?

- କବ୍ ଚଲେଙ୍ଗେ ପାପା ? ଚଲିଏ ନାଁ।

- ଜରୁର୍ ଚଲେଙ୍ଗେ ବେଟେ, ଜରୁର ଚଲେଙ୍ଗେ। ଏ ଶାଲା ହାଇଡ୍ରେଗାରକା ମାମଲା ଖତମ୍ ହୋନେ ଦୋ।

ଗେଷ୍ଟ୍ ହାଉସ୍ ହୋଇଯାଇଥିଲା। ବିବିଧ କୋଳାହଳକୁ ବନ୍ଦ କରି ସ୍କୁଟର

ରହିଗଲା। ଗେଷ୍ଟ୍ ହାଉସ୍ ବାହାରଟା କିଞ୍ଚିତ ଅନ୍ଧକାର ଥିଲା ଓ କେହି ଲୋକ ନ ଥିଲେ। ସମସ୍ତେ ହୁଏତ ଡାଇନିଂ ହଲ୍‌ରେ ପଶିଥିବେ। ମୁଁ ରାଓଙ୍କୁ ଅତ୍ୟନ୍ତ କୃତଜ୍ଞତା ଜଣାଇ ଠିଆହୋଇଥାଏ। ସାରାଦିନ ସେ ମୋ ସହିତ ବୁଲିଥିଲେ। ମୋ ପାଇଁ ତାଙ୍କ ସାନପୁଅ ମଧ୍ୟ ହଇରାଣ ହୋଇଯାଇଥିଲା। ହୁଏତ ସେ ଘରକୁ ଫେରି ତା' ବଡ଼ଭାଇ କି ମମ୍ମି ସହ ଏଇଲେ ଖେଳୁଥା'ନ୍ତା। ମୁଁ ଲୋହନ୍‌କୁ ଗେଲ କରିଦେଲି। ଲୋହନ୍ ରାଓଙ୍କୁ ପଚାରିଲା - ପାପା। ଇତନା ବଡ଼ା ମକାନ୍ ଇସ୍ ମେଁ କୋଇ ନେହିଁ ରହତା ହୈ ?

ରାଓ ଉତ୍ତର ଦେଲେ - ନାଁ ଲୋହାନ୍। ଏ ଆମ ଘରପରି ନୁହେଁ। ଏଠି ବେଶି ଲୋକ ଅଛନ୍ତି। ଏଠି ବେଶ୍ ଗହଳି। ଆମର ଘର କେବଳ ନିର୍ଜନିଆ ଯେଉଁଠିକି ତୋର ଅଜା ଆଈ ଆସନ୍ତି ନାହିଁ କି ବୁଢ଼ା ବାପା ମା' ମଧ୍ୟ ଆସନ୍ତିନି।

ରାଓଙ୍କ କଣ୍ଠରେ ମୁଁ ଏପରି ଏକ ସ୍ୱର ବାରିଲି, ଯାହା ମୋତେ ବିଷଣ୍ଣ କରିଦେଲା।

- ଜଲ୍‌ଦି ରିସର୍ଚ୍ଚ ସାରିଦିଅ ରାଓ। ଆଉ ଶଳାମାନଙ୍କ କଥା ମାନ।

- ସେ କଥା ପର କଥା, ବର୍ତ୍ତମାନ ପାଇଁ ଖୋପଡ଼ି ଶୂନ୍ୟ ଓ ହାଇଡେଗାର୍‌ଙ୍କ ଉପରେ କାମ ଚାଲିଛି। ଗୁଡ୍ ନାଇଟ୍ ପ୍ରଫେସର।

ଲୋହନ୍ ମଧ୍ୟ ମୋତେ ଗୁଡ୍ ନାଇଟ୍ କହିଲା। ଡିନର ପାଇଁ ଦୁହିଁଙ୍କୁ ନିମନ୍ତ୍ରଣ କରିବା ଉଚିତ ହବ କି ନାହିଁ, ମୁଁ ଭାବୁଥିଲି।

■

ପୁରୁଷର ଭାଷା

ଯେତେବେଳକୁ ସେମାନେ ଶ୍ରୀମତୀ ଇନ୍ଦିରା ଗାନ୍ଧୀଙ୍କ ପ୍ରତି ଶାସ୍ତିବିଧାନ ପ୍ରସ୍ତାବ ନେଇ କଥା ହେଉଥିଲେ। ଶ୍ରୀମତୀଙ୍କୁ ଚିତ୍କାର କରି ବିକ୍ରମ ଡାକ ଛାଡ଼ି ଆଉ ଚା' ବାରମଜା ଆଣିବାକୁ କହି ସାରିଥିଲା। ଡ୍ରଇଁରୁମ୍‌ଟାରେ ଚାରିଟାଯାକ କୁଶନ୍ ଚେୟାର ଛଡ଼ା ଦୁଇଟି ଟିଣ ଚେୟାର ମଧ୍ୟ ବନ୍ଧୁମାନଙ୍କଦ୍ୱାରା ଅଧିକୃତ ହୋଇ ରବିବାର ସକାଳଟା ସତ୍ୟଯୁଗର ପ୍ରଥମ ସକାଳ ପରି ସମସ୍ତଙ୍କର ମନେହେଉଥିଲା। ସେତେବେଳକୁ ସେମାନେ ଚତୁର୍ଥ ଥର ପାଇଁ ଚା' ପିଉଥିଲେ ଓ ଚତୁର୍ଥ ଥର ପାଇଁ ବାରମଜା ମଗାଇଥିଲେ। ପ୍ରଥମଥର ଲିଓ ଟଲ୍‌ଷ୍ଟୟଙ୍କ ଜନ୍ମତିଥି ଉତ୍ସବ ନେଇ ବିଶ୍ୱବ୍ୟାପୀ ଆୟୋଜିତ ଉତ୍ସବ କଥା ସେମାନେ କଥାବାର୍ତ୍ତା ହେଉଥିଲେ। ସୋଭିଏତ୍ ରୁଷିଆର ସାହିତ୍ୟିକମାନଙ୍କ ଜଣକର କେତେ ଜମି ଲୋଡ଼ା ଗପର ଅର୍ଥ ନେଇ ସେମାନଙ୍କ ଭିତରେ ବାଦାନୁବାଦ ଚାଲିଥିଲା। ସେ ଗଳ୍ପର ସାରାଂଶ ଜଣେ ଅତ୍ୟଧିକ ଲୋଭ ନ କରି ନିଜର ପ୍ରାପ୍ୟକୁ ଭୋଗ କରିବା ଉଚିତ୍ ବୋଲି କେହି କହୁଥିବାବେଳେ ଅନ୍ୟ ଜଣେ ସମସ୍ତ ସମ୍ପତ୍ତି ରାଷ୍ଟ୍ରାୟତ୍ତ ହେବା ଉଚିତ୍ ବୋଲି ଗଳ୍ପରୁ ଅର୍ଥ ବାହାର କରୁଥିଲେ। ସେଥିରୁ କ୍ରମଶଃ ଟଲ୍‌ଷ୍ଟୟଙ୍କ ନାରୀଚରିତ୍ରଗୁଡ଼ିକ ଆଡ଼କୁ କଥା ଗଡ଼ିଲା। ନିଜ ସ୍ତ୍ରୀକୁ ଶିକ୍ଷା ଦେବାପାଇଁ ଟଲ୍‌ଷ୍ଟୟ ଏହି ଗପ ଲେଖିଥିଲେ ବୋଲି ବିକ୍ରମ ହସି ହସି କହିବାର ମୋଡ଼ ବଦଳାଇ ଦେଇଥିଲା। ସେମାନଙ୍କୁ ସେହି ଅବସ୍ଥାରେ ଛାଡ଼ି ଉର୍ମିଳା ଆର୍ମଚେୟାରଟା ଉପରୁ ରୋଷଘରକୁ ଚାଲିଗଲା।

ବିକ୍ରମ ପାଖକୁ ଆସି ତାରି ସାହିତ୍ୟିକ ବନ୍ଧୁମାନେ ଗପ କରିବା ବିକ୍ରମକୁ ଭଲଲାଗେ। ସେମାନେ ଚା' ପିଇବେ, ସିଗାରେଟ୍ ଫୁଙ୍କିବେ, ଜଳଖିଆ ଖାଇବେ, ସେମାନଙ୍କ ଚିତ୍କାରରେ ପିଲାଙ୍କ ପଢ଼ା ବନ୍ଦହେବ, ଘରକାମରେ ଡେରି ହେବ, ବିକ୍ରମର ନିତ୍ୟକର୍ମରେ ଅନିୟମିତତା ହେବ; କିନ୍ତୁ ତଥାପି ସେମାନେ ଘରକୁ ଆସିଲେ ତାକୁ

କେବଳ ନୁହେଁ, ଉର୍ମିଳାକୁ ମଧ୍ୟ ଭଲଲାଗେ, କାରଣ ଅଧିକାଂଶ ସମୟ କାନ୍ଥ ସେପଟେ ରହି ମଧ୍ୟ, ସେମାନଙ୍କ କୌଣସି କଥାରେ ଭାଗ ନ ନେଇ ମଧ୍ୟ, ସେହି କେତେକ ସମୟ ତାକୁ ବଡ଼ ପ୍ରାଣବନ୍ତ ଲାଗେ, ଯେପରି ନଈକୂଳେ ବସି ପ୍ରଖର ସ୍ରୋତ ନଈର ପାଣିକୁ ଚାହିଁଲେ ଲାଗେ ବା ଛାତ ଉପରେ ବସି ଆକାଶ ବକ୍ଷରେ ଉଡ଼ି ଯାଉଥିବା ପକ୍ଷୀଙ୍କୁ ଦେଖିଲେ ଲାଗେ। ସେଥିପାଇଁ ସେମାନେ ବାରମଜା ମାଗିଲେ ସେ ଜଳଖିଆ ଦିଏ, ଚା' ମାଗିଲେ କେବେ ବର୍ଣ୍ଣଭିଟା, କେବେ ଦହି ସରବତ୍, କେବେ ଲେମ୍ବୁ ଚା', କେବେ କଫି ମଧ୍ୟ ଦିଏ। ଶନିବାର ଆସିଗଲେ ବିକ୍ରମକୁ ସେ ଆସୁଥିବା ରବିବାର ସକାଳ କଥା ଚେତାଇ ଦିଏ ଓ କୌଣସି ଜିନିଷ ସରି ଯାଇଥିଲେ ଆଣିବା ପାଇଁ ତାଗିଦା କରି ଦେଇଥାଏ; କିନ୍ତୁ ବିକ୍ରମ ପରି ତା'ର ସାହିତ୍ୟିକ ସାଙ୍ଗଗୁଡ଼ିକ ବଡ଼ ଅଦ୍ଭୁତ। ଜଣେ ସେହି ଡ୍ରଇଂରୁମ୍‌ର କାଚ ଆଲମିରା ଭିତରକୁ ଚାହାନ୍ତିନି, ଯାହା ଭିତରେ ସେ ସ୍କୁଲ ଦିନର କପ୍ ଟ୍ରଫିଗୁଡ଼ାକୁ ସଜାଡ଼ି ରଖିଥାଏ, ସାର୍ଟିଫିକେଟ୍ ବନ୍ଧା ହୋଇରହିଥାଏ ଓ ଦାମିକା ଦାମିକା କଣ୍ଢେଇ ସଜଡ଼ା ସଜଡ଼ି ହୋଇ ରହିଥାଏ। ସେମାନଙ୍କୁ କୌଣସି ଆଡ଼କୁ ଚାହିଁବାକୁ, ଫୁରୁସତ୍ ନ ଥାଏ, ଗୁଳିଭରା ବନ୍ଧୁକ ପରି ସେମାନେ ବିକ୍ରମ ପାଖକୁ ଆସନ୍ତି ଓ ଏକାଠି ବସି ଶୂନ୍ୟକୁ, ବେଳେବେଳେ ନିଜ ଆଡ଼କୁ ଗୁଳି ଫାଏର କରନ୍ତି। ସଜା ହୋଇଥିବା ଫୁଲଦାନୀକୁ କେହି ଦେଖନ୍ତିନି କି ଝୁଡ଼ା ହୋଇଥିବା ଫଟୋକୁ କେହି ଚାହାନ୍ତିନି।

ଦ୍ୱିତୀୟଥର କଫି ନେବାବେଳକୁ ଓଡ଼ିଶାରେ ଗଳ୍ପର ଭବିଷ୍ୟତ ରୂପ ନେଇ ସେମାନଙ୍କର ଚର୍ଚ୍ଚା ଚାଲିଥାଏ। ସେହି ଚର୍ଚ୍ଚାବେଳେ ସେ ସମସ୍ତଙ୍କ ହାତକୁ କଫିମଗ୍ ବଢ଼ାଉ ବଢ଼ାଉ ଜଣେ ବନ୍ଧୁ କହୁଥାଆନ୍ତି – ଗପରେ ଚରିତ୍ରଗୁଡ଼ିକର ସାଙ୍ଗିଆ ନ ରହିଲା ଭଲ। ଚରିତ୍ରର କଥାବାର୍ତ୍ତାରୁ, ବ୍ୟବହାରରୁ ତା'ର ଜାତି ଜଣାପଡ଼ିପାରେ, ସେପରି ହେଲେ କିଛି କ୍ଷତି ନାହିଁ; କିନ୍ତୁ ଗଳ୍ପ କି ଉପନ୍ୟାସରେ ଚରିତ୍ରଗୁଡ଼ିକର ସାଙ୍ଗିଆ ରହିବା ଆବଶ୍ୟକ। ବିକ୍ରମ ଏ କଥାରେ ତା'ର ମନ୍ତବ୍ୟ ଦେଇ କହିଲା – ମୁଁ ତ ଚରିତ୍ରଗୁଡ଼ିକର ନାମ ମଧ୍ୟ ଦେବାକୁ ପସନ୍ଦ କରିବିନି। ସେମାନଙ୍କ ଗୁଣକୁ ନେଇ ମୁଁ ପ୍ରତିକାତ୍ମକ ଢଙ୍ଗରେ ନାମ ନେବା ପସନ୍ଦ କରିବି, ଯେପରି 'ନିଶୁଆ' ବା 'ବଡ଼ ଆଖିଆ', 'ବଡ଼ ପାଟିଆ' ନ ହେଲେ 'ବାମନ'। ସେପରି ପ୍ରତୀକ ନାମ ନେଇ ମୋର କିଛି ଅସୁବିଧା ହୋଇ ନାହିଁ।

ଉର୍ମିଳା ବିକ୍ରମ କଥା ଶୁଣୁ ଶୁଣୁ ତା' କଥା ସହ ନୀରବରେ ରାଜି ହୋଇଗଲା; କାରଣ ବିବାହ ପର 'ହଇମ' ନାମରେ ତା'ର ସବୁ କାମ ତ ସୁରୁଖୁରୁରେ ଚଳୁଥିଲା। ସେତିକିବେଳେ ବିକ୍ରମ ହାତକୁ କଫି ବଢ଼ାଇ ଦେଉ ଦେଉ ହାତ ହଲିଯାଇ ବିକ୍ରମ

ପ୍ୟାଣ୍ଟରେ କଫି ପଡ଼ିଯାଇଥିଲା। ପ୍ୟାଣ୍ଟରେ କଫି ପଡ଼ିବା ମାତ୍ରକେ ବିକ୍ରମ ରାଗିଯାଇ ତାକୁ ପାଣି ଆଣିବାକୁ ଚିତ୍କାର କରି କହିଲା। ସେହି ସମୟରେ ସମସ୍ତେ ଉର୍ମିଳା ବିଷୟରେ ପ୍ରଥମ କରି ଯେପରି ସଚେତନ ହେଲେ; କାରଣ ପ୍ରଥମ କରି ବିକ୍ରମର ଚିତ୍କାର ବନ୍ଦ ହୋଇଯିବ। ପରେ ତା'ର ଅତ୍ୟନ୍ତ ଅନ୍ତରଙ୍ଗ ବନ୍ଧୁ ଶତ୍ରୁଘ୍ନ ଉର୍ମିଳାର ଶାଢ଼ି ଖୁବ୍ ସୁନ୍ଦର ହୋଇଛି ବୋଲି ମନ୍ତବ୍ୟ ଦେଲା ଓ ରସିକତା କରି ବିକ୍ରମ ସେହି ଶାଢ଼ି କେବେ କିଣିଲା ବୋଲି ପଚାରିଲା। ସେଦିନ ବୈଠକର ନୂତନ ଆଗନ୍ତୁକ ପ୍ରଶାନ୍ତ ପ୍ରଥମ କରି ଉର୍ମିଳାଙ୍କ ଜୁଡ଼ାକୁ ଚାହିଁ ସୁନ୍ଦର ଗୋଲାପ ଫୁଲଟିଏ ଦେଖିଲା ଓ ଖୁସି ହେଲା। ନିଜର ଆନନ୍ଦକୁ ପ୍ରକାଶ କରିବାକୁ ଯାଇ ଦକ୍ଷିଣ ଭାରତର ସ୍ତ୍ରୀଲୋକଙ୍କ ବେଣୀରେ ଫୁଲ ଲଗାଇବା କଥା ସେ ପକାଇଲା ଓ ତା'କଥାର ପ୍ରାସଙ୍ଗିକତା ଅନ୍ୟମାନେ ଭାବୁଥିବାବେଳେ ସେ ସେହିପରି ଖୁସି ହୋଇରହିଲା। ପରିବେଶର ଗାମ୍ଭୀର୍ଯ୍ୟକୁ ଭାଙ୍ଗିବାପାଇଁ ଅନ୍ୟମାନେ ମଧ୍ୟ ବିଭିନ୍ନ ଉପାୟରେ ଚେଷ୍ଟା କରିଥିଲେ। କିଛି ସମୟ ପରେ ଉର୍ମିଳା ବିକ୍ରମର ପ୍ୟାଣ୍ଟ ଦାଗ ପୋଛି ଭିତରକୁ ଚାଲିଗଲା ପରେ ଆଲୋଚନା ପୁଣି ଜମି ଆସିଲା। ତୃତୀୟ ଥର ସେ ସେମାନଙ୍କ ପାଇଁ ବିନା ଦୁଧ ଚା' ନେଲା। ଦୁଧ ସରି ଯାଇଥାଏ। ଗଉଡ଼ ଆସି ନ ଥାଏ ଆହୁରି। ସେମାନେ ଆଇଜାକ୍ ବା ସେଭିସ୍ ସିଙ୍ଗର ସ୍ୱିଡ଼ିଶ୍ ଏକାଡେମୀର ସଦସ୍ୟମାନଙ୍କ ସମକ୍ଷରେ ଦେଇଥିବା ଭାଷଣ ନେଇ ଚର୍ଚ୍ଚା କରୁଥିଲେ। ଲେଖକମାନେ ସଙ୍କଟ କାଳରେ କାଳୋଚିତ ଓ ପରିବର୍ତ୍ତନ ଜନିତ ସମସ୍ୟାର ସମାଧାନ ପାଇଁ ଚେଷ୍ଟା କରିଥା'ନ୍ତି ବୋଲି ସିଙ୍ଗରଙ୍କ ମତ ନେଇ ସେମାନେ ଯୁକ୍ତି କରୁଥିଲେ। ଏହା ଲେଖାଳି ଲେଖକର ସଂଜ୍ଞା ନୁହେଁ, ଭଲ ଲେଖା କି ଲେଖକର ସଂଜ୍ଞା ହୋଇପାରେ ବୋଲି ଚୁପ୍ ରହିଥିବା ଗୋସ୍ୱାମୀ ମତ ଦେଉଥିଲା। ସେମାନଙ୍କୁ ଚା' ଦେଇ ରୁମ୍ ଭିତରେ ଉର୍ମିଳା କିଛି ସମୟ ପାଇଁ ଠିଆ ହୋଇ ରହିଲେ ମଧ୍ୟ ତାକୁ କେହି କିଛି ପଚାରିଲେ ନାହିଁ। ସେମାନଙ୍କ କଥାରେ ସେ କିଛି ମତ ଦେବାକୁ ଇଚ୍ଛା କରୁଥିଲା। ସେ କ'ଣ କହିବାକୁ ଯାଉଥିବାବେଳେ ସେମାନଙ୍କ ତନ୍ମୟତା ଦେଖି ଘର ଭିତରକୁ ଚାଲିଗଲା। ସେତିକିବେଳେ ଗଉଡ଼ ବାଡ଼ିପଟ କବାଟରେ ଜଞ୍ଜିର ବାଡ଼େଇଲା। ଯାହାହେଉ ଠିକ୍‌ବେଳେ ସେ ଆସିଗଲା। ଆଉ କପେ କି ଦି' କପ୍ ପକେଇ ଏମାନେ ଉଠିବେ। ଉଉଡ଼ଠୁ କ୍ଷୀର ରଖି ବାଡ଼ିଦୁଆର ବନ୍ଦ କରି ସେ ରୋଷେଇ ଘରଟା ଭିତରକୁ ଯାଇ ତରକାରିର ପରିବା ସିଝିଛି କି ନାହିଁ ଦେଖି ନେଇ କାନ୍ଥ ଏପଟେ ପଡ଼ିଥିବା ଟେବୁଲ୍‌ଟା ପାଖରେ ବସି ସ୍ୱେଟର ବୁଣୁ ବୁଣୁ ସେମାନଙ୍କ କଥା ଆଡ଼କୁ ଧ୍ୟାନ ଦେଲା। ଜଣେ କିଏ ବୋଧେ ଗୋସ୍ୱାମୀ, ହେବ ବହିରୁ ପଢ଼ିଲା ପରି କହୁଥିଲା - କୁଆଡ଼େ ଇଦ୍ଦିମ୍ ଭାଷାରେ ସାତ୍ତ୍ୱିକ ଆନନ୍ଦ, ଦୀର୍ଘାୟୁ ଲାଭର ଆକୃତି, ଈଶ୍ୱରଙ୍କ ପ୍ରତି ଅଭୀପ୍ସା,

ବ୍ୟକ୍ତିମାନଙ୍କର ଧୈର୍ଯ୍ୟ ଓ ଗଭୀର ପ୍ରସନ୍ନତାର ପରିଚୟହିଁ ମିଳିବ। ଏ ଭାଷାରେ ରହିଛି ନୀରବ ତୃପ୍ତି ଓ ଦୈନନ୍ଦିନ ଜୀବନର ପ୍ରତିଟି ସଫଳତା, ପ୍ରେମ ସହିତ ପ୍ରତିଟି ସାକ୍ଷାତ୍କାର ପାଇଁ ଗଭୀର କୃତଜ୍ଞତା। ଏ ଭାଷାର ଅଭିଧାନର 'ଅସ୍ତ୍ରଶସ୍ତ୍ର', 'ଗୋଳାବାରୁଦ', 'ସାମରିକ କାର୍ଯ୍ୟକଳାପ' ବା 'ରଣ କୌଶଳ' ଇତ୍ୟାଦି ଶବ୍ଦ ନାହିଁ।

ଷ୍ଟପ୍। ଷ୍ଟପ୍। ସବୁ ବାଜେ କଥା। ସେ ବୁଢ଼ା ସିଙ୍ଗର ବଦ୍ଧପାଗଳ ଜଣେ। ଏହା କେବେ ସମ୍ଭବ ହୋଇପାରେ କୌଣସି ଭାଷାରେ ? ବିକ୍ରମ ଏତକ କହି ଡାକିଲା 'ହଇମ'। ସେତିକିବେଳେ ଊର୍ମିଳା ଭିତରକୁ ପଶି ଯାଇ ପଚାରିଲା - ଆଚ୍ଛା, ଇଦ୍ଦିମ୍ ଭାଷାରେ 'ହଇମ' ଶବ୍ଦ ଅଛି ? ତା'ର ଅପ୍ରତ୍ୟାଶିତ ପ୍ରଶ୍ନରେ ରୁମ୍‌ଟାରେ ନିସ୍ତବ୍ଧ୍ୟା ବ୍ୟାପିଗଲା। ସେମାନେ ପରସ୍ପର ମୁହଁକୁ ଚାହୁଁଥିବାବେଳେ ବିକ୍ରମ ସରଳ ସମାଧାନଟିଏ ସୃଷ୍ଟି କରିବା ପାଇଁ କ୍ଷୀର ଆସିଲାଣି କି ନାହିଁ ବୋଲି ପଚାରିଲି। ଗୋସ୍ୱାମୀ ଆମେରିକାନ୍ ସେଣ୍ଟରର ସମାଚାର ପତ୍ରଟିକୁ ଧରି ମୋଡ଼ାମୋଡ଼ି କରୁଥାଏ ନର୍ଭସ ହୋଇ। ବିକ୍ରମଠୁ ସେତକ ଶୁଣିବା ପରେ ଊର୍ମିଳା ଭିତରକୁ ଚାଲି ଯାଇଥିଲେ ଚଳିଥା'ନ୍ତା; କିନ୍ତୁ ସେ ଠିଆ ହେବା ଜାଗାରୁ ଟିକିଏ ହେଲେ ନ ଘୁଞ୍ଚି ବିକ୍ରମକୁ ଚାହିଁ କରି ପଚାରିଲା - ମୋ ନାଁ କ'ଣ ? ତମେ କାହାକୁ କ୍ଷୀର କଥା ପଚାରିଲ ?

ଏଥର ବିକ୍ରମ ଆଶ୍ଚର୍ଯ୍ୟାନ୍ୱିତ ହୋଇ ଊର୍ମିଳାକୁ ଚାହିଁ ରହିଲା। କ'ଣ ହେଉଛି ସେ ବୁଝିପାରୁ ନ ଥାଏ। ଗୋସ୍ୱାମୀ ପରିସ୍ଥିତିକୁ ସମ୍ଭାଳିବା ପାଇଁ କହିଲା - ଶ୍ରୀମତୀ ମହାନ୍ତି।

- ମୋ ନାମ ତାହା ନୁହେଁ। କେବେ ନିମନ୍ତ୍ରଣ ପତ୍ରମାନଙ୍କରେ ସେପରି ଲେଖା ଯାଇଥାଏ।

ଊର୍ମିଳା ମୁହଁକୁ ଚାହିଁଦେଇ ଗୋସ୍ୱାମୀ ମୁହଁ ତଳକୁ କରିଦେଲା। ଥଟ୍ଟା ଟିକିଏ କଲେ ପରିବେଶ ବଦଳି ଯାଇପାରେ ଭାବି ବିକ୍ରମ ସାହସ ଭରି କହିଲା - 'ରାଧା ବୋଉ' କହିଲେ ଚଳିବ ?

- ଝିଅର ନାମ ରାଧା ବୋଲି ଠିକ୍ ମନେ ପକେଇଚ, କିନ୍ତୁ ମୋ ନାମ 'ରାଧାବୋଉ' ନୁହେଁ। ତୁମେ ମୋ ନାମ କାହିଁକି ଉଚ୍ଚାରଣ କରୁନାହଁ। ପୂରାପୂରି ଭୁଲିଗଲ ନାଁ କ'ଣ ? ମୁଁ ତୁମର ଏତେ କାମ କରୁଛି, ତୁମ ଘରର ଏତେ କାମ, ସବୁ ମୁଁ ସମ୍ଭାଳୁଛି, ଅଥଚ ମୋର ନାମ ନାହିଁ, ମୁଁ କେହି ନୁହେଁ।

ଗୋସ୍ୱାମୀ ଆଉ ବସି ରହିବା ଉଚିତ୍ ହେବ କି ନାହିଁ ଭାବି କିଛି ଠିକ୍ କରି ନ ପାରି ଏଣେତେଣେ ଚାହୁଁଥାଏ। କଥାଟା କୁଆଡ଼େ ଯାଉଛି ସେ ବୁଝିପାରୁ ନ ଥାଏ। ହଠାତ୍ ଊର୍ମିଳା ଗୋସ୍ୱାମୀକୁ ପଚାରିଲା - ଆପଣଙ୍କ ସ୍ତ୍ରୀଙ୍କ ନାମ କ'ଣ ?

- ସୁଜାତା।

- ଆଉ ଆପଣଙ୍କ ସ୍ତ୍ରୀଙ୍କ ନାମ ?

ପ୍ରଶାନ୍ତ ଚଉକିରୁ ଉଠୁ ଉଠୁ ପୁଣି ବସିଯାଇ କହିଲା-ବିମଳା।

- ଆପଣଙ୍କର ?

- କରୁଣା।

-ଆପଣଙ୍କର ?

- ସାବିତ୍ରୀ।

- ମନୋରମା।

ଆପଣମାନଙ୍କୁ ଅର୍ଥାତ୍ ଓଡ଼ିଶାର ଏତେ ବଡ଼ ବଡ଼ ସାହିତ୍ୟିକ, ବୁଦ୍ଧିଜୀବୀମାନଙ୍କୁ ମୁଁ ଏୟା ପଚାରିଥିଲି ? ସେପରି କ'ଣ ମୋ ନାମ ଏ ଜାଣିନାହାନ୍ତି ? କ'ଣ ମୋର ନାମ ?

- ଊର୍ମିଳା। ବିକ୍ରମ ବୋକାଙ୍କ ପରି ଉଚ୍ଚାରଣ କଲା।

- ଇଦ୍ଦିସ୍ ଭାଷାରେ ଅନେକ କଥା ନ ଥିବ। ସେଥିରେ ବିସ୍ମିତ ହବାର କିଛି ନାହିଁ। ଆପଣମାନଙ୍କ ଭାଷାରେ ଆପଣମାନଙ୍କର ସ୍ତ୍ରୀମାନଙ୍କ ନାମ ଯେପରି ନାହିଁ। ଆପଣଙ୍କ ଭାଷା କେବଳ ପୁରୁଷର ଭାଷା। ଯେଉଁ ଯେଉଁ ନାମ ଆପଣମାନେ ଉଚ୍ଚାରଣ କଲେ ସେଗୁଡ଼ିକ କେବଳ କେତେକ ସ୍ତ୍ରୀଲୋକଙ୍କୁ ଚିହ୍ନଟ କରିବା ପାଇଁ ଧ୍ୱନି ଯାହା। ଆପଣଙ୍କ ଭାଷାକୁ ସ୍ତ୍ରୀମାନଙ୍କ ନାମ ଆସିବାକୁ ଆହୁରି ଡେରି ଅଛି। କିଛି ଭାବିବେ ନାହିଁ। କ୍ଷୀର ଆସିଯାଇଛି, ମୁଁ ଏଇଲେ କଫି ଆଣୁଛି।

ମଗତକ ଟେବୁଲ ଉପରୁ ଗୋଟେଇ ନେଇ ଊର୍ମିଳା ରୋଷେଇ ଘରକୁ ଚାଲିଗଲା।

ଝିଅଟିଏର ଦରପୋଡ଼ା ହାତ

ଦଶାଶ୍ୱମେଧ ଘାଟ:

କୂଳରେ ଯାହା ଗୋଳିଆ ଅପରିଷ୍କାର ପାଣି, ସାବୁନ ଫେଣ, ନାନା ପ୍ରକାର ତେଲ, ଜିଭ ଛେଲା ହୋଇଥିବ ଛଡିଆ, ଛେପ ଖଙ୍କାର, ଗଛର ପୋଚାପତ୍ର, ଅଡୁଆବାଳ ଗଙ୍ଗାପାଣିରେ ପଡ଼ି ଭାସୁଥା'ନ୍ତି। ସେମାନଙ୍କୁ ଥଙ୍ଗା କଲାପରି ପରିଷ୍କାର ସଂସ୍କୃତ ସ୍ତୋତ୍ରର ପଦାବଳୀ ଶୁଭୁଥାଏ - "ଦେବୀ ସୁରେଶ୍ୱରୀ ଭଗବତି ଗଙ୍ଗେ, ତ୍ରିଭୁବନ ତାରିଣି ତରଳ ତରଙ୍ଗେ, ଶଙ୍କର ମୌଳି ବିହାରିଣି ବିମଳେ, ମମ ମତିରାସ୍ତାଂ ତବ ପଦକମଳେ। ଭାଗୀରଥି ସୁଖଦାୟିନି ମାତଃ...।" ସୂର୍ଯ୍ୟ ଉଦୟ ଦେଉଥାଆନ୍ତି। କୂଳ ପାଣିଠୁ ଦୂରରେ କେତୋଟି ଡଙ୍ଗାରେ ଆମେରିକାରୁ ଆସିଥିବା କେତେଜଣ ଭଦ୍ରଲୋକ, ଭଦ୍ରମହିଳା ନିଜ ଆଖିରେ ଏସବୁ ନ ଦେଖି ସେମାନଙ୍କ କ୍ୟାମେରା, ମୁଭିକ୍ୟାମେରା, ଆଖି ମାଧ୍ୟମରେ ଦେଖିବାକୁ ଭଲ ପାଉଥିଲେ। ଘାଟର ପଥର ପାଖେ ପାଖେ ଏକବସ୍ତ୍ର ହୋଇ ଗାଧୋଉଥିବା ପ୍ରାୟ ନଗ୍ନ ମହିଳାମାନଙ୍କ ଶରୀରକୁ ଚୋଷି ପକାଇ ଲେନ୍‌ସ ଫିଲ୍ମରେ ଖଦା ପକାଇ ଦେଉଥାଏ। ଘାଟ ପଥର ଉପରେ ବିରାଟ ବିରାଟ ଛତା ମେଲାଇ ଆସନ ପକାଇ ପଣ୍ଡା ଓ ବ୍ରାହ୍ମଣମାନେ ବସି ଯାଇଥା'ନ୍ତି, ସେମାନଙ୍କ ପାଖରେ ଗଙ୍ଗାରେ ଗୋଧୋଇବା ପୂର୍ବରୁ କେହି ଲୁଗା ପାଲଟି ଲୁଗା ରଖୁଥା'ନ୍ତି, କେହି ଗାଧୋଇ ସାରି ଯୋଡ଼ ହସ୍ତ ହୋଇ ବସି ଉପଦେଶ ଶୁଣୁଥା'ନ୍ତି ବା ଧ୍ୟାନ କରୁଥା'ନ୍ତି। ବେଳେବେଳେ ଦାନ ଦକ୍ଷିଣା ନେଇ ତର୍କ ବିତର୍କ ମଧ୍ୟ ଆରମ୍ଭ ହୋଇଯାଉଥାଏ।

ଛତାଟିଏ ତଳେ ମଧ୍ୟବୟସ୍କ ଜଣେ ବ୍ରାହ୍ମଣ ଧ୍ୟାନସ୍ଥ ହୋଇ ବସିଥିଲେ। ଜ୍ୟୋତିଷ ପଣ୍ଡିତ ଓ ଯୋଗୀରୂପେ ମଧ୍ୟ ତାଙ୍କର ଖ୍ୟାତି ଥିଲା। ତାଙ୍କରି ପାଖରେ ଜଣେ ଭଦ୍ରମହିଳା ଯୋଡ଼ହସ୍ତ ହୋଇ ବସି ତାଙ୍କର ଧ୍ୟାନ ଭାଙ୍ଗିବାକୁ ଅପେକ୍ଷା କରିଥା'ନ୍ତି

ଯେପରି। ଜନ୍ମାଷ୍ଟମୀ ବୋଲି ବ୍ରାହ୍ମଣଙ୍କର ଧ୍ୟାନ ସେଦିନ କିଛି ବେଶି ସମୟ ନେଉଥାଏ ଯେପରି।

କିଛିବର୍ଷ ତଳେ ବ୍ରାହ୍ମଣ ଜ୍ୟୋତିଷଗଣ ଯାହା କହିଥିଲେ ତା' ବହୁ ଅଂଶରେ ସତ ହୋଇଯାଇଛି। ତାଙ୍କର ବଡ଼ ପୁଅ ଭୃଗୁକୁ ସେ ବିଦେଶରେ ବାଣିଜ୍ୟ ବ୍ୟବସାୟ କରି ବିପୁଳ ଲକ୍ଷ୍ମୀ ଲାଭ କରିବ ବୋଲି କହିଥିଲେ, ତାହା ଅକ୍ଷରେ ଅକ୍ଷରେ ସତ୍ୟ ହୋଇଛି। ଲକ୍ଷ୍ନୌଠୁ ଆରମ୍ଭ କରି ସିଓଲ ଯାଏଁ ଓ ସିଓଲଠୁ ଆମେରିକାର ନିୟୁୟର୍କ ଯାଏଁ ତାଙ୍କର ବ୍ୟବସାୟ ଲମ୍ବି ଯାଇଛି; କିନ୍ତୁ ସେତିକିବେଳେ ଜ୍ୟୋତିଷଗଣ ଭୃଗୁକୁ ନେଇ ଏକ ଦୁଃସମ୍ବାଦ ମଧ୍ୟ ଦେଇଥିଲେ। ମଧ୍ୟବୟସରେ ତାଙ୍କର ମୃତ୍ୟୁ ହୋଇପାରେ କହି ସେ ଅଳ୍ପ ଗମ୍ଭୀର ହୋଇଯାଇଥିଲେ। ସେ କହିଥିଲେ ମୃତ୍ୟୁ ହୋଇପାରେ, ନ ହୋଇ ବି ପାରେ। କାରଣ ମୃତ୍ୟୁ ନେଇ ଗଣନା ବଡ଼ କଷ୍ଟ; କିନ୍ତୁ ଲକ୍ଷଲକ୍ଷ ଲୋକ ଏହାଙ୍କୁ ସ୍ତୁତିଚାରଣ କରିବେ, ରାଷ୍ଟ୍ର ମୁଖ୍ୟମାନେ ଏହାଙ୍କୁ ସ୍ମରଣ କରିବେ, ଏକ ବିରାଟ ସ୍ତମ୍ଭରେ ବିଦେଶରେ ଏହାଙ୍କ ନାମ ଖୋଦିତ ହୋଇ ସବୁଦିନ ପାଇଁ ରହିଯିବ, ଏହା ନିଶ୍ଚିତ।

ସେତେବେଳେ ପଣ୍ଡିତଙ୍କ ଭୃଗୁର ଏହି ବିଶ୍ୱକୀର୍ତ୍ତି କଥା ଉପରେ କେହି ଜୋର୍ ଦେଇ ନ ଥିଲେ, କଥାଟାକୁ ହସରେ ଉଡ଼ାଇ ଦେଇଥିଲେ। ଜଣେ ବ୍ୟବସାୟୀ ପାଇଁ ଯଶ ନାମର କିଛି ମୂଲ୍ୟ ନ ଥାଏ, କେବଳ ମହାଲକ୍ଷ୍ମୀଙ୍କର । ଭୃଗୁଙ୍କ ଉପରେ ମହାଲକ୍ଷ୍ମୀ ବେଶ୍ ପ୍ରସନ୍ନ ହୋଇପଡ଼ିଥା'ନ୍ତି। ତଥାପି ବନାରସ ଆସିଥିବାରୁ ଶ୍ରୀମତୀ ପଟେଲ୍ ପାଇଁ ଆଉକିଛି କଥା ପଚରାପଚରି କରି ମନକୁ ଶାନ୍ତି ଦେବାପାଇଁ ଇଛାକରି ପଣ୍ଡିତଜୀଙ୍କ ପାଖକୁ ଚାଲି ଆସିଥିଲେ। ଭୃଗୁକୁ ମଧ୍ୟ ପଞ୍ଚଚାଳିଶ ବର୍ଷ ପୂର୍ଣ୍ଣ ହୋଇଯାଇଥିଲା। ମଧ୍ୟ - ବୟସରେ ମଝି ସମୟ ତ ଏହି ପାଞ୍ଚବର୍ଷ ପଞ୍ଚଚାଳିଶରୁ ପଚାଶ।

କୌଣସି ଆନମରି କିୟର ଶକ୍ତିଶାଳୀ ମୁଭିଂ କ୍ୟାମେରା ତାଙ୍କର ଉଦ୍‌ବିଗ୍ନ ମନୋଭାବ ସହ ପଣ୍ଡିତଜୀଙ୍କର ନିରୁଦ୍‌ବିଗ୍ନ ଧ୍ୟାନବସ୍ଥାକୁ ସଂଗୃହୀତ କରି ସାରିଥିଲା।

କାଲ୍ ଜମ୍ପୋ:

ଭୃଗୁ ପଟେଲ୍ କ୍ୟାବିନରେ ପାଖ ସିଟ୍‌ରେ ବସିଥିବା ଆମେରିକୀୟ ଯୁବକଟିକୁ ବୁଝାଉଥିଲେ ଯାହାଙ୍କ ସହ ତାଙ୍କର ପରିଚୟ ହୋଇସାରିଥିଲା। ଧାଡ଼ିରେ ଜଣେ ମଧ୍ୟବୟସ୍କା ଭଦ୍ରମହିଳା ଓ ତାଙ୍କର ଦଶ ଏଗାର ବର୍ଷର ଅତ୍ୟନ୍ତ ସୁନ୍ଦର ଝିଅଟିଏ ମଧ୍ୟ ବସିଥିଲେ। ସେମାନେ ମଧ୍ୟ ଆମେରିକାର ନାଗରିକ ଥିଲେ।

- ଦେଖନ୍ତୁ ମିଷ୍ଟର ଆଡାମ୍‌ସ। ଭାରତର ଗୋଟିଏ ବ୍ୟବସାୟୀ ପରିବାରରେ ମୋର ଜନ୍ମ। ଆମେ ବ୍ୟବସାୟୀମାନେ ଶାନ୍ତି ଚାହୁଁ। ପୃଥିବୀରେ ଶାନ୍ତି ରହିଲେ ଉତ୍ପାଦନ ବଢ଼ିବ, ଉତ୍ପାଦନ ବଢ଼ିଲେ ଆମେ ଦେଶରୁ ଦେଶ ବୁଲି ବ୍ୟବସାୟ ବାଣିଜ୍ୟ କରିପାରିବୁ। ମୁଁ ସୂତା ଓ କପଡ଼ା ଭାରତରୁ ସଂଗ୍ରହ କରେ, ସିଓଲ୍ ଆଣେ। ସିଓଲ୍‌ରେ ଦରଜୀମାନେ ଆମେରିକା ଲୋକଙ୍କ ଚାହିଦା ନେଇ ରେଡ଼ିମେଡ୍ ଗାର୍‌ମେଣ୍ଟ ତିଆରି କରନ୍ତି। ସେହି ଗାର୍‌ମେଣ୍ଟର ମୁଁ ହୋଲ୍‌ସେଲ୍ ରପ୍ତାନିକାରୀ। ସେହି ବ୍ୟବସାୟ ସଂକ୍ରାନ୍ତରେ ସପ୍ତାହରେ ପ୍ରାୟ ଥରେ ମୁଁ ନିୟୁୟର୍କରୁ ସିଓଲ ଆସେ, ସିଓଲ୍‌ରୁ ନୂଆଦିଲ୍ଲୀ। ମୋର ଆମେରିକା କି ଋଷିଆର ରାଜନୀତିରେ କିଛି ଆଗ୍ରହ ନାହିଁ। କେବଳ ଏତିକି ଜାଣେ, ଆମ ଦେଶ ଏକ ତୃତୀୟ ପନ୍ଥା ଗ୍ରହଣ କରିଛି। ତାକୁ ନିରପେକ୍ଷ ଗୋଷ୍ଠୀ ବୋଲି ଅନେକ କହୁଛନ୍ତି।

ଆଡାମ୍‌ସ ହସି ଗଭୀର ଆତ୍ମବିଶ୍ୱାସର ସହ କହିଲେ - ବାଃ। ଆପଣ ନିଜେ ତ କହିଲେ ଆପଣ ଶାନ୍ତି ଚାହାଁନ୍ତି, କିନ୍ତୁ ଶାନ୍ତି ତ ବ୍ୟବସାୟିକ କମୋଡ଼ିଟୀ ନୁହେଁ, ତାହା ରାଜନୀତିକ ବସ୍ତୁ, ଯାହା ଲୋକଙ୍କୁ ବା ଦେଶକୁ ରାଜନୀତିକ ଲୋକହିଁ ଦେଇପାରିବେ। ତେଣୁ ଆପଣ ରାଜନୀତିରେ ଭାଗ ନ ନେଇ ରହିପାରିବେ କିପରି ?

ଭୃଗୁ ଉତ୍ତର ଦେଲେ - ରାଜନୀତିକ ଲୋକଙ୍କ ଶକ୍ତି ଓ ରାଜନୀତିର ଶକ୍ତି ଅମିତ ବୋଲି ଆମେ ଜାଣୁ; କିନ୍ତୁ ଯାହା ରାଜନୀତିରେ ହେବ, ସାଧାରଣ ଲୋକ ରହିବେ, ସେମାନଙ୍କ ମଧ୍ୟରେ ବାଣିଜ୍ୟ ବ୍ୟବସାୟ ଚାଲୁ ରହିବ। ଯଦି ବ୍ୟବସାୟୀମାନେ ରାଜନୀତିରେ ଭାଗ ନେବାକୁ ଆରମ୍ଭ କରିବେ, ତାହାହେଲେ ସାଧାରଣ ଜୀବନଧାରା ବ୍ୟାହତ ହୋଇଯିବ ଯାହା ହେବା ଆଦୌ ଉଚିତ୍ ନୁହେଁ।

- ଆପଣ ଠିକ୍ କହୁଛନ୍ତି।

ସେମାନଙ୍କ ପାଖଦେଇ ଏୟାର ହୋଷ୍ଟେସ୍ ସେମାନଙ୍କର କ'ଣ ଦରକାର ବୋଲି ପଚାରି ଚାଲିଗଲା। ଭୃଗୁ ଥଣ୍ଡାପାଣି ଗ୍ଲାସ ମାଗିଥିଲା। ରାତିର ଡିନର୍ ଖିଆ ସରିଥିଲା। ସେମାନେ କଫି ପିଉଥିଲେ। ଆମେରିକୀୟ ଝିଅଟିର ପାଖରେ ଆଇସ୍‌କ୍ରିମ୍ ରଖିଦେଇ ଏୟାର ହୋଷ୍ଟେସ୍ ହସି ଦେଇ ଚାଲି ଯାଇଥିଲା। ମିଷ୍ଟର ଆଡ଼ମ୍‌ସ୍ କହୁଥିଲେ -

- କିନ୍ତୁ ଭବିଷ୍ୟତରେ ସର୍ବସାଧାରଣ ଲୋକ ରହିବେ ତ ? ସେମାନଙ୍କ ସାଧାରଣ ଜୀବନଯାତ୍ରା ଆଉ ରହିବ ତ ? ଆପଣ ଶୁଣିଛନ୍ତି ରୁଷିଆର ଆଟମିକ୍ ବିଷୟରେ ? ବିଶ୍ୱଯୁଦ୍ଧ ପାଇଁ ରୁଷ କିପରି ପ୍ରସ୍ତୁତ ହେଉଛି ? ତା'ର କମ୍ୟୁନିଜିମ୍ ଆଇଡ଼ିଓଲଜି ପାଇଁ ସେ କିପରି ଦୃଢ଼ ପ୍ରତିଜ୍ଞ ? ମଣିଷ ଜୀବନକୁ ଭ୍ରୂକ୍ଷେପ ନ କରି ଆଇଡ଼ିଓଲଜିର ବିସ୍ତାର ପାଇଁ ସୋଭିଏତ୍ ସରକାର କ'ଣ କରିପାରେ ?

- ହଁ, ହଁ। ଆମେ ଆମେରିକା ସରକାରଙ୍କ କଥା ମଧ୍ୟ ଜାଣୁ। ରୁଷିଆକୁ ଘେରରେ ପକାଇ ହଇରାଣ କରିବା ପାଇଁ କିପରି ଦେଶ ପରେ ଦେଶକୁ ମେଣ୍ଟ କରାଯାଉଛି, ତାହା ମଧ୍ୟ ଆମେ ଜାଣୁ। ଆମେରିକା ସରକାରଙ୍କ ଯୁଦ୍ଧଖୋର ମନୋବୃତ୍ତି ଭିଏତ୍‌ନାମଠୁ ଆରମ୍ଭ କରି ଦକ୍ଷିଣ ଆମେରିକାର ବହୁ ଘଟଣାରେ ପ୍ରକାଶିତ ହୋଇଯାଇଛି। ସେଥିପାଇଁ ଆମେ ଚାହୁଁଛୁ ଦୁଇ ଦେଶ ଓ ଶକ୍ତି ମଧ୍ୟରେ ଏକ ତୃତୀୟ ଗୋଷ୍ଠୀ ଗଢ଼ିଉଠୁ, ଯାହା ଦୁଇ ଦେଶକୁ ମୁହାଁମୁହିଁ ହେବାରେ ପ୍ରତିବନ୍ଧକ ସୃଷ୍ଟି କରୁଥିବ।

- ମୁଁ ଆପଣଙ୍କ ବିଚାରଧାରା ସହ ଏକମତ ନୁହେଁ। ଏଠି ଆମେରିକା ସରକାର କି ରଷିଆ ସରକାର କଥା ପଡ଼ିନି। ଗଣତନ୍ତ୍ର ଓ କମ୍ୟୁନିଜ୍‌ମ - ଏ - ଦୁଇ ରାଜନୀତିକ ବିଚାରଧାରା କଥା ପଡ଼ିଛି। ଆପଣ କେଉଁଟାକୁ ସମର୍ଥନ କରୁଛନ୍ତି ?

ଭୃଗୁ କଥା ବଦଳାଇ ଦେଲେ।

- ସନ୍ଧ୍ୟାବେଳେ ଆମ ପ୍ଲେନ୍‌ଠୁ କିଛି ଦୂରରେ ଯାଇଥିବା ପ୍ଲେନ୍‌କୁ ଆପଣ ଦେଖିଥିଲେ ? ତା'ର ସିଲ୍‌ହଟ ଅବିକଳ ଆମ ପ୍ଲେନ୍ ପରି ନ ଥିଲା ?

ନାଁ, ସେଇଟା ଆକାରରେ ଆମର ଏହି ଯାତ୍ରୀବାହୀ ଜୁମ୍ବୋଠୁ ଅନେକ ଛୋଟ। ସେଇଟା ଆମେରିକା ସରକାରଙ୍କର ରିଜନ୍‌ସା ପ୍ଲେନ ହେବ।

- କିନ୍ତୁ ସେ ପ୍ଲେନ ଯାଉଥିଲା କୁଆଡ଼େ ?

- ଆଃ। ସେପରି ଅନେକ ରଷିୟା ପ୍ଲେନ୍ ଆମେରିକା ଉପରେ ଉଡୁଛି। ଅନେକ ଆମେରିକା ପ୍ଲେନ୍ ରଷିୟା ଉପରେ ମଧ୍ୟ ଉଡୁଛି; କିନ୍ତୁ ଆଜିକାଲି ସେହି ପ୍ଲେନ୍‌ଗୁଡ଼ିକର ଆଉକିଛି ପ୍ରୟୋଜନୀୟତା ନାହିଁ। ସାଟେଲାଇଟ୍ ଯୁଗରେ ଏହି ସ୍ପାଇ ପ୍ଲେନ୍‌ଗୁଡ଼ିକ ଶତ୍ରୁଦେଶମାନଙ୍କୁ ଚିଡ଼ାଇବା ଛଡ଼ା ଆଉକିଛି କରି ନ ଥା'ନ୍ତି। ବର୍ତ୍ତମାନ ତ ସାଟେଲାଇଟ୍‌ଗୁଡ଼ିକ ତିରିଶ ହଜାର ଫୁଟ ୍ ଉପରୁ କ୍ୟାମେରାରେ ତଳେ ବଗିଚାରେ ବସି ଖବରକାଗଜ ପଢୁଥିଲେ ତା'ର ହେଡ୍‌ଲାଇନର ଛବି ଉଠାଇ ନେଇପାରୁଛି। ଏସ୍.ଆର. ୭୦ଗୁଡ଼ିକ ତ ୭୦୦୦୦୦ ଫୁଟ ଉପରୁ ଶକ୍ତିଶାଳୀ କ୍ୟାମେରା ସାହାଯ୍ୟରେ ଏହା କରିପାରୁଛନ୍ତି। ଏପରି କ୍ଷେତ୍ରରେ ସ୍ପାଇ ପ୍ଲେନ୍‌ର କ'ଣ ଆବଶ୍ୟକତା ଅଛି ?

ସେମାନଙ୍କର କଥାରେ ବାଧା ପଡ଼ିଲା ହଠାତ୍ କ୍ୟାପଟେନ୍‌ଙ୍କ ଅତ୍ୟନ୍ତ ଚିନ୍ତିତ ଓ ରକ୍ତଶୂନ୍ୟ ଚେହେରାର ଆବିର୍ଭାବରେ। ସେ ଫୁସ୍‌ଫୁସ୍ କରି ଜଣେ ଏୟାର ହୋଷ୍ଟେସ୍‌କୁ କ'ଣ କହିବାପରେ ପୁଣି କକ୍‌ପିଟ ଆଡ଼କୁ ଚାଲିଗଲେ। ଏୟାର ହୋଷ୍ଟେସ୍ ତାଙ୍କର ସଙ୍ଗୀତମୟ ସ୍ୱରରେ ଆନାଉନ୍‌ସ୍ କଲେ-ପ୍ଲେନ୍ ୩୫୦୦୦ ଫୁଟ୍ ଉଚ୍ଚତାରୁ ତଳକୁ ଖସିବ। ପ୍ରାୟ ୫୦୦୦ ଫୁଟ୍‌କୁ ଖସି ପାଗ ଖରାପ ହେତୁ ଏପରି କରିବା

ଦରକାର ପଡୁଛି। ଆମେ ଉତ୍ତର ପ୍ରଶାନ୍ତ ମହାସାଗରର ଓ ସୋଭିଏତ୍ ଋଷିୟା ଉପରେ ଯାଉଛେ। ଆପଣମାନେ ନିଜ ନିଜର ସିଟ୍‌ବେଲ୍‌ଟ ବାନ୍ଧି ଦିଅନ୍ତୁ।

ସେ ଏପରି କହୁଥିବାବେଳେ ହାବେଳି ବାଣ ମାରିବା ପରି ଗୁଡ଼ିଏ ଆଲୋକିତ ରେଖା ଜୁମ୍ବୋର ଭିତରର ଲାଇଟଗୁଡ଼ିକ ଲିଭାଇ ଦିଆଗଲା। ସମସ୍ତେ ନିଃଶବ୍ଦ ହୋଇଗଲେ, ଇଞ୍ଜିନ ଶବ୍ଦ ଯାହା ଶୁଣାଯାଉଥିଲା।

ଆଡ଼ାମ୍‌ସ୍ ଚାପା କଣ୍ଠରେ ଭୃଗୁଙ୍କୁ କହିଲେ - ଏ ଟ୍ରେସରଗୁଡ଼ିକ ଦେଖା ଦେବା ଭଲ ଲକ୍ଷଣ ନୁହେଁ। ନିଶ୍ଚିତଭାବେ ଆମେ ସୋଭିଏତ୍ ଏୟାର ସ୍ପେଶ ଭିତରକୁ ପଶିଆସିଛୁ। ସୋଭିଏତ୍ ଦେଶ ତା'ର ଏହି ଅଞ୍ଚଳରେ ଭବିଷ୍ୟତ ଯୁଦ୍ଧ ପାଇଁ ପ୍ରସ୍ତୁତ ହୋଇ ବହୁ ମାରାତ୍ମକ ଅସ୍ତ୍ରଶସ୍ତ୍ର ଖଞ୍ଜି ତିଆରି କରି ରଖିଛି। ଏ ଅଞ୍ଚଳ ଉପରେ ଉଡ଼ାଜାହାଜ ଉଡ଼ିଯିବା ଅତ୍ୟନ୍ତ ରିସ୍କି। ଡ୍ୟାମନାଇଟ୍ ଏ କ୍ୟାପ୍‌ଟେନ ଚୁନ୍ ଅତ୍ୟନ୍ତ ଷ୍ଟୁପିଡ଼୍ ପରି ଜଣାପଡୁଛି। ନ୍ୟୁୟର୍କରୁ ଆଙ୍କୋରେଜ ଯାଏଁ ଆମେ ଭଲ କ୍ୟାପଟେନ୍ ପାଇଥିଲେ। ଏ ଶଳା ରେଡ଼୍ ରୁଟ ୨୦ ଉପରେ ପ୍ଲେନ ଉଡ଼ାଉଛି।

ନାଟାସା ଓ ଫ୍ଲୋରେନ୍‌ସ :

ଆମେ ସୋଭିଏତ୍ ଦେଶ ଉପରେ ବର୍ତ୍ତମାନ ଅଛେ ? ମମି। ମମି। ଶୁଣୁଛ, ଆମେ ବର୍ତ୍ତମାନ ସୋଭିଏତ୍ ଦେଶ ଉପରେ ଉଡୁଛେ। ମୋ ଗାର୍ଲ ଫ୍ରେଣ୍ଡ୍‌ର ଦେଶ ଉପରେ ଆମେ ଉଡୁଛେ, ନାଟାସାର ଦେଶ ଉପରେ। ହାଉ ୱାଣ୍ଡରଫୁଲ। ସୋଭିଏତ୍ ଲ୍ୟାଣ୍ଡ୍।

ବିହ୍ୱଳ ହୋଇ ଫ୍ଲୋରେନ୍‌ସ୍ କାଚ ଝରକାରେ ମୁହଁକୁ ଲଗାଇ ସୋଭିଏତ୍ ଲ୍ୟାଣ୍ଡକୁ ଦେଖିପାରୁଥିବା ପରି ବାହାରକୁ ଚାହିଁରିହଲା। ତା' ଗାର୍ଲଫ୍ରେଣ୍ଡ ମସ୍କୋରେ ରହେ। ଫ୍ଲୋରେନ୍‌ସ୍ ଜଣେ ଭାରତୀୟ ପ୍ଲେନ୍ ଫ୍ରେଣ୍ଡର ମାଧ୍ୟମରେ ନାଟାସା ସହ ପରିଚିତ ହୋଇଥିଲା ଓ ବନ୍ଧୁତା ସ୍ଥାପନ କରିଥିଲା। ଭାରତୀୟ ସାଙ୍ଗଟି ରହେ ସିଓଲରେ। ତା' ବାପା ସିଓଲର ଜଣେ ବଡ଼ କପଡ଼ା - ବ୍ୟବସାୟୀ ରେଡ଼ିମେଡ୍ ଗାରମେଣ୍ଟ ସେ ଆମେରିକାକୁ ରପ୍ତାନି କରନ୍ତି। ତାଙ୍କର ଝିଅ ଶେଫାଳୀ ପଟେଲ। ଶେଫାଳୀର ସାଙ୍ଗ ଫ୍ଲୋରେନ୍‌ସ। ସେ ହିଁ ଫ୍ଲୋରେନ୍‌ସକୁ ନାଟାସା ସହ ସମ୍ପର୍କ ଆରମ୍ଭ କରିବାକୁ ଅନୁରୋଧ କରିଥିଲା। ନାଟାସା ବ୍ୟାଲେ ଶିଖୁଛି ପିଲାଦିନୁ। ବ୍ୟାଲେ ନୃତ୍ୟ କରିବାବେଳେ ତା'ର ଫଟୋ ଉଠା ହୋଇଥିଲା। ସେହି ଫଟୋର କପି ସେ ଶେଫାଳୀ ଓ ଫ୍ଲୋରେନ୍‌ସ ପାଖକୁ ପଠାଇଥିଲା। ଶେଫାଳୀ ପିଲାଦିନୁ କଥକ ଓଡ଼ିଶୀ ନୃତ୍ୟରେ ଆଗ୍ରହୀ। ସିଓଲ ଚାଲି ଆସିଲେ ତା'ର ନୃତ୍ୟ ଶିଖିବାରେ ବାଧାପଡ଼େ; କିନ୍ତୁ ଲମ୍ବା ଛୁଟିମାନଙ୍କରେ ସେ ମମିଙ୍କ ସହ ଲକ୍ଷ୍ନୌ ଚାଲିଯାଏ, ସେଠି ତା'ର କଥକ୍ ଓ ଓଡ଼ିଶୀ ନାଚର ଗୁରୁ ରହନ୍ତି।

ଫ୍ଲୋରେନ୍‌ସ ମଧ୍ୟ ନିୟୁୟର୍କରେ ବ୍ୟାଲେ ଶିଖେ। ତା' ଫଟୋ ସେ ତା'ର ଚୀନ୍ ଫ୍ରେଣ୍ଡମାନଙ୍କ ପାଖକୁ ପଠାଇଛି।

- ମମି ତୁମେ ମୋତେ ସୋଭିଏତ୍ ଲ୍ୟାଣ୍ଡ ଉପରେ ଉଡ଼ିଯିବା ବୋଲି ଆଗରୁ କହି ନ ଥିଲ।

- ନାଁ, ଫ୍ଲେରେନ୍‌ସ। ଆମର ରୁଟ୍‌ଠୁ ବୋଧେ ଆମେ ଦୂରେଇ ଯାଇଛେ। ସୋଭିଏତ୍‌ର ଏୟାର ସ୍ପେଶ୍ ଭିତରକୁ ପଶି ଆସିଛେ।

- ସେଠୁ କ'ଣ ହେଲା ମମି। ମୋ ଗାର୍ଲଫ୍ରେଣ୍ଡ୍‌ର ତ ଦେଶ। ଆମେ ତା' ଦେଶ ଉପରେ ଯାଉଛେ ବୋଲି ଜାଣିଲେ ସେ କେତେ ଖୁସି ହେବନି। ଲୁକ୍ ମମି ଲୁକ୍। ଫ୍ଲୋରେନ୍‌ସ କଥା ଶୁଣି ସମସ୍ତେ ଝରକା ବାହାରକୁ ଚାହିଁଲେ। ପାଖେ ପାଖେ ଅନେକ ଦୂରଯାଏଁ, ଅନେକ ସମୟ ଯାଏଁ ଦୁଇଟି ଉଡ଼ାଜାହାଜ ଉଡ଼ିବାକୁ ଲାଗିଥିଲେ।

- ଉଡ଼ାଜାହାଜ କେଉଁ ଦେଶର ଜାଣିଛ ମିଷ୍ଟର ପଟେଲ୍? ସେଗୁଡ଼ିକ ରୁଷିଆର ସୁଖୋଇ ପ୍ଲେନ୍‌ସ। ଆମ ଜୁମ୍ବୋ ସହ ସୁଖୋଇ ଉଡ଼ିବା କିଛି ଶୁଭସୂଚକ ନୁହେଁ। କ୍ୟାପଟେନ୍‌କୁ ଘଟଣା କ'ଣ ପଚାରିବା ଉଚିତ୍। ପ୍ଲେନ୍ ଭିତର ଲାଇଟ ଲିଭାଇ ଦିଆଯାଇପାରେ; କିନ୍ତୁ ଉଇଙ୍ଗ୍ ଲାଇଟ ଲିଭାଇ ଦିଆଯାଇଛି କାହିଁକି?

ଚନ୍ଦ୍ର କିରଣରେ ଚିକ୍‌ଚିକ୍ ଦିଶୁଥିବା ସୁଖୋଇ ଜାହାଜ ଗତିପଥ ବଦଳାଇ କୁଆଡ଼େ ଅଦୃଶ୍ୟ ହୋଇଗଲେ। ସେଗୁଡ଼ିକ ଅଦୃଶ୍ୟ ହୋଇଯିବା ପରେ ପରେ ପୁଣି ଆଲୋକର ଝରଣା କେତୋଟି ଜୁମ୍ବୋର ପାର୍ଶ୍ୱ ଦେଇ ଚାଲିଗଲା। ଆଲୋକମିଶା ଅନ୍ଧାରରେ ଏୟାର ହୋଷ୍ଟେସ୍‌ମାନେ କକ୍‌ପିଟ ଆଡ଼କୁ ଦଉଡ଼ିବାକୁ ଲାଗିଲେ। କ୍ୟାପଟେନ୍ ଇଙ୍ଗିତ ଦେଇ ସେମାନଙ୍କୁ ଡାକି ନେଇଥିଲା। ହଠାତ୍ ଆଡାମସ୍ ସିଟ୍ ବେଲ୍‌ଟ ଖୋଲି ଦେଇ ଚିତ୍କାର କରି ଉଠିଲେ - ମୁଁ ମରିବାକୁ ଚାହେଁ ନାହିଁ। ମୁଁ ବଞ୍ଚିବାକୁ ଚାହେଁ। ଓଃ। ଜିସେସ୍। ମୁଁ ବଞ୍ଚିବାକୁ ଚାହେଁ।

ତାଙ୍କ ଚିତ୍କାର ଶୁଣି ଚିମାଗୋରୀ ପିନ୍ଧା ଜଣେ ଏୟାର ହୋଷ୍ଟେସ୍ ତା' ଆଡ଼କୁ ଦଉଡ଼ି ଆସି ତାଙ୍କୁ କୁଣ୍ଢାଇ ପକାଇ ସାନ୍ତ୍ୱନା ଦେବାପାଇଁ ହାତ ବଢ଼ାଇ ଦେଇଥିଲେ। ଅନ୍ୟ କେତେଜଣ ଏୟାର ହୋଷ୍ଟେସ୍ ପୁରୁଷ ସହାଯ୍ୟକାରୀମାନଙ୍କ ସାହାଯ୍ୟ ନେଇ ବ୍ରେକ୍‌ଫାଷ୍ଟ ତିଆରି କରିବାରେ ଲାଗିଥିଲେ।

- ସେହି ସମୟରେ ଶବ୍ଦ ହେଲା, ଶୂନ୍ୟରେ କୌଣସି ପର୍ବତ ଦେହରେ ଜୁମ୍ବୋର ସାମ୍ନାଟା ବାଡ଼େଇ ହୋଇଯିବା ପରି। କେହି କିଛି ବୁଝିବା ପୂର୍ବରୁ ମହାଶୂନ୍ୟରେ ସମସ୍ତେ ଅଲଗା ଅଲଗା ହୋଇଯାଇଥିଲେ, ଜଣେ ଜଣେ ଲୋକଙ୍କ ବିଭିନ୍ନ ଅଙ୍ଗ

ପ୍ରତ୍ୟଙ୍ଗ ମଧ୍ୟ ଅଲଗା ଅଲଗା ହୋଇ ନିଆଁ ପିଣ୍ଡୁଳାରେ ପରିଣତ ହୋଇ ତଳକୁ ଖସିବାକୁ ଲାଗିଥିଲା।

ସବିତା ଶୂନ୍ୟ ବିଶ୍ୱ:

ପଣ୍ଡାଙ୍କ ଧ୍ୟାନ ଭାଙ୍ଗିଥିଲା ଶେଷରେ। ସେ ଦ୍ୱାଦଶାକ୍ଷର ବାସୁଦେବ ସ୍ତୋତ୍ର ବୋଲି ବୋଲି ଚକ୍ଷୁ ଖୋଲିଥିଲେ।

ଓଁ ମିତ୍ଥ୍ୟଚାରଶୋ ମୋହ
ନିଦ୍ରା ଦୂର ପଳାୟତେ
ତ୍ୱୟାଗ୍ରସ୍ତଂ ଜଗନ୍ନାଥ
ତ୍ରାହିମାଂ ମଧୁସୂଦନ
ନଗତି ବିଦ୍ୟତେ ନାଥ
ତ୍ୱମେବ ଶରଣଂ ମମ
ପାପପଙ୍କେ ନିମଗ୍ନୋଽସ୍ମି
ତ୍ରାହିମାଂ ମଧୁସୂଦନ

ବ୍ରାହ୍ମଣଙ୍କ ଆଗରେ ସେହିପରି ଯୋଡ଼ହସ୍ତ ହୋଇ ଶ୍ରୀମତୀ ପଟେଲ୍ ବସିଥା'ନ୍ତି।

- ମା'। ଆଜି କିଛି କହିପାରିବିନି ମା'। ଆଜି କିଛି କୁହ। ଶୁଦ୍ଧ ଚିତ୍ତରେ ବାସୁଦେବଙ୍କୁ ସବୁ ସମର୍ପି ଦେ। କିନ୍ତୁ ମା'। ଧ୍ୟାନରେ ତାଙ୍କୁ ମୁଁ ଏଥର ଜମାରୁ ଦେଖିଲି ନାହିଁ। ଯେତେଥର ଚେଷ୍ଟା କଲି ମୋଟା ମୋଟା ମୁହଁଥିବା ଲୋକଗୁଡ଼ାଏ, ଆଉ ଗୋଟାଏ ନାଟୁଆ ବଙ୍କା ପାଟିଆ ଲୋକ, ଶେଷରେ ଆମର ଇନ୍ଦିରାଜୀଙ୍କୁ ମଧ୍ୟ ମୁଁ ଦେଖିଦେଲି। ସେହିମାନେ ତ ବିଶ୍ୱର ନିୟାମକ ହୋଇଯାଇଛନ୍ତି; କିନ୍ତୁ ମୁଁ ପ୍ରକୃତ ନିୟାମକ ପ୍ରଭୁଙ୍କୁ ଧ୍ୟାନରେ ମଧ୍ୟ ଦେଖି ପାରିଲିନି। ଧିକ୍ ମୋତେ। ଧିକ୍ ଏ କାଳକୁ। ଶେଷରେ ଧ୍ୟାନରେ ଯାହା ଗୋଟିଏ ଛୋଟିଆ ଝିଅର ହାତ, କେବଳ ହାତଟିଏ ମୋ ଆଖି ଆଗକୁ ଆସିଥିଲା। ଅଧା ପୋଡ଼ା ହାତଟିଏ ମା'। ଖାଲି ହାତଟିଏ । ଏପରି ଦୃଶ୍ୟର ଅର୍ଥ କ'ଣ ମୁଁ ବୁଝିପାରୁନି। ତୁ ଏ ରହସ୍ୟ ଭେଦକରି ପାରିବୁନି।

ଭଦ୍ର ମହୋଦୟଗଣ

ଆଜିକାଲି ସେ ବେଶି କରୁ ନ ଥିଲେ। ମୁଣ୍ଡଟା କୁଣ୍ଡାଇ ଖୋଷାଟାଏ ବାନ୍ଧି ଦେଇ ସେ ଗାଧୋଇ ପକାଇଲେ। ଦିନକୁ ଦୁଇଥର ଗାଧୋଇବା ତାଙ୍କର ପିଲାଦିନୁ ଅଭ୍ୟାସ। ଝିଅ ପିଲା ଦିନକୁ ଦୁଇଥର ଗାଧୋଇଲେ ଭଲ ବୋଲି ତାଙ୍କ ବୋଉ ପିଲାଦିନେ କହୁଥିଲେ। ବୋଉ ଅନେକ ଭଲ କଥା କହୁଥିଲେ; କିନ୍ତୁ ସେଥିରୁ ଅଧିକାଂଶ କଥାଗୁଡ଼ିକୁ ଅବଜ୍ଞା କଲେ ଭଲ ଲାଗୁଥିଲା। ବୋଉଙ୍କ ତାଗିଦା ସନ୍ଧ୍ୟା ପୂର୍ବରୁ ଘରକୁ ଫେରିବାକୁ, କଲେଜରୁ ସିଧା ଘରକୁ ଫେରିବାକୁ; କିନ୍ତୁ ବୋଉଙ୍କୁ ଚିଡ଼ାଇବା ପାଇଁ ସନ୍ଧ୍ୟା କଲେଜ ପରେ ପରେ ସାଙ୍ଗମାନଙ୍କ ସଙ୍ଗେ କ୍ୟାଣ୍ଟିନ ଯା'ନ୍ତି, ବେଳେବେଳେ ସିନେମା ମଧ୍ୟ ଚାଲିଯା'ନ୍ତି। ତାଙ୍କ ସାଙ୍ଗମାନଙ୍କ ମଧ୍ୟରେ ପୁଅ ପିଲା ମଧ୍ୟ ଥିଲେ, ଧ୍ରୁବ ବିଶ୍ୱାଳ, ଦେବାନାପ୍ରିୟ, ରାଜକିଶୋର – ଅନେକ ପୁଅ ପିଲା ଥିଲେ। ସିନ୍ଦୁର ବିନ୍ଦୁଟିଏ ଲଗାଇ, ମୁହଁରେ ହାଲୁକାଭାବେ ପାଉଡର ବୋଲିଦେଇ, ଭଲ ଲୁଗାଟିଏ ପିନ୍ଧି, ସନ୍ଧ୍ୟା ଡ୍ରଇଁରୁମ୍ର ଟି.ଭି. ଆଗରେ ଯାଇ ବସି ପଡ଼ିଲେ। ଟି.ଭି.ରେ ପ୍ରୋଗ୍ରାମ୍ ଆରମ୍ଭ ହେବାପାଇଁ ଆହୁରି ଘଣ୍ଟାଏ ଡେରି ଅଛି। ଝରକା ପର୍ଦ୍ଦା ଖୋଲି ସେ ବାହାରକୁ ଚାହିଁଲେ। ରାସ୍ତାଟା ଭାରୀ ଗହଳି ଜଣାପଡୁଛି। ମାଧବ ଫେରିନାହାନ୍ତି, କେତେବେଳେ ଫେରିବେ, କେତେବେଳେ ପିଲାମାନେ ସ୍କୁଲରୁ ଫେରିବେ, ସବୁ ଅନିଶ୍ଚିତ। ପିଲାଙ୍କ ସ୍କୁଲରେ ଆନୁଏଲ ଡେ' ପାଇଁ କ'ଣ ସ୍ପେଶାଲ ଫଙ୍କସନ୍ ଥିଲା।

ବାହାରେ ସ୍କୁଟରଟିଏ ଅଟକିଲା। ଜଣେ ସୌମ୍ୟଦର୍ଶନ ଯୁବକ ରାସ୍ତା ଉପରୁ ମାଧବବାବୁଙ୍କ ନାମ ଧରି ଡାକିଲେ। ମୁଣ୍ଡରେ ଓଢ଼ଣା ଅଳ୍ପ ଟାଣି ଦେଇ, ଛାତିର ଲୁଗା ସଜାଡ଼ି ଦେଇ, ଦୁଆର ଫିଟାଇ ତାଙ୍କର କହିବା କଥା – ବାବୁ ଆସି ନାହାନ୍ତି। କେତେବେଳେ ଫେରିବେ କହି ପାରିବିନି। ଆପଣଙ୍କ ନାମ କ'ଣ? କ'ଣ କାମ ଥିଲା ?

ଏତକ କଥା ସନ୍ଧ୍ୟା ଯନ୍ତ୍ରଚାଳିତ ପରି ସୁରୁଖୁରୁରେ କରିଦେଲେ; କିନ୍ତୁ ଯନ୍ତ୍ର କେଉଁଠି ଟିକେ ଅଟକି ଗଲା ଯେପରି। ଭଦ୍ରବ୍ୟକ୍ତି ସତରେ ଖୁବ୍ ସୁନ୍ଦର। ଭଲ ପ୍ରେମିକଟିଏ ହୋଇପାରିବେ। ହସ ହସ ମୁହଁ। କଥା କହିବାବେଳେ ଆପଣାର ଢଙ୍ଗ, ପରିଚୟ ହୋଇଗଲେ କେତେବେଶି ଆପଣାର ହୋଇପାରିବେ? ପ୍ରଶ୍ନଟା ମନରେ ଉଠିବାମାତ୍ରେ ଭାରି କୁତୁକୁତୁ ଲାଗିଲା। ଆଗରୁ ତ ଏହାଙ୍କ ସଙ୍ଗେ ସେ ସାଙ୍ଗ ହେଉ ନ ଥିଲେ। ଏବେ ବୋଧେ ନୂଆ ଆସିଥିବେ କଲେଜକୁ। କଲେଜକୁ ନୂଆ ଅଧ୍ୟାପକ ଆସିଛନ୍ତି ବୋଲି ମାଧବ କହୁଥିଲେ। ଭଦ୍ରବ୍ୟକ୍ତି ବିଭା ହୋଇଛନ୍ତି କି ନାହିଁ କେଜାଣି।

କିପରି କେଜାଣି ତରୁଣଟି ମିନିଟିଏ ଭିତରେ ତାଙ୍କୁ ମୁଗ୍ଧ କରିଦେଇ ଚାଲିଗଲା। ସେ ଝରକାଆଡୁ ମୁହଁ ବୁଲାଇ ଚା' କପେ କରିବା ପାଇଁ ଚାଲିଗଲେ। କଲେଜରୁ ଫେରିବା ପରେ କୌଣସି ସୁନ୍ଦର ସହପାଠୀ କଥା ଭାବିବାପାଇଁ ସେ ଚା' କପେ ଧରି ବସି ଯାଉଥିଲେ, ତାଙ୍କୁ ଭଲ ଚା' କରି ଆସେ ବୋଲି ଘରେ ସବୁବେଳେ ଚା' କରିବା ପାଇଁ ତାଙ୍କୁ ଡାକରା, ତାଙ୍କର ଆଦର। ତାଙ୍କ ତିଆରି ଚା'ରେ ଦାର୍ଜିଲିଂର ରଙ୍ଗ ଓ ଆସାମର ବାସ୍ନା ଉଭୟ ମିଳିତ ହୋଇଯାଆନ୍ତି। ସେଦିନ ସେହି ସୌମ୍ୟଦର୍ଶନ ତରୁଣ ଭଦ୍ରବ୍ୟକ୍ତି ଚାଲିଯିବା ପରେ ସନ୍ଧ୍ୟା ଚା' ପିଉଥିଲେ, କେହି ଆସି ତାଙ୍କୁ ଧ୍ୟାନଭଗ୍ନ କରୁ ବୋଲି ତାଙ୍କର ଆଦୌ ଇଚ୍ଛା ନ ଥିଲା; କିନ୍ତୁ ସେମାନେ ଆସିବେ ସେକ୍ରେଟେରୀଭାବେ, ସେ ସେମାନଙ୍କୁ ନିମନ୍ତ୍ରଣ କରିଛନ୍ତି।

ଠିକ୍ ସେହି ସମୟରେ କଲିଂ ବେଲ୍ ବାଜିଲା। ସନ୍ଧ୍ୟା ଦୁଆର ଖୋଲିଲେ। ମାଧବବାବୁ ଆସିଥିଲେ। ମାଧବବାବୁଙ୍କୁ ଯେପରି ଲାଗିଲା ସେହି ଘରେ କେହି ଜଣେ ଉପସ୍ଥିତ ଥିବା ପରି। ପୁରୁଣା କାହାଣୀର ରାକ୍ଷସମାନଙ୍କ ପରି ଶୁଙ୍ଘି ଶୁଙ୍ଘି ସେ ସନ୍ଧ୍ୟାଙ୍କୁ ପଚାରିଲେ - କିଏ ଆସିଥିଲେ କି? ମୋତେ କେହି ଖୋଜୁଥିଲେ?

- ତୁମେ କେଉଁ ଦିନଠୁ ଏତେ ବଡ଼ ଲୋକ ହୋଇଗଲଣି ଯେ ପ୍ରତିଦିନ ତୁମକୁ ଲୋକ ଖୋଜିବାକୁ ଆସିବେ।

- ମୁଁ କ'ଣ ପଚାରୁଛି, ତୁମେ କ'ଣ କହୁଛ?

- ତୁମ ଝାଳ ଏତେ ଗନ୍ଧାଏ କାହିଁକି? କିଛି ହୋମିଓପାଥିକ ଔଷଧ ଖାଅ ବୋଲି ମୁଁ କେତେଥର କହିଲିଣି। ଏଇଲେ ଯାଇ ଗାଧୋଇ ପଡ଼ିଲ।

ମାଧବବାବୁ ଏପରି କଥାବାର୍ତ୍ତା ଓ ବ୍ୟବହାର ସହ ପରିଚିତ ଥିବାରୁ କିଛି ନ କହି ଚେୟାରଟିଏରେ ବସି ଯୋତା ଖୋଲିଲେ; କିନ୍ତୁ ମୋଜା ଖୋଲୁ ଖୋଲୁ ଘରଟା ଏପରି ତୀବ୍ର ଗନ୍ଧରେ ପୂରିଗଲା ସେ ସନ୍ଧ୍ୟା ଅ' ଅ' କହି ବାନ୍ତି କରିବାକୁ ବାହାରିଗଲେ। ମାଧବବାବୁ ଏଥର କିଛିଟା ଭୟାର୍ତ୍ତ ଓ ବିଚଳିତ ହୋଇପଡ଼ିଲେ ଯେପରି। ସେ ଜୋତା

ଓ ମୋଜାକୁ ଧରି ବାରଣ୍ଡାକୁ ଚାଲିଗଲେ। ସୁଦକ୍ଷ କମାର ପରି ସନ୍ଧ୍ୟା ଲୁହା ପିଟିଲେ - ପିଲାଙ୍କୁ ଯାହା କହିବି, ତୁମକୁ ବି ସେୟା କହିବି, ମୋଜା ଜୋତା ଭିତରେ ରଖିବନି, ବାହାରେ ଖୋଲି ରଖୁଥିବ। ହଉ, ଧୂପକାଠିଟିଏ ଡ୍ରଇଂ ରୁମ୍‌ରେ ଲଗାଇଦିଅ। ଆମର କାର୍ଯ୍ୟକାରୀ ସମିତିର ସଭା ଅଛି।

ମାଧବବାବୁ ଧୂପକାଠିଟିଏ ଡ୍ରଇଂରୁମ୍‌ରେ ଲଗାଇ ଚାଲିଗଲେ। ସନ୍ଧ୍ୟା ଏଥର ଟି.ଭି. ଖୋଲିଲେ। ଟି.ଭି.ରେ ଏବେବି କିଛି ପ୍ରୋଗ୍ରାମ୍ ନାହିଁ। ଟି.ଭି.ରେ ଚବିଶି ଘଣ୍ଟା ପ୍ରୋଗ୍ରାମ୍ ଦେବାପାଇଁ କିଛି ଗୋଟାଏ ଆନ୍ଦୋଳନ କରିବାକୁ ପଡ଼ିପାରେ ବୋଲି ସେ ମନେ ମନେ ଭାବିଲେ। ତେବେ ଆଗେ ଡାଉରୀ ବିରୋଧରେ କାମଟା ସରିଯାଉ। ନାରୀସଙ୍ଘ ଗୋଟିଏ ଶୋଭାଯାତ୍ରା ବାହାର କରି ଆସେମ୍ବ୍ଲିଯାଏ ଯାଇ ମୁଖ୍ୟମନ୍ତ୍ରୀଙ୍କୁ ଭେଟିବା କଥା। ଭାରତର ସବୁ ସହରରେ ଏହିପରି ଶୋଭାଯାତ୍ରା ବାହାରି ସାରିଲାଣି। ସେହି ଶୋଭାଯାତ୍ରାଗୁଡ଼ିକ ବିଷୟରେ ଖବରକାଗଜବାଲାମାନେ ବେଶ୍ କଭରେଜ୍ ଦେଉଛନ୍ତି। ଜନମତ ସୃଷ୍ଟି କରିପାରିଲେ ସରକାରଙ୍କ ପକ୍ଷରୁ ନିଶ୍ଚୟ ବିଲ୍‌ଟିଏ ଆସିବ ଓ ବିନା ବାଧାରେ ବିଲ୍‌ଟି ପାସ୍ ହୋଇଯିବ। ପ୍ରତିଦିନ ତ ଡାଓରୀ ଭିକ୍‌ଟିମ୍‌ମାନଙ୍କ କରୁଣ ବିବରଣୀ ଖବରକାଗଜରେ ବାହାରୁଛି।

ସୁଶୀଳା ଓ ଗୋମତି ସାଙ୍ଗ ହୋଇ ପହଞ୍ଚିଲେ। ସୁଶୀଳାଙ୍କର ତିନିଝିଅ, ଗୋମତିଙ୍କର ଗୋଟିଏ ଝିଅ, ଦୁଇଟି ପୁଅ। ଝିଅମାନଙ୍କ ବିବାହ ନେଇ ସୁଶୀଳା ଚିନ୍ତିତା, ସେକ୍ରେଟେରୀଏଟ୍‌ର ଜଣେ ହେଡ୍ ଆସିଷ୍ଟାଣ୍ଟଙ୍କ ସ୍ତ୍ରୀ। ଗୋମତିଙ୍କର ଚିନ୍ତା ନାହିଁ, ସ୍ୱାମୀ ଏ' କ୍ଲାସ କଣ୍ଟ୍ରାକ୍ଟର। ସ୍ୱାମୀଙ୍କର କିଛି ପ୍ରେଷ୍ଟିଜ୍ ଯାହା ଦରକାର, ସମାଜର କିଛି ପ୍ରତିଷ୍ଠା ପାଇଁ ସେ ଗୋମତିଙ୍କୁ ନାରୀ ସଙ୍ଘରେ ମିଶିବା ପାଇଁ ଅନୁମତି ଦେଇଛନ୍ତି। ଦୁଇଜଣଯାକ କଲେଜରେ ସନ୍ଧ୍ୟାଙ୍କ ତଳ କ୍ଲାସରେ ପଢୁଥିବାବେଳୁ ସନ୍ଧ୍ୟାଙ୍କ ବଡ଼ ସାଙ୍ଗ। ତିନିହେଁ ଏକାଠି ହେବାମାତ୍ରେ ଗପସପ ଆରମ୍ଭ ହୋଇଗଲା। ଗୋମତି ପଢ଼ିବାବେଳୁ ସିନେମାଖୋର୍। ହଷ୍ଟେଲରୁ ଲୁଚି ଦିନକୁ ଦୁଇଥର କରି ସେ ସିନେମା ଯାଇ ସୁପରିଣ୍ଟେଣ୍ଡେଟଙ୍କଠୁ ଗାଳି ଶୁଣିଛନ୍ତି। ତାଙ୍କର ପସନ୍ଦ ଅଭିନେତା ଦିଲୀପ, ରାଜେନ୍ଦ୍ର, ରାଜକପୁର, ଦେବାନନ୍ଦ-ଏବକା କୁକା, ଡେଙ୍ଗା, ଠାକୁଆଗାଲା, ମୋଟା ନାକ ଅଭିନେତାମାନଙ୍କୁ ଦେଖିଲେ ତାଙ୍କୁ ଭାରି ଚିଡ଼ି ମାଡ଼େ। ଦିଲୀପ କୁମାର ପୁଣି ଅଭିନୟ ଜଗତକୁ ଫେରି ଆସିଥିବାରୁ ସେ ବନ୍ଧୁମାନଙ୍କୁ ଡାକି ପାର୍ଟିଟିଏ ମଧ୍ୟ ଦେଇଥିଲେ। ଆଜିକାଲିକା ଫିଲ୍ମର ଗପ ମଧ୍ୟ ତାଙ୍କୁ ବଡ଼ ଖାପଛଡ଼ା ଖାପଛଡ଼ା, ଅସମ୍ଭବ, ଅବାସ୍ତବ ଲାଗେ। ଏହିସବୁ କଥାବାର୍ତ୍ତା ହୋଇ ସେ ସୁଶୀଳାଙ୍କ ସହ ସନ୍ଧ୍ୟାଙ୍କ ଘରେ ପହଞ୍ଚିଲେ। ଆଚ୍ଛା କହିଲୁ ସନ୍ଧ୍ୟା। ଆମେ ରାଗିଗଲେ କ'ଣ ଯାହା ଉପରେ ରାଗିଥାଉ

ସବୁବେଳେ ତାକୁ ମୁଖିଟାଏ ମାରିଦେଉ ? ମୁଖି ମରାମରି ହେବା କ'ଣ ଆମ ଜୀବନରେ ଏକ ସ୍ୱାଭାବିକ ଘଟଣା ? ସିନେମାରେ ହିରୋ ହିରୋଇନମାନେ ଏତେ ମୁଖି ମରାମରି କାହିଁକି ହୁଅନ୍ତି ? ଆଉ ସେସବୁ ହିଂସ୍ର କାମ ଦେଖିବାକୁ ଆମେ କାହିଁକି ଏତେ ସୁଖ ପାଉଛେ ?

- ରହ ମ, ତୁମ ଦୁହିଁଙ୍କ ପାଇଁ ଚା' ଆଣେ। ତୁମେ ଦୁହେଁ କଥା ହେଉଥାଅ। ପ୍ଲିଜ ଡୋଣ୍ଟ୍ ମାଇଣ୍ଡ୍। କେହି ଚାକର ବାକର ତ ନାହାନ୍ତି। ପିଲେ ବି ସ୍କୁଲ କଲେଜରୁ ଫେରିନାହାଁନ୍ତି।

ଚା' ଦେବାପରେ ସନ୍ଧ୍ୟା କହିଲେ - ଆଚ୍ଛା, ସିନେମା କଥା ଛାଡ଼। ଯେଉଁଥିପାଇଁ ଆମେ ଏକାଠି ହୋଇଛେ, ସେହିକଥା ପଡୁ।

ଗୋମତି ବିରକ୍ତ ହେଲେ - ଶୁଣ ସନ୍ଧ୍ୟା। ତୁ ସୁବବେଳେ ସେକ୍ରେଟେରୀ ପଣିଆ ଦେଖାନା। ମୋଟେ କୋରମ ହୋଇନି। ତୁ ସଭାରେ କ'ଣ ଆଲୋଚନା କରି ପକାଇବୁ।

ସନ୍ଧ୍ୟା ନିଜର ଭୁଲ ବୁଝିପାରି କହିଲେ - ଆଚ୍ଛା, ଥାଉ ତାହାହେଲେ ସେହିକଥା। ଆମରି ଭିତରେ ଅଫ୍ ଦ ରେକର୍ଡ ଗୋଟିଏ କଥା ପଡୁ। ଶାନ୍ତି ଦେବୀଙ୍କୁ ସଙ୍ଘରୁ ବାହାର କରିବା କଥା ନେଇ କ'ଣ କହୁଛ, କୁହ ତୁମେମାନେ। ସେ ପରିଷ୍କାର ଭାବରେ ସଙ୍ଘର ନିୟମ ଭଙ୍ଗ କରିଛି। ତା' ଝିଅ ବିଭାଘରେ ପଚାଶ ହଜାର ଟଙ୍କାର ଯୌତୁକ ଦେଇଛି ବୋଲି ଆମ ପାଖକୁ ଖବର ଆସିଛି।

- ଆଇନ ଯାହା କରିବ କରୁ, ଆମେ କାହିଁକି କ'ଣ କରିବା ?

ଆମ ପାଖକୁ କେତେଜଣ ସଭ୍ୟ ଶାନ୍ତିର ଯୌତୁକ କଥା ନେଇ ଆପତ୍ତି କରି ଚିଠି ଲେଖିଛନ୍ତି। ସେମାନଙ୍କ ଅଭିଯୋଗକୁ ବିଚାର କରିବାକୁ ପଡ଼ିବ।

- କିନ୍ତୁ ଶାନ୍ତିଦେବୀ ନିଜେ ଲେଖିକି ଦେଇଛନ୍ତି ଯେ ସେ ଡାଓରୀ ଦେଇ ନାହାନ୍ତି। ଝିଅ ପିଲାଦିନୁ ତା' ସେଭିଂସ୍ ବ୍ୟାଙ୍କ୍ ଏକାଉଣ୍ଟରେ ଟଙ୍କା ଜମା କରି ଆସୁଥିଲା। ସେହି ଟଙ୍କାରେ ସେ ତା' ଦରକାରୀ ଜିନିଷ କିଛି ନେଇଯାଇଛି। ସେ ଜିନିଷ ଡାଓରୀ ନୁହେଁ।

ସନ୍ଧ୍ୟା କିଛିଟା ରାଗିଯାଇ କହିଲେ - ଏ ହେଲା ଚାଲାଖି କଥା। ଏଥର ସମସ୍ତେ ଏହିପରି କରିବେ। ଯେଉଁ ଝିଅମାନଙ୍କର ସେଭିଂସ ବ୍ୟାଙ୍କ ଏକାଉଣ୍ଟ ନ ଥିବ, ସେମାନଙ୍କୁ କିଏ କାହିଁକି ବିଭା ହେବ ? ଏକଥା ସଙ୍ଘ ବାହାର ଲୋକେ କଥାବାର୍ତ୍ତା ହେଲେଣି। ଆମକୁ କିଛି କରିବାକୁ ପଡ଼ିବ।

ସନ୍ଧ୍ୟାଙ୍କ କଥା ସରି ନ ଥିବ ଶାନ୍ତି ଦେବୀ ତାଙ୍କର ଦୁଇ ଜଣ ବାନ୍ଧବୀଙ୍କ ସହ

ରୁମ୍ ଦୁଆର ପାଖରେ ଆବିର୍ଭୂତା ହୋଇଗଲେ। ସେମାନେ ସମସ୍ତେ ବହୁତ ଦିନ ବଞ୍ଚିବେ, ଏହା ସର୍ବସମ୍ମତକ୍ରମେ ସ୍ଥିର ହୋଇଯିବା ପରେ, ସନ୍ଧ୍ୟା କ୍ରୋଧ ଓ ବିରକ୍ତିକୁ ପ୍ରଚ୍ଛନ୍ନଭାବେ ପ୍ରକାଶ କଲେ - ତୁମେମାନେ ଏତେ ଡେରି କରିଦେଲ। କୋରମ ହେଉ ନ ଥିବା ଯୋଗୁଁ ଆମେ କିଛି ମହତ୍ତ୍ୱପୂର୍ଣ୍ଣ ବିଷୟରେ ଆଲୋଚନା କରେଇ ପାରୁ ନ ଥିଲୁ। ସୋମବାର ଦିନ ପ୍ରସେସନ କରି ଆସେମ୍ବ୍ଲିକୁ ଯିବା କଥା। ଥାନାକୁ ମୁଁ ଆମର ରୁଟ୍ ଜଣାଇ ଦେଇଥିଲି। ସେମାନେ ଅନୁମତି ଦେଇ ଦେଇଛନ୍ତି। ପ୍ଲାକାର୍ଡ଼ଗୁଡ଼ିକ କିଏ ଲେଖିବ ?

- ପ୍ଲାକାର୍ଡ଼ଗୁଡ଼ିକରେ ଯେଉଁ ସୋଗ୍ଲାନ ଦିଆଯିବ, ଆଗ ସେଗୁଡ଼ିକୁ ଠିକ୍ କରିଦିଆଯାଉ। ପ୍ଲାକାର୍ଡ଼ ଲେଖିବାପାଇଁ ଆର୍ଟିଷ୍ଟ ମିଳିଯିବେ।

ଗୋମତି କହିଲେ - ମୁଁ ଲେଖୁଛି, ତୁମେ ସବୁ ସଜେସନ୍‌ସ ଦିଅ। ସେ ଭ୍ୟାନିଟି ବ୍ୟାଗରୁ ଡଟ୍ କାଢ଼ିଲେ ଓ ପାଖରେ ପଡ଼ିଥିବା ସଙ୍ଘର ଲେଟର ପ୍ୟାଡ୍‌ଟା ନେଇଗଲେ। ସନ୍ଧ୍ୟା ପ୍ରଥମ ସଜେସନ୍ ଦେଲେ। "ସୀତା ସାବିତ୍ରୀଙ୍କ ଦେଶରେ ନାରୀ ନିର୍ଯାତନା ବନ୍ଦ ହେଉ।"

ସନ୍ଧ୍ୟାଙ୍କ ସଜେସନ୍ ଶାନ୍ତିଦେବୀଙ୍କୁ ବଡ଼ ଅପସନ୍ଦ ଲଗିଲା। ସେ ଠୋ ଠୋ ହସି କହିଲେ - ବନ୍ଦ କାହିଁକି ହେବ, ସେମାନଙ୍କ ଦେଶରେ ତ ନିର୍ଯାତନା ହେବା ସଙ୍ଗତ। ନିର୍ଯାତନା ଆହୁରି ଜୋର୍‌ରେ ଚାଲିବା ଉଚିତ୍।

ଗୋମତି କିଛି ବୁଝି ନ ପାରି ପଚାରିଲେ - କିପରି ?

- ଦେଖ ସୀତାଙ୍କୁ କମ୍ ନିର୍ଯାତନା ଦିଆଯାଇଛି ? ଥରେ ନିଆଁରେ ପଶିବାକୁ କୁହାଗଲା। ସେତକ ମଧ୍ୟ ଯଥେଷ୍ଟ ହେଲାନି, ଗର୍ଭରେ ପିଲା ଥିବାବେଳେ ରାଜ୍ୟରୁ ବହିଷ୍କାର କରିଦିଆଗଲା। ଏହାଠୁ ବେଶି ନିର୍ଯାତନା କାହାକୁ କହିବ ? ସାବିତ୍ରୀଙ୍କ କଥା କହିବି ? ଅବିବାହିତ ରହିଲେ ଯେଉଁ ଅପବାଦ, ତାକୁ ଡରି ସେ ଅଳ୍ପାୟୁଷ ଲୋକଟିକୁ ବିଭା ହୋଇପଡ଼ିଲେ ଓ ବିଧବାମାନଙ୍କ ଅବସ୍ଥା ସେତେବେଳେ ଏପରି ଥିଲା ଯେ ସ୍ୱାମୀର ମୃତ୍ୟୁ ପରେ ସଂସାରରେ ବଞ୍ଚି ରହିବା ଅପେକ୍ଷା ଯମ ପଛେ ପଛେ ଯିବା ଉଚିତ୍ ବୋଲି ସେ ମନେକରିଥିଲେ। ବୁଝିବା ଲୋକ ଏହିଥିରୁ ସ୍ତ୍ରୀମାନଙ୍କ ଅବସ୍ଥା କଥା ବୁଝି ଦେଇପାରିବ।

ସନ୍ଧ୍ୟା କହିଲେ - ହେଲା ହେଲା, ତୋର ସେ ରାମସ୍ୱାମୀ ନାଇକରୀୟ କଥାଗୁଡ଼ିକ ରଖିଦେ। କ'ଣ ବ୍ୟାନରମାନଙ୍କରେ ଲେଖାଯିବ କୁହ।

- "ମା' ଭଉଣୀଙ୍କୁ ସମ୍ମାନ କରି ଶିଖ।"

"ସେମାନଙ୍କର ନିର୍ଯାତନା ବନ୍ଦ ହେଉ।"

"ଡାଓରୀ ଏକ ଜଘନ୍ୟ ଅପରାଧ।"

"ରାଜାଗିରି ଗଲା, ଜମିଦାରୀ ଗଲା। ଡାଓରୀ ମଧ ଯାଉ।"

"ମଧ୍ୟଯୁଗୀୟ ମନୋବୃତ୍ତି ଲୋପ ହେଉ।"

"ଦେଶର ପ୍ରଗତି ପାଇଁ ନାରୀଙ୍କୁ ସମ୍ମାନ ଦିଅ।"

"ଡାଓରୀ, ନାରୀ କିଣାବିକାର ଅନ୍ୟ ଏକ ରୂପ।"

ଏଥିରୁ ଅଧିକାଂଶ ସ୍ଲୋଗାନ ସମସ୍ତଙ୍କ ମନକୁ ପାଇଲା। ଶାନ୍ତିଦେବୀ ସି.ପି.ଆଇ ସଭ୍ୟା ହେଲେ କ'ଣ ହେବ ତାଙ୍କର ସଜେସନ୍‌ଗୁଡ଼ାକ ଭାରି ପୋଖତ।

ଛାତ୍ରୀବେଳୁ ସେ କମ୍ରେଡ୍ ହୋଇସାରିଥିଲେ। ସଜେସନ୍‌ଗୁଡ଼ାକ ଦେଉ ଦେଉ ସେ ଅଣ୍ଟାରେ କାନି ଗୁଡ଼ାଇ ସାରିଥା'ନ୍ତି।

ଏହାପରେ କନା, କାଗଜ, ପ୍ଲାକାର୍ଡ଼ ଲେଖା ନେଇ ଜଣେ କମ୍ରେଡ୍ ଆର୍ଟିଷ୍ଟଙ୍କ କଥା ଆଲୋଚନା ହୋଇ ସଭା ଭଙ୍ଗ ହେଲା। ସମସ୍ତଙ୍କର ନିଜ ନିଜର ଘର କାମ ଥିଲା। ଶାନ୍ତିଦେବୀ ଝିଅ ଜ୍ୱାଇଁଙ୍କୁ ଘରକୁ ପ୍ରଥମ ପାଳି ଡାକିଥିଲେ। ସେ ମଧ ତର ତର ହେଉଥିଲେ। ସଭା ଭଙ୍ଗ ହେବାପରେ ଗୋମତି ଆଉ କିଛିକ୍ଷଣ ଅଟକି ଗଲେ। ସେ ସନ୍ଧ୍ୟାଙ୍କୁ ବ୍ୟକ୍ତିଗତ ସମସ୍ୟାଟିଏ ପାଇଁ କିଛି ପରାମର୍ଶ ଲୋଡ଼ିଲେ।

- ଝିଅପାଇଁ ଭଲ ପ୍ରସ୍ତାବଟିଏ ଆସିଛି। ପିଲାଟି ଦେଖିବାକୁ ଭାରୀ ସୁନ୍ଦର। କିଛି ଡାଓରୀ କି ଡିମାଣ୍ଡ ନାହିଁ। ଏବେ ନୂଆ ହୋଇ ଅଧାପକଭାବେ କଲେଜରେ ଯୋଗ ଦେଇଛି। ପିଲାଟିର ସ୍ୱଭାବ ଚରିତ୍ର ନେଇ ମାଧବବାବୁଙ୍କୁ ଟିକିଏ ପଚାରିବୁ?

- କିଏ ସେ ଅଧାପକ? ହେଲେ ଆଜି ଜଣକୁ ମୁଁ ଦେଖିଲି, ଆଃ। ଲୋକ ଏପରି ସୁନ୍ଦର ହୋଇପାରନ୍ତି। ତୋ ଝିଅକୁ ବେଶ୍ ମାନିବ ଲୋ, ଗୋମତି। ତା'ରି ସଙ୍ଗେ ତୋ ଝିଅର ବିଭାଘର କର।

- କିପରି ଚେହେରା କିଛି କହିଲୁ। ଗୋରା ହୋଇ ଡେଙ୍ଗା? ପତଳା ନିଶ, ସରୁ ସିଧା ଉଚ୍ଚା ନାକ। କୁଞ୍ଚୁ କୁଞ୍ଚୁକା ବାଳ।

- ହଁ, ସେଇ ଲୋକ, ସେଇ ଲୋକ। ଲମ୍ବା ଲମ୍ବା ଆଖି, ଆଖିପତା ବାଳଗୁଡ଼ାକ ଲମ୍ବା ଓ ଘଞ୍ଚ? ତାରି ସହ ତୋ' ଝିଅର ବିଭାଘର ପଡିଛି? ଗୋମତି କହିଲେ - ସେ ତୁମ ବାବୁଙ୍କ କଲେଜରେ ନୂଆ ହୋଇ ଜଏନ୍ କରିଛି। ଜାତକ ମିଳିଛି। ଖାଲି ଗୋଟିଏ କେଁ ରହିଯାଇଛି। ଟୋକା କହୁଛି, ଏଇଲେ ବିଭା ହେବନି। ନିର୍ବନ୍ଧ କରି ରଖି ଦେବାକୁ କହୁଛି। ଝିଅ ଏମ୍.ଏ.ପାସ୍ କରି କୌଣସି ଭଲ ଚାକିରିରେ ଥଇଥାନ ହୋଇଗଲେ ଯାଇ ବିଭାଘର ହେବ ବୋଲି ତା' ମତ।

- ଓଃ। ସନ୍ଧ୍ୟା ଚୁପ୍ ହୋଇଗଲେ କିଛିକ୍ଷଣ ପାଇଁ। କିଛି ସମୟ ପରେ ସେ

କହିଲେ- ଯା' କୁହ ଗୋମତି। ଡାଓରୀର ଅନେକ ସୁବିଧା ଥିଲା। ଦେଖୁନୁ ଶାନ୍ତି କଥା। କେତେ ବଡ଼ ବଡ଼ ସ୍ଲୋଗାନ ଆଜି ସେ ଦେଲାନି; କିନ୍ତୁ ପଚାଶହଜାର ଟଙ୍କା ଫୋପାଡ଼ି ଦେଇ ତା' କାଳୀ କୋତରୀ ପାଇଁ ବରଟିଏ ପାଇଗଲା ନା। ମୋ କଥା କ'ଣ ହେଲା, ମାଧବବାବୁ ମୋତେ କେବେହେଲେ ବିଭା ହୋଇଥା'ନ୍ତେ। ଧ୍ରୁବପରା ଚିଠି ଲେଖି ସବୁ ଜଣାଇ ଦେଇଥିଲା ତାଙ୍କୁ; କିନ୍ତୁ ଡାଓରୀ ଟଙ୍କା ସବୁ ସଜାଡ଼ି ଦେଲା। ମୋର ତ ଜୀବନଟା ସଜାଡ଼ି ହୋଇଗଲା। ନ ହେଲେ ମାଧବବାବୁଙ୍କ ପରି ସ୍ୱାମୀ ମୁଁ ପାଇଥା'ନ୍ତି। ସେ ଧ୍ରୁବ ଲଫଙ୍ଗା ପରା ମୋ ପଛରେ ଜୋକପରି ଲାଗିଥିଲା। ଆଲୋ ଦେଖିଲୁ, ମୁଁ ତାଙ୍କୁ ଚା' କପେ ଏଯାଏଁ ଦେଇନି। କେଉଁ ଘର କୋଣରେ ବସିଛନ୍ତି କେଜାଣି। ମୁଁ ତାଙ୍କୁ ଡାକି ଆଣୁଛି, ତୁ ପଚାରି ନେ ସେ ନୂଆ ଅଧ୍ୟାପକଙ୍କ କଥା। ତାଙ୍କ ତୁଣ୍ଡରୁ ସିଧା ଶୁଣିଦେଲେ ଭଲ; କିନ୍ତୁ ସେ ଟୋକାକୁ ହାତରୁ ଛାଡ଼େନା।

■

ଡାଇନୋସୋର୍‌ର ପୁନରାବର୍ତ୍ତନ

ଇତିହାସ ଅଧ୍ୟାପକ

ମୁଁ ଜଣେ ଇତିହାସ ଅଧ୍ୟାପକ। ବୟସ ମୋର ପଞ୍ଚାବନ ହୋଇଗଲାଣି। ସାଂସରିକ ଅନୁଭୂତି ଓ ଇତିହାସ ଅଧ୍ୟୟନ ମୋତେ ଅଭିଜ୍ଞ ଓ ଜ୍ଞାନୀ କରି ଦେଇଛି ବୋଲି ଅତ୍ୟନ୍ତ ବିନୀତଭାବେ କହୁଛି, ସେ ସଭ୍ୟତା ଓ ସଂସ୍କୃତିର ଉତ୍‌ଥାନ-ପତନ, ମହାନ ବ୍ୟକ୍ତିମାନଙ୍କ ଅଭ୍ୟୁଦୟ ଓ ଅସ୍ତ, ଜାଣିବା ପରେ ମୋର କିଛି ତତ୍ତ୍ୱଜ୍ଞାନ ହୋଇଥିବା ପରି ପ୍ରତ୍ୟୟ ହେଉଛି।

ଏହା ମୋର ଧାରଣା ଯେ, ମୋର ଜ୍ଞାନର କି ଅଭିଜ୍ଞତାର ପ୍ରଭାବ ମୋ ପିଲାଙ୍କ, କି ମୋ ଛାତ୍ରଙ୍କ ଉପରେ ଆଦୌ ପଡ଼େନି। ସେମାନେ କାହାଦ୍ୱାରା ପ୍ରଭାବିତ ହୁଅନ୍ତି, ତାହା ଜାଣିବା ମୁସ୍କିଲ। ସ୍କୁଲ କଲେଜର କୌଣସି ଅଧ୍ୟାପକ କି ବିଦ୍ୟାଳୟ ପରିବେଶଦ୍ୱାରା ଜମାରୁ ନୁହେଁ; କାରଣ ସେମାନଙ୍କ କଥାବାର୍ତ୍ତାରେ ସ୍କୁଲ କଲେଜର ପରିବେଶ କି କୌଣସି ଅଧ୍ୟାପକ କେବେ ଆସନ୍ତି ନାହିଁ, ଯେବେ ସେମାନେ ଆସନ୍ତି, ଆସନ୍ତି ବଡ଼ ଦୟନୀୟ ଭୂମିକାରେ ଅଂଶ ନେଇ - କିପରି କୌଣସି ଛାତ୍ର ଅଧ୍ୟାପକଙ୍କୁ ଠେଲିଦେଲା, କପି ଧରିବାରୁ ବାଟରେ ଧରି ତାଙ୍କୁ ତ ଦି ମୁଖା ପକାଇଲା, କିପରି କେହି ଅଧ୍ୟାପକ ସବୁବେଳେ ଅନ୍ୟମନସ୍କ ରହନ୍ତି, କିପରି ତାଙ୍କୁ ଧମକାଇବାରୁ ସେ ମାର୍କସ୍ ବଢ଼ାଇ ଦେଲେ ଇତ୍ୟାଦି। ତେଣୁ ସବୁବେଳେ ଶେଷ ସିଦ୍ଧାନ୍ତ ହୁଏ ଯେ, କେବେ ମାଷ୍ଟ୍ର ଚାକିରି କରିବନି, ବା କେବେହେଲେ ମାଷ୍ଟ୍ରଙ୍କୁ ବିବାହ କରିବନି।

ମୁଁ ଏସବୁ କଥା ଶୁଣିଛି, ହସି ଦେଇ ଚୁପ୍ ରହିଛି। ମୋର ଘରେ ଆର୍ଥିକ ଅଭାବ କିଛି ନାହିଁ। ମୋ ପିଲାଙ୍କ ସକଳ ଇଚ୍ଛାକୁ ମୁଁ ପ୍ରାୟ ପୂରଣ କରି ଦେଇଥାଏ। ଅଧ୍ୟାପକମାନଙ୍କ ଦରମା କିଛି କମ୍ ନୁହେଁ। ମୋର ଦୁଃଖ ଯେ, ସତ୍ ଅର୍ଜନଦ୍ୱାରା ଯେଉଁ ପିଲାମାନେ ବଢ଼ିଛନ୍ତି, ଜନ୍ମ ହୋଇଛନ୍ତି, ଯୌବନାପ୍ରାପ୍ତି ହୋଇଛନ୍ତି, ସେମାନେ

ଆଜି ଆଉ କେଉଁ ଶକ୍ତିଦ୍ୱାରା ପ୍ରଭାବିତ, ପରିଚାଳିତ। ସେମାନଙ୍କ ହୃଷ୍ଟପୁଷ୍ଟ ଚେହେରା, ଉଚ୍ଚ ଅଟ୍ଟହାସ୍ୟ, ଘରେ ପାଟିତୁଣ୍ଡ, ହାକିମୀ ଓ ସେମାନଙ୍କ ଦମ୍ଭୋକ୍ତି ଶୁଣିଲେ ଭାରି ଆଶ୍ୱସ୍ତ ଲାଗେ। ମନ କହେ ଯାହାହେଉ, ଆଗକୁ ପଛକୁ ନିଜର ପିଲାଝିଲାମାନେ ଅଛନ୍ତି ତ।

ଦିନେ ମୋର ବଡ଼ପୁଅ ଯାହାର ଚେହେରା ମୋ ପରି ଅବିକଳ ଦେଖିବାକୁ, ଅପ୍ରତ୍ୟାଶିତ କାଣ୍ଡଟିଏ କରି ବସିଲା। ମୁଁ କଲେଜରୁ ଫେରିବା ପରେ ଚା' କପେ ପିଇ ଶ୍ରୀମତୀଙ୍କ ସଙ୍ଗେ ଗପିବାକୁ ଇଚ୍ଛା କରୁଥାଏ। କିଛି ମଜାଦାର କଥା ପଢ଼ିଲେ କି ଶୁଣିଲେ ମୁଁ ଶ୍ରୀମତୀଙ୍କୁ କହେ। ବହୁ ବର୍ଷ - ଲକ୍ଷାଧିକ ବର୍ଷ ପୂର୍ବେ ବଞ୍ଚିଥିବା ଖବର ପ୍ରକାଶ ପାଇଥିଲା। ଆଫ୍ରିକାର ଜଙ୍ଗଲରୁ ଡାଏନୋସୋର୍ ପରି ଏକ ଜନ୍ତୁ ନିକଟସ୍ଥ ସହରକୁ ମାଡ଼ି ଆସିବାରୁ ସୈନ୍ୟମାନେ ଏକତ୍ରିତ ହୋଇ ତାକୁ ମାରି ପକାଇଥିଲେ। ପ୍ରାଣୀତତ୍ତ୍ୱବିତ୍ ଓ ଇତିହାସ ଅଧ୍ୟାପକମାନଙ୍କ ପାଇଁ ଏହା ଏକ ଚମକପ୍ରଦ ଘଟଣା ଥିଲା। କଥା ହେଲା, ଇତିହାସ ଆଗକୁ ଚାଲିଥିବାବେଳେ ପୁଣି ପଛକୁ ମାଡ଼ିଗଲା କିପରି? ଜୀବଜଗତରେ ଏହା ସମ୍ଭବ ହେଲେ, ମାନବ ଜଗତରେ ପୁଣି ଥରେ ପେକିଂମ୍ୟାନ କି ଜାଭା ମ୍ୟାନ୍‌ଙ୍କ ଆବିର୍ଭାବ ସମ୍ଭବ କି ବୋଲି ମନରେ ପ୍ରଶ୍ନ ଉଠେ। ମୁଁ ସେହି କଥା ଶ୍ରୀମତୀଙ୍କ ସହ ଗପିବାକୁ ଯାଉଥିବାବେଳେ ଘରେ ପହଞ୍ଚି ଦେଖେ ଘରେ ଏକ ଗଭୀର ନୀରବତା ସନ୍ଧ୍ୟାରେ ଅନ୍ଧକାର ପରି ମାଡ଼ିଯାଇଛି। ଶ୍ରୀମତୀ କାନ୍ଦି କାନ୍ଦି ତାଙ୍କ ଆଖି ଦୁଇଟା ଫୁଲିଯାଇଛି, ମୋତେ ଦେଖି ସେ ନିଜ କାନ୍ଦ ଓ କୋହକୁ ଚାପି ଧରି ମୋର ବଡ଼ ପୁଅ ବିଷୟରେ ଏପରି କେତେ କଥା କହିଲେ, ଯାହା ଶୁଣିବା ପରେ କିଛି ସମୟ ପାଇଁ ମୁଁ ମୂର୍ଚ୍ଛିତ ହୋଇ ତଳେ ପଡ଼ିଗଲି। ମୋର ଚେତା ଆସିବା ବେଳେକୁ ମୋ ସ୍ତ୍ରୀ କାନ୍ଦି କାନ୍ଦି ମୋ ମୁହଁକୁ ପାଣି ଛିଞ୍ଚାଡ଼ି ଚାଲିଥିଲେ। ମୋର ସାର୍ଟ୍ ସାରା ଓଦା ହୋଇଯାଇଥିଲା। ଚେତା ଫେରୁ ଫେରୁ ମୋ ପ୍ରଥମ ପ୍ରଶ୍ନ ହେଲା - ସେହି ଘରର ଚାବି କାହିଁ? ମନ୍ମଥ ଗଲା କୁଆଡ଼େ?

ପୁତ୍ର

ବାପାଙ୍କ ପ୍ରଶ୍ନର ଉତ୍ତର ବୋଉ ଦେବା ପୂର୍ବରୁ ମୁଁ ଦେଇଥିଲି। ସେ ଘରର ଚାବି ମୋ ପାଖରେ ଅଛି। ଆପଣଙ୍କର କ'ଣ କାମ ଅଛି ସେହି ରୁମ୍‌ରେ। ବୋହୂକୁ ଦେଖିବେ?

ବି.ଏ. ପାସ୍ କରିବା ପରେ ମଧ୍ୟ ମୋତେ ଚାକିରି ମିଳି ନ ଥିଲା। ମୁଁ ସମୟ କଟାଇବା ପାଇଁ 'ଲ' କଲେଜରେ ନାମ ଲେଖାଇଲି ଓ ସେହି ସମୟରେ ବ୍ୟାଙ୍କରୁ ଲୋନ୍ ଆଣି ଟ୍ରେକର୍‌ଟିଏ କଟକରୁ ଭୂଷଣ୍ଡପୁର ଯାଏଁ ପକାଇଲି। ମୋର ନିଜର

ଡ୍ରାଇଭିଂ ଲାଇସେନ୍ସ ମଧ୍ୟ କରିନେଲି। ଟ୍ରେକର୍ ଡ୍ରାଇଭର ସହ ମୁଁ ପ୍ରତିଦିନ ଭୂଷଣ୍ଡପୁର ଯାଏ, ସେଠୁ ପାସେଞ୍ଜର ଧରି କଟକ ଫେରିଥାଏ। ଏହି ରୁଟ୍‌ରେ ଲୋକ ଖୁବ୍ ଭିଡ଼ ହୁଅନ୍ତି, ସେଥିପାଇଁ ଏହି ରୁଟ୍‌ରେ ମିନିବସ୍‌ଟିଏ ମଧ୍ୟ ପକାଇବା ପାଇଁ ମୁଁ ଇଚ୍ଛୁକ; କିନ୍ତୁ ବାପା କହୁଥିଲେ, ଟ୍ରେକର ଲୋନ୍ ଶୁଝିବା ପରେ ସେହି କଥା ଚିନ୍ତା କରାଯିବ; କିନ୍ତୁ ବାପା ବଡ଼ ଜ୍ଞାନୀଲୋକ ବୋଲି ଏପରି ଚିନ୍ତା କରୁଥିଲେ। ସରକାର କି ବ୍ୟାଙ୍କରୁ ଧାର ଅଣାଗଲେ ସେ ଧାର ଶୁଝାଯାଏ ନାହିଁ, ଏପରି ଲୋନ୍ ଶୁଝିବା ପାଇଁ ଲୋକେ ଧାର କରନ୍ତି କି। ଏ ଲୋନ୍ ଅଣାଯାଏ ସରକାର କି ବ୍ୟାଙ୍କକୁ ଠକି ଦେବାପାଇଁ। ବାପାଙ୍କୁ ଏକଥା କହିଲେ ସେ ପ୍ଲେଟୋଙ୍କ ରିପବ୍ଲିକ କଥା ଆଲୋଚନା ଆରମ୍ଭ କରିବେ। ଅନ୍ୟାୟ, ଅନ୍ୟାୟ ବୋଲି ଚିତ୍କାର କରିବେ। ପ୍ରଜାମାନେ ବହୁ ସଂଖ୍ୟାରେ ଏପରି ଅନ୍ୟାୟ ଆଚରଣ କରି ବସିଲେ ରିପବ୍ଲିକ୍‌ର ପତନ ଅବଶ୍ୟାମ୍ଭାବୀ ବୋଲି ତାଙ୍କର ଭୟ। ମୋର ଅଧ୍ୟାପକ ବାପା ସେହିପରି ଏକ ପଶୁ, ଯେ ଆକାଶ ଭାଙ୍ଗିପଡ଼ିବ ବୋଲି ଡରରେ ସମୁଦ୍ର କୂଳରେ ଚାରିକାତ ମେଲାଇ ଆକାଶକୁ ଢେରା ଦେବେ ବୋଲି ଭାବି ଶୋଇଥା'ନ୍ତି।

ଟ୍ରେକରରେ ଯାତ୍ରୀ ବୁହାବୁହି କରୁଥିବାବେଳେ ଦିନେ ଭୂଷଣ୍ଡପୁରରେ ଦୁଇଜଣ ସ୍ତ୍ରୀଲୋକ ସହରକୁ ଆସିବାକୁ ଅତ୍ୟନ୍ତ ବ୍ୟସ୍ତ ହୋଇ ମୋ ଟ୍ରେକ୍‌ର ପାଖକୁ ଆସିଲେ। ଟ୍ରେକର ପ୍ରାୟ ଛାଡ଼ିବା ଉପରେ ଥିଲା, ସବୁ ସିଟ୍‌ରେ ଲୋକେ ଖୁନ୍ଦାଖୁନ୍ଦି ହୋଇ ବସି ଯାଇଥିଲେ। ସେ ଦୁହେଁ ଟ୍ରେକର ପାଖକୁ ଆସି ଯେପରି ବ୍ୟସ୍ତ ଓ ବିକଳ ହେଲେ, ସେମାନଙ୍କୁ ନ ନେଇ କେହି ରହିପାରି ନ ଥା'ନ୍ତା। ସେମାନଙ୍କ ଭିତରୁ ବୟସ୍କା ମହିଳା ଜଣଙ୍କର ସ୍ୱାମୀ ସ୍କୁଟର ଦୁର୍ଘଟଣାରେ ଆହତ ହୋଇ ଚେତନାଶୂନ୍ୟ ହୋଇ କଟକ ହସ୍‌ପିଟାଲରେ ପଡ଼ିଥିଲେ। ମା' ଓ ଝିଅ ହୋଇ ସେମାନେ ହସ୍ପିଟାଲ ଯାଉଥିଲେ। ଝିଅଟି ମୋର ଚିହ୍ନାଚିହ୍ନା ଜଣାପଡ଼ିଲା। କଲେଜରେ ମୋର ତଳ କ୍ଲାସରେ ସେ ପଢୁଥିବା କଥା ମଧ୍ୟ ମୋର ସ୍ମରଣ ହୋଇଆସିଲା। ଝିଅଟି କଥା ମନେପଡ଼ିଯିବା ପରେ ତାକୁ କେନ୍ଦ୍ର କରି ଆଉ କେତୋଟି କଥା ମଧ୍ୟ ମୋର ମନେପଡ଼ିଗଲା। ରିଓ ବୋଲି ଜଣେ ଖାସୀ ଆଦିବାସୀ ଛାତ୍ରକୁ ସେ ଝିଅ ଭଲ ପାଉଥିବା ସମ୍ବାଦ ଆମେ ଉପର ଶ୍ରେଣୀର ଦାଦାମାନେ ପାଇ ଝିଅଟି ନେଇ କିଛିଟା ଆଗ୍ରହୀ ହୋଇପଡ଼ିଥିଲୁ; କିନ୍ତୁ ସେହି ଆଦିବାସୀ ଟୋକା ଖେଳ ଓ ପଢ଼ାରେ ଅତ୍ୟନ୍ତ ଦୁର୍ଦ୍ଦାନ୍ତ ଥିଲା ବୋଲି ଆମେମାନେ ଜାଣିଥିଲୁ। ସିଲଂରୁ ଜୁଡ଼ୋ କାରାଟେ ଶିଖି ସେ ବ୍ଲାକ୍‌ବେଲ୍ଟ ଯାଏଁ ଯାଇଥିବା ସମ୍ବାଦ ମଧ୍ୟ ଆମ କଲେଜରେ ପ୍ରଚାରିତ ହୋଇଯାଇଥିଲା। ମା' ଝିଅଙ୍କ କଥା ଶୁଣି ସେମାନଙ୍କୁ ନ ନେଇ ଗତ୍ୟନ୍ତର ନ ଥିଲା। ମୁଁ ଡ୍ରାଇଭରକୁ ଓହ୍ଲାଇ ଦେଇ

ନିଜେ ଡ୍ରାଇଭିଂ କଲି । ମୋ ପାଖରେ ଝିଅଟି ବସିଲା ଓ ତା' କୋଳରେ ତା'ର ବୟସ୍କା ମା' । ଖୁନ୍ଦାଖୁନ୍ଦି ହୋଇ ବସିଥିବାବେଳେ ତୁମ ଉପରେ ଜଣେ ତରୁଣୀର ୩୫"-୨୫"-୩୫"ରୁ ୫" ରହିଗଲେ ତୁମର ମାନସିକ ଅବସ୍ଥା କ'ଣ ହେବ । ମୁଁ ସେଦିନ କୌଣସିମତେ ଡ୍ରାଇଭିଂ କରି ସେମାନଙ୍କୁ କଟକଯାଏଁ ନେଇ ଯାଇଥିଲି ।

ମୁଁ ଜାତିରେ କ୍ଷତ୍ରିୟ । ସୁନ୍ଦର ଓ ଭଲ ଜିନିଷକୁ ବଳାତ୍କାରେ ଅଧିକାର କରି ଭୋଗ କରି ନେବାର ଜାତିଗତ ଅଧିକାର ମୋର ଅଛି । ସେ ଝିଅ ପାଖରେ ମୁଁ ମୋର ପ୍ରେମ ନିବେଦନ କରି ତାକୁ ବିବାହ କରିବା ପାଇଁ ମୋର ଇଚ୍ଛା କଥା କହିଥିଲି; କିନ୍ତୁ ନିଜର ଉଚ୍ଚଜାତି ଓ ନାନା ଆଳ ଦେଖାଇ ସେ ଝିଅ ମୋର ପ୍ରେମକୁ ପ୍ରତ୍ୟାଖ୍ୟାନ କରି ଦେଇଥିଲା । ମୁଁ ଜାଣିଥିଲି ଖାସୀ ଯୁବକଟି ପାଇଁ ସେ ପାଗଳିନୀ । ଖାସୀମାନେ ଭଲ ଗୁଣୀଗାରେଡ଼ି ଜାଣନ୍ତି ବୋଲି ମଧ୍ୟ ମୁଁ ଜାଣିଥିଲି । ଶେଷରେ ଦିନେ ଜିଦିରେ ସେ ଝିଅକୁ ମୁଁ ତା'ର ଘରୁ ବଳାତ୍କାରେ ତାକୁ ଉଠାଇ କଟକ ନେଇ ଆସିଲି । କଟକର ଏକ ହୋଟେଲରେ ମୋର ପ୍ରଥମ ଆଲିଙ୍ଗନରେ ସେ ଝିଅ ମୋତେ ସବୁ ସମର୍ପି ଦେଲା । କେତେଦିନ ପରେ ମୁଁ ଓ ସେ ରେଜେଷ୍ଟ୍ରି ବିବାହ କଲୁ । ତା'ପରେ ମୁଁ ତାକୁ ମୋ ଘରେ ଆଣି ରଖିଲି । ମୁଁ ତାକୁ ଉଠାଇ ଆଣିବାର ଦିନେ ଦୁଇଦିନ ପରେ ତା'ର ଚେତନାଶୂନ୍ୟ ପିତା ମରିଗଲେ । ସ୍କୁଟର ଦୁର୍ଘଟଣା ପରଠୁ ସେ ଚେତନା ଫେରି ପାଇ ନ ଥିଲେ; ତେଣୁ ମୁଁ ଝିଅକୁ ଉଠାଇ ନେବାର ଘଟଣା ତାଙ୍କୁ ଆଦୌ ସକ୍ ଦେଇ ନ ଥିଲା । ସେ ମରିବାକୁ ଥିଲା; ତେଣୁ ମଲେ; କିନ୍ତୁ ତନୁଜା ପିତାଙ୍କର ମୃତ୍ୟୁ ସମ୍ବାଦରେ ପାଗଳିନୀ ପରି ହେବାରୁ ମୁଁ ତାକୁ ମୋ ଘରକୁ ଆଣି ଗେଷ୍ଟ ରୁମ୍‌ରେ ଚାବି ପକାଇ ରଖିବାକୁ ବାଧ ହେଲି । ମୋର ବିଶ୍ୱାସ ଥିଲା ଯେ ବାପାଙ୍କଠୁ ଓ ବୋଉଠୁ ଆଶ୍ୱାସନା ପାଇଲେ ସେ ପ୍ରକୃତିସ୍ଥ ହୋଇଯିବ ।

ତୁମେ ଚାବି ମାଗିଥିଲ, ନିଅ ଚାବି । ଚାବି ଖୋଲି ତୁମ ବୋହୂକୁ ଦେଖି ନିଅ । ବୋହୂ ପସନ୍ଦ ହେଲା କି ନାହିଁ କହ ।

ପୁତ୍ରବଧୂ

ମୁଁ ତନୁଜା, ବ୍ରାହ୍ମଣ ଘରର ଝିଅ । ଖୁବ୍ ପିଲାଦିନୁ ମୁଁ ମୋର ନନା ଓ ବୋଉଙ୍କୁ ପ୍ରଚଣ୍ଡ ଘୃଣା କରୁଥିଲି, ଏ ଘୃଣାର କାରଣ କିଛି ମୁଁ ଜାଣିପାରିନି । ଏପରି ହୋଇପାରେ ଯେ ସେମାନେ ବଡ଼ ଶୃଙ୍ଖଳାପ୍ରିୟ ଥିଲେ, ଶୃଙ୍ଖଳା ଭିତର ଦେଇ ମୋତେ ଭଲ ଝିଅଟିଏ କରି ଗଢ଼ିବାପାଇଁ ସେମାନେ ସେମାନଙ୍କ ପାରୁପର୍ଯ୍ୟନ୍ତ ଚେଷ୍ଟା କରୁଥିଲେ । ସେମାନଙ୍କ ଅନୁଶାସନ କିଛି ଅଂଶରେ ସଫଳ ହୋଇଥିଲା; କାରଣ ମୁଁ ସତରେ ଭଲ ପଢୁଥିଲି ଓ ମୋର ଶାନ୍ତଶିଷ୍ଟ ଆଚରଣ ଦେଖି ଅନ୍ୟମାନେ ମୋତେ ଖୁବ୍ ଭଲ

ପିଲାବୋଲି ଭାବିବାକୁ ଆରମ୍ଭ କରି ଦେଇଥିଲେ; କିନ୍ତୁ ଯେତେବେଳେ ମୁଁ ସୁବିଧା ପାଉଥିଲି, ମୋର ନନା ବୋଉଙ୍କ ଅନୁଶାସନକୁ ଭାଙ୍ଗି ଦେବାକୁ ଚେଷ୍ଟା କରୁଥିଲି। ସେମାନଙ୍କ ନୀତି ନିୟମ ବିରୋଧରେ ମୁଁ ବିଦ୍ରୋହ କରୁଥିଲି। ଜାତି ଓ ବଂଶର ଖ୍ୟାତି ନେଇ ସେମାନଙ୍କର ଅହଙ୍କାର ଥିଲା, ଯଦିଓ ମୋର ନନା ଲ' କଲେଜର ଜଣେ ସାଧାରଣ ଅଧ୍ୟାପକ ଥିଲେ ଓ ଘରେ ଆର୍ଥିକ ଅନାଟନ କଥା ନେଇ ନନା ବୋଉଙ୍କ ସଙ୍ଗେ ବହୁ ସମୟରେ କଳି କରୁଥିଲେ। ବୋଉର ଅହଙ୍କାର ସତ୍ତ୍ୱେ ସେ ଖୁବ୍ ଅଳ୍ପ ପଢ଼ିଥିଲା। ମୋ ପଢ଼ାପଢ଼ି ଓ ଆଚରଣ ନେଇ ସେମାନେ କିନ୍ତୁ ଭାରୀ ଖୁସି ଥିଲେ ଓ ବହୁ ଲୋକଙ୍କୁ ମୋ ବିଷୟରେ ମୋ କଥା କହି ଗର୍ବ ଅନୁଭବ କରୁଥିଲେ। ହଠାତ୍ ଦିନେ ଆମ କଲେଜରେ ରିଓମୌରୀ ବୋଲି ଖାସୀ ଛାତ୍ରଟିଏ ନାମ ଲେଖାଇଲା। ତା'ର ବାପା ଆଇ.ଏ.ଏସ୍. ଅଫିସର ଥିଲେ। ଓଡ଼ିଶାର ଆଦିବାସୀଙ୍କ ଉନ୍ନତି ପାଇଁ ଖାସ୍ ଦାୟିତ୍ୱ ନେଇ ସେ ସେକ୍ରେଟାରୀଏଟ୍‌ରେ ଯୋଗ ଦେଇଥିଲେ। ରିଓ ଅଦ୍ଭୁତଭାବେ ବଳିଷ୍ଠ ଓ ସୁନ୍ଦର ଥିଲା। ସେ ନାଲିଆ ବିଦେଶୀ ସ୍ପୋର୍ଟସ କାର୍‌ରେ କଲେଜ ଆସୁଥିଲା। ତା'ର ବାପା ଆମେରିକାରେ କେତେଦିନ ପଢ଼ିଥିଲେ ଓ ସେଠି ଚାକିରି ମଧ୍ୟ କରିଥିଲେ। ରିଓମୌରୀର ଚାଲି, କଥାବାର୍ତ୍ତା, ଢଙ୍ଗ, ଖେଳରେ ପାରଦର୍ଶିତା କଥା କ୍ଲାସରେ ସବୁ ଝିଅ କଥାବାର୍ତ୍ତା ହେଉଥିଲେ। ହିନ୍ଦୀ ଫିଲ୍ମର ଷ୍ଟାରମାନଙ୍କ ସହ ତା' ରୂପର ତୁଳନା କରୁଥିଲେ ଓ ରିଓର ଶାରୀରିକ ଶକ୍ତିକୁ ନେଇ ଅନେକ କାମାତୁର ମନ୍ତବ୍ୟ ମଧ୍ୟ ସେମାନେ ଦେଉଥିଲେ। ମୁଁ ସବୁ କଥାରେ ନୀରବ ରହୁଥିଲେ ମଧ୍ୟ ରିଓକୁ ଭଲ ପାଇବି ବୋଲି ଠିକ୍ କରି ନେଇଥିଲି। ବୋଧେ ମୁଁ କିଛି ଠିକ୍ କରିବା ପୂର୍ବରୁ ତାକୁ ଭଲ ପାଇ ବସିଥିଲି। ମନ ଥିଲେ ଉପାୟ ମିଳିଯାଏ।

ଥରେ କଲେଜ ଇଉନିୟନ ଫଙ୍କ୍‌ସନ୍‌ରେ ସେ ତା' ଭାଷାରେ ଗୀତ ଗାଇବା ପରେ ମୁଁ ଯାଇ ତାକୁ ବଧାଇ ଜଣାଇଥିଲି ଓ ସଙ୍ଗେ ସଙ୍ଗେ ମୋତେ ଆଚମ୍ବିତ କରି ତତ୍‌କ୍ଷଣାତ୍ କ୍ୟାଣ୍ଟିନ୍‌କୁ ସେ ଖାଇବାକୁ ମୋତେ ନିମନ୍ତ୍ରଣ କରି ପକାଇଥିଲା। ତା' ଗୀତର ଅର୍ଥ ବୁଝୁ ବୁଝୁ ଆମେ ଦୁହେଁ ପରସ୍ପରର ପ୍ରେମରେ ପଡ଼ିଯାଇଥିଲୁ। ସେ ମୋତେ ଖାସୀମାନଙ୍କ ଆଚାର ବିଚାର, ଜୀବନ ଦର୍ଶନ ନେଇ ବହୁତ କଥା କହିଥିଲା। ଥରେ ସେ ମୋତେ ସୂର୍ଯ୍ୟଙ୍କ ସଙ୍ଗେ ତୁଳନା କରିବାରୁ ମୁଁ ଆଶ୍ଚର୍ଯ୍ୟାନ୍ୱିତ ହୋଇଗଲି। ଖାସୀ ଲୋକକଥାରେ ସୂର୍ଯ୍ୟ ସୁନ୍ଦରୀ ତରୁଣୀଟିଏ ବୋଲି ସେ କହିଥିଲା। ପ୍ରତ୍ୟେକ ଦିନ ସୂର୍ଯ୍ୟୋଦୟବେଳେ ମୟୂର ସେହି ସୁନ୍ଦରୀ ତରୁଣୀକୁ ଦେଖି ଖୁସିରେ ପକ୍ଷ ବିସ୍ତାର କରି ନାଚେ। ଗୋଟିଏ ସମୟରେ ସେ ଓ ତା'ର ପତ୍ନୀ ସୂର୍ଯ୍ୟ ସ୍ୱର୍ଗରେ ପରମ ସୁଖରେ ରହିଥିଲେ; କିନ୍ତୁ ପୃଥିବୀ ପୃଷ୍ଠର ସୋରିଷ କିଆରୀର ସୋରିଷ ଫୁଲର ସୌନ୍ଦର୍ଯ୍ୟରେ

ଆକୃଷ୍ଟ ହୋଇ ମୟୂର ପୃଥିବୀକୁ ଚାଲି ଆସିଲା। ସୁନ୍ଦରୀ ତରୁଣୀଟିଏ ପରିବର୍ତ୍ତେ ସେ ସୋରିଷ କିଆରୀଟିକୁ ଦେଖି ସ୍ତବ୍ଧ ହୋଇ ରହିଥିଲା। ସେ ନିଜର ଭୁଲ ବୁଝିପାରିଲା, କିନ୍ତୁ ସୂର୍ଯ୍ୟ ପାଖକୁ ଫେରିଯିବାକୁ ଆଉ ଉପାୟ ନ ଥିଲା। ସେଥିପାଇଁ ସୂର୍ଯ୍ୟୋଦୟ ଦେଖିଲେ ସେ ହର୍ଷୋତ୍‌ଫୁଲ୍ଲ ହୋଇ ପୂର୍ବର ପ୍ରେମ ସ୍ମରଣ କରି ନାଚେ। ତା'ର ବିସ୍ତୃତପକ୍ଷର ସୁନ୍ଦର ଆଖିଗୁଡ଼ିକ ପ୍ରକୃତରେ ତା'ର ପ୍ରେମିକା ଓ ପତ୍ନୀ ସୂର୍ଯ୍ୟର ଲୋତକବିନ୍ଦୁ।

ମୋ ପାଇଁ ରିଓ ତ୍ରାଣକର୍ତ୍ତା ଥିଲା। ତାକୁ ପାଇ ମୁଁ ମୋ ଜନ୍ମଦାତା ନୀରବତାକୁ ବାସିଲୁଗା ପରି ପାଲଟି ପକାଇଥିଲି। ତା' ସଙ୍ଗରେ ପ୍ରଗଳ୍‌ଭ ହୋଇ ବୁଲିବାବେଳେ କେତେ ଯେ ସହପାଠିନୀ ମୋତେ ଈର୍ଷାତୁରା ହୋଇ ଜଳିପୋଡ଼ି ମରୁଥିବେ, ତା' କଳ୍ପନା କରି ମୁଁ ଆନନ୍ଦରେ ନାଚି ଉଠୁଥିଲି। ଖାସୀ ଯୁବକଟି ସହ ମୋର ପ୍ରଣୟ ଓ ବିବାହ ଶେଷରେ ମୋର ରକ୍ଷଣଶୀଳ ପିତାମାତାଙ୍କୁ ମଧ୍ୟ କିପରି ମାନସିକ ଧକ୍‌କା ଦେବ, ତା' କଳ୍ପନା କରି ମୁଁ ଆନନ୍ଦରେ ନାଚି ଉଠୁଥାଏ।

ରିଓ ପାଖକୁ ମୁଁ ଦେଇଥିବା ଚିଠି ଖଣ୍ଡେ ଦିନେ ମୋର ବୋଉ କିପରି ପାଇଗଲା। ରିଓ ଛୁଟି କଟାଇବା ପାଇଁ ଦିଲ୍ଲୀରୁ ସିଲଂ ଯାଇଥାଏ। ସେହିଠାକୁ ଯାଇ ତା' ସହ ବିବାହ କରିନେବା ପାଇଁ ସେ ପ୍ରସ୍ତାବ ଦେଇଥାଏ। ତା' ପ୍ରସ୍ତାବରେ ରାଜି ହୋଇ ମୁଁ ଯେଉଁଦିନ ଘର ଛାଡ଼ି ସିଲଂ ଯିବି, ତାହା ରିଓ ପାଖକୁ ଲେଖି କଲିକତା ଯାଏଁ ଆସିବାକୁ ମୁଁ ତାକୁ ଅନୁରୋଧ କରିଥାଏ। ମୋର ଚିଠି ମୋ ବୋଉ ପଢ଼ିଥିବା କଥା, ତା' ଗୁମ୍ ଗୁମ୍, ଗମ୍ଭୀର ଓ ଭୟାର୍ତ୍ତ ଆଚରଣରୁ ମୁଁ ବାରିଦେଇ ପାରିଲି। ତା'ପରେ ନନା ନିଶ୍ଚୟ ଜାଣିଥିବେ। ଉଭୟେ କିଛି ନ କହିଲେ ମଧ୍ୟ ସେମାନଙ୍କର ଜଗିଲା ଜଗିଲା, ଭୟ କଲା, ଭୟ କଲା ଦୃଷ୍ଟିକୁ ମୁଁ ଠିକ୍ ବାରିପାରି ଖୁସିରେ କୁରୁଳି ଉଠୁଥାଏ। ଆଃ ! ଏତେ ଦିନକେ ମୁଁ ସେମାନଙ୍କୁ କିଛି ଶାସ୍ତି ଦେଇପାରୁଛି ବୋଲି ଆନନ୍ଦିତ ହେଉଥିଲେ ମଧ୍ୟ ଦୁଃଖିତ ହେଉଥାଏ। ଏହିପରି ସମୟରେ ମୋର ନନାଙ୍କ ସ୍କୁଟର ଦୁର୍ଘଟଣା ହେଲା। ସେ ମୋ ପାଇଁ ପାତ୍ର ଖୋଜିବାରେ ବ୍ୟସ୍ତ ଥିଲେ। ତାଙ୍କ ସ୍କୁଟର ଦୁର୍ଘଟଣା କଥା ଶୁଣି ବୋଉ ଓ ମୁଁ ଟ୍ରେକରଟିଏରେ ଗାଁରୁ କଟକ ଯାଇଥିଲୁ। ଟ୍ରେକରଟା ଦୈବାତ୍ ମୋର ଉପର କ୍ଲାସରେ ପଢୁଥିବା ଜଣେ ଛାତ୍ରର ଥିଲା। ତାହାକୁ କେତେଥର କଲେଜରେ ଦେଖିଥିଲି। କଲେଜରେ ଅନେକ ଥର ସେ ମୋ ଆଡ଼କୁ କଟମଟ କରି ଚାହିଁବା ମୁଁ ଜାଣେ। ସେଦିନ ସେ ଦୟାକରି ମୋତେ ଓ ମୋ ବୋଉକୁ ତା' ଟ୍ରେକରରେ ନେଇ ବାଦାମବାଡ଼ିଠି ଅନ୍ୟ ପାସେଞ୍ଜରଙ୍କୁ ଓହ୍ଲାଇ ଦେଇ ଆମକୁ ମେଡ଼ିକାଲ ଯାଏଁ ନେଇଥିଲା। ଆମ ସହ ଗମ୍ଭୀର ହୋଇ ସେ ନିଉରସର୍ଜେରୀ ୱାର୍ଡ଼ ଯାଏଁ ଯାଇ ନନା ଅଚେତ ହୋଇ

ପଡ଼ିଥିବା ମଧ୍ୟ ଦେଖିଲା। ନନାଙ୍କ ନାକରେ ଅକ୍‌ସିଜେନ ସିଲିଣ୍ଡର ଖଞ୍ଜା ଯାଇଥାଏ। ସେ ଅଚେତ ହୋଇ ପଡ଼ିଥା'ନ୍ତି। ତାଙ୍କ ମୁଣ୍ଡରେ ବିରାଟ ବ୍ୟାଣ୍ଡେଜ। ନନାଙ୍କ ଏପରି ଅବସ୍ଥା ଦେଖି ମୋତେ ଟିକିଏ ବୋଲି ଦୁଃଖ ଲାଗୁ ନ ଥିବାବେଳେ ବୋଉ ତାଙ୍କ ପାଦ ଦୁଇଟାକୁ ଧରି କାନ୍ଦିବାକୁ ଲାଗିଲା। ବୋଉ ନନାଙ୍କ ଦେଖାରେଖା ପାଇଁ ହସ୍‌ପିଟାଲରେ ରହିଲା। ମୁଁ ସେହି ଟ୍ରେକରରେ ଗାଁକୁ ଫେରିଆସିଲି। ଟ୍ରେକରରେ ଆସିବାବେଳେ ଅନ୍ୟକେହି ଯାତ୍ରୀ ନ ଥିଲେ, ମୋତେ ଏକା ନେଇ ମନ୍ମଥ ଗାଁ ଯାଏ ଆସିଥିଲା। ତା' ନାମ ପଚାରିବାରୁ ମୋତେ କହିଥିଲା, ବିକ୍ରମ ରାଉତ। ଆଶ୍ଚର୍ଯ୍ୟ କଥା, ସେହିଦିନ ସେହି ଫେରାନ୍ତା ବାଟରେ ସେ ମୋତେ ପ୍ରେମ ନିବେଦନ କରିଥିଲା। ବିବାହ ପ୍ରସ୍ତାବ ମଧ୍ୟ ଦେଇଥିଲା। ମୁଁ କ୍ରୋଧରେ ତାକୁ ମୋର ଉଚ୍ଚକୁଳ, ବଂଶର ପରମ୍ପରା କଥା କହିଥିଲି। ସେ ଖାଲି ମୁରୁକି ହସି ଦେଇଥିଲା।

ଖାସୀ ଆଦିବାସୀ

ମୁଁ ରିଓମୌରୀ। ମୋର ପିତା ଓଣ୍ଡରସନ୍ ମୌରୀ ଓଡ଼ିଶାରେ ସେକ୍ରେଟାରୀଏଟ୍‌ରେ କାର୍ଯ୍ୟ କରନ୍ତି। ମୋ ଘର ସିଲଂରେ। ଓଡ଼ିଶାରେ କିଛିଦିନ, ଦିଲ୍ଲୀରେ କେତେଦିନ ମୁଁ ପଢ଼ିଛି। ଦିଲ୍ଲୀରେ ଜବାହରଲାଲ ନେହେରୁ ବିଶ୍ୱବିଦ୍ୟାଳୟରେ ପଢୁଥିବାବେଳେ ମୋର ଦେହ ଖରାପ ହେବାରୁ ମୁଁ ସିଲଂ ଚାଲି ଆସିଲି। ଭୁବନେଶ୍ୱରରୁ ମାମୁଁଙ୍କଠୁ ଗୋଟିଏ ଚିଠି ପାଇ ମୋର ପ୍ରେମିକା ତନୁଜାକୁ ବଳାତ୍କାର କରି ଆଉ ଜଣେ ବିବାହ କରିଥିବା ଖବର ମୁଁ ଜାଣିଲି। ମୁଁ କିନ୍ତୁ ଖବରଟିରେ ଦୁଃଖୀ ନୁହଁ କି ସୁଖୀ ନୁହଁ। ମୁଁ ନିର୍ଲିପ୍ତ। ଏ ବିବାହରେ ମୋର ମା' ରାଜି ନ ଥିଲେ। ମୁଁ ତନୁଜାକୁ ମୋର ଘରକୁ ନେଇଥିଲି। ମା' ମୋର, ତନୁଜାକୁ ଦେଖୁ ଦେଖୁ କିଛି ଜାଣିପାରିଲେ। ଲୋକଙ୍କୁ ଦେଖି ଚରିତ୍ର ଜାଣି ଦେଇପାରିବାର ଶକ୍ତି ତାଙ୍କର ଥିଲା। ତା' ମା' ଓ ବାପାଙ୍କୁ ତନୁଜା ଭୟଙ୍କର ଘୃଣାକରେ ଓ ତା'ର ମାନସିକ ସ୍ୱାସ୍ଥ୍ୟ ଠିକ୍ ନାହିଁ ବୋଲି ସେ ଜାଣି ନେଇଥିଲେ। ସେଥିପାଇଁ ତାକୁ ବିବାହ ନ କରିବାକୁ ସେ ମୋତେ ଉପଦେଶ ଦେଇଥିଲେ। ଖାସୀମାନଙ୍କ ପାଇଁ ମା' ସବୁଠୁ ବଡ଼ ଦେବତା। ସେହିଁ ପରିବାରର ମୁଖ୍ୟ। ମା'ଙ୍କ କଥାକୁ ପରିବାରରେ କେହି ଅବଜ୍ଞା କରନ୍ତି ନାହିଁ। ସବୁ ଶୁଭ ଓ ମଙ୍ଗଳର ଉତ୍ସ ମା'। ସେ ମନାକରିବା ପରେ ମୁଁ ଅନିଶ୍ଚିତ ହୋଇଗଲି ଓ ସେହି ସମୟରେ ଦିଲ୍ଲୀ ଚାଲି ଆସିଲି; କିନ୍ତୁ ତନୁଜା ମୋତେ ବିବାହ କରିବା ପାଇଁ ଅନୁନୟ କରି ମୋତେ ତନାଘନା ଚିଠି ଦେବାକୁ ଲାଗିଲା, ମୁଁ ତାକୁ ବିବାହ ନ କଲେ ଆତ୍ମହତ୍ୟା କରିବାର ଧମକ ମଧ୍ୟ ମୋତେ ଦେଲା। ଶେଷରେ ମୁଁ ରାଜି ହୋଇଥିଲି; କିନ୍ତୁ ମୋର ଚିଠିର

କିଛି ଉତ୍ତର ଆସିଲାନି। ଅନେକ ଦିନ ପରେ ମୋ ମା'ଙ୍କଠୁ ତନୁଜାକୁ ବଳାତ୍କାର କରି କେହି ଜଣେ ଲୋକ ବିବାହ କରିଥିବା ସମ୍ବାଦ ମୁଁ ପାଇଲି।

ଭାରତ ବର୍ଷ ଗାନ୍ଧୀଙ୍କ ଦେଶ, ନେହୁରୁଙ୍କ ଦେଶ। ମୁଁ ରାମକୃଷ୍ଣ ବିବେକାନନ୍ଦ ଲେଖା ମଧ୍ୟ ପଢ଼ିଛି। ମିସେନାରୀମାନଙ୍କ ପ୍ରଚାର ଓ ପ୍ରଭାବ ସତ୍ତ୍ୱେ ଆମ ପରିବାର ଖ୍ରୀଷ୍ଟିୟାନ୍ ନୁହଁ, ବିଶୁଦ୍ଧ ଖାସୀ। ସଭ୍ୟତାର ବିକାଶ ପଥରେ ଜ୍ଞାନୀ ଲୋକମାନେ ଖାସୀ ଧର୍ମ ଓ ସଂସ୍କୃତିକୁ କେଉଁ ସ୍ଥାନରେ ରଖିବେ, ତା' ମୁଁ ଜାଣେନା। ହିନ୍ଦୁମାନଙ୍କଦ୍ୱାରା ଆମେମାନେ ଆଗରୁ କେତେ ପ୍ରଭାବିତ ତା' ମଧ୍ୟ ମୁଁ ଅନୁସନ୍ଧାନ କିରିନି; କିନ୍ତୁ ବଳାତ୍କାରେ ବିବାହ କରିବା କଥା ଆମେ କଳ୍ପନା କରିପାରିବୁ ନାହିଁ, ଯେପରି ବାପା ମା'ଙ୍କୁ ଅସମ୍ମାନ କରିବା ମଧ୍ୟ ଆମ ପାଇଁ କଳ୍ପନାରେ ମଧ୍ୟ ଅସମ୍ଭବ; କିନ୍ତୁ ମଣିଷର ସୃଷ୍ଟି ସମୟ ତୁଳନାରେ ତା'ର ସଂସ୍କୃତିର ବିକାଶ ଆରମ୍ଭ ତ ଜମାରୁ ୩୦୦୦ ବର୍ଷର ହେବ ବୋଲି ପଣ୍ଡିତମାନେ କହୁଛନ୍ତି; କିନ୍ତୁ ୩ ହଜାର ବର୍ଷର ପଛଆଡ଼େ ଲକ୍ଷେ ବର୍ଷର ପୁରୁଣା ଯେଉଁ ପାଶବିକ ଇତିହାସ ରହିଛି, ତାହା ଭୂମି ଫୁଟାଇ, ଠେଲି ପେଲି ବେଳେବେଳେ ଆଗକୁ ପଶି ଆସିବା କଥା ଅସମ୍ଭବ କାହିଁକି ହେବ। ତନୁଜା ଓ ତାକୁ ବଳାତ୍କାରେ ବିବାହ କରିଥିବା ଲୋକ କ୍ଷେତ୍ରରେ ତାହାହିଁ ହୋଇଯାଇଛି।

ମୁଁ ସିଲଂ ପର୍ବତ ଶିଖରକୁ ଚାହିଁ ନିଜକୁ ଏହି ଆଶ୍ୱାସନା ଦେଇ ବସି ରହିଚି। ସିଲଂ ଶିଖର ଆମ ଦେବତାଙ୍କ ଆବାସସ୍ଥଳୀ। ସେହି ଦେବତାମାନେ ମୋର ପ୍ରେମିକାକୁ ସୁଖରେ ରଖନ୍ତୁ, ତା'କୁ ତା'ର ମାନସିକ ସ୍ୱାସ୍ଥ୍ୟ ଫେରାଇ ଦିଅନ୍ତୁ ବୋଲି ପ୍ରାର୍ଥନା କରି ମୁଁ ବସିଛି।

ଜଣେ ମଧ୍ୟ ବୟସର ଆଡ୍‌ଭେଞ୍ଚର୍ ପାଇଁ ଯୋଜନା

ଟେବୁଲ ଉପରେ ଜମି ରହିଥିବା ଗୁଡ଼ାଏ ଫାଇଲ, ବିଭିନ୍ନ ରଙ୍ଗର ତିନିଟା ଫୋନ୍, ଟେବୁଲ ଚାରିପଟେ ପଡ଼ିଥିବା କୁଶନ, ଚେୟାର ଏମାନଙ୍କ ସହ ଗପିବା ପାଇଁ ଡେପୁଟି ସେକ୍ରେଟାରୀର ଖୋଲପାଟାକୁ ସେକ୍ରେଟାରୀଏଟ୍‌ର ତିନିମହଲା ଉପରର ସେହି ରୁମ୍‌ରେ ଟଙ୍ଗାର ଦେଇ ଚର୍ତୁଭୁଜ ଲିଫ୍‌ଟରେ ତଳକୁ ଓହ୍ଲାଇ ଆସିଲେ। ଚାରିଆଡ଼ ଅନ୍ଧାର ହୋଇ ଥଣ୍ଡା ପବନ ବହିବାକୁ ଲାଗିଥିଲେ ମଧ୍ୟ ଏଇଟା ଲଞ୍ଚ ଟାଇମ୍ ଥିଲା। ନିର୍ଭୁଲଭାବେ ତାଙ୍କ ଫେବରଲ୍ୟୁବା ସାଢ଼େ ଗୋଟାଏ ସମୟ ଦେଖାଉଥିଲା। ଚତୁର୍ଭୁଜଙ୍କୁ ହାଲୁକା ହାଲୁକା ଲାଗୁଥାଏ, ଇଚ୍ଛାକଲେ ସେ ଯେପରି ପବନ ସହ ଉଡ଼ିଯାଇ ପାରିବେ।

ବଦଳିଟା ବନ୍ଦ ହୋଇଯାଇଥିବା ହେତୁ ଅତ୍ୟନ୍ତ କୃତଜ୍ଞତା ଜଣାଇ ଅର୍ଚ୍ଚନା କଟକରୁ ଫୋନ୍ କରିଥିଲେ। ସବୁ ଶୁଣିବା ପରେ ସହଜ କଣ୍ଠରେ ଚତୁର୍ଭୁଜ ତାଙ୍କୁ ପଚାରି ଦେଇଥିଲେ – ଖାଲି ଶୁଖିଲା ଧନ୍ୟବାଦ, ନା ଆଉ କିଛି ମିଳିବ ?

– ସବୁବେଳେ ତ ଆପଣ ମୋତେ ସାହାଯ୍ୟ କରି ଆସିଛନ୍ତି। ଆପଣ ଯାହା ମାଗିବେ ତା’ ମିଳିବ। ମାଗି ଦେଖନ୍ତୁ ନା !

ରସଦିର ‘ମିଡ୍ ନାଇଟ୍‌ସ ଚିଲ୍‌ଡ୍ରେନ’ ବହିଟାକୁ ବାଁ ହାତରେ ଏପଟ ସେପଟ କରି ଚତୁର୍ଭୁଜ କହିଲେ – ଏଠି ଖୁବ୍ ମେଘ ଉଠାଇଛି। ଏପରି ଦିନମାନଙ୍କରେ ବାଡ଼ିଆଡ଼କୁ ଦଉଡ଼ିଯାଇ ଗାଁ ତୋଟାଆଡ଼େ ବୁଲିବାକୁ ମୋର ଭାରି ଇଚ୍ଛା ହୁଏ।

– ହଁ, ମୋର ବି।

– ବର୍ଷା ଦିନର ପାହାଡ଼ ଜଙ୍ଗଲମାନଙ୍କର ସୌନ୍ଦର୍ଯ୍ୟ ବର୍ଣ୍ଣନା କରି ହବନି। ଅଜଣା ବଣଫୁଲ ଓ ବଣମାଟିର ବାସ୍ନା ଜଙ୍ଗଲ ଭିତରକୁ ଟାଣିନିଏ।

- ଆପଣ ତ ପାରଳାଖେମୁଣ୍ଡିରେ ଅନେକଦିନ ଥିଲେ। କେତେଦିନ କୋରାପୁଟରେ ବି।

- ଭୋକ କଲାଣି। ଘରକୁ ଚାଲିଲି। କେବେ ଦିନେ ତୁମ ଘରେ ପହଞ୍ଚିଯିବି। ସାବଧାନ ଥିବ, ଏଥର କିଛି ଅଧିକା ମାଗି ଦେଇପାରେ।

ଉତ୍ତରକୁ ଅପେକ୍ଷା ନ କରି ଫୋନ୍ ରଖିଦେଇ ସିଗାରେଟ୍‌ଟିଏ ଲଗାଇ ଲିଫ୍‌ଟ ପାଖକୁ ଚାଲିଗଲେ ଚତୁର୍ଭୁଜ। କେହି କେହି ଚିହ୍ନାଲୋକ ତାଙ୍କୁ ନମସ୍କାର କଲେ ନିଶ୍ଚୟ। ସେ ସିଗାରେଟ୍‌ଟା ଓଠରେ ଧରିଥିବାରୁ ସମସ୍ତଙ୍କୁ ମୁଣ୍ଡଟୁଙ୍ଗାରି ଥିଲେ ଯାହା। ଲିଫ୍‌ଟରେ ତଳଯାଏ ଯାଇ ପାର୍କିଂଲାଟ୍ ପାଖରେ ପହଞ୍ଚିଗଲେ। ତାଙ୍କୁ ବୋଧହେଲା ସତରେ ଯେପରି ଚାରିଆଡୁ ଅନ୍ଧକାର ମାଡ଼ି ଆସୁଛି। ଖୁବ୍ ଜୋର୍‌ରେ ଥଣ୍ଡା ପବନ ବହି ଚାଲିଥାଏ, ପବନ ସହ ସେକ୍ରେଟେରୀଏଟ୍ ପ୍ରାଙ୍ଗଣରେ ଏଣେ ତେଣେ ଜମା ହୋଇଥିବା ଧୂଳି, କୁଟା, କାଠି, ଚିରା କାଗଜ, ବ୍ୟବହୃତ ଖଲିପତର, ସିଗାରେଟ୍ ପ୍ୟାକେଟ୍ ସହ ହୁଗୁଳା ହୋଇ ଯାଇଥିବା ମଇଳିସିଆ ନିରୋଧ ଉଡ଼ି ଆସୁଥାଏ। ନିଜ ଦେହରୁ ସେଗୁଡ଼ିକୁ ଝାଡ଼ିଝୁଡ଼ି ଚତୁର୍ଭୁଜ କାର୍‌ଟା ଭିତରେ ପଶି ଦୁଆରଟାକୁ ଜୋର୍‌ରେ ବାଡ଼େଇ ଦେଲେ। ପୁରୁଣା କାର, ସେକେଣ୍ଡ ହ୍ୟାଣ୍ଡ, କାର୍‌ମାନଙ୍କର ଦୁଆର ସେହିପରି ବନ୍ଦ କରାଯାଏ; କିନ୍ତୁ ଦୁଆର ବନ୍ଦ ଶବ୍ଦ ତାଙ୍କୁ ଆଦୌ ଶୁଣାଗଲାନି, କାରଣ ଠିକ୍ ସେହି ସମୟରେ କାନ ଅତଡ଼ା ପକାଇ ଆକାଶ ଫାଟିବାପରି ବଜ୍ର ପଡ଼ିବାର ଶବ୍ଦ ଶୁଣାଗଲା। ତା'ପରେ ସେକ୍ରେଟେରୀଏଟ୍‌ଯାକ ଅନ୍ଧାର।

ଚତୁର୍ଭୁଜ ଗାଡ଼ି ଷ୍ଟାର୍ଟ କରି ଲଞ୍ଚ୍ ଖାଇବାପାଇଁ ବାହାରିଗଲେ।

ସରକାରୀ କ୍ୱାର୍ଟର୍ସର ପୋର୍ଟିକୋରେ ଗାଡ଼ି ରଖି ଚତୁର୍ଭୁଜ ଓହ୍ଲାଇଲାବେଳକୁ ବର୍ଷାର ଗତି ହଠାତ୍ ତୀବ୍ରତର ହୋଇଉଠିଲା, ଗୋଟାଏପଟୁ ପବନ ପିଟିବାରୁ ସେ ତରତର ହୋଇ ଘର ଭିତରେ ପଶିଗଲେ। ଡ୍ରଇଂ ରୁମ୍ ଦୁଆର ଦେବା କଷ୍ଟକର ହୋଇଗଲା। ଡ୍ରଇଂ ରୁମ୍‌ର ଝରକାଗୁଡ଼ିକୁ ବନ୍ଦ କରି କାବେରୀ ଶୋଇବା ଘର ଝରକା ଦେଉଥିଲେ। ତାଙ୍କୁ ସାହାଯ୍ୟ କରିବାପାଇଁ ଚତୁର୍ଭୁଜ ତାଙ୍କ ପଛଆଡୁ ଚିପିହୋଇ ଠିଆ ହୋଇ ଝରକା ଟାଣିଆଣି ଦେଇଦେଲେ। ଖଟବାଡ଼ ଓ ଝରକା ଭିତରେ କମ୍ ଜାଗା ଭିତରେ କିଛି ସମୟପାଇଁ ଦୁହେଁ ସ୍ଥାଣୁହୋଇ ରହିଗଲେ ଯେପରି।

- ତୁମେ କାଳେ ଆସି ପାରିବନି ବୋଲି ମୋତେ ଡର ଲାଗୁଥିଲା।

- ନା, ଘରେ ପହଞ୍ଚିବା ପରେହିଁ ବର୍ଷାର ବେଗ ବଢ଼ିଗଲା। ବଜ୍ରଟାଏ ପଡ଼ିବା ପରେ ଛାନିଆଁ ହୋଇ ଚାଲିଆସିଲି। ପିଲାମାନେ...।

କାବେରୀ ସବୁ ଝରକା ବନ୍ଦକରି ଦେଇ ବର୍ଷା ଦେଖିବାପାଇଁ ପର୍ଦ୍ଦାଗୁଡ଼ାକ

ଟେକିଦେଲେ। ତାଙ୍କର ପୁରୁଣା ଅଭ୍ୟାସ। ପର୍ଦ୍ଦା ଟେକିବାପରେ ବି ବାହାରେ ଅନ୍ଧକାର ଯୋଗୁଁ କିଛି ଦିଶୁ ନ ଥାଏ। କାଚ ଝରକାରେ ଅସଂଖ୍ୟ ହାତ ବାଡ଼ିଆ ଶବ୍ଦପରି ବର୍ଷାପାଣି ଆଘାତ କରି ଚାଲିଥାଏ।

- ଡ୍ରଇଂ ରୁମ୍ ଦୁଆର ଦେଇ ଆସିଛ ?

- ସେହିପଟୁ ତ ବେଶି ଛିଞ୍ଚଡ଼ା ମାରୁଥିଲା। ତୁମର ଗାଲିଚା, ବହି, ଆଲମିରା ସବୁ ଓଦା ହୋଇଯାଇଥାନ୍ତା। ତାକୁ ତୁମେ ଖୋଲି ଦେଇଥିଲ କିପରି ?

- ତୁମେ ଆସୁଥିବା ଦେଖି ମୁଁ ଦୁଆର ଖୋଲିଦେଇ ଝରକା ବନ୍ଦ କରିବାରେ ଲାଗିଥିଲି।

- ହଉ ବଡ଼ ଭୋକ କଲାଣି, ବଢ଼ାବଢ଼ି କର। ପୂଜାରୀ ନନା ଗଲା କୁଆଡ଼େ, ତା'ର ଦେଖା ନାହିଁ। ଆଜି ଲଞ୍ଚ ପରେ ଲମ୍ବା ଚଉଡ଼ା ବିଶ୍ରାମ, ତା'ପରେ ଯେଉଁ କଥା।

- ତୁମର ଏତେ ଡେରି ହେଲା କାହିଁକି ? ପୂଜାରୀ ନନା ମ୍ୟାଟିନୀରେ ଲାଇନ ଲଗାଇବ ବୋଲି ଖାଇପିଇ ଚାଲି ଯାଇଛି। ଗାନ୍ଧୀ ଫିଲ୍ମ ଯିବ ବୋଲି କେବେଠୁ ସେ ଲଗାଇଥିଲା।

- ଅର୍ଚ୍ଚନା ଦେବୀ ଫୋନ୍ କରିଥିଲେ।

- ଓଃ ! ତାଙ୍କରି ସହ ଗପ କରି ତୁମେ ଭୋକ ଶୋଷ ଭୁଲି ଯାଇଥିଲ। ତାଙ୍କ ସହ ତୁମେ ଏତେ ଘନିଷ୍ଠ ହେବା ମୋତେ ଭଲ ଲାଗେନି।

X X X

ଖାଇସାରି ଚତୁର୍ଭୁଜ ଖଟ ଉପରେ ଗଡ଼ି ପଡ଼ିଲେ। ଆଜି ପନ୍ଦର ମିନିଟିଆ ବିଶ୍ରାମ ପରେ ଉଠି ପୁଣି ସେକ୍ରେଟେରୀଏଟ୍ ଦଉଡ଼ିବା କଥା ନୁହେଁ, ଆଜି ନିଶ୍ଚିନ୍ତରେ ଘଣ୍ଟାଏ ପାଇଁ ଶୁଆ ଯାଇପାରେ। ବର୍ଷା ଛାଡ଼ିଗଲେ ପାଞ୍ଚଟାବେଳକୁ ଯାଇ କିଛି ଫାଇଲ ଦେଖିଦେଇ ଆସିଲେ ହୁଏ। ଚତୁର୍ଭୁଜ ଦୁଇଟା ତକିଆକୁ ଆଣି ଏପଟେ ସେପଟେ ରଖି ଆରାମଦାୟକ ପୋଜଟିଏ ନେଇ ଶୋଇପଡ଼ିଲେ। ବାହାର ବିଜୁଳି ଯୋଗୁଁ ଅନ୍ଧାର ମଝିରେ ମଝିରେ ଚିରି ହୋଇଯାଉଥାଏ, ଯେପରି ଜଣାପଡୁଥାଏ ଆକାଶର ପ୍ରକୃତ ରଙ୍ଗ ଲାଲ, ନୀଳ ରଙ୍ଗଟା ଖାଲି ଗୋଟେ ଢାଙ୍କୁଣି।

କିଛି ସମୟ ତଳର ଅଧାପିକାଙ୍କ ଫୋନ୍ କଲ୍ କଥା ମନେପଡ଼ିଯିବାରୁ ମୁରୁକେଇ ହସିଦେଇ ସେ ଆଖି ବନ୍ଦ କରିଦେଲେ ଅର୍ଚ୍ଚନାକୁ କାବେରୀ ଭଲ ପାଆନ୍ତିଟି। ସ୍ତ୍ରୀ ଲୋକଙ୍କ ଜେଲସି ନା ଇଣ୍ଟିଉସନ୍। କେତେ ସମୟ ସେ ଶୋଇଥିବେ କେଜାଣି କୋମଳ ହାତଟିଏ ତାଙ୍କ ଛାତିରେ ପଡ଼ିଯିବାରୁ ସେ ଆଖି ଖୋଲିଦେଲେ। କାବେରୀ

ତାଙ୍କ ପାଖରେ ଶୋଇପଡ଼ି ଥିଲେ, ନିଦରେ ଶୋଇପଡ଼ି ଥିଲେ, ସେ କନ୍‌ଭେଣ୍ଟ୍‌ରେ ପଢୁଥିବା ଝିଅର ଟନ୍‌ସିଲ୍, କି ପୁଅର ପୋଲିଓ ରୋଗ କଥା କହିଥା'ନ୍ତେ ବା ବଡ଼ ପୁଅର ପଞ୍ଜାବୀ ଝିଅ ସାଙ୍ଗ କଥା କହିଥା'ନ୍ତେ। ଆଜି ବର୍ଷାଯୋଗୁଁ ତାଙ୍କ ଆଖି ଲାଗିଯାଇଛି। ଚତୁର୍ଭୁଜ ତାଙ୍କ ମୁହଁକୁ ଭଲକରି ଚାହିଁ ହାତକୁ ଛାତି ଉପରୁ ଧୀରେ ଖସାଇ ପାଦ ଚିପିଚିପି ସବୁ ଘର ଦୁଆର ବନ୍ଦ ହୋଇଛି କି ନାହିଁ ଦେଖି ଆସିଲେ। ସବୁ ଘର ହୁକ୍ ଠିକ୍ ଦିଆ ହୋଇଥିଲା, କୁକୁର ତା' ଜାଗାରେ ବନ୍ଧା ହୋଇ ଶୋଇଥିଲା, ପୂଜାରୀ 'ଗାନ୍ଧୀ' ଦେଖିବା ପାଇଁ ମ୍ୟାଟିନୀ ଯାଇଛି, ବାହାରେ ଅବିରାମ ବର୍ଷା। ଚତୁର୍ଭୁଜ ଝର୍କା ପର୍ଦ୍ଦାଗୁଡ଼ିକୁ ପକାଇ ଦେଇ ଶେଯ ଉପରକୁ ଗଲେ।

କାବେରୀ ବ୍ରା ପିନ୍ଧି ନ ଥିବାରୁ ସେ ଆଶ୍ଚର୍ଯ୍ୟ ହୋଇଗଲେ। ଦାମିକା ବ୍ରାର ହୁକ୍ ଥରେ ଛିଣ୍ଡି ଯାଇଥିବାରୁ ଚତୁର୍ଭୁଜ ଉପରେ ସେଥର ସେ ବିରକ୍ତ ହୋଇଥିଲେ। ସେହିଦିନୁ ସେ ବ୍ରା ପିନ୍ଧିବା ନ ପିନ୍ଧିବା ଗୋଟିଏ ଦାମ୍ପତ୍ୟ ସଙ୍କେତ ହୋଇରହିଯାଇଛି।

ଫୁଲର ପର୍ବତ ଉପରେ ଚତୁର୍ଭୁଜ ପ୍ରଥମେ ହାତ ରଖିଲେ। ମହାକାଶରୁ ଯେପରି କିଛି ସମ୍ବାଦ ତାଙ୍କ ପାଖକୁ ପ୍ରେରିତ ହୋଇଯାଇଥିଲା। ଚତୁର୍ଭୁଜଙ୍କ ହାତ ତଳକୁ ଖସି ଧୀରେ ଧୀରେ ଦକ୍ଷିଣକୁ ଆସୁଥିବାବେଳେ, କିଛି ସମୟ ତଳର ଅର୍ଚ୍ଚନାଙ୍କ ସହ କଥାବାର୍ତ୍ତା ଆଡ଼ଭେଞ୍ଚର୍ ପାଇଁ ତାଙ୍କ ଇଚ୍ଛା କଥା, ତାଙ୍କର ମନେପଡ଼ିଗଲା। ତାଙ୍କ ଆଶ୍ଚର୍ଯ୍ୟର ସୀମା ରହିଲାନି, ଯେତେବେଳେ ତାଙ୍କର ଚୁମାଗୁଡ଼ାକ କାବେରୀଙ୍କର ବନ୍ଦ ଓଠରେ ମୁହଁ, ମୁରୁକି ମୁରୁକି ହସୁଥିବା ମୁକ୍ତ ଓଠରେହିଁ ପଡ଼ିବାକୁ ଲାଗିଲା, ଯାହାକୁ ମୂଷଳ ଧାରାର ବର୍ଷାକୁ ରାଜଧାନୀ ମାଟି ଶୋଷି ନେବାପରି ସେ ଗ୍ରହଣ କରିନେଲେ।

ଘଣ୍ଟା, ସମୟ ଅତ୍ୟନ୍ତ ପ୍ରୀତିପଦଭାବେ ଅତିବାହିତ ହୋଇଗଲା; କିନ୍ତୁ ଆକାଶ ଓ ଧରିତ୍ରୀ ଆହୁରି ବିଛିନ୍ନ ହୋଇ ନ ଥା'ନ୍ତି। ସବୁଥର ପରି କ୍ଳାନ୍ତ ହୋଇ କାବେରୀ ଚତୁର୍ଭୁଜଙ୍କ ବାହୁରେ ମୁଣ୍ଡ ରଖି ଛାତି ପାଖରେ ମୁହଁଗୁଞ୍ଜି ଶୋଇପଡ଼ିଲେ। ଆଜିକାଲି ଚତୁର୍ଭୁଜ ଏ.ବି.ସି. ବୋଲି କାବେରୀଙ୍କୁ ପଚାରନ୍ତିନି, ସବୁଥରହିଁ ସ୍କୋର୍ ଏବଂ ପ୍ରତ୍ୟେକ ସ୍କୋର ପରେହିଁ ଆନନ୍ଦ। ପରିଚିତ ଖେଳପଡ଼ିଆ, ପରିଚିତ ଗୋଲପୋଷ୍ଟ, ଖେଳର ନିୟମ ମଧ୍ୟ ଶରୀର ସ୍ନାୟୁ ସହିତ ଛନ୍ଦାଛନ୍ଦି ହୋଇଗଲେଣି, ତେଣୁ କାହା ପରେ କ'ଣ କରିବାକୁ ହେବ, ଆଖି ବୁଜି କରିଦେଇ ହେବ ଓ ଶେଷରେ ସ୍କୋର୍। ବେଳେବେଳେ କାବେରୀ ସମ୍ଭାଳି ପାରନ୍ତିନି, କହନ୍ତି ବଢ଼ିଆ।

ଫୁଟବଲ ସ୍କୋରର ଦୃଶ୍ୟ ଚତୁର୍ଭୁଜଙ୍କର ମନେପଡ଼ିଗଲା ଓ ଫୁଟବଲ ସ୍କୋର୍ ସହିତ ଅଧ୍ୟାପିକା ଅର୍ଚ୍ଚନାଙ୍କର କଥା। ଭଦ୍ର ମହିଳା ତାଙ୍କ ସାନପୁଅକୁ ଧରି ବାରବାଟୀ ଷ୍ଟାଡ଼ିୟମ୍‌ରେ ରୁଷିଆରୁ ଆସିଥିବା ଟିମ୍ ସହ ଓଡ଼ିଶା ଇଲେଭେନ୍‌ର ମ୍ୟାଚ୍ ଦେଖୁଥିଲେ।

ଚତୁର୍ଭୁଜ ନୂଆ ହୋଇ ସେକ୍ରେଟେରୀଏଟ୍ ଆସିଥାଆନ୍ତି। ତାଙ୍କ ପାଖ ସିଟ୍‌ରେ ସେ ବସିଥିଲେ। ବଡ଼ ଆଗ୍ରହ ସହକାରେ ସେ ଫୁଟ୍‌ବଲ୍ ମ୍ୟାଚ୍ ଦେଖୁଥିଲେ, ଶେଷରେ ଯେତେବେଳେ ମଝି ପଡ଼ିଆରୁ ରୁଷିଆର ସେଣ୍ଟର ଫରଓ୍ୱାର୍ଡ ଅତ୍ୟନ୍ତ ଶକ୍ତିଶାଳୀ ଲଙ୍ଗ୍ ସର୍ଟ ମାରି ଗୋଲ ଦେଇଦେଲେ, ସେ ସମୟରେ ଭଦ୍ର ମହିଳାଙ୍କ ଆବେଗ ଯେପରି ନିର୍ବନ୍ଧ ହୋଇ ବାହାରି ପଡ଼ିଲା। ତା' ଦେଖି ଚତୁର୍ଭୁଜ ତାଳି ମାରିବାକୁ ମଧ୍ୟ ଭୁଲିଗଲେ; କାରଣ ଅର୍ଚ୍ଚନା ତାଙ୍କ ବୋହୂକୁ ଜାବୁଡ଼ି ଧରି ଚିତ୍କାର କରୁଥିଲେ। କାବେରୀ ବେଳେବେଳେ ଅତ୍ୟନ୍ତ ନିର୍ବାଚିତ ମୁହୂର୍ତ୍ତମାନଙ୍କରେ ସେହିପରି ବନ୍ଧନହୀନ ବ୍ୟବହାର କରିଥାଆନ୍ତି।

ସେହିଦିନୁ ଭଦ୍ରମହିଳାଙ୍କ ସହ ଚତୁର୍ଭୁଜଙ୍କର ପରିଚୟ ଓ ଘନିଷ୍ଠତା। ଭଦ୍ରମହିଳା କଟକ ମହିଳା କଲେଜର ଅଧ୍ୟାପିକା, ସ୍ୱାମୀ ଇଞ୍ଜିନିୟର। ସେହିଦିନୁ ସେମାନଙ୍କର ଗୋଟିଏ ମାତ୍ର ସନ୍ତାନ, ସୁଖୀ ପରିବାର। ଚତୁର୍ଭୁଜ ଏକୁଟିଆ, ବେଳେବେଳେ ସପରିବାରେ, ତାଙ୍କ ଘରକୁ ଯାଇଛନ୍ତି, ସେମାନେ ମଧ୍ୟ ଭୁବନେଶ୍ୱର ଆସିଛନ୍ତି। ମହାଭାରତର ପଞ୍ଚୁପାଣ୍ଡବ ଭିକ୍ଷା ମାଗିବାକୁ ଯାଇଥିବା ଗ୍ରାମକୁ ମଝିରେ ମଝିରେ ଅସୁର ଆସି ଆତଙ୍କ ଖେଳାଇବା ପରି, ସେହି ସୁଖୀ ପରିବାରକୁ ଅଧ୍ୟାପିକାଙ୍କ ବଦଳି ନେଇ ବେଳେବେଳେ ସମ୍ବାଦ ଆସେ ଓ ସେହି ସମୟରେ ଚତୁର୍ଭୁଜଙ୍କୁ ଭୀମଙ୍କ ରୋଲକୁ ଅଭିନୟ କରିବାକୁ ପଡ଼େ। ଏଥର ବଦଳି ବନ୍ଦ କରିବା କଷ୍ଟ ହୋଇଥିଲା; କାରଣ ଆଉ ଜଣେ ଅଫିସରଙ୍କ ସହଧର୍ମିଣୀ କଟକରେ ସେହି ଜାଗାରେ ରହିବାକୁ ଇଚ୍ଛା କରିଥିଲେ।

ଭଦ୍ରମହିଳାଙ୍କୁ ନେଇ କିଛି ଆଡ୍‌ଭେଞ୍ଚର କରାଯାଇପାରେ ବୋଲି କିପରି କେଜାଣି ଏଥର ଚତୁର୍ଭୁଜଙ୍କ ମନକୁ ଆସି ଯାଇଥିଲା। ସମ୍ଭାବନାଟିକୁ ସେ ଏପଟ ସେପଟ କରି ବହୁତ ଥର ଦେଖିଛନ୍ତି। ଅଫିସରେ ବସି ସେ କଥାଟିର ପରିଣାମ ମଧ୍ୟ ଚିନ୍ତା କରିଛନ୍ତି; କିନ୍ତୁ ଆଡ୍‌ଭେଞ୍ଚରସ୍ ନ ହେଲେ ଜୀବନଟା ନିହାତି ଗତାନୁଗତିକ ହୋଇଯାଇଛି, ବୟସ ବଡ଼ ଶୀଘ୍ର ଚାଲିଯାଉଛି, ଭାବି ସେ ସେଥିପାଇଁ ପ୍ରସ୍ତୁତ ହୋଇଗଲେ। ତାଙ୍କୁ ଲାଗିଲା ଅର୍ଚ୍ଚନାଙ୍କର ଏଥିରେ ସମ୍ମତି ଅଛି ଓ ପରୋକ୍ଷରେ ସେ ବହୁଭାବେ ତାଙ୍କୁ ସଙ୍କେତ ଦେଇ ସାରିଛନ୍ତି। କେବେ ଘରକୁ ଯାଇ କଥାଟା ପକାଇଦେଲେ କାର୍ଯ୍ୟକାରୀ ହବାକୁ ଅଧଘଣ୍ଟାଏ ସମୟ ବି ଲାଗିବନି। ସମ୍ମତି ନ ଥିଲେ ଭଦ୍ରମହିଳା କଲେଜ ରୁଟିନ୍‌ରୁ କପିଟିଏ ତାଙ୍କୁ କାହିଁକି ଦେଇଥାନ୍ତେ, ଆଉ ଶୁକ୍ରବାର ଦିନ ଫାଷ୍ଟ୍ ପିରିୟଡ୍ ପରେ ତାଙ୍କର ଆଉ କିଛି କ୍ଲାସ ନାହିଁ ବୋଲି ରୁଟିନ୍‌ରୁ ସେହି କପିରେ ନାଲିଗାର କାହିଁକି ଟାଣି ଦେଇଥା'ନ୍ତେ ?

ଚତୁର୍ଭୁଜ କାନ୍ଥ କ୍ୟାଲେଣ୍ଡରକୁ ଚାହିଁଦେଲେ। ସେଦିନ ଶୁକ୍ରବାର ଥିଲା, ଯେଉଁଦିନ ଆକାଶ ଓ ଧରିତ୍ରୀ ଅଲଗା ହେବା କଥା ଚିନ୍ତାର କରିପାରୁ ନ ଥିଲେ। ଚତୁର୍ଭୁଜ ଧୀରେ ନିଜ ହାତ କାବେରୀଙ୍କ ମୁଣ୍ଡତଳୁ ଘୁଞ୍ଚାଇ ଆଣିଲେ। କାବେରୀଙ୍କ ନିଦ ଭାଙ୍ଗିଗଲା। ସେ କହି ଉଠିଲେ - ସ୍କୁଲ୍‌କୁ କାର୍‌ଟା ନେଇଯାଅ। ବୁଲୁ, କୁନି ଆସିବେ। ନ ହେଲେ ରିକ୍‌ସାରେ ବର୍ଷାରେ ଓଦା ହୋଇଆସିଲେ ଦିହ ଖରାପ ହୋଇଯିବ। ଚାରିଟା ବୋଧେ ବାଜିଗଲା, ଜଲ୍‌ଦି ଯାଅ।

ପିଲାଙ୍କ କଥା ଭୁଲିଯାଇଥିବାରୁ ଚତୁର୍ଭୁଜ ନିଜକୁ ଦୋଷୀ ମନେକଲେ।

- ହଁ ଶୁଣ, ଆମେ ଏଥର ସନ୍ତୋଷୀ ମା' ବ୍ରତ କରିବା। ଅନେକ ଲୋକ କରି ଫଳ ପାଇଲେଣି। ଆମ ଝିଅ ଦେହ ପାଇଁ; ତାକୁ ତ ସବୁବେଳେ ଇଉସେନଫଲିଆ, କାଶ, କଫ, ଥଣ୍ଡା। ପୁଅଟିର ତ ପୋଲିଓ। ତୁମର ତ ବି ପ୍ରମୋଶନ୍ ହେଉ ନାହିଁ।

ସାର୍ଟଟା ଗଳାଉ ଗଳାଉ ଚତୁର୍ଭୁଜ ପଚାରିଲେ - ବ୍ରତରେ କ'ଣ କରିବାକୁ ହେବ ?

- କିଛି ନୁହେଁ, ଭାରି ସୁବିଧା ଓ ସହଜ ବ୍ରତ। ଶୁକ୍ରବାର ଦିନ ଖଟା ଖାଇବନି, ଦେବୀଙ୍କୁ ଚଣା ଭୋଗ କରିବ। ଶୁକ୍ରବାର ଦିନ ନିଷ୍ଠାରେ ଚଳିଲେ ହେଲା। ଉଜେଇଁଲା ବେଳକୁ ଯାହା କିଛି କିରବ, ତା' ମଧ୍ୟ ବହୁତ ସାଦାସିଧା।

■

ଅସ୍ତିତ୍ୱ

ବାରଣ୍ଡାର ଗୋଲ ଖୁମ୍ବଟାକୁ ଆଉଜି ଘରର ମୁରବି ବସିଥିଲେ। ତାଙ୍କ ନନା ଗାଁରେ ଯେଉଁ ଘର କରିଥିଲେ ସେଠା ଦାଣ୍ଡ ପିଣ୍ଡାରେ ଏହିପରି ଗୋଲ ଖୁମ୍ବଥିଲା। ସେ ମଧ୍ୟ ସେଠି ସକାଳବେଳା ଖୁମ୍ବକୁ ଆଉଜି ବସୁଥିଲେ; କିନ୍ତୁ ଏଇଟା ପରା ସିମେଣ୍ଟର ଦମ୍ଭ ଖୁମ୍ବ। ସେଇଟା ଚୂନ ଓ ଇଟାରେ ତିଆରି, ଅଳ୍ପ ସିମେଣ୍ଟ ମାଠେଣି ଦିଆ ହୋଇଥିବା ଖମ୍ବ ଥିଲା। ସେ ଖୁମ୍ବ ଉପରେ ଚାଳ ଛପରର ଘର ଥିଲା, ଏଠି ଦି' ତାଲା କୋଠା ଖୁମ୍ବ ଉପରେ। ଆଗରେ ଏଠି ବଡ଼ ଖୋଲା ଜାଗା ତା'ପରେ ପାଚେରି, ବଡ଼ ଫାଟକ। ଖୋଲା ଜାଗାମାନଙ୍କରେ ପୁଅମାନଙ୍କର କାର ଥୁଆ ହୋଇଛି। ସେଠି ଗାଁ ସାହିର ଅଣଓସାରିଆ ଦାଣ୍ଡ, ଦାଣ୍ଡରେ ଗୁଡୁ ଶଗଡ଼, ଦାଣ୍ଡ ଡେଉଁ ଡେଉଁ ଝୁଲିଆ ଗଉଡ଼ର ଘର ଯାହାର ଆଗ ବଖରାଟା ଗୁହାଳ। ବାରଣ୍ଡାର ଗୋଟିଏ କଡ଼କୁ ଝାଙ୍କଲା ହୋଇ ବଡ଼ ପିଜୁଳି ଗଛ। ପିଜୁଳି ଗଛ ଡାଳରେ ଏବର୍ଷ ପିଜୁଳି ଲେନ୍ଥି ହୋଇଯାଇଛି। ଗାଁରେ ବାଡ଼ିଆଡ଼େ ବଡ଼ କଇଥ ଗଛଥିଲା, ଯେଉଁ କଇଥକୁ ତାଙ୍କ ବୋଉ ବେଳେବେଳେ ବିକ୍ରୀ କରି ଦେଉଥିଲେ କିଛି କଞ୍ଚା ପଇସା ପାଇଯିବା ପାଇଁ। ବୋଉଙ୍କ ଚେହେରା ଅସୁନ୍ଦର ଥିଲାବୋଲି ତାଙ୍କର ଫଟୋ ସେ କେବେ ଉଠାଇ ନ ଥିଲେ। କେତେକ ପୁଅଙ୍କ ନାକରେ ବୋଉ ଏବେ ବି ରହି ଯାଇଛନ୍ତି, ରକ୍ଷା ହୋଇଛି ସାରା ଶରୀରକୁ ସେ ଆବୋରି ଯାଇନାହାନ୍ତି।

ମୁରବୀଙ୍କର, ଚା' ପିଇ ନ ଥିବା କଥା ମନେପଡ଼ିଯିବାରୁ ସେ ଚା'ର ଅଭାବ ଶାରୀରିକ ଅସ୍ୱସ୍ତିରେ ଅନୁଭବ କଲେ। ଗାଁରେ ତାଙ୍କ ନନା ମଧ୍ୟ ଦି' ଓଳି ଚା' ପିଉଥିଲେ। ଥରକେ ସେ ଚାରି ପାଞ୍ଚ କପ୍ ହେବ ଚା' ବଡ଼ କଂସାରେ ପିଉଥିଲେ, ଚା' ପାଇଁ କଂସା ଗିନା ଅଲଗା ଥିଲା। ସେ କପ୍‌ରେ ଚା' ପିଉ ନ ଥିଲେ, ଠିକ୍ ଟାଇମ୍‌ରେ ତାଙ୍କୁ ଚା' ଯୋଗାଇ ଦିଆଯାଉଥିଲା। ଏଠି କିନ୍ତୁ ନ ମାଗିଲେ ଚା' ନ

ମିଳେ, ତା' ପୁଣି କପେ ମାତ୍ର ଚା'। ମୁରବୀ ସମ୍ଭାଳି ନ ପାରି ବାଲୁଙ୍ଗା ନାତିଟିଏର ନାମ ଧରି ଡାକିଲେ। ସେ ଡାକୁ ଡାକୁ ତାଙ୍କୁ ଚମକାଇ ଦେଇ ପିଜୁଳି ଗଛର ବହୁ ଡାଳରୁ 'ଆଜ୍ଞା', 'ଏଁ', 'ଓ', ହୋଇ ଗୁଡ଼ାଏ ଶବ୍ଦ ଭାସି ଆସିଲା। ମୁରବୀ ବାରଣ୍ଡା ତଳକୁ ଓହ୍ଲାଇ ପଡ଼ି କହିଲେ - ହଇରେ ଶଳେ, ତୁମେ ସମସ୍ତେ ଗଛ ଉପରେ! ଓହ୍ଲାଇ ପଡ଼, ଓହ୍ଲାଇ ପଡ଼। ପଡ଼ିଗଲେ ମରିଯିବରେ, ଗୋଡ଼ହାତ ଭାଙ୍ଗିଯିବ, ହସ୍‌ପିଟାଲରେ ଯାଇ ଶୋଇ ରହିବ, ହଇରାଣ ହୋଇଯିବାରେ ଶଳେ। ଓହ୍ଲାଅ, ଓହ୍ଲାଅ, ଓହ୍ଲଉଛ ନା ଶଳାଙ୍କୁ ଟେକା ଫୋପାଡ଼ିବି?

ବୁଢ଼ା ତଳୁ ଟେକା ଗୋଟାଇଲେ; କିନ୍ତୁ ଟେକା ଗୋଟାଇଲେ ବି ସେ ଫୋପାଡ଼ିବେନି ବୋଲି ନାତିମାନେ ଜାଣନ୍ତି। ସେମାନେ ଓଲଟା ବୁଢ଼ାଙ୍କ ଉପରକୁ ଦରଖିଆ କଷି ପିଜୁଳିଗୁଡ଼ାକ ଫୋପାଡ଼ିବାକୁ ଲାଗିଲେ। - ଆରେ! କଷିଗୁଡ଼ାକ କାହିଁକି ଖାଇଯାଉଛରେ ମାଙ୍କଡ଼ ପୁଞ୍ଜେ। ଗଛରେ ଥାଉରେ, ଫଳ ବଡ଼ ହେଲେ, ପାକଳ ହେଲେ ତା' ତୁମମାନଙ୍କ ପେଟକୁ ଯିବରେ, ଆଉ କାହା ପେଟକୁ ନୁହେଁ।

- ବାପା। ପିଜୁଳି ଖାଇବ, ନିଅ।

ବଡ଼ ସାଇଜର ପିଜୁଳିଟାଏ ମୁରବୀଙ୍କ ପାଦ ପାଖରେ ଆସି ପଡ଼ିଲା। ବୁଢ଼ା ପିଜୁଳିଟାକୁ ଟେକି ନେଇ ବାରଣ୍ଡାରେ ଯତ୍ନରେ ରଖିଲେ। ତୁ ମୋ ମା' ନାତୁଣୀ ତାଙ୍କର ଖାଇନି। ବୁଢ଼ା ପିଜୁଳି ରଖିବାର ମିନିଟିଏ କି ଦୁଇ ମିନିଟ୍‌ରେ ଯାଇ ନ ଥିବ, ବାପା ପିଜୁଳି ମୋତେ, ସେଇଟା ମୋର, ଚିତ୍କାର କରି ଗଛ ଉପରର ମାଙ୍କଡ଼ମାନଙ୍କ ଭଉଣୀମାନେ ପଲେ ହୋଇ ପହଞ୍ଚିଲେ। ଅସହାୟ ବୁଢ଼ା ଚାହୁଁ ଚାହୁଁ ପିଜୁଳିଟି ସହ ନାତୁଣ ପଲ ପୁଣି ଘର ଭିତରକୁ ଚାଲିଗଲେ। ସେମାନଙ୍କ ସହ ତାଙ୍କର ଗେଲବସର 'ତୁ ମୋ ମା' କିନ୍ତୁ ନ ଥିଲା। ବୁଢ଼ାଙ୍କର ସବୁ ଜିନିଷରେ ନାତି ନାତୁଣୀମାନଙ୍କର ଦାବି ଥିଲା। ବୁଢ଼ା ଯାହା କିଛି ଜିନିଷ ଆଣୁଥିଲେ ସେମାନେ ତାକୁ ଝାମ୍ପି ନେଇ ଚାଲି ଯାଉଥିଲେ। ବୁଢ଼ାଙ୍କ ଜିନିଷ ଚୋରି କରି ହେଉ, ଜବରଦସ୍ତ କରି ହେଉ, ଫୁସଲାଇ ହେଉ, ଯେଉଁ ପ୍ରକାରେ ହେଉ, ନେଇଯିବା କଥାହିଁ ସେମାନେ ଚିନ୍ତା କରୁଥିଲେ। ବୁଢ଼ା ଟେବୁଲ ଉପରେ ପଇସା ରଖୁଥିଲେ ତାହା ରହୁ ନ ଥିଲା, କେହି ବୁଲା ବିକାଳୀ ଆସିଲେ ସେହି ପଇସାରେ ଜିନିଷ କିଣା ହୋଇଯାଉଥିଲା। ବୁଢ଼ାଙ୍କୁ କେହି କିଛି ଉପହାର ଦେଉଥିଲେ, 'ବାପା। ତୁମେ ଏଇଟା କ'ଣ କରିବ, ମୁଁ ନେଉଛି' କହି, କେହି ପିଲା, ବେଳେବେଳେ ପୁଅ ଝିଅମାନେ ନେଇ ଯାଉଥିଲେ। ତାଙ୍କର ଗାମୁଛା ଥିଲା ସମସ୍ତଙ୍କ ମୁହଁପୋଛା ଟାୱେଲ। ତାଙ୍କ ଖଟ ସମସ୍ତଙ୍କର ବସିବା ଉଠିବା ଜାଗା। କିପରି କେଜାଣି କୌଣସି ଏକ ଦିନଠୁ ବୁଢ଼ାଙ୍କର ସବୁ ଜିନିଷ ପରିବାରର ସାଧାରଣ

ସମ୍ପତ୍ତିରେ ପରଣିତ ହୋଇଯାଇଥିଲା। ବୁଢ଼ା ଅନେକ ସମୟରେ ଏ ବିଚିତ୍ର କଥା ଭାବୁଥିଲେ। କିଛି ବର୍ଷତଳେ ତ ଏପରି ନ ଥିଲା। ନିଜର ପିଲାଦିନେ ତ ଆଦୌ ନ ଥିଲା। ସେ ପିଜୁଳି ଗଛରେ ଚଢ଼ି ପିଜୁଳିଟିଏ ତୋଳି ହାତରେ ଧରିଥିବାବେଳେ ଅନ୍ୟ ସାଙ୍ଗମାନ ସେହି ଗଛ ଉପରୁ ତାଙ୍କ ହାତରୁ ସେହିଟିକୁ ଛଡ଼ାଛଡ଼ି କରିବାକୁ ଚେଷ୍ଟା କରିବାରୁ ସେ ଉଚ୍ଚା ଗଛଟା ଉପରୁ ତଳକୁ ଡେଇଁ ପଡ଼ିବାକୁ ପସନ୍ଦ କରିଥିଲେ। ତିନିମାସ ହସ୍‌ପିଟାଲରେ ରହିଲେ ସିନା, ପିଜୁଳି ଦେଇ ନ ଥିଲେ। ସେଇ ଲଢୁଆ ପ୍ରବୃତ୍ତି ଯୋଗୁଁ ତ ଜୀବନକାଳ ମଧ୍ୟରେ ସେ ସେହି ସମ୍ପତ୍ତି ରୋଜଗାର କରି ପାରିଥିଲେ, ନ ହେଲେ ତାଙ୍କ ନନା ତାଙ୍କ ପାଇଁ ତ ଗାଁର ଘର ଖଣ୍ଡକ ଛଡ଼ା ଆଉ କିଛି ଛାଡ଼ି ଯାଇ ନ ଥିଲେ; କିନ୍ତୁ ଏ ଭିତରେ କ'ଣ ତାଙ୍କର ପରିବର୍ତ୍ତନ ହୋଇଛି, ଯାହା ଫଳରେ ଲେଖକ ମରିବାର ପଚାଶ ବର୍ଷ ପରେ, ତାଙ୍କ ବହିର କପିରାଇଟ୍ ଚାଲିଯିବା ପରି, ତାଙ୍କର ସବୁ କଥା ପରିବାରର ସଦସ୍ୟମାନଙ୍କ ଅଧିକାରଭୁକ୍ତ ହୋଇଯାଇଛି। କିଛିଟା ବାର୍ଦ୍ଧକ୍ୟ ବଢ଼ିଯିବା ଛଡ଼ା ତାଙ୍କର ଆଉ କ'ଣ ଅଧିକା ପରିବର୍ତ୍ତନ ହୋଇଯାଇଛି? ବେପାର ତ ସେମିତି ଚାଲିଛି, ବେପାରର ସର୍ବମୟ କର୍ତ୍ତା ହୋଇ ସେ ତ ସେହିଠାରେ ରହିଛନ୍ତି। ତେବେ ଘରର କୌଣସି କଥାରେ ତାଙ୍କୁ ପଚରା ଯାଉନି କାହିଁକି? ନାତି ନାତୁଣୀମାନେ ଦୁଷ୍ଟାମି କଲେ ସେ ଦଉଡ଼ି ସେମାନଙ୍କୁ ବାଡ଼େଇ ପାରୁନାହାନ୍ତି, ସେଇଥିପାଇଁ? ପିଲାମାନେ ବଡ଼ ହୋଇଗଲେଣି ସେମାନଙ୍କ ସମସ୍ୟା ସେଇମାନଙ୍କ ନନା ବୋଉ ସମାଧାନ କରି ଦେଉଛନ୍ତି ସେଇଥିପାଇଁ, ସେମାନଙ୍କ ରୋଜଗାର ସେମାନଙ୍କ ପାଇଁ ଯଥେଷ୍ଟ ହେଉଛି, ବୁଢ଼ାଙ୍କର ସାହାଯ୍ୟ କିଛି ଦରକାର ପଡୁନାହିଁ, ସେଥିପାଇଁ? ନାତିମାନଙ୍କର ଆଲୋଚନାର ବିଷୟ କ୍ରିକେଟ୍, କପିଳଦେବ, ଡିସ୍କୋ, ଅମିତାଭ ବଚନ। ଏ ସବୁଥିରେ ସେ ଆଗ୍ରହୀ ହୋଇପାରୁନାହାନ୍ତି, ସେଥିପାଇଁ? କିନ୍ତୁ ଏକଥା ସତ ଯେ ବୁଢ଼ାଙ୍କର ସେ ସବୁଥିରେ ଆଗ୍ରହ ନାହିଁ।

ମୁରବି ଯେତେ ପାଟିତୁଣ୍ଡ କଲେ ବି ଗଛରୁ କେହି ଜଣେ ହେଲେ ଓହ୍ଲାଇଲେନି। ବୁଢ଼ା କ୍ଳାନ୍ତହୋଇ ଫେରି ଆସି ସେହି ଖୁମ୍ବକୁ ଆଉଜି ବସିପଡ଼ିଲେ। ଅସ୍ତ ଯାଉଥିବା ସୂର୍ଯ୍ୟଙ୍କ କିରଣ ତାଙ୍କ ଉପରେ ମୁକୁଟଟିଏ ସୃଷ୍ଟିକରି ପଡୁଥାଏ। ସେ ଆଲୋକିତ ଦିଶୁଥାନ୍ତି। ସୂର୍ଯ୍ୟଙ୍କୁ ଚାହିଁ ହେଉଥାଏ। ତାଙ୍କ ଅସ୍ତିତ୍ୱକୁ ସ୍ୱୀକାର କରାଯାଉ ନ ଥିବା ପରି ସୂର୍ଯ୍ୟକୁ ଚାହିଁ ସେ ତାଙ୍କର ଅସ୍ତିତ୍ୱକୁ ମଧ୍ୟ ଯେପରି ଅସ୍ୱୀକାର କରି ଦେଉଥିଲେ। ବୁଢ଼ା ପିଲାଙ୍କୁ ପାଟି କରି ଡାକି ଯେପରି ହାଲିଆ ହୋଇ ପଡ଼ିଥିଲେ। କେତେ ସମୟ ଯାଇଥିବ, ବୋହୂମାନଙ୍କ ଦ୍ୱିପ୍ରହର ବିଶ୍ରାମ ସରିଲା। ସେମାନଙ୍କର ଚା' ପର୍ବ ଆରମ୍ଭ ହୋଇଯିବା ପରେ, ଜଣେ କେହି ବୁଢ଼ାଙ୍କ ପାଇଁ ଚା' କପେ କରି ପଠାଇ ଦେଲା।

ଚା' ଶୋଇବା ଘରେ ରଖାଯିବା ପରେ, ଚା' ଥୁଆ ହୋଇଥିବା କଥା ବୁଢ଼ାଙ୍କୁ ଜଣାଇ ଦିଆଗଲା। ଶ୍ୱଶୁରଙ୍କୁ ବୋହୂମାନେ ମାନ୍ୟ କରିବେ ନାତିଟା ଏ ଘରେ ଆଦୌ କଥା କହିବ ନାହିଁ, ଖାଇବାକୁ ଦେବ ନାହିଁ, ମରିଗଲେ ବି ପାଖକୁ ଯିବ ନାହିଁ, ନୀତିରେ ପରିବର୍ତ୍ତିତ ହୋଇଯାଇଛି। ଚା' ସମ୍ପର୍କରେ ଶୂନ୍ୟବାଣୀ ଶୁଣିବାପରେ ମୁରବି ବାରଣ୍ଡାରୁ ଉଠି ଶୋଇବା ଘରକୁ ଗଲେ। ଦୁଆରକୁ ଆଉଜାଇ ଦେଇ ସେ କିଛି ଲୁଣି ବିସ୍କୁଟ୍ ଓ ଚୁଡ଼ାଭଜା ବାହାର କରି ଚା' ପାଖରେ ରଖି ଡେଥୁଏର ଲଗାଇ ତାକୁ ଖାଇବାକୁ ଲାଗିଲେ। ଅସୁମାରି ନାତି ନାତୁଣୀ ଆଗରୁ ତାଙ୍କୁ ଏତକ ମଧ୍ୟ ଖୁଆଇ ଦେଉ ନ ଥିଲେ। ଏବେ ସେମାନଙ୍କ ନନା, ବୋଉମାନେ କଡ଼ାକଡ଼ି ନିୟମ କରି ଦେଇଥିବାରୁ ସେମାନେ ବୁଢ଼ା ଖାଇବାବେଳେ କେହି ପାଖକୁ ଆସୁ ନାହାଁନ୍ତି। କେବଳ 'ତୁ ମୋ ମା' ଏହାର ବ୍ୟତିକ୍ରମ, ସେ ପାଖରେ ଆସି ବସିଲେ ବି କିଛି ଖାଏନି। ଲକ୍ଷ୍ନୌରୁ ଝିଅ ଆସିଲେ ସେ ଆସେ। ତା' ବାପା ପାଖରେ ରହେନି, ଅଜାଙ୍କୁ ଭାରି ଦେଖିପାରେ। ଦୁଆରେ ଠକ୍ ଠକ୍ ଶୁଭିଲା। କାନ୍ତି ଆସିବାର ସଙ୍କେତ। ତା ମା' ଓଡ଼ିଶା ବାହାରେ ରହେ, ଝିଅକୁ ଏତକ ଶିଖାଇ ଦେଇଛି, ଘରେ ପଶିବା ପୂର୍ବରୁ ଠକ୍ ଠକ୍ କରି ଆସିବା ସଙ୍କେତ ଦେବା ଉଚିତ୍। ନାତୁଣୀଟି କଣ୍ଢେଇଟି ପରି ଦେଖିବାକୁ; କିନ୍ତୁ ବୁଢ଼ୀ ମାଇପିଟିଏର ବୁଦ୍ଧି ମୁଣ୍ଡଭିତରେ। ତା' ଚେହେରା ତାଙ୍କ ବୋଉଙ୍କ ଚେହେରା ସଙ୍ଗେ ମିଳିଯାଏ, ନାତୁଣୀଟି ଗୋରା ଯାହା, ନ ହେଲେ ନାକ, କାନ, ପାଟି, ସବୁ ତାଙ୍କ ବୋଉଙ୍କ ପରି। ସେଥିପାଇଁ ଦେଖିଲାବେଳୁ ସେ ତାକୁ 'ତୁ ମୋ ମା' ବୋଲି ସମ୍ବୋଧନ କରି ଦେଇଥିଲେ। ଗେଲ କଲାବେଳେ ସବୁବେଳେ ସେ ତାଙ୍କୁ ତାଙ୍କ ବୋଉଙ୍କ କଥା କହୁଥିଲେ। ନାତୁଣୀଟିର ଅନେକ ଫଟୋ ସେ ଉଠାଇଥିଲେ, ଘରେ ଷ୍ଟୁଡ଼ିଓରେ। ସେ ପିଲାଦିନେ ବୁଢ଼ାଙ୍କ ପାଖରେ ଆସି ଗଡ଼ର ଗଡ଼ର ହୋଇ ଶୋଇପଡୁଥିଲା। ଅଜାଙ୍କ ସହିତ କିଛି ହେଲେ ଖାଇବନି, ଚକୋଲେଟ୍‌ଟିଏ ଦେଲେ ତାକୁ ଧରି ତା' ମା' ପାଖକୁ ଦଉଡ଼ି ଦଉଡ଼ି ଚାଲିଯିବ। ଏବେ ବଡ଼ ହୋଇଗଲାଣି। ସ୍କୁଲକୁ ଗଲାଣି। ଏଥର ମଧ୍ୟ କାନ୍ତି ଅଜାଘରେ ତା' ଚେତା ରହିବାର ତିନିଭାଗ ସମୟ ଅଜାଙ୍କ ପାଖରେ କରାଏ। ସକାଳେ ଆସି ଅଜାଙ୍କୁ ପଚାରେ - ଅଜା, ଜଳଖିଆ ଖାଇଲଣି ? କ'ଣ ଦରକାର କୁହ।

ଅଜା ସେତେବେଳକୁ ଚୁଡ଼ାଭଜା ଦରଛେଚା କରି ଚୋବାଉଥିବେ। କାନ୍ତି ବୁଢ଼ାଙ୍କ ପାଖରେ ବସି ତାଙ୍କ ଖାଇବାକୁ ଚାହିଁ ରହିବ, ଯେତେ ଯାଚିଲେ ବି କିଛି ହେଲେ ଖାଇବ ନାହିଁ। କହିବ - ମୁଁ ଜଳଖିଆ ଖାଇକି ଆସିଛି। ଏହାଠୁ ଭଲ ଜିନିଷ ଖାଇ କି ଆସିଛି ଅଜା, ତୁମ ଜିନିଷ ମୁଁ କାହିଁକି ଖାଇବି ? ଚା' ? ନାଁ, ନାଁ, ପିଲାମାନେ

ଚା' ପିଇବା ଉଚିତ ନୁହେଁ। ଚା' ଛୋଟବେଳେ ପିଇଲେ ଝିଅ ପିଲାଙ୍କ ରଙ୍ଗ ଖରାପ ହୋଇଯାଏ। ବୋଉ ମନା କରିଛି ଅଜା। ତୁମେ ସବୁବେଳେ ଚୁଡ଼ାଭଜା ଖାଅନି। ତୁମପାଇଁ ବିରିପିଠା କରିଦେବାକୁ ମୁଁ କହିଛି ବୋଉକୁ। ଲକ୍ଷ୍ନୌରେ ବିରିପିଠା ଖାଇ ବାପା ଭାରି ଖୁସୀ ହୋଇଯାଆନ୍ତି। ବୋଉକୁ ଭାରି ପ୍ରଶଂସା କରନ୍ତି।

ବୁଢ଼ା ଏଥର ନାତୁଣୀ ସହ ଥଟ୍ଟା ଖେଳନ୍ତି - ଆଲୋ, ତୋ ବାପା ଭେଣ୍ଡା ଲୋକ, ମୁଁ ପରା ବୁଢ଼ା ହୋଇଗଲିଣି। ମୋ ପେଟରେ ବିରି ପିଠା ଯିବ ?

- ନିଶ୍ଚୟ ଯିବ, ଖାଇ ଦେଖ। ବୋଉ ଥିବାଯାକେ ତୁମେ ବିରି ପିଠା ଖାଅ।

- ତୋ ବୋଉ ଏଠି କେତେଦିନ ରହିବ ଯେ, ମୁଁ ବିରି ପିଠା ଖାଇବି।

- ତୁମେ ବସିଥା', ଅନ୍ୟମାନଙ୍କ ପାଇଁ କ'ଣ ଜଳଖିଆ ତିଆରି ହେଉଛି, ମୁଁ ଦେଖି ଦେଇ ଆସେ।

ଏହିପରି ବୁଢ଼ୀ ମାଇପିଟିଏ ପରି କାନ୍ତିଆ କଥା। ସେଆଡୁ ଆସିବ ଅଜାଙ୍କ ପାଇଁ ପୁରୀ ତରକାରୀ ଧରି।

- ଏଗୁଡ଼ାକ ମୋ ଦେହରେ ଯିବନି।

- ଆଜି ଦିନଟା ଏଇ ଦି'ଟା ଖାଇଦିଅ। କାଲିକି ଦେଖିବା, ଦେହ କିଛି ହବନି ମ।

ଖାଇସାରି ବୁଢ଼ା, ତାକୁ ଚକୋଲେଟ୍ ବାହାର କରିଦେଲେ, କାନ୍ତି ତା'ର ସୁନ୍ଦର ଦାନ୍ତ ଦେଖାଇ କହେ - ଦେଖ ମୋର କେଡ଼େ ସୁନ୍ଦର ଦାନ୍ତ। ତୁମେ ମୋତେ ଚକୋଲେଟ୍ ଦେଇ ଦେଇ ମୋ ଦାନ୍ତ ଖରାପ କରିଦେବ ? ଆଉ ଚକୋଲେଟ୍ ଦେବନି ଅଜା। କିନ୍ତୁ ତୁମ ମନ ଖରାପ ହେବ ନିଶ୍ଚୟ, ମୁଁ ନ ନେଲେ। ତେଣୁ ଏଥରଟା ନେଇ ଯାଉଛି। ମାଇଁ ସୁଇଟ ଅଜା। ୟୁ ଆର୍ ସୋ ଲଭ୍‌ଲି।

ସେଦିନ କାନ୍ତି ଚକୋଲେଟ୍ ଧରି ଫେରିବାବେଳକୁ ତା'ର ମାମୁଁମାନେ ଗମ୍ଭୀର ହୋଇ ବୁଢ଼ାଙ୍କ ଶୋଇବା ଘରକୁ ପଶିଲେ। ସମସ୍ତଙ୍କ ପଛରେ ଆଈ ଗୁଣ୍ଡୁଣୀହାତୀ। କାନ୍ତି ଯାହା ଫେରିଯାଉଥିଲା ଆଈଙ୍କ କାନି ଧରି ସେ ଅଜାଙ୍କ ରୁମ୍ ଭିତରକୁ ପୁନଃପ୍ରବେଶ କଲା। ସମସ୍ତେ ଗମ୍ଭୀର ହୋଇ ଚେୟାରରେ, ଖଟ ଉପରେ ଯାଇ ବସିଲେ। ଆଈଙ୍କ ସହ କାନ୍ତି ଖଟ ଉପରେ ବସିଲା। ଘରେ ମାମୁଁମାନଙ୍କୁ ଏପରି ଏକତ୍ରିତ ହେବା ସେ କେବେ ଦେଖି ନ ଥିଲା। ସମସ୍ତଙ୍କର କଥକାଲୀ ନୃତ୍ୟର ମୁଖା ପରି ଗମ୍ଭୀର ମୁଖ ଦେଖି ସେ କିଛି ଆଶଙ୍କା କରୁଥିଲା।

ଅଜାଙ୍କ ଖଟ ଉପରେ ବସି ଆଈ ଖେଳିଲା ପରି କଭରଟା ଆଡ଼େଇ ଦେବାରୁ ଅଜାଙ୍କ ମଇଳା ବେଡ୍‌ସିଟ୍ ଓ ତେଲ ଚିକିଟା ତକିଆ ଖୋଳ ସମସ୍ତଙ୍କ ଦୃଷ୍ଟିରେ

ପଡ଼ିଗଲା। କାନ୍ତି ଉଠିପଡ଼ି ତକିଆ ଖୋଳ ବାହାର କରି, ବେଡ଼୍‌ସିଟ୍‌ଟା ଟାଣି ବାହାର କରିଦେଇ, କାହାକୁ କିଛି ନ କହି ରୁମ୍ ବାହାରକୁ ଚାଲିଗଲା। ରୁମ୍ ବାହାରେ କାନ୍ତକୁ ଲାଗି ମାଇଁମାନେ ଠିଆ ହୋଇଥିବା ଦେଖି ସେ ଆଶ୍ଚର୍ଯ୍ୟ ଚକିତ ହୋଇ ରହିଗଲା। ମାଇଁମାନେ କିଛି ପାଟି ନ କରିବା ପାଇଁ ତାକୁ ହାତଠାରି ଦେଲେ। ଘର ଭିତରକୁ ଆସି ସଫା ଚାଦରଟେ ସେ ଶେଯରେ ପକାଇ ଦେଲା, ତକିଆରେ ଧୋବାଘରୁ ଫେରିଥିବା ଖୋଳଟାଏ ପୂରାଇ ଦେଲା। ତା'ପରେ ଆଈ ଓ ସେ ପୁଣି ଖଟ ଉପରେ ବସି ପଡ଼ିଲେ। କାନ୍ତିର କାର୍ଯ୍ୟ ମାମୁଁମାନଙ୍କ ମୁଖାପିନ୍ଧା ମୁହଁମାନଙ୍କୁ ଚାପୁଡ଼େଟେ ଲେଖା ଯେପରି ମାରି ମୁଖା ହୁଗୁଳା କରି ଦେଇଥିଲା। ମନର ନିଭୃତ କୌଣସି କୋଣରେ ସେମାନେ ନିଜ ନିଜର ଭୁଲ୍ ବୁଝୁଥିଲେ ଯେପରି। ବୁଢ଼ାବାପା ପାଇଁ କାହାର ହେଲେ ସମୟ ନ ଥିଲା।

– ମୁଁ ତୁମମାନଙ୍କୁ ମୋ ଅର୍ଜିତ ସମ୍ପତ୍ତିର ଭାଗବଣ୍ଟା ନେଇ ଡାକିଛି। ଗାଁରେ ଥିବା ଚାଳଘର ଖଣ୍ଡିକ ସମସ୍ତେ ଭୋଗ କରିବ, କାରଣ ସେଇଟା ମୋର ନନା ମୋତେ ଦେଇ ଯାଇଥିଲେ। ମୋ ଅର୍ଜିତ ସମ୍ପତ୍ତି ମୁଁ ଭାଗ କରି ନ ଦେଲେ ତୁମମାନଙ୍କୁ ଗୁଡ଼ାଏ ଟ୍ୟାକ୍‌ସ ଦେବାକୁ ପଡ଼ିବ। ଭାଗ କରିପାରିବ କି ନା ତା' ମଧ୍ୟ ସନ୍ଦେହ। ଏ ବିଷୟରେ ତୁମମାନଙ୍କୁ ମୁଁ ମଝିରେ ମଝିରେ ସୂଚନା ଦେଇଛି। ତୁମେମାନେ କେବେ ଏକାଠି ହେଉ ନ ଥିଲ। ତୁମେମାନେ ମୋର କଥାରେ ରାଜି ହୋଇଗଲେ ଭାଗ ସମ୍ପତ୍ତି ରେଜିଷ୍ଟ୍ରେସନ କରିଦେବା। ତା'ପରେ ମୁଁ ନିଶ୍ଚିନ୍ତ। ମୋର ଇଚ୍ଛା, ଗାଁରେ ଥିବା ଚାରି ବାଟି ଜମିରୁ ଦୁଇ ବାଟି ସାନ ନେଉ; କାରଣ ତା' ପାଖରେ ଆମେ ବୁଢ଼ା, ବୁଢ଼ୀ ରହିବୁ, ବୁଢ଼ାଦିନେ ସେ ଆମ୍ଭମାନଙ୍କର ଦାୟିତ୍ୱ ନେବ। ବାକି ଦୁଇ ବାଟି ତୁମ ବଡ଼ ତିନି ଭାଇଙ୍କ ଭିତରେ ବାଣ୍ଟି ଦେବି।

– କାହିଁକି, କାହିଁକି ? ଦୁଇ ବାଟି ଜମି ସାନକୁ କାହିଁକି ଦିଆଯିବ ? ଉପର ତିନି ଭାଇ ମିଳିତ କଣ୍ଠରେ ସେମାନଙ୍କ କଥକାଳୀ ମୁଖକୁ ଟାଇଟ୍ କରି କହିଲେ।

– କହିଲି ପରା, ଆମେ ଦୁଇଜଣ ସାନ ପାଖେ ମଲାଯାକେ ରହିବୁ।

– ଆପଣମାନଙ୍କ ଅନ୍ତେ ?

– ଆମ ଅନ୍ତେ ସେ ଜମି ସେ ପାଇବ।

– ସେଇଠି ତ କଥା। କାହିଁକି ସେ ପାଇବ ?

ଆପଣମାନଙ୍କୁ ରଖିବା ପାଇଁ ସହରର ସ୍ୱତନ୍ତ୍ର କୋଠା ସେ ପାଇଲା, ଆମେ ତିନିଭାଇ ଗୋଟିଏ କୋଠାରେ ଦୁଇ ଦୁଇଟା ବଖରା ନେଇ ରହିବୁ, ଧର୍ମଶାଳାର ବିଭିନ୍ନ କୋଠରିରେ ଯାତ୍ରୀ ରହିବା ପରି – ଏହା ତ ଆପଣଙ୍କ ବିଚାର, ନ୍ୟାୟ। ଏହି କଥାକୁ ଗିଳାଇବା ପାଇଁ ଆପଣ ସବୁବେଳେ ଚିନ୍ତିତ ହୋଇ ଖୁମ୍ବକୁ ଆଉଜି ବସି

ଯାଉଥିଲେ। ଆମକୁ ଏକତ୍ରିତ ହେବାପାଇଁ ବାରମ୍ବାର କହୁଥିଲେ। ସାନ ବଡ଼ ଭାଇମାନଙ୍କ କ୍ରୋଧ ଦେଖି ଚୁପ୍‌ଚାପ୍ ରୁମ୍‌ରୁ ବାହାରିଗଲା। ନିଜକୁ ତାକୁ କିଛିଟା ଅପରାଧୀ ଅପରାଧୀ ଲାଗୁଥାଏ। ତା' ପଛେ ପଛେ ଅତ୍ୟନ୍ତ କ୍ରୁଦ୍ଧ ହୋଇ ଅନ୍ୟ ଭାଇମାନେ ମଧ୍ୟ ଚାଲିଗଲେ। ବୁଢ଼ା ହତବାକ୍ ହୋଇ ଆର୍ମଚେୟାରଟିରେ ବସି ରହିଲେ। ଘରୁ ବାହାରକୁ ଯାଇ ମଝିଆଁ ଚିତ୍କାର କରୁଥିଲା - ସମ୍ପତ୍ତିର ଏହିପରି ବଣ୍ଟରା ପାଇଁ ଆମକୁ ଡକା ହୋଇଥିଲା। ବୃଥାରେ ମୋର ସମୟ ଗଲା, ମୁଁ ଭୁବନେଶ୍ୱର ଯାଇଥା'ନ୍ତି। ଆଜି ଟେଣ୍ଡର ଖୋଲା ହେବାର କଥା। ନନା, ବାରମ୍ବାର ସବୁ କଥାକୁ ମୋ ଉପାର୍ଜିତ ସମ୍ପତ୍ତି ବୋଲି କାହିଁକି ଘୋଷି ହେଉଛନ୍ତି ? ଆମେମାନେ ବର୍ଷେ ଦୁଇବର୍ଷ କ'ଣ ତାଙ୍କ ବେପାରରେ ଖଟି ନାହୁଁ? ଆମମାନଙ୍କ ପରିଶ୍ରମ ଫଳରେ କ'ଣ ତାଙ୍କ ବ୍ୟବସାୟର କିଛି ଉନ୍ନତି ହୋଇନାହିଁ? କିଛି ନାହିଁ ଦେଖୁଛି। ଶେଷରେ କୋର୍ଟକୁହିଁ ଯିବାକୁ ପଡ଼ିବ।

ମଝିଆଁର ବକ୍ତୃତା ପରେ ବଡ଼ କହିଲା - ମୁଁ ଜ୍ୟେଷ୍ଠାଂଶ କଥା ଭାବୁଥିଲି; କିନ୍ତୁ ଏଠି କନିଷ୍ଠ ତ ଜ୍ୟେଷ୍ଠ। ଭାଷାର ଅର୍ଥଇ ବଦଳି ଯାଇଛି। କ'ଣ କରାଯାଏ।

ବୁଢ଼ାଙ୍କ କାନରେ ସମସ୍ତଙ୍କ ମନ୍ତବ୍ୟ ପଡ଼ିଲା। ସେ ସ୍ୱଗତୋକ୍ତି କଲା ପରି କହିଲେ - ତୁମ୍ଭମାନଙ୍କୁ ପାଳିଲି, ପୋଷିଲି, ବଡ଼ କଲି, ତୁମ୍ଭମାନଙ୍କ ପିଲାଙ୍କୁ ପାଳିଲି, ପୋଷିଲି, ବଡ଼ କଲି। ଏତିକିରେ ତୁମ୍ଭମାନଙ୍କର ମନ ତୃପ୍ତ ହେଉନାହିଁ, ଶେଷବେଳକୁ ମୋର ସନ୍ତୋଷ ପାଇଁ ସାନକୁ କିଛି ଅଧିକା ଦେଇଦେଲି ବୋଲି ତୁମେମାନେ ପାଟି କରୁଛ। ସେ ତ ତୁମ୍ଭମାନଙ୍କ ଅପେକ୍ଷା ମୋ ପାଖରେ କମ୍ ସମୟ କଟାଇଛି। ମୋ ସମ୍ପତ୍ତିରୁ କମ୍ ଭୋଗ କରିଛି। ତୁମେମାନେ ତ ଅଧା ବୁଢ଼ା ଆସି ହେଲଣି, ପୁଣି କ'ଣ ଭାଗ ମାଗୁଛ। ମୋର ଟିକିଏ ଖୁସି ନାହିଁ। ମନର ସୁଖ, ଶ୍ରଦ୍ଧା ବୋଲି କିଛି ନାହିଁ। ତାହାହେଲେ ଏ ସମ୍ପତ୍ତି ମୁଁ କାହିଁକି ରୋଜଗାର କଲି। ତୁମେମାନେ କୋର୍ଟ କଚେରୀକୁ ଯିବ, ଯାଅ। ଭଗାରିମାନେ ନାକରେ ହାତ ଦେଇ ହସନ୍ତୁ। ସବୁ ସମ୍ପତ୍ତି ମାଲିମକଦ୍ଦମାରେ ଓକିଲ ପିଛା ଢାଳି ଦିଅ।

ବୁଢ଼ୀ ବୁଢ଼ାଙ୍କ ସ୍ୱର୍ଗତୋକ୍ତି ଶୁଣିବା ପରେ କାନ୍ତିର ହାତ ଧରି ଘରୁ ବାହାରି ଆସିଲେ। ବୁଢ଼ା ଭୟଙ୍କର ରାଗି ଯାଇଥିବା ପରି ମନେହେଉଥା'ନ୍ତି। କାନ୍ତି ଡରି ଯାଇଥାଏ, ଆଈଙ୍କ ଦେହ ସଙ୍ଗେ ସେ ମିଶି ଯାଇଥାଏ ଯେପରି।

X X X

ପିଲାଙ୍କ ଖିଆପିଆ ପରେ ସବୁ ଭାଇମାନେ ଖିଆପିଆ ସାରି ଉଠିବାବେଳକୁ ଦିନ ତିନି ବାଜି ଯାଇଥାଏ। ଏତେବେଳକୁ ବୁଢ଼ୀ ତାଙ୍କର ସକାଳ ପଖାଳଖିଆ ନିଦରୁ ଉଠି ବୋହୂମାନଙ୍କୁ ପଚାରି ଦେଲେ - ନନା ଖାଇଲେଣି ନା ନାହିଁ?

କାନ୍ତି ଅଜାଙ୍କ ପାଖକୁ ବହୁତବେଳ ହେଲା ଯାଇ ନ ଥିଲା। ସକାଳ ପାଟିତୁଣ୍ଡ ପରେ ଅଜା ଓ ସାନ ମାମୁଁଙ୍କୁ ଦେଖିଲେ ତାକୁ ଡର ମାଡୁଥିଲା। ଅଜା ଖାଇଛନ୍ତି କି ନାହିଁ ପ୍ରଶ୍ନରେ ସେ ହଠାତ୍ ଅଜାଙ୍କ ବିଷୟରେ ସଚେତନ ହୋଇଗଲା। ପ୍ରାୟ ଚାରି ଘଣ୍ଟା ଧରି ଅଜାଙ୍କ ପାଖକୁ କେହି ଯାଇ ନ ଥିଲେ। କାନ୍ତି ଅଜାଙ୍କ ରୁମ୍‌କୁ ଦଉଡ଼ିଗଲା। ରୁମ୍ ଦୁଆର ଆଉଜା ହୋଇଥିଲା। ଅଜା କଡ଼ମାଡ଼ି ଶୋଇଥିଲେ। କାନ୍ତି ଯାଇ ତାଙ୍କୁ ଉଠାଇଲା। କାନ୍ତି ପଛେ ପଛେ ଆଈ ମଧ୍ୟ ଯାଇ ସେଠି ପହଞ୍ଚି ଯାଇଥିଲେ। କାନ୍ତି ଡାକିଲାରୁ ବୁଢ଼ା ନ ଉଠିବାରୁ ବୁଢ଼ୀଯାଇ ତାଙ୍କୁ ଠେଲି ଦେଲେ। ବୁଢ଼ା ଚିତ୍ ହୋଇଗଲେ କିନ୍ତୁ ନିଦରୁ ଜମାରୁ ଆଉ ଉଠିଲେନି ଅଜା। ତୁମେ ଉଠୁନ କାହିଁକି ବୋଲି କାନ୍ତି କାନ୍ଦି ଉଠିଲା। ବୁଢ଼ୀ ଲଥ୍‌କିନା ତଳେ ବସିପଡ଼ିଲେ।

ବାରଣ୍ଡା ଆଗ ପଡ଼ିଆରେ ନାତିମାନେ ଦୁଇଦଳ ହୋଇ କ୍ରିକେଟ୍ ଖେଳ ଆରମ୍ଭ କରିଦେଇଥିଲେ। ଆଉ ତିନି ଚାରିଜଣ ପିଜୁଳି ଗଛ ଉପରେ ଯାଇ ବସିପଡ଼ିଲେ, ସେଠୁ କ୍ରିକେଟ୍ ଖେଳ ବି ଦେଖି ହେବ, ପିଜୁଳି ବି ଖାଇ ହେବ। ବୋହୂମାନେ ଖାଇବା ପାଇଁ ବସି ଯାଇଥିଲେ। ଯେଝା ରୁମ୍‌କୁ ଯିବାପାଇଁ ସେମାନେ ତରତର ହେଉଥିଲେ। ପୁଅମାନେ ଆଗରୁ ଯାଇ ସେମାନଙ୍କୁ ଅପେକ୍ଷା କରିଥିଲେ।

କାନ୍ତିର ଚିତ୍କାର ଓ କ୍ରନ୍ଦନ ଘରର ଦୃଶ୍ୟକୁ ଏକା କ୍ଷଣକେ ପରିବର୍ତ୍ତନ କରିଦେଲା। ବଡ଼ପୁଅ ଫୋନ୍ ପାଖକୁ ଦୌଡ଼ିଯାଇ ଘର ଡାକ୍ତରଙ୍କୁ ଡାକିଲା। ଡାକ୍ତର ଉତ୍ତର ଦେଲେ - କ'ଣ ମହାପାତ୍ରବାବୁ। ଭଲ ଅଛନ୍ତିତ ? କୁହନ୍ତୁ କ'ଣ ହେଲା ?

- ନାଁ, ମୁଁ ତାଙ୍କ ବଡ଼ ପୁଅ।

- ଆପଣଙ୍କ ସ୍ୱରଟା କିନ୍ତୁ ଅବିକଳ ଆପଣଙ୍କ ନନାଙ୍କ ପରି। ମହାପାତ୍ରବାବୁ କିପରି ଅଛନ୍ତି ? କାଲି ହସ୍‌ପିଟାଲ ଆସିବାକୁ ମନେ ପକାଇଦେବେ, ତାଙ୍କର ଚେକ୍‌ଅପ୍ ହେବ। ଠିକ୍ ନଅଟା ତିରିଶ ବେଳକୁ।

BLACK EAGLE BOOKS

www.blackeaglebooks.org
info@blackeaglebooks.org

Black Eagle Books, an independent publisher, was founded as a nonprofit organization in April, 2019. It is our mission to connect and engage the Indian diaspora and the world at large with the best of works of world literature published on a collaborative platform, with special emphasis on foregrounding Contemporary Classics and New Writing.